林达作品系列

林达作品系列

linda

西班牙旅行笔记

林达 著

生活·读书·新知 三联书店

Copyright ©2013 by SDX Joint Publishing Company
All Rights Reserved.

本作品中文简体字版权由生活·读书·新知三联书店所有。
未经许可，不得翻印。

图书在版编目（CIP）数据

西班牙旅行笔记 / 林达著. --2 版. -- 北京：生活·读书·新知三联书店，2013.7 （2025.5 重印）
（林达作品）
ISBN 978-7-108-04429-7

Ⅰ. ①西… Ⅱ. ①林… Ⅲ. ①游记 – 中国 – 当代
Ⅳ. ① I267.4

中国版本图书馆 CIP 数据核字 (2013) 第 027274 号

责任编辑　吴　彬
装帧设计　罗　洪
责任印制　董　欢
出版发行　生活·讀書·新知三联书店
　　　　　（北京市东城区美术馆东街22号）
邮　　编　100010
网　　址　www.sdxjpc.com
经　　销　新华书店
印　　刷　天津裕同印刷有限公司
版　　次　2007年1月北京第1版
　　　　　2013年7月北京第2版
　　　　　2025年5月北京第27次印刷
开　　本　880毫米×1230毫米 1/32　印张17.125
字　　数　350千字　图片320幅
印　　数　242,001-247,000册
定　　价　60.00元

（印装查询：01064002715；邮购查询：01084010542）

目 录

001　1. 去西班牙
　　　黑色龙卷风袭击我们居住的小镇,我们起程去西班牙旅行

004　2. 塞哥维亚的罗马输水道
　　　巴塞罗那的老城和罗马城墙 * 塞哥维亚的罗马输水道 * 罗马人威特鲁维的《建筑十书》论建筑

029　3. 古老的科尔多瓦
　　　罗马哲学家塞内加的出生地 * 基督教和异教 * 罗马人和哥特人

044　4. 小城托雷多的故事
　　　小城托雷多的城门 * 西哥特人王国的首都 * 王子雷卡雷多流放到安达卢西亚

062　5. 阿拉伯人来了
　　　华盛顿·欧文在安达卢西亚旅行 * 天主教在西哥特王朝 * 阿拉伯人来了

073　6. 阿尔扎哈拉的废墟
　　　我们到了科尔多瓦 * 拉赫曼一世打下了科尔多瓦 * 拉赫曼三世自称哈里发 * 鲜花之城的诞生和毁灭

098　7. 历经沧桑的科尔多瓦主教堂

罗马人的神庙早已消失*废墟上建起了清真寺*清真寺变成了主教堂*科尔多瓦全盛时期的宗教共存和冲突

120　8. 塞维利亚的故事

我们到了塞维利亚*华盛顿·欧文在塞维利亚的居所*三个费尔南多*摩尔王阿尔哈玛的故事*没有征服者

142　9. 阿尔汉布拉宫的故事

我们到了格拉那达*格拉那达的水令人印象深刻*卡斯蒂利亚和阿拉贡的联姻*华盛顿·欧文在阿尔汉布拉宫*出走之门和摩尔人最后的叹惜

165　10. 带着诅咒的黄金时代

塞维利亚的哥伦布墓*带着诅咒的黄金*被驱逐的犹太人*宗教裁判的火刑架*艾斯科里亚宫的王家墓地

186　11. 马约尔广场随想

马德里的马约尔广场*塞万提斯的堂·吉诃德和桑丘*西班牙盛极转衰

201　12. 戈雅画笔下的战争

十九世纪初拿破仑入侵西班牙*戈雅画笔下的法西战争*雨果将军和他的儿子维克多·雨果*君主立宪*十九世纪末美西战争

215　13. 世纪之交的高迪和"九八"一代

高迪的建筑*马德里的寄宿学院*吉奈尔、加尼韦特和科斯塔*"九八"一代朝两个方向寻找强国之路

236　14. 不幸的西班牙第二共和国

　　** 第二共和国 * 民众政治化和左右两翼的对立 * 阿斯图利阿斯暴动和黑色二年 * 长枪党成立 * 右翼议员卡尔沃·索特罗被杀 **

253　15. 迪伯德神庙下的兵营

　　** 电影《蝴蝶》的故事 * 迪伯德神庙 * 马德里兵营被攻破 * 长枪党的创始人何塞·安东尼奥被处决 * 内战开始 **

267　16. 深歌在枪声中沉寂

　　** 诗人洛尔加和那一代的诗 * 两次看弗拉门戈舞的不同体验 * 诗人洛尔加之死 * 残酷是属于双方的 **

292　17. 战争以谁的名义

　　** 摩尔兵来了 * 马德里保卫战 * 托雷多要塞的围攻 * 艾尔·格雷可的画 * 西班牙黄金的下落 **

309　18. 西班牙内战中的人们

　　** 共和国的政党派别 * 国际纵队的支援 * 海明威和罗伯特·卡帕 * 内战中的西班牙知识分子 * 第五纵队和模范监狱犯人的命运 * 格尔尼卡和毕加索的画 **

335　19. 半个西班牙被杀死了

　　** 乔治·奥威尔的故事 * 总理内格林 * 布鲁奈特战役 * 埃波罗河战役 * 国际纵队的撤离 * 向加泰罗尼亚致敬 * 巴塞罗那大撤退 * 马德里的陷落 **

364　20. 战后西班牙，置之死地而后生

　　** 战后的报复和流亡 * 佛朗哥之谜 * 佛朗哥和希特勒的会面 * 西班牙的中立 * 密斯·凡·德罗展馆 * 站在十字路口的西班牙 **

388　21. 蒙特塞拉特的变化

我们在巴塞罗那的逗留＊见到了巴塞罗那的中国同胞＊西班牙战后政治状况及其变化＊蒙特塞拉特修道院＊体制内的改革派＊共产党在流亡中提出民族和解

409　22. 小镇杰里达和它的古堡

小镇杰里达＊两个城堡＊小山村和葡萄酒厂＊佛朗哥政权下的地区自治问题＊佛朗哥的接班人布兰哥＊那瓦罗接替布兰哥＊没有不死的人

430　23. 殉难谷的十字架

殉难谷的教堂＊佛朗哥死了＊国王有了一个新首相＊社会党和共产党的合法化＊议会通过政治改革法

451　24. 公投和第一次大选

政治改革法获得全民公投＊苏亚雷兹和共产党的对话＊加泰罗尼亚的回归＊遗留下来的巴斯克问题＊第一次大选成功＊"热情之花"回来了

473　25. 到巴斯克去

改革必遇经济困难＊爱喝酒的西班牙人＊何塞·路易斯之夜＊蒙克罗阿盟约＊制宪和立宪公投＊我们到巴斯克去

494　26. 格尔尼卡的老橡树

巴斯克的古都格尔尼卡＊议会和老橡树＊改革过程中的"埃塔"恐怖暴力＊我们到了小山村伊利扎德＊军人表现自己的不满

515　27. 古根海姆的骄傲

　　国王救了议会，上帝救了西班牙 * 国王和西班牙军队 * 一九八二年大选 * 巴斯克大城市毕尔巴鄂 * 值得骄傲的古根海姆博物馆

534　附言

536　参考资料

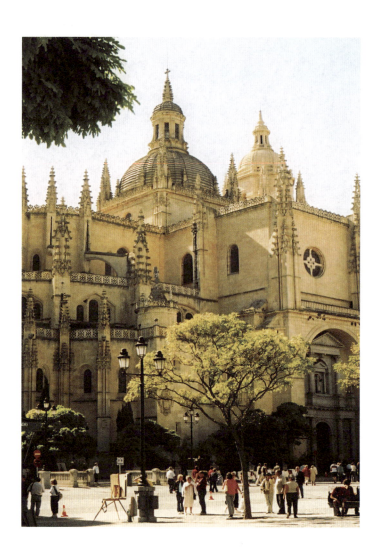

1. 去西班牙

黑色龙卷风袭击我们居住的小镇，我们起程去西班牙旅行

不知怎么，"西班牙"三个字，从小的感觉，就说不清、道不明。在塞万提斯的笔下，西班牙犹如透着阳光的土制酒，谜一般醉人的混合物，在恍惚中令人心驰目眩。可是长大以后，这种感觉，被一些硬邦邦的词击中。那是海明威的书《告别了武器》、《丧钟为谁而鸣》，也是毕加索的画《格尔尼卡》，后面是"西班牙内战"、"国际纵队"。可是，这两种印象怎么也调和不到一起，也难以相互替代。西班牙就这样模模糊糊地在心里收藏，留在一个角落里，变成了一个隐隐的谜。

其实，我们去过巴塞罗那。

那是在冬天，在造访法国的时候，从巴黎直下南方，又从法国南方的蒙布利耶上了火车。大部分的路程在法国境内。然后进入西班牙,在地中海的蔚蓝海水和比利牛斯山的洁净雪顶之间,火车从悬崖山道九弯十八绕,绕了进去。没有料到的是最后一程,这跨国火车,竟然一头扎入地下,变成了地铁。一阵黑糊糊的疾驰之后,停下来,就说是到了。

下来,是普通的地铁站。没有海关,没有任何特别的地方。待我们上到地铁站的小小出口,赫然发现,这已经是巴塞罗那的繁华街头。接着,是几天紧凑的"高迪建筑"之旅,高迪是西班牙近代的一个著名建筑师。几天后,揣着一大包胶卷,我们又从同一个口子进去,匆匆地原路退回,回到法国。活像是完成了一次深入敌后的侦察任务。

此后,别人问起有没有去过西班牙,张口就会回答"没有"。然后心中一愣,才想起巴塞罗那。

虽然巴塞罗那是西班牙最著名的大城市,几乎总是游客到西班牙的首选。可是,我们却本能地觉得,我们只是到了巴塞罗那,我们还没有到过西班牙。我们没有看到堂·吉诃德的拉曼却荒原,也没有听到西班牙内战枪炮留在山谷里的回声。从此,留下一个梦,哪一天我们还要回去,走进西班牙。

后来,有一阵,我们像工蚁一样,一石一木、一锤一钉地,为自己盖一栋房子。此间,心里只有一栋乡间小屋,环绕绿树花草。每日埋头劳作,梦暂时后退,忘记远行。直到搬进完工了的房子,才从工蚁变回自己,直起腰来,站在窗前,望着远远的地平线,白色的云朵在缓缓地飘。

云朵在飘呢,我说,我们也应该从蚁穴里爬出来,去一个遥远的地方看看了。

这时，一个朋友突然对我们发出邀请：我们明年一起去西班牙？那个梦，突然就走得很近，变得清晰可见：明年，我们去西班牙。

九月下旬，当是夏末初秋时分。是暑气渐消，天高地阔的季节。临出门那天，天气却骤然变得古怪。不是热，也不是冷；不是晴，也不算雨。从来没有过的奇异感觉。空气似乎在快速流动，又滞留在原地。天色似灰似黄，半开半合，定有什么暗示，我们却无力解开。这种不安一直带上飞机，飞机驶近跑道，却面对乱云飞渡，整整等了一个半小时不能起飞。

终于一声呼啸，钻出云层，飞上几乎是静止的空间。在这里，风云变幻和疑惑困顿永远是留给下面的那个世界的。我们把一切抛在九霄云下。

直到一个月后，我们才知道，就在这云层下面，就在我们飞往西班牙的那一刻，一场黑色龙卷风突袭了我们居住的乡间。长长的龙尾，就在我家门前的路上扫荡。巨树古木拔地而起，屋瓦墙砖漫天飞舞。那是这片宁静田野百年不遇的惊心动魄。

而我们，完全不知不觉。我们只是在追逐阳光，向西班牙飞去。

这就是我们西班牙之旅的开端。

好在，回到家，邻里们无人受伤，我们的房子，也还在那里。

2. 塞哥维亚的罗马输水道

巴塞罗那的老城和罗马城墙＊塞哥维亚的罗马输水道＊罗马人威特鲁维的《建筑十书》论建筑

我们的第一站，还是巴塞罗那。只是，这次是从北美，经德国法兰克福转机，从机场进入巴塞罗那的近郊。

根据以前在法国机场的经验，过海关虽然简单，总还有一个验护照的过程。可是，这次我们下了飞机以后，取了行李，拖着行李箱，走走走，突然发现，还在莫名其妙之中，就已经出来了。站在一泻千里的阳光下。我们愣住了，回想一下，不论在转机的法兰克福机场，还是在巴塞罗那机场。除了上飞机的时候航空公司按照惯例查验护照外，我们没有遇到一个代表国家主权的海关来查护照验明正身，没有检疫和行李检查，没有穿越一个可以算作是"国家的关卡"的地方。直到现在，我们对此都还没有想通。

记得几年前来到巴塞罗那,是我们第一次有机会在西班牙看到西班牙人。站在川流不息的大街上,我们略有些纳闷。印象中,西班牙人都是黑色的头发、黑色的浓眉大眼,浅棕色的皮肤,面部轮廓如雕塑般分明。可是,望着大街上西装革履、行色匆匆的巴塞罗那人,很是意外——他们有很多都是金黄色头发的白人。和我们想象的很不一样。

这才想到,我们其实是在绕着大圈子,逐渐走近西班牙的。

我们生活在北美洲。我们的近邻南美,就是西班牙人的远亲。我们耳边经常可以听到西班牙语,看他们虔诚地承继着西班牙的主流宗教——天主教。可是,他们并不是西班牙人。那是墨西哥人、南美人,他们只是有西班牙殖民者的后裔罢了。我们和他们一起打工,叫着"阿米哥(朋友)",学会了"格拉西亚斯(谢谢)",也学会了看到"米歇尔"的拼写,却读出"米盖尔"来。真正站在西班牙,才意识到美洲的西班牙后裔,是更多地和美洲印第安人、黑人通婚,越发的异族化了。

而这个所谓"拉丁民族"混血的过程,从西班牙最早的发端,就已经开始。

西班牙属于欧洲,又是欧洲的异数。一道比利牛斯山脉,曾把它和欧洲一隔就是七百年。就人种来说,英、法、德、俄这样的大国,都有像中国的汉人那样的一个多数民族,加上各色少数民族。西班牙人却是在一开始,就由两个等量齐观,却性情迥异、长相截然不同的人种的共存。凯尔特人更偏欧洲的白人,伊比尔人就更偏黑人一些。

再说,虽有比利牛斯山的阻挡,西班牙北部总算是和欧洲接壤,

鸟瞰巴塞罗那印象（作者手绘）

不仅是移民，法兰西人的傲慢只要一发作，就翻山越岭由北冲下来，西班牙北部也就更多和欧洲白人混血。而往南，只隔一线直布罗陀海峡，就是非洲。北非的摩尔人、阿拉伯人，不仅南上做生意。他们的军队或闲得无聊、或热血贲张，也会越海渡峡由南杀上去，一占西班牙南部就是八百年。南部的西班牙人，也就有更多非洲的血统。到了现代，南北轻松交流，偏黑和偏白的，就又走在同一个城市，同一条大街上。他们都是西班牙人。

人们说，"欧洲结束的地方，就是非洲的开始"。我想，西班牙的命运是，欧洲还没有结束，非洲就已经开始。欧洲和非洲曾经长期僵持和拉锯，就对峙在西班牙的土地上。

可是在他们之前，先来的是罗马人。

这次我们来到巴塞罗那,时间显得从容,有三天,我们几乎一直转在老城里,漫无目的地游荡,绕着古罗马人修筑的城墙。

巴塞罗那的老城非常丰富。它被一条宽宽的大道,拉布拉斯大道(Las Ramblas)一分为二。后来才知道,西班牙的各大城市,差不多都有这样的大道,它两边是商店,中间是宽宽的步行街。我们后来也在马德里的拉布拉斯大道上走过,可是都没有巴塞罗那这里好玩。这里热热闹闹,挤满了小摊贩、小酒铺、小吃摊,当然,还有各路大显身手的艺人。最精彩的是,它结合了这一片起于罗马时代的老城。拉布拉斯大道的一端,抵达地中海海边的海港,一路走下去,一直可以走到深蓝色的海水边。那里,耸入云霄的纪念柱上,站着哥伦布的金色雕像。拉布拉斯大道的另一端,就是著名的加泰罗尼亚广场。二十世纪巴塞罗那的很多故事发生在这个广场上。

我们两次来巴塞罗那,都住过老城。这次,我们拖着行李从大道的起点,顺着步行道的中间,走了整整两站地铁的距离,只是为了感受一下这里的欢乐。一个小酒铺前,桌子拼在一起,变成长长的一溜。周围坐了一圈兴高采烈的美国大男孩,看到他们,我们忍不住会心笑起来,因为他们每人手里端着一个特大号的啤酒杯。照美国的法律,在大街上这么喝酒是不容许的。他们兴奋不已,只是因为他们可以感受"合法地在大街上喝酒"的刺激,再说,还是以那么开心的方式。我们说,让我们拍张照啊,他们很助兴,齐齐地高高举起了冒着泡沫的大玻璃杯。我们一路走一路给艺人们打分,最后一致同意,"最佳创意"颁给了两个和骷髅一起骑自行车的艺人。人们一丢钱,全身涂成银色的他们,眼珠一转,就蹬起了银色的自行车,有趣的是,那银色的骷髅也骑着一辆自行车,还快乐地

享受街头喝啤酒的美国年轻人（这在美国是违禁的）

跟着浑身乱颤。结束时他们相互猛击一掌，然后就又变回雕塑，一动不动。真是好玩死了！围着一大圈人看，那装银币的罐子叮叮当当地响个不停。

　　围绕着这个快乐大道的老城区域，就在我们现在立足的脚下，还埋葬着一个罗马古城。

　　我们去了老城的历史博物馆。回来翻翻一本我们最喜欢的旅游手册，上面却没有列出这个博物馆。博物馆最精彩的部分是在地下，是那个被埋葬了的罗马建筑的遗址。进入地下层的电梯非常狭小，根本不像是为公共建筑准备的，可见很少有人参观。到了下面才看到，这里有钢板支撑着成为挡土墙，原来还是一个工作现场。不知什么工具在那里轰轰作响，考古发掘还在进行之中。

街头表演

  已经挖出来的部分,就成为展区。在遗址上架起简陋的过道,参观者不多,警卫却看得很紧。一截一截的柱头,都小心地放在一起。

  那里有公元四世纪的罗马古城墙。还有相当完整的罗马住宅的遗址,最有意思的是一个酒作坊。在罗马人的时代,葡萄酒已经如水一样,成为生活中最基本的元素了。不论是日常饮食,还是宗教仪式,都离不开葡萄酒。也许,西班牙就是从此一发而不可收,变成一个葡萄酒的国度。我们在那里的时候,正值葡萄收获的季节。巴塞罗那所在的加泰罗尼亚地区,正是产酒区。郊区到处是葡萄园,到处是酿制葡萄酒的工厂。在通往酒厂的公路上,常常可以看到满载着葡萄的卡车,在颠簸中,破碎的葡萄淌着清香的汁液,洒

巴塞罗那老城，下部是古罗马城墙

了一路。

在那个罗马建筑的遗址中，罗马人的酒坊已经很专业，粗制和精制葡萄酒的加工分门别类。在古罗马时代的西班牙，平均每人一年要喝掉二百五十升左右的葡萄酒。罗马人像是领着西班牙，走进了梦醉的酒乡。

我们特地挑了旅游旺季已经过去的季节，可是相比冬天，老城的人还是很多。巴塞罗那老城，从古罗马开始，经历了两千年。我们想完成上次没有来得及的寻踪，试图从两千年中不断修补砌筑的巨石中，找出一圈两千年前的完整的古罗马遗城。

就在巴塞罗那主教堂的广场附近。有非常漂亮的一段带着小券拱的罗马城墙遗迹。绕到那里，已是初秋凉意升起的黄昏，暑气在渐渐退去。一边欣赏这段罗马遗迹的构造，一边不由被广场传来的音乐声所吸引。主教堂的正立面在大修，在它宽宽的台阶上，一个年轻人的乐队在演奏。那是多么欢乐的一个广场，它不是一个交响乐团的演出，高高居上的专业乐队竟不是演出的主角，他们只是在伴奏。广场才是大舞台，主角是我们在广场上的每一个人。所有的人，手拉手围成一个又一个舞蹈的圈子。大家齐齐地踏着节奏，在跳着加泰罗尼亚的传统舞。

你不可能不被吸引。那不是高技巧舞姿的表演，那不是狂欢，那是有节制的、内心欢乐的河流，在慢慢地流淌。也是加泰罗尼亚地区的质朴百姓，在相互喃喃倾诉他们的乡情，在节奏的默契中，他们彼此认同。舞步看上去很简单，不由自主地，我们也在圈外学着踩起节奏来，可惜我们学舞的灵巧，已经留给了童年。

在那里一直待到夜幕降临，才万分不舍地离开。我们最终也没有

夜晚在巴塞罗那主教堂前，人们跳起加泰罗尼亚的民族舞

学到能够进入手拉手舞圈的动作——对于加泰罗尼亚，我们还是外人。

夜晚，只有一个小小的区域还有冬天的老城味道，没有人，只有古旧的铸铁街灯发出的昏黄灯光。高墙一块块砌筑起来的巨大石块，被灯光勾勒着明暗的轮廓，也被灯光强调出斑驳粗粝的质感，主教堂巨大的投影下，小巷显得更为逼仄。我们站立在那里倾听，几年前冬天的那个萨克斯管吹出的音符，仿佛还在巷子里，悠悠地飘着。

在老城漫游了两天之后，罗马古城总是还缺少一角。我们这才发现，我们一次次地在重复一个"美丽的失误"。老城有一条特别诱人的小巷，小巷的两堵墙之间，有一座精致的骑廊，特别漂亮。每次走到这里，我们的目光总是不可阻挡地被它吸引，脚步也会不由

巴塞罗那老城一条特别诱人的小巷

2．塞哥维亚的罗马输水道　　*018*

巴塞罗那老城

自主地转进去。我们经过这里几次,都被这骑楼吸引,越不过这条小巷。最后,终于抵挡了它的诱惑,越过它,就展开了另一个天地。这就是我们寻找的那一片最大的罗马城墙。

可是即使有这一片完整的墙,也没有一个完整的罗马故事了。细细辨认,可以看出石块的新旧。下面是罗马,上面是中世纪,再上面呢?月光下,历史模模糊糊,已经辨认不清。

谁会想到?雄壮如罗马人,扫遍了整个欧洲,疆土横跨欧亚非三洲。可是,却曾经迟迟征服不了被看作未开化蛮族的西班牙。

照历史学家的说法,西班牙在公元前二百年,在拿破仑入侵的两千年前,就已经饱受外国军队干涉、就开始混乱的内战。西班牙人还在有民族意识之前,就划着羊皮筏把斗牛的犄角捆上点燃的松脂赶往敌阵。那时的西班牙人,已经一个个都是游击战士了。

就是这样的游击战,苦了齐齐整整的罗马军队。野蛮的西班牙,变成一块坚硬的骨头。罗马人吃力地啃,整整啃了两百年,啃得满嘴血污。那本来就是腥风血雨、崇尚武力和英雄的时代。直到公元前38年,罗马皇帝奥古斯都才宣布西班牙收归罗马帝国。西班牙成了罗马的一个省份。

怎么说,罗马都是一个奇迹。

真正被罗马镇住,是我们在第一次南下途中停留的塞哥维亚,看到罗马人留下的石筑输水道的时候。

塞哥维亚是一个小镇,在地图上它是西班牙首都马德里北边的一个小点。

西班牙的国土形状像是个牛头。巴塞

塞哥维亚城市标志

塞哥维亚

罗那在西班牙北方的东部,是个地中海的海岸城市,它在"牛头"那个犄角偏下的地方。而首都马德里几乎是西班牙的中心,在牛鼻梁的地方吧。它们之间的直线距离,五百公里不到一点儿。还有一个很形象的说法来形容马德里的中心位置,人们说,假如你有一块用三合板做成的西班牙地图,在马德里的位置穿一根线,提起来,这三合板就是水平的。

来西班牙之前,我们东一把西一把地查看着各种旅游资料。其中列为"非看不可"的,就有这个输水道。回来以后,我们还经常半开玩笑地说,看过塞哥维亚的输水道,这张去西班牙的飞机票,就算是值了。

山岩顶尖上的小镇塞哥维亚，非常紧凑。小镇呈胖胖的橄榄形。橄榄的尖端是伊斯兰人留下的王宫，底部就是罗马输水道。你会觉得，塞哥维亚很紧凑、很小，而罗马输水道却很高、很大。

站到输水道下是在一个天空蓝得精彩的晴天。也许根本不需要对天气作注解，我们到西班牙是从九月下旬到十月中旬，印象中就没有遇到过雨。西班牙是干旱的。尤其是塞哥维亚所在的中部地区，酷暑和严寒交替，整个地区就是延延绵绵的石头山，号称"三个月严寒，九个月地狱"。我们在西班牙，也许说得最多的一个词，就是"阿呱（水）"了。西班牙又干又旱，输水道的重要性可想而知，可是只有古罗马人，会把一个纯属功能性的输水管道，变成一件伟大的石头艺术品。

塞哥维亚周围的景观

记得朋友问过,说这罗马人来了怎么就不回家?不管怎么说,站在巨大的输水道下,我们必须承认,他们不仅是来掠夺。他们扎下来,也把西班牙当作了自己的家。罗马人在西班牙开始认认真真建设。现在,我根本不用翻看带回来的照片,罗马输水道就生生地立在眼前。我还在想,它为什么能打动我们所有的人?

不仅是那两千年的历史,我们还来不及思索,在我们作出任何历史、文化的联想之前,在作出任何技术上的探究之前,它在视觉上已经征服了所有的人。我们第一次和它目光接触,就是一个巨大的冲击。不假思索,它已经压倒一切地,一把就抓住了我们。是的,它有二十八米(有些书上说是二十九米),十层楼那么高,它的体量本身当然在震撼我们,可是还不仅是体量,罗马输水道不是一根简单的输水管,它还是建筑。它在建筑形式上是如此纯净,如此完美,超出了任何想象。它比你能够想象的还要美。

我们没有看到过比这更完美的刚柔相济。

它由巨石垒成,它是雄壮的,却并不粗俗。说"垒",而不是"砌",是因为石块之间没有用任何黏结剂,建筑上叫"石块堆砌"。罗马人常常利用火山灰做混凝土,在这里却没有用。可是,他们真敢干啊,二十八米的高度,就这么一块一块"堆"上去了。

塞哥维亚罗马输水道局部

同时,它又是柔和的。和二十八米的高度相比,柱子就并不那么粗拙。上下两层券拱,比例适度,曲线柔和。它显得温雅起来。一个巨人般的、舒展的温雅。巨大的石块上,可以看到当年施工时为了挂钩而凿的浅

塞哥维亚罗马输水道

孔,很难想象当初是怎样全靠人力安放这一块块严丝合缝的沉重巨石。几千年风雨侵袭,大自然用它的巨手,不断地洗着这些大石块,洗出了石块的经脉,石块的棱角都洗成了圆弧。这是岁月的记录,大自然留下的痕迹,是无法仿造的。我们走近它的端点,券拱形成的空间,逐渐被石柱的侧面遮挡,变得越来越小、越来越小,最后空间完全消失,它变成一堵浑厚的实墙。当我们穿越过去,渐渐走远,券拱的空间透着碧蓝的天空,又开始扩大、扩大,加上向远处的透视,虚实对比作出无穷的变幻,它又变得空灵起来。我想象着,那罗马诸神也曾高高地飘荡,在弧形的券拱下穿越,绕着柱子回转、追逐、嬉戏和欣赏。

输水道不是孤立的,阳光让它在地上投下构图美丽的阴影。重复构图的影子令人着迷。恰如栏杆、柱廊的阴影,映入水中的倒影一般,不论地面之上的景观多么色彩斑斓,投影到地面下的色彩对比永远是简单的。但是,这又不是黑白照片。那地面光的部分不是白色,而是丰富暖色的叠加,那影的部分也不是黑色,而是无数冷色的聚合。找出自己的这种特殊感觉和理解,是画家们热衷的游戏。

于是,今天的塞哥维亚,不仅是旅人云集的地方,也是艺术家的天堂。把他们吸引来的,就是这个罗马输水道。几乎成了一个惯例,在其他任何地方,大凡旅人一多,就无形之中在异化艺术。艺术家开始有意无意地丢弃自己,迎合买主。走笔开始轻佻,色彩开始艳丽,游客们的眼光替代了艺术家的眼光。艺术家不再用自己的心去感动,不再以颤抖的手冲动地调色,而是在"生产"商品。塞哥维亚却是一个例外。这儿的画家是在为艺术而作画。我们第一次看到,当如织的游人从身边走过,有那么多的艺术家

塞哥维亚罗马输水道

2. 塞哥维亚的罗马输水道

上上下下地散在各处，目不斜视。他们在火辣辣的阳光下，汗水还没有流出，就已经晒干。可是，这些艺术家，有白人，有黑人，还有华人，用着各种手法，经典的和现代的、写实的和变形的、水彩抑或油画的，在写出他自己感受的塞哥维亚，属于他个人的、独一无二的罗马遗迹。

在塞哥维亚的主教堂前，画家们摆着自己的画作。我久久停在一张油画面前。那是一张四面石壁的地下通道。很像我们在巴塞罗那穿过的罗马遗迹。整个画面是黝黯的，却画出了历史的深度。我在寻找作者，看到画家本人离得远远的，正在和另一个同行聊天，大概是在交流心得。一点没有急着要卖画的意思。也许，他的画根本就是非卖品。

在罗马人之前，其实还来过腓尼基人和希腊人。可是，古罗马是西班牙能够触摸的最坚实有力、最强壮的古代史了。假如说，希腊人教会了西班牙人酿酒，那么，是罗马人才把西班牙人灌得大醉。那些在西班牙出土的精美希腊雕塑，怎能和罗马人相比？罗马人如同巨人，用巨石垒巨石，重筑了一个西班牙。

写到这里，罗马皇帝奥古斯都的名字又在心里冒出来，奥古斯都，奥古斯都……好像和记忆中的什么东西有关联……我突然想到：奥古斯都的时代，西班牙加入罗马帝国的时代，也就是《建筑十书》的时代啊！《建筑十书》的作者罗马人威特鲁维，他的声名可绝对不在这位罗马皇帝之下。

只要看看《建筑十书》，只要从建筑切入，我们就可以知道，两千年前罗马人已经多么的"现代"了。而今天的我们，在又走了两千年之后，实在是没有什么可以特别得意的。古希腊、古罗马

塞哥维亚主教堂

的时代,几乎把该搭建的文明框架,都已经搭建起来了。后人只是在这个框架里填充。此后的西方建筑,是在材料上进步,技术上提高,因而得到了结构上的更多可能。可是,从建筑学的角度来说,对造型、比例等基本要素的理解,罗马人已经如此成熟。在那个时候,伟大的威特鲁维在告诉我们,建筑学是一种哲学,是音乐,是一种造诣。罗马人的城市,从公共建筑,市政设施,处理上下水的概念,到建筑师的培养,剧场的和声,建筑的材料、结构、技术和形式美,等等,都已经理论化了。叙述的方式和今天已经没有很大的差别。你要是骤然打开《建筑十书》读起来,绝对不会感觉到,你和作者威特鲁维之间,竟然有着两千年的时代间隔。

就是这个巨石堆垒起来的塞哥维亚的水道,同样的输水方式,一直从罗马时代,使用到十九世纪。想到清水曾在那二十八米上空的输水道里哗哗流淌了两千年,就不由让我们的心怦怦地跳。

威特鲁维在讨论建造住宅和气候关系的时候,提到了西班牙。据历史学家的估计,威特鲁维很可能作为建筑师和工程师,随着恺撒远征过西班牙。也许,他也曾经站在这里,站在塞哥维亚。

威特鲁维的《建筑十书》中,也有输水道的建造。从水脉探查的方法,到水质检验、输水道构筑,面面俱到。这本书写得很规范,也很技术,却在和水有关的"第八书"里,似乎突然有一股清泉流过,变得柔润、文采飞扬。威特鲁维把我们从水道的端头,顺着水道,带到遥远的泉水源头,他录下了这样的碑文:

塞哥维亚罗马输水道一侧

> 牧人啊！要是昼间的干渴使你疲倦，
> 和羊群一起来到克利托尔的近旁，
> 从这喷泉里取一杯水。在水仙之畔
> 停息下你所有的山羊。

和罗马人相比，当时的西班牙还是蛮荒之地。罗马人的殖民，却把西班牙突然推进了罗马文明。输水道被普遍采用，留到今天的，还有在塔拉戈纳的一条二百米长、高达二十六米的输水道。西班牙有了斗兽场和公共浴场、剧院和神庙。斗兽场仍然是今日西班牙的特色。那次去法国南方的尼姆，也是为了看一眼古罗马留下的斗兽场。可是尼姆斗兽场的内部，已经十足文明，是一个剧场了。只有西班牙，斗兽场仍然表里如一，真刀真枪。

斗兽场简直是人类文明的一个暗示——人是矛盾的混合体。斗兽场作为建筑，非常精彩，足见其文明造化。而如此精彩的建筑，只是为了欣赏杀戮。两千年过去了，今天有很多地方，人们已经羞于面对自己血腥的一面，试图克服、至少是在掩饰它。唯西班牙，至今还完整地保留着古罗马的遗风，斗牛场依然壮观，毫不掩饰人的嗜血的一面：杀戮有可能成为具有高度观赏性的艺术。这绵绵两千年的风尚，又在指示着怎样的西班牙性格？

不仅如此，因为古罗马人，西班牙还有了两千年前的"现代化"所必需的四通八达的公路网。开天辟地一样，西班牙同时还有了图书馆，有了学堂。

西班牙和法国不同。在法国总是有巴黎这个核心。而西班牙是一盘散沙。到现在为止，各地区还是相互不买账。区域的自治、独立，到今天还是西班牙的重要议题。各个地区有自己不同的语言。西班牙博物馆的文字说明都很复杂，先是当地方言，再是西班牙语，然后看它是不是高兴，或许给点英语或者法语。虽然地方语言一直保留下来，可是总算在罗马时代，西班牙有了统一的语言。罗马人给他们的拉丁语，成为西班牙相对统一的语言。

对西班牙人来说，这实在是非同小可的事情。它的意义并不在于全国不同地方的人，从此可以试着聊天——两千年前，他们或许都没有那么强烈的交流的需要。它的意义在于，引进一种语言文字，它就引进了罗马的文明。

罗马文明不仅是建筑，还有一整套的政治制度和司法体制。原先流行在西班牙的种种土语，词汇简单，也无法定义复杂的对象。西班牙人甚至还没有清晰的家庭生活和社会生活的观念。说到语言，也想到我们中文的发展，在古汉语的时代，不论语言如何高深精湛，都难以表达现代的西方政治司法制度。在西学东渐的时候，最初的障碍首先是语言。我们今天的汉语，大量词汇其实都已经是外来语了。

发展千年的汉语尚且和外来文明不能水乳交融，更何况两千年前的西班牙。所以，西班牙人一旦开始讲拉丁语，就在眼前打开了通向另一个世界的通道，那是法律的语言，能够清晰地逻辑思维的语言。而且当时正是拉丁文学的高峰期，所以除了清晰的思想和表达，西班牙人还闯入了丰富的哲学和文学的世界。

古西班牙和古罗马的文明差距，何止几百年。罗马人的殖民野心，无意间把这样的差距给扯平了。今天的人们赞赏罗马学者塞内加精彩的哲学著作：《安慰》、《论天命》、《论宽恕》、《论心灵的安宁》，

塞哥维亚主教堂

欣赏他的悲剧作品，人们口口声声提到的这位伟大的罗马哲学家，其实是个西班牙人。当然，说他是罗马人也许更正确，西班牙此刻就是罗马帝国一个省，是罗马帝国把大片的欧洲纳入了自己的版图。而作为一个富家子弟，塞内加的学习和活动，已经都是在罗马帝国的政治中心。可是有了他，我们对罗马时代的西班牙上层文明，至少有了一个概念。

可是，终有扯不平的地方。那些在水道上空俯瞰的罗马诸神们，并没有征服西班牙。

拉丁语打开了西班牙人视野，他们的思维变得细致而深入，原始宗教已经不能完全满足他们。他们是在寻找真神。可是，对于单纯的西班牙人，古罗马诸神们家族太大，亲戚太多。对于热情奔放的西班牙人，罗马人祭神的仪式太复杂，教士的等级太森严，令他们无法亲近。所以他们还是西班牙人，没有因为划归罗马，就变成罗马人。

在精神上，西班牙人和古罗马人之间，仍然有一条深深的鸿沟。

3. 古老的科尔多瓦

罗马哲学家塞内加的出生地*基督教和异教*罗马人和哥特人

哲学家塞内加在西班牙出生的四年之后,公元纪年开始了,也就是说,基督诞生了。

我突然觉得,塞内加,这个最早的西班牙著名哲学家的一生,几乎就是在印证和解释,为什么基督教会在西班牙突然盛行。

历史学家们认为,作为后期斯多噶主义代表的塞内加,对西班牙民族性格的影响,怎么说都不过分。在那个时代,他已经提出"藐视财富,崇尚人类自由,弃绝此世物质享受,视死如归",等等。可是,写着《论心灵的安宁》的塞内加,心灵却一刻也无法宁静。他的哲学、"道理"都是理智的产物,他自己却是一个活生生充满弱点和欲望的人。

塞内加出生在科尔多瓦。科尔多瓦,回想塞内加出生地的科尔多瓦,炽烈的太阳仿佛还在我们上空熊熊燃烧。

今天的这一大片地区,就是著名的安达卢西亚。在西班牙牛头形状的地图上,它就在最南端牛嘴以下。去科尔多瓦,已经是我们回到巴塞罗那之后的第二次南下了。我们从巴塞罗那坐夜车,在清晨赶到塞维利亚,两天后,从塞维利亚来到这里。

在科尔多瓦住了三天,每日转悠在老城的大街小巷之中。郊外的坡上,如西班牙人一般漫漫散散的橄榄树,飘洒着细细碎碎的银灰色枝叶,抵挡着干渴,点缀着顽石偶露的黄色山冈,一路攀缘、一路退让,直至迷失在遥远的天际边,变为众神脚下柔和的莽莽荒原。

今天,人们有时会误以为科尔多瓦全部是摩尔人造就的,其实远在古罗马时期,那已经是一个辉煌的文化中心。只是西班牙的古罗马文明,大多就像古罗马本身一样,被中世纪谋杀了。就连塞哥维亚的那个古罗马输水道,摩尔人来了以后,都莫名其妙地拆去了整整三十六孔一大段。要是他们拆得更卖力一点,我们今天或许就会怀疑,那个古罗马文明,它当真在西班牙存在过吗?

建筑物,是文明的证据。人们还有一种保存文明证据的方式,那就是文字。有了塞内加以后,古罗马的科尔多瓦,就真实起来,因为塞内加用文字留下了自己的存在。

塞内加出生在一个富裕的家庭,但是他很早就被带到罗马去了。他父亲老塞内加是罗马著名的修辞学学者,在今天的《大英百科词典》里就排在他旁边。塞内加此后文章优美的修辞,人们至少把它部分地归功于父亲的熏陶。塞内加是罗马著名的哲学家,也是著名的哲学派别，即后期斯多噶主义的代表人物。今天人们回看塞内加，不得不承认，著有《道德论文集》和《道德通信录》的这个科尔多瓦人，最漂亮地阐述了斯多噶哲学的理论，而他的生命实践，却给他的论述加上了最令人困惑的脚注。

在塞内加生活的时代本身，社会奢靡而混乱，上层自然更加变本加厉，可是，这一时期却被后人称为是拉丁文学的"白银时代"。同时

塞内加塑像

哲学也在充分发展。人总是会以为，为所欲为会是一种理想的生活状态，可以获得最大程度的自由和幸福。事实却并非如此。这或许是斯多噶学派的哲学反而在这个年代得到发展的原因。哲学家被混乱的政治赶进书斋，又在书斋里，试图为"人"之无节制而并不快乐的生活理出头绪来。他们试图在理性的哲学框架下，建立起人的道德自信，因而强调人类尊严、家庭价值、社会秩序，强调道德价值、责任、义务、公正和理智。这一切，正是哲学家们眼中的罗马正在全然迷失的东西。

可是，思辨的推理和完美的哲学诠释是一回事，可在现实中，理性常常显得如此脆弱，根本无法抵御惊涛骇浪般的生活浊流，也无法约束人无可抑制地在涌动着的欲望。

塞内加出生在公元前4年，在公元31年，也就是他四十五岁

3. 古老的科尔多瓦

的那年，开始参与罗马的政治活动，混迹于罗马上层。在混乱年代，这是一件凶险的事情，敢于在旋涡中随波逐浪者，很难清醒。十年后，塞内加虽然成为一个鹤立鸡群的百万富翁，可在充满阴谋、专断的宫廷里，生命却没有保障。一次，他因为一篇常规的悼文，险些被处死；不久，又被控与皇帝的侄女有染，在元老院被判处死刑。最后，是皇帝克劳狄一世把死刑改为流放科西嘉岛。

在科西嘉岛，塞内加度过了漫漫七年。他希望以斯多噶哲学中的坚忍来应付生活中的不幸，却难以做到。最终，他精神崩溃，屈辱地给皇帝的秘书写信求情，却没有结果。这是塞内加开始创作悲剧的起因。人们认为，塞内加的悲剧是后来法国的戏剧先驱高乃依和拉辛的楷模，甚至还是英国戏剧大师莎士比亚的范本。

七年后，皇帝克劳狄一世娶了自己的另一个侄女阿格莉庇娜，收养了她前夫的儿子尼禄，就是后来罗马历史上最著名的暴君尼禄皇帝。正是为了年幼的尼禄需要教师，在皇后阿格莉庇娜的努力下，五十七岁的塞内加得以从科西嘉岛上脱身，成为十一岁的尼禄的教师。

罗马上层的混乱、残暴，在尼禄时代达到高峰。为了儿子尼禄能够继位，阿格莉庇娜最终毒死了皇帝克劳狄一世。而尼禄在登上皇帝宝座之后，又残酷地杀害了自己的母亲。在这段时间里，塞内加写作了《论灵魂的宁静》、《论幸福》、《论仁慈》、《论圣贤的坚贞》、《论天道》等等可谓流芳百世的哲学著作。可是，他却无法抵御生活中由权力、地位、财富等等带来的巨大诱惑。塞内加的第二段宫廷生活并不是被动的，他利用职权聚集财富，在乡间大放高利贷，他在把英国的私人钱财收回的时候，甚至引起恐慌而导致当地造反。更令人无法原谅的是，塞内加纵容尼禄的荒淫，宽恕尼禄的残忍，在尼禄弑母的时候，塞内加甚至配合尼禄编造了尼禄母亲"谋反败露，被杀有理"的信件，向元老院提出解释，使得尼禄得到开脱。他写给元老院的这封信，被一些历史学家称作是"哲学史上最悲惨的一页"。

尼禄变得越来越残暴，越是残暴，越疑心生暗鬼，宫廷变得越发恐怖而危险。最终，塞内加决定离开。在他离开一年以后的公元65年，尼禄仍然怀疑他在参与政治颠覆的阴谋，令他自杀。在死亡面前，六十九岁的塞内加显得很平静，对死亡的漠视"像一个斯多噶学者"。在毒酒的药性下，他死得非常痛苦。

中午，我们常常回到那个小广场，扫得干干净净的石块地面，四周也是同样干净的白色的墙，橘子树长得很茂盛。塞内加的家，当然已经消失了。可是我总要想，这仍然就是那同一个科尔多瓦啊。然后在橘子树下，我们坐下来，那里就是小饭铺的餐厅。橘子树下的小桌子上，我们的菜谱很简单，烤出麦香的面包，大杯的啤酒，炸小鱼。

即便是历史学家们，都会不由自主地希望在塞内加相互激烈冲突的言行夹缝之中，找到一条出路。所以他们希望塞内加被迫自裁于罗马宫廷内斗的说法，不是真的。他们希望能够否认塞内加对权势利用的一面，希望能证明塞内加对尼禄的依附是被逼无奈，希望他的自杀是对这种逼迫的绝望甚至抗议。否则，人们会很尴尬地面对塞内加给我们带来的精神食粮：闭着眼睛继续吞咽下去，还是想到他本人的真实故事就吐出来？其实这是多虑了。因为塞内加的故事不只是一个人的故事，同时也是每个人面前的永恒主题。

科尔多瓦城墙外的塞内加塑像

只不过塞内加是个有名的哲学家,他的问题就放大和变得尖锐、咄咄逼人了。其实每个人都时时在面对这样的矛盾,也就是人类"性本恶"那一面和"性向善"另一面的冲突。塞内加的哲学思考,是他理智的抽象思维的结果,而他的行为,则是他隐于内心的欲望。哲学不能帮助他战胜自己的欲望。

炸小鱼有各种各样的品种,加一点生菜和面包,五个欧元——在物价一天贵似一天的西班牙,这顿午餐真是我们这样寻找价廉味美食物的穷旅客的福音。只是,这干旱的西班牙,喝水和喝酒一样,要另外加钱。几年前来巴塞罗那,西班牙用的还是自己的货币比赛塔,从法国过来感觉物价明显比法国便宜。今非昔比,用上欧元,西班牙越来越"欧洲化",物价也随之欧化。

吃着喷香的炸小鱼,我想着塞内加。他离开家乡很早。对于罗马,科尔多瓦只是大罗马帝国的一个外省。年轻的塞内加,也许曾经像所有聪明的外省青年一样,向往着罗马展开的人生舞台。当他深深地陷于其中不能自拔的时候,他想念这淳朴的家乡科尔多瓦吗?

人从一开始就在征战,挑战外部世界、向世界证明自己的勇气和力量。其实,对于人来说,这是容易的那部分。悟性到了一定的火候,人要开始面对一种深刻的痛苦。那是他看到自己本质上的善恶矛盾,要克服这种矛盾是如此艰难,他会突然感到那种如塞内加一般的绝望。

人们常常把基督徒看作是一群愚民,实在是小看他们了。真正的勇士,是有勇气挑战自己的内心的人。这种悟性的开启,是人认识自己和神灵的最关键一步。他们被神灵擦亮眼睛,最终想改变的只是自己。他们和塞内加一样，试过借助自己的创造力，用那些哲学、伦理和逻辑来摆脱内心困境。终究如拔着自己的头发想离开地球那样，无法成功。于是，他们走向神。塞内加在对人的内心的探索上，是一个先导，所以今天的人们，甚至也把他看作是基督教的一个先驱。这就是今天我们走进西班牙的教堂，在忏悔室外的长椅上，总是能看到默默等候的男人和女人的原因；也是当塞内加最后沦为罗马宫廷内斗的牺牲品，万般痛苦被迫自尽之时，在他的故乡西班牙，基督教正在蓬蓬勃勃地传播的原因。在这个时候，西班牙开始了一个新的纪元。

可是，新纪元并不意味着省悟的终结，而只是意味着省悟的开端。新的迷途在羔羊们面前出现。首先是，教会作为一种人神中介应运而生。

两千年来，教会真是一件叫人困惑的事情。它是宗教在世俗社会传播中，形成的一种社会组织；可是，既然在从事宗教传播，似乎就有了神之代理的表象。当教会对自己本质的理解是：教会如一个谦卑的人的时候，它可以是积极正面的。可是，它也会和人一样，重复世俗中的个人困境，整个地迷失。它仍然是起于那个"塞内加处境"。人是有弱点的，由人组成的教会，也是有弱点的。人对克服自身弱点的无能感到恐惧的时候，他会倾向于对外部的讨伐，以证明自己的勇气。人组成的教会，也一样。

一些宗教组织，又开始重复个人的悲剧、塞内加的悲剧——言与行的冲突、信仰和实践的冲突，又开始一幕幕以教会的形式上演。这些带来的不外乎是两种结果：一种是隐藏的私欲又在滋生腐败，一些神职人员、教会组织开始堕落；二是由于无力对自己内心讨伐，而再次把征伐的热情转向外部。一切原本属于个人的罪恶与悲剧，都由于集合成组织，反而被无限地放大了。

宗教的本质又在一次次唤回迷途的羔羊，于是宗教改革也必定一次次地发生，提醒人们，回到神指引的那个指向内心的最初起点。

两千年来，西班牙就走在这样一个曲折的路途上，欧洲也走在这样一个曲折的路途上。世界如是在走，所有的宗教都如是在走。只是，有些已经走出来，有些还深陷在迷途之中罢了。

科尔多瓦已经在往前走，在基督新纪元之后，科尔多瓦很快又成为西班牙基督教的一个中心。

中文里基督教的称呼，一般是泛指天主教和此后的种种不同派别的新教。在美洲，北美是新教为主，南美就是以天主教为主。而南美天主教传承的源头，就是西班牙和葡萄牙。直到今天，所谓拉丁世界，仍然是天主教的世界。

神们在天上兴许是和平相处的，地上的信徒们却需要至少两千年，才能领悟宽容。这种宗教冲突，因力量的不均衡，常常是以强欺弱。在西班牙，新兴的基督教，一开始遭遇强势的罗马诸神，就是这个局面。

曾经有整整八百年，科尔多瓦是罗马人的城市。他们没有消失，罗马遗迹犹存。在今天的科尔多瓦市中心，在高高的基座上，还耸立着一圈罗马神庙留下的石柱，科林斯柱头大多完整。站在那里，你会感觉，只要这一圈柱子还在，神庙就还在。那淡青色天幕之后，诸神就没有离去。这就是罗马柱式的魅力。

不是神在战，是信神的人在战。诸神在天上看着，轻轻摇头。宗教的起点，是以对神的忠诚和热忱，拯救自身的灵魂，而

科尔多瓦罗马神庙遗迹

来自外部的宗教迫害,却把这种热忱吸引到外部的对抗,最容易点燃的就是殉教的狂热。殉教是一条看似平行的却实质危险的歧路。它有着献身于神的热情和无私的表象,实质上却把宗教的核心"内省",悄悄地转为"外战"。此例一开,引发了宗教冲突漫漫的黑暗迷阵。

人试图挣出自身弱点的迷途,却落入了一个更大的迷阵之中,这一进去,就将近两千年。

以西班牙的血性,在这种时候更是无以控制。一度,罗马人是政教合一的,宗教迫害由执政当局执行。迫害是疯狂的,自杀式的殉教

科尔多瓦罗马时代的桥

也是疯狂的,以致在西班牙的历史记载中,十二岁的女孩都自觉上门挑战权威,誓成烈女,一死方休。

在城外,还有一座罗马人留下的石桥,架在西班牙最重要的河流瓜达尔基维尔河上。石桥非常壮观,可惜在这干旱的季节,一孔孔的桥洞之下,与其说是滔滔的河水,还不如说是半干枯的河滩。桥下长出茅草和灌木,裸露出水面的河石上,灰色的鹤在那里寻寻觅觅。

这座桥就在科尔多瓦主教堂的边上,我们每天都在黄昏的时候,在上面散步。远处的树上,落满了白色的水鸟,耳边一片鸟鸣声。天主教和罗马宗教的冲突,过去了两千年。今天,人们终于可以从一座罗马古桥,自然地就慢慢步入一个天主教的教堂。

外部压力一放松,天主教爆发式地在西班牙成长起来,可是不幸的是,宗教外战的定势却已经形成,基督教的各种教派又开始相互冲突。不同宗教的冲突、同一宗教的不同派别的冲突,绵绵循环,无止境地久久缠绕着西班牙。

在天主教转向和异教派的战斗中,最初的一个重要对象,是阿里乌斯教派。那是基督诞生的三百年后。

新派别的形成,总是他们对于神有着不同的理解。这个时候,又是科尔多瓦,出了一个宗教领袖奥席乌斯主教,他曾经成功地率众和阿里乌斯教派抗衡,声名传遍整个罗马帝国。那个时候,科尔多瓦一定很骄傲。可是这并不是已成定局的胜利。

罗马诸神渐渐隐入天际,就连罗马人后来也退出了历史舞台,他们是被哥特人逼退的。而野蛮的哥特人,偏偏都是阿里乌斯教派的信徒。

说起哥特人,我想起我们最后一次在橘子树下的午餐。这个小广场一向很清净,我们正就着啤酒吃炸小鱼,突然,来了一大帮高高大大的德国游客,足有二十多个。对面的小餐馆已经收摊了,他们冲进去,拖出了老板。接着,手忙脚乱,四五张小桌子被拼在一起,围上一圈亮黄色椅面、白色框架的漂亮椅子。那些穿着红色、蓝色、白色、浅绿夏装的游人,已经迫不及待地坐下了。小餐馆的老板兴奋地跑进跑出,这些人什么都不要,只是要着大大的杯子,多多的啤酒。他们开始喝酒,他们开始举杯欢呼,他们红红的脸变得更红,一些人开始兴奋地站起来。最后,他们一起，开始大声唱歌。

那是雄壮、豪迈的歌声。小广场是半封闭的，只有几条窄窄的小巷子通向外面，就像一个巨大的共鸣箱。那雄壮、豪迈的歌声，就在这广场上回荡，放大，上扬。终于，我们旁边桌子上的两个德国游客，也按捺不住，举起酒杯，加入了他们的大合唱。周围的人拿出相机，给他们拍照。一个歌手一边唱着，顺手摘下自己的草帽，潇洒地在空中画出一个弧线，开玩笑地向路过的行人做出募钱的姿势。所有的人都很高兴，高兴旅途中出现这么助兴的小插曲。

我的眼前忽然出现了哥特人。"这就是哥特人啊"，我不由叫出来。当年被罗马人看作是野蛮人的哥特人，就生活在今天德国的区域里，是日耳曼人的一个部落。一条第聂伯河划开了他们，河东的被人们叫做东哥特人，河西的就被人叫做西哥特人了。也可以说，他们是今天这些德国人的祖先之一。就是他们，南下西班牙，替代罗马人，成了西班牙的主人。在复杂的西班牙血统中，又加入了一部分我们眼前这样的金发碧眼的日耳曼血统。

"哥特"这个词，此后被稀奇古怪地使用着。

希腊和罗马毁灭之后，西方文明陷入千年的中世纪。所谓的蛮族入侵之后，用他们的巨手，满不在乎地在地面上粗粗地扫扫，就把希腊罗马的文明扫进海里，堕入冰冷的深渊。待到千年之后，人们从地面上捡起那些希腊罗马时代的文明碎片，他们再也拼凑不出一个完整的原型。他们失落了。他们想模仿罗马宏伟的圣殿，可是，罗马诸神已经离去，他们建起的罗马风格建筑，虽然浑厚而有力，可是那窗洞睁着小小的眼睛，再也没有古罗马文明开敞、明朗、自信的气度。

他们无法回到罗马时代，他们的复古是失败的，就因为那个众神的时代，已经随着罗马诸神远去了。因此，人们把罗马之后出现的、看上去是那么"非罗马"的东西，都恼怒地叫做"哥特的"。在那个时候，他们还没有想到，复古不是唯一的出路。在辉煌的时代退隐之后，不要再试图把它拖出来，它属于过去。人完全可以在今日的创造中重生。他们没有想到，那个诞生于中世纪、看上去一点"不罗马"、被他们鄙夷地称为"哥特式"的教堂，会逐渐显示出它的光彩，从而重建西方文明失落了的信心。

可是，之所以"哥特"成为一个野蛮、怪异的代名词，是因为杀进西班牙、扫平欧洲大地的哥特人，确实是文明程度远远落后于罗马的部落。然而正因为野蛮，他们就骁勇善战。而罗马"得天下"之后，文明逐渐走向精细和享乐，又走向权力的明争暗斗和腐败。这时再牵过一匹战马来，可怜的罗马人已经有些脚软了。

五世纪中叶，被科尔多瓦的奥席乌斯主教，从教理辩论上斥退的异端，那个阿里乌斯教派，又戴上亮闪闪的盔甲、举着长矛、骑着战马，杀回来了，一直杀到科尔多瓦。此后占领西班牙的西哥特朝廷，信奉的就是阿里乌斯的教理。从外人来看，他们都是基督教。可是对于信奉天主教的西班牙人来说，这是水火不相容的原则问题。因此，罗马帝国的覆灭，对于西班牙人来说，不仅是异族入侵，更是宗教异端的占领。

西哥特人这一占，就是整整三百年。可是蛮族入侵，只能够掌控政权，在精神上却常常很难守住。所以到最后都很难说，到底是谁征服了谁。哥特人杀进来，西班牙却满地都是天主教徒。

西哥特的朝廷在西班牙虽有三百年，阿里乌斯教派却没有那么幸运。仅仅一百年，西班牙民间的天主教，就征服了西哥特人阿里乌斯教派的朝廷。

这一切沧桑巨变，都记录在我们到过的一个小城：托雷多。

4. 小城托雷多的故事

小城托雷多的城门 * 西哥特人王国的首都 * 王子雷卡雷多流放到安达卢西亚

托雷多,是来到西班牙的旅人们不肯放弃的地方。它非常小,可是千万不要小看这个城市,在那里,历史密密地一层一层堆积起来。

托雷多和前面提到的塞哥维亚一样,是在今天的西班牙首都马德里附近,距离市中心大致五十公里左右。有着罗马输水道的塞哥维亚,是在马德里的北面,而托雷多是在马德里的南面。我们就住在马德里,每天四面出击,去到附近不同的地方。

记得在第一次离开巴塞罗那南下的前一天,一位当地的朋友陪着我们看尚未完工的圣家族大教堂。他知道我们将要以自己驾车的方式南下,觉得很奇怪。他问我们:"为什么要这样做呢?西班牙的

小城托雷多

火车和交通很发达,最好的方式,还是利用它的公共交通。"我们原先的想法很浪漫,觉得有车,就可以随意地在路旁附近的小村庄停一停,多看一些山村小景。后来证明,那位朋友的劝告是有道理的。假如我们的时间有限,行程不是随心所欲的,那么利用公共交通还是一个最聪明的办法。西班牙的火车舒适、便捷。车站一般都有专门的旅行问讯处,可以解答各种各样的问题。在马德里,也有很方便的长途公共汽车和旅行车,可以到附近如托雷多这样的小城。现在的西班牙,旅游业是它的主要收入,随着它的现代化,旅游的管理也面面俱到。西班牙的旅游发展在良性循环,能够这样,也说明它实在是很吸引人。

住在马德里,四面出击,好处当然是不用再操心到处找旅馆。可是假如时间是充裕的,无论如何,应该在托雷多和塞哥维亚这样的地方住上一夜两夜。对我们,有了遗憾倒是好事,因此一离开西班牙就很想再回去,想去补上林林总总的缺憾。

那天清晨,我们的汽车从马德里出发,先到了托雷多的城门。

城门的第一眼印象非常抢眼,它成为托雷多的一个象征。今天的托雷多,城内是通汽车的。两边的城墙都开了宽宽的供汽车通行的大门。中间的那个真正的城门,今天反而被冷落了。城墙的形式用了阿拉伯城墙的式样,和光复之后十六世纪扩建重修的城门,显得很和谐。城门前的小广场,为了尽可能地维持"古意",地面全部小石块铺砌。夜间的露水还没有退尽,光滑的小石块像冰一样滑。地面和城门城墙,都在露水的沁入之后,变成一种土黄和棕红夹杂的颜色,而晨晖还在石墙上涂抹着变幻的色彩。假如来晚了,那白昼的阳光会逼干石块的水分,会逼褪建筑物丰富的颜色,使它微微显得苍白。我们真是很庆幸,能够在一个清新的早晨站在这里。

托雷多城门

那是许多人赶着进城的时分,城门前小广场的环形车道非常繁忙。车道环绕着一个圆形的草坪,草坪的中间和周围,是一圈大红色的十腊红,这是我们在西班牙到处可以看到的花。这个草坪和花坛结合的设计,完全是现代人对公共空间的处理手法。我真希望,那里是一个环形的喷泉,在中间是一个青铜塑像,至于主角是一个罗马人、西哥特人、阿拉伯人,还是一个骑士,抑或天主教光复中的英雄,我都不在乎。如此,这整个"古"场景就完整了。

对于托雷多本身的历史来说,这座基本重建于十六世纪的城门,并不算古老。1968年,在砌筑城门的石块中,发现了一块有着雕刻半成品的石块,假如根据上面的雕刻判断这块石头是城门最早的基石之一,那么西班牙的旅游部门,大致会倾向于把城门的年代再往前推五个世纪。这要看怎么算了。我相信在摩尔人时期这里就有城门。至今城门的名字"比萨格拉"(Bisagra)还是来自于阿拉伯语的"Bab-Sagra"。不过,它今天的造型是十六世纪以后的。

我们更在意的是视觉上的直接感受。在这个意义上,城门本身无可挑剔地完美。城门垂直地分为三部分,两边是对称的碉堡式的圆柱实墙,除了上沿收头的那一点变化,实实地几乎不加装饰。这就压住了阵脚,使得中间部分的丰富变化和雕饰,不再有轻薄的感觉。在中间部分,拱门上端几乎占到一半的,是西班牙王国纹徽的巨型浮雕。那戴着王冠的双头鹰盾牌,庄重,构图丰满。浮雕上端,是略高出两边碉形实墙的、简洁的三角形收头。整个设计简和繁的关系处理得非常恰当。

我们并没有进城,而是在马德里一位朋友的带领下,绕到了城外

托雷多

高高的坡上。假如没有他的指点，我们肯定就错过了：那是一定要看一眼的托雷多全景。

隔河望去，托雷多的脚下是一座岩山，被塔霍河（River Tagus）紧紧环绕，整个小城就高高地耸立在坚实的岩石之上，活脱脱一个天然的军事要塞。这是托雷多在一个战乱年代，被西哥特人选为京城的原因。可是险峻的地势也限制了它的规模，一千年后的1561年，也是因为托雷多的地势难以扩展，不能满足一个强国首都的需要，就此永远失去了它作为京城的地位。马德里取代了它。

公元567年，托雷多成为西哥特人的西班牙的京城。西哥特人统治的三百年，时间并不算短了，它发生了许多戏剧性的故事，多半是悲剧。真是叫人难以相信，西哥特朝廷的三十四个君王，只有十五个寿终正寝，其余都死于宫廷阴谋、王室家族的相互残杀之中。今天的托雷多古城，已经很少有哥特人的遗迹了。他们盖的教堂今天只剩下几块风雨剥蚀后的石头。今天我们看到的托雷多的建筑和街道，讲述的都是后面发生的故事。可是，在那些沉重的石屋、街石下面，毕竟是西哥特人近三百年的故事，在为这个小城奠基。

从一开始，欧洲各王室之间的通婚，就是王室联盟甚至变相扣押人质的一种方式。这在亚洲也一样，比如当初的文成公主出嫁，赋予它过多的浪漫情节，其实是后人的自作多情。只是，那些被迫远离家乡的女子，确实冒着风险、历经千难万难。

第一个在托雷多建立京城的西哥特人的西班牙国王，就把自己的女儿，当作一个政治交易送往今天的法国境内。这位西班牙公主凄凄惨惨戚戚地跨出托雷多的城门、跨过塔霍河，翻越千山万水，

托雷多街景

塔霍河上的阿尔康塔拉桥

最后翻过比利牛斯山,嫁到当时的法兰克王国。

象征着公主和托雷多的家最后联系的这座桥,今天的名字是"阿尔康塔拉"(Alcantara Bridge)。我们在西班牙已经很习惯了,只要听到"阿尔"开头的名字,那就是一个来源于阿拉伯语的名称。这个名称是摩尔人统治过的象征。就像西班牙的其他地方一样,最后留下的都是摩尔人或者摩尔人以后的东西,因为在他们之前的历史遗迹,不论是多么灿烂,大多被后来者毁去了。

托雷多被地理大势限定在这个位置上。也就是说,在这一片地理环境中，假如人们要建城，就必然建在今天托雷多城的位置上，这使古城绵绵不息，生命常青，没有被弃毁；另一方面，前面的历史也很容易被后来者的建筑堆埋。想起来，人类的觉悟真是来得很晚，直到现代，人类才刚刚有了所谓的文物保护的概念。托雷多整个城市被定为历史文物保护对象，城内不仅不准随意拆毁古建筑，也不准许修建任何新式样的建筑。法律规定所有的新装修必须采用十一世纪到十四世纪的外观式样。今天托雷多的古城保护，真是做得好极了。

这座叫做"阿尔康塔拉"的石桥很特别，它就像托雷多一样，也被局限在一个特定的位置。因为滔滔的河水把托雷多和外面的大山隔开，而只有在这个位置上，河道最为狭窄，架桥的工程量最小，

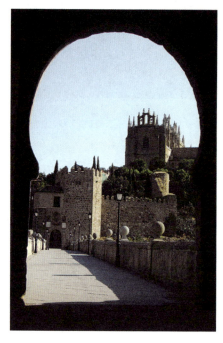

在阿尔康塔拉桥上

最容易。所以从罗马时代开始，这里就已经有了这座石桥，至今一些残存的罗马桥墩还在。大桥一次次被战乱毁坏，人们一次次在残留的古罗马桥墩、西哥特人的桥墩上加建、恢复，也在上面作出新的修饰。

桥下，河水湍急。塔霍河是一条山上下来的河流，人们一段一段地在河流中建造了漫水坝。把河水拦成了一截一截。在漫水坝上有着平稳的水面，坝下河水如小瀑布一样冲刷下来。

我们走上这座桥的时候，有一种惊喜的感觉。不仅桥身造型古朴，而且桥头的大门、塔堡式的收尾，前后呼应，堪称完美。再加上桥下滚滚的河水，背后的古城和阿拉伯人留下的王宫作为背景，一气呵成，是那么沉着。望出去，没有任何刺目的、不和谐的合成材料。一切都是自然的、历史的，古意悠悠。天空、水流、草坡、山崖、石桥和石头城堡，而这些石头构筑物和后来的西班牙建筑不同，装饰十分节制、古朴。

就是在这里，将近一千五百年前，那位西哥特人的公主，和她驮着嫁妆的车马，最后走过这座桥，回望背后的家乡，悲伤地和她母亲告别。这些情节被记录在了一位西班牙诗人的史诗之中。公主最后看到的城市面貌，和我们看到的还完全不同。按照历史学家的考证，刚刚迁都的托雷多，与其说是一座京城，还不如说是一座军营。可是她看到的，一定也是同样的蓝天、同样的河流、同一位置的石桥，还有山岩上的托雷多。

不幸的是，这位西哥特人的西班牙公主，长途跋涉抵达法兰克之后，好景不长。她很快就被法兰克的丈夫抛弃并且偷偷勒死了。把女儿从托雷多送出去的西哥特朝廷的国王，拿到了交易中的城池，也就

4．小城托雷多的故事

对女儿的冤情睁一只眼闭一只眼，不予追究了，任凭那孩子的母亲，遥望北方，日夜哭泣。

这位西班牙国王、冷酷的父亲，他的王位后来传给了他的弟弟。当然也是一个西哥特人。这个托雷多的新主人，又想重操王室联姻的政治游戏。也许是哥哥嫁女也断送了女儿的教训在起作用。这次，他决定娶一个法兰克的儿媳妇进来。他娶进来的儿媳妇，就是上次那个凶手新郎的侄女，当然也是法兰克的一位公主。

这位玩着政治游戏的国王，做梦也没有想到，这个法兰克的公主，使得西班牙的西哥特朝廷，从此山河变色。

法国和西班牙，被比利牛斯的雪顶一山隔开，只有一些时断时续的通道。在历史上，它们始终保持着藕断丝连的关系。西哥特人也曾经冲过比利牛斯山，占领现在法国的区域，但是终于没有站住脚。因此从宗教的角度来看，对西班牙的西哥特朝廷时期来说，比利牛斯山也成为一道界线。天主教的统治在属于今天法国的一边，而比利牛斯山的这边，是信奉阿里乌斯教派的西哥特人控制了政权。

对于西班牙来说，那是宗教上十分困惑的一个时期。外族挟着同源宗教的一个异教派，统治了这个国家。当然也在民间推行自己的信仰。信仰的交错，甚至造成许多家庭的分裂。西哥特人的宫廷，本来就在历史上以内斗凶杀著称，此时，争权夺利更可以假借宗教的名义进行。

可是西哥特宫廷在玩着异国王室通婚的政治游戏时，宗教却并不是一个绝对的禁忌。可见那些以宗教名义在运作政治的君王们，并非真正的信徒。所以这位天主教的法兰克公主，也就能够跨越比利牛斯山，万里迢迢地南下，同样跨越了这座塔霍河上"阿尔康塔拉"桥，踏上了托雷多的街石。虽然在那个时候，这座桥还不叫这个名字。她金发碧眼，来自文明程度更高的法兰克，现在却不幸做了"蛮族的媳妇"。

在这个哥特人的王室家庭里，男人们大概都对政治的兴趣大于信仰，认真的是女人。据历史学家的记载，这位法兰克公主，绝非那位惨死的西哥特公主的柔弱翻版，她信仰坚定、自有主张。结果阿里乌斯教派的婆婆和天主教的媳妇水火不容。最后，国王一怒之下打发儿子去了南方，去治理那片叫做安达卢西亚的南方土地。

他们去南方，要穿过整整半个西班牙。这让我想起，在我们离开中部，出发去安达卢西亚的时候，那位在马德里的朋友说，那一路，你们能看到最好的风景，真想随你们一起去。我们真的看到了中部和南部最壮观的景致。常常不由地惊呼出声。从托雷多出来，也就是从大马德里地区出来，往南一去，就是著名的拉曼却。就是以后堂·吉诃德和他的仆人在四处晃荡的荒原。后来看到历史书，说这个地区在西哥特人时期，还是茂密的森林，而不是堂·吉诃德和我们看到的样子。可见人是多么能糟践东西。

回想这位法兰克公主，脚下没有公路，必须借助最原始的方式翻山越岭。不知旅途的艰难，是不是扫了她领略西班牙南部风光的兴致？这个倔强的法兰克公主、古代的长途旅人，她已经穿越北边的半个西班牙，来到西班牙中心的托雷多；现在又要穿越南部的半个西班牙，去到安达卢西亚的最南端。在她那个时代，男人征战四方习以为常，而女人，还很少有机会如此见多识广。

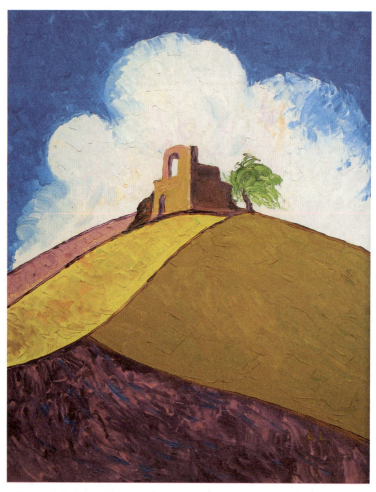

拉曼却城堡印象（作者手绘）

我们前面提到，塞内加的家乡科尔多瓦，是安达卢西亚地区的著名古城，那是他们的必经之地。我想，他们一定也在那里歇过脚，可是那还不是他们的目的地。他们要去的地方，是比科尔多瓦更西更南，还要再远一百公里的塞维利亚。用现代人的话来说，在西哥特人的时代，塞维利亚是安达卢西亚的政治中心。

今天,塞维利亚仍然是安达卢西亚最重要的城市。想起塞维利亚,它的老城立刻就在眼前浮现。烈日当空,那逼仄的小街们,嫌两边的老墙还不足以抵挡午日光芒,就在老墙的顶部之间,扯起一片片如船帆般的篷布,小街在斜斜倒倒的光影下,呈现着斑斓奇幻的景色。这样的街景,我们在黑白的塞维利亚老照片里也看到过,看来,那是一个传统悠久的避暑方法了。可是,我们还真不知道,这位法兰克公主看到的塞维利亚,究竟是什么景象。

当时的塞维利亚和科尔多瓦一样,是安达卢西亚的另一个文化中心。在这个困难的时候,还可以说它是西班牙天主教的"京城",因为西班牙天主教的首席主教莱昂德的大本营,就是在塞维利亚。它和西哥特人的京城托雷多,整整隔开了半个西班牙,天主教和教会的结构都保存完好。当他们风尘仆仆地进入塞维利亚时,莱昂德主教一定喜出望外,他竟然迎来了一位信仰天主教的法兰克公主。虽然这位公主的丈夫、那个将要统管安达卢西亚的主人,是个阿里乌斯教派的"野蛮人",可是在塞维利亚,他是孤单的。你看,就连他的妻子,都是一个天主教徒!

这位西哥特人的西班牙王子,在远离京城的塞维利亚,最终被枕边的妻子、经常出入宫廷的首席主教莱昂德以及天主教的城市塞维利亚本身,渐渐地同化了。就在这个美丽的南方城市塞维利亚,他接受了天主教的洗礼。

消息传到托雷多,国王大怒。或许并不是他如此在乎宗教信仰,而是他有政治的考量。

那个时代,西班牙天主教徒们一向只是散民。他们固然有自己的教会组织，却从来不曾有过政权的依托。古罗马人对天主教迫害也罢，宽容也罢，罗马帝国的政权自有他们自己的天神。在西班牙，天主教会再强，也只是一个宗教信仰的民间组织，和政权无涉，也就一直习惯民间的地位。西哥特人作为一个蛮族入侵，原来就有统治的困难。但是毕竟掌握了大权。入侵者和本地人是政权和民间的关系。西哥特人一定期待着：也许，慢慢地，由王室推动官方宗教，人心也就逐步收归了。

现在，居然一名西哥特王子，一个入侵的异族朝廷的继承者，一个潜在的政治核心，突然归顺了具有广大民众基础的被入侵民族的宗教。就像你闯入火阵，一直在泼水，眼见着、或者希望着周围的火焰会慢慢微弱下去、渐渐熄灭，谁知道就在这个关键时刻，有人突然泼进了一盆汽油！最令国王盛怒难平的，就是泼汽油的家伙竟然是自己的儿子。

国王的估计一点不错，本来就不服蛮族的一些天主教的西班牙城市立即宣布，他们归向这位天主教的哥特王子。对国王来说，最性命攸关的，是完成和巩固对整个西班牙的政治统治，可是要得到外援讨伐叛逆的儿子，却要借助宗教的理由。结果父子兵戎相见的政治内战，又演变成了国际的宗教大战，双方都向国外求援。倒霉的哥特王子，最终时不来运不转，塞维利亚在被围困了整整两年之后投降了。

我们今天看到的塞维利亚，已经没有人再提西哥特时代的围城故事了。他们后来的故事太多、太丰富，那个伤心的降城经历，也被大家有意无意地淡忘了。就在投降之前，这位王子匆匆逃离，顺着当初的来路，直奔一百公里之外的科尔多瓦，在那里，他隐入了一个天主教的修道院。

要从修道院里找出儿子,应该容易得多,国王却没有乘胜追击,怕还是在顾念父子之情。这个叛逆的王子是长子,在他下面有个弟弟雷卡雷多。国王把雷卡雷多派到修道院去,承诺宽恕,要长子回来。当王子真的回到久违的托雷多,国王想起以往种种,还是怒从心中起,恶向胆边生。更何况,回来的儿子,这个蛮族哥特人的王子,历经大起大落,已经是一个参透人生、真正有了信仰的人。他那个重权势的父王,却无法理解自己儿子对信仰的这种执著。他只能把它看作是儿子对自己的背叛和政治的叛逆,对国王来说,宗教和政治,或许从来没有分开和厘清过。

于是,回来的王子成了父亲的阶下囚。就在公元585年4月13日,复活节那天,坚持天主教信仰的王子,在他父亲的命令下被斩首了。第二年,国王也气绝身亡。

公元586年,目睹整个王朝和家庭悲剧的二王子雷卡雷多,继承父亲的王位,成为新的西班牙国王。

旁观者清。作为哥特人的西班牙新国王,雷卡雷多已经明白,作为西哥特朝廷,它的文化落后于原来罗马人统治的西班牙。奉阿里乌斯教派为国教的朝廷,也统治不了天主教根深蒂固的西班牙。因此,他先从政治上转向对天主教徒的宽松,一年之后,他正式受洗,成为一个天主教徒。

这常常让我想起满族清廷入侵汉族以及后来清王朝被汉文化同化的故事。一个文明程度比较低的民族,马背上得江山易,在精神、文化生活的领域,却很难让一个更高的文明真正"臣服"。一不小心,反倒自己在精神上被对方征服了。而西哥特人的统治,后来也

托雷多主教堂

非常像清朝的统治。不到一个世纪,统治西班牙的西哥特朝廷就完全扔掉了他们的日耳曼语。它是哥特人的朝廷,在精神上却是天主教的、西班牙的。如同清朝,满人的朝廷在文化上却是儒教的、中华的。

雷卡雷多国王上台的三年后,公元589年5月8日,他在托雷多召开了西班牙历史上最重要的公会议之一。王室和所有朝臣以及西班牙的大主教、主教们,全都出席了,当然少不了住在塞维利亚的莱昂德首席主教。在会上,雷卡雷多国王庄严地宣告,他以国王的名义,签署对天主教的信仰。这不仅是他个人皈依一个宗教教派的声明,而且是西班牙朝廷和罗马天主教会,第一次合而为一。

按照历史学家的说法,这一事件"深刻地标志着西班牙的命运"。因为,从此西班牙和天主教会的命运就紧密地联系在一起,从雷卡雷多到一千三百年后的佛朗哥。

5. 阿拉伯人来了

华盛顿·欧文在安达卢西亚旅行 * 天主教在西哥特王朝 * 阿拉伯人来了

雷卡雷多开创了一个新的时代。在这样一个国家里,你可以想象,西班牙大多精英都集中到天主教会里。他们是两栖的,有宗教情怀,却没有放弃世俗的理想。

天主教有照管着整个欧洲教会的罗马教廷。可是在那个年代,偏偏地中海不安全,西班牙就有点天高皇帝远的味道。西班牙的教会,就在这一片独特的土地上,开始了他们独立编导的独立演出。

教会因宗教而产生,本身却可能带有世俗社会组织的一切特征。在公元七世纪的西班牙,教会是唯一"正路"的活动舞台,政教合一,给有政治理想的精英,提供了最方便的出口。雷卡雷多把精英们的热情推向了一个高峰。

在公元七世纪,西班牙的学者、知识精英们,就像清代的中国儒士,也在政治领域一展身手,在一个按说是西哥特蛮族统治的西班牙,编出了名垂西方文明史的《律书》和《裁判条例》。只是,他们以教士的面目出现,以教士的身份和感觉在从事活动。他们从基督教引发的道德思考,处处出现在他们的法律著作中,"我们致力于维护国王权力。但是,假如他处于怜悯宽容,发现某个罪犯愿意悔过自新,就应该赦免"。法官不仅要"经验丰富,精通法律业务",并且应能"适度量刑"。

这次去西班牙,我们两次通过不同的道路从巴塞罗那南下安达卢西亚地区,然后从最南端直上最北端的巴斯克地区,然后又从巴斯克穿越东北地区,回到巴塞罗那。在整个旅行过程中,对西班牙多山的地貌,留下了深刻印象。尽管罗马人开凿了公路,可是此公路非现代公路,覆盖的面也很有限,交通仍然是古代水平。

人们或许知道美国作家华盛顿·欧文骑着驴子和骡子的西班牙旅行。记得以前还读到过美国的第二任总统约翰·亚当斯,于美国独立战争时期在西班牙的一次艰难跋涉。他们有大篷车,可是因道路的颠簸,坐马拉的大篷车甚至比骑骡子更不舒服,他们宁可弃车而骑驴,大多数时间更必须步行。即使是有客栈的地方,卧具都要自备。客栈里什么都没有,食物也必须自备。可是偶尔却会有葡萄酒。亚当斯写道,"这儿有我所见过的最多的狂野、不规则的山脉",真正是险象环生。

亚当斯旅行时带着后来也成为美国总统的儿子约翰·昆西·亚当斯。他当时还是个孩子。在小亚当斯的日记里,他写着,"今天没有什么值得写的,就是一直在爬山",路"几乎是垂直的"。

约翰·亚当斯在一封从西班牙发出的信中承认,选择通过西班牙的陆路去法国，是自己犯下的一个大错。那已经是十八世纪的1779年，是在我们讲述的西哥特朝廷故事的一千年之后。可想而知，在七世纪西班牙的交通和通讯是如何困难。可是在那个时候，与外界很少联系的西班牙，却用宗教在积极统一这个国家。

也许，因为是西班牙的天主教第一次得到这个国家，精英们兴奋莫名。他们试图为教士们建立苛严的行为准则，将一些他们认为是文明的东西，渗入到西班牙一个个山洼中、渗入连罗马诸神也未曾涉足的乡村。在雷卡雷多时代，主教是由民众和教士们选举出来的。就连法国的历史学家也认为，当时西班牙甚至达到了法国教会都没有抵达的道德水平。不知道那些充满热情的教士们，是如何在七世纪的大山里翻山越岭，走遍村村寨寨的。他们的决心是，西班牙"只有一种歌声，只有一种礼仪"。

各地的主教们，也一次次地长途跋涉，来到京城托雷多，一次次地举行"公会议"。天主教的"公会议"相当于议会。一度它曾是对王权的约束。可是在七世纪，这只是西方文明在制度上分权和平衡的萌芽，还非常不稳定，不断地发生反复和倒退。

在十五年短暂的雷卡雷多时代逝去之后，西哥特人宫廷的阴谋、内斗和腐败故技重演。而天主教教会长久陷入误区，"六根不净"。教会太世俗、太政治化了。有时候，说它是一个宗教社团，还不如说是一个政治组织。可是在那样的年代，假如教会真的"超凡脱俗"，它又可能被世俗的王权斩尽杀绝。那就像一个恶性循环，一个深不见底的旋涡，在当时似乎根本看不到有走出来的希望。

在西哥特朝廷的后期，由于政教合一，世俗和宗教的司法也混为一谈。政权由于种种原因，要压制西班牙社会的一个特殊群

托雷多原犹太人居住区的一扇门

体——犹太人。犹太人聪明,他们在任何一个社会中,总是有能力很快觅得生存要领,在一些如金融之类的顶尖行业里成功。那种循环的戏剧在各个国家反复上演,在西班牙也并不例外:朝廷们总是在要振兴经济的时候,需要犹太人的帮助,也总是当他们富裕起来之后,要没收他们的财产、把他们踢到社会的底层,甚至踢出去。而天主教出于他们"只有一种歌声,只有一种礼仪"的理想,加入了这场对犹太人的迫害。

在教士们为世俗社会贡献他们的聪明才智,为世俗社会制定《律书》和《裁判条例》的时候,他们已经走到了一个危险的边缘。在他们的世界里,应该只有上帝这一个裁判。现在,他们习惯于自己在世俗社会的裁判角色，他们假借上帝的名义来裁决他人的信仰，糟糕的是，他们又获得了事实上的司法权。西班牙天主教主持的宗教裁判和迫害的传统，从这个时候就开始了。的确，他们改善了司法审判，开始重视证人证据的衡量，而不是"人格保证"，他们建立了西哥特人和本土原罗马帝国的西班牙人的法律平等。可是这种平等是有限度的。因为在他们的法律中明确否定了宗教自由，只要事关信仰，法律平等就靠边站了。

在西哥特朝廷的最后时代，从托雷多的大桥上，还最后一次冲出过远征的大军。

向北，它要平定西班牙北方一个独特民族——巴斯克人的所谓叛乱。结果一路征战，一发不可收拾，一直打过巴斯克地区，打到今天法国的尼姆，就在五年前我们拜访过的那个罗马斗兽场，捕获了尼姆的僭主。今天的旅人们去尼姆，多半是冲着这个斗兽场去的，可是它的内部今天已经是一个现代化的剧场了。向南，大军登上舰船，扫荡了虎视眈眈的摩尔人的海上大军。

那最后一次欢声雷动的胜利凯旋，声震托雷多城。上帝在天上默默看着，一言不发。也许，在给出惩罚之前，他先给了一个隐隐的暗示，指出了西班牙接下来的麻烦来源。南方，那窄窄的直布罗陀海峡对面，有一个伊斯兰教的世界，那是不久之后，持续将近六百年的异族异教对西班牙的局部占领；北方，有巴斯克人，那是西班牙直到今天还束手无策的难题。

西班牙是相对孤立的，北面除了大西洋，就是常年顶着雪顶的比利牛斯山，这山相对隔开了西班牙和欧洲近邻法国，东面的地中海隔开了意大利，南面还是地中海，可是那只是细细的一线直布罗陀海峡，对面就是摩拳擦掌的北非穆斯林。当时的造船和航海水平,加上七世纪、八世纪所风行的对土地城池、金银财宝的野心,这一线海峡实在算不了什么。

可是,只要还没有跨越过来,海峡本身就是一个相当好的隔离带。七世纪的西班牙人,只知道和他们在海上打了一场的阿拉伯人,一支舰队就有一百六十艘船,是一个严重的军事威胁。可是那里究竟在发生什么,或许他们也并不那么清楚。

对面,阿拉伯人正在横扫北非,扫的方向是自东向西。与西班牙南部安达卢西亚遥遥相对的,是今天的摩洛哥,恰是北非的紧西端。就在北非那一带,有一些土著的部落民,所谓柏柏人。阿拉伯人一路扫来,也一路征服着各地的土著,把自己的宗教带给他们,也把他们收入自己的远征军。这柏柏人,正是日后攻下西班牙的主力军。

正因为阿拉伯人是从北非的东头扫过来,所以他们要取得西班牙的话,最好是先到摩洛哥,摩洛哥和西班牙之间的直布罗陀海峡,在小比例的地图上,都不怎么看得出来,在这里,非洲和欧洲,几乎就连在一起了,好像轻轻架上一块跳板,就可以跳过来。西班牙的地理位置本身,恰好首当其冲。正因为直布罗陀海峡的便捷,西班牙本身也成为非洲与欧洲之间的跳板。不管是非洲有人看中了欧洲的珍宝,还是欧洲有人对非洲有了征服的野心,西班牙就必定是战将眼中的头一个目标、大兵们脚下的第一个战场。

阿拉伯人直奔这块跳板而来。就在接近它的时候,被伽太基城死死挡住。柏柏人是一些分散部落,有些已被攻下,那些没有被攻下的,就加入了伽太基城的保卫战。由于希腊人和柏柏人的抵抗,这座城市坚持了很久,直到公元698年,才全部陷落。信仰伽太基神的柏柏人,开始在征服者的压力下改宗伊斯兰教,这个过程还没有彻底完成,伽太基城陷落仅仅十三年后的公元711年,被征服的柏柏人已经被阿拉伯人当作先遣队,送到了去征服西班牙的战场上。

这真是天数。西哥特人的朝廷正一路腐败下来,天主教会又在排斥和迫害犹太教。西班牙正走在一段下坡路的谷底。而对岸阿拉伯人的气势正如日中天。欧洲富裕丰饶的传说在向南传过海峡来。今天摩洛哥这一带,已经成为阿拉伯人统治的一个省,省会就在今天的菲斯城。一路杀来,伊斯兰已经是一个大帝国了。他们习惯把自己的统治者称为哈里发。哈里发派在这个省的代表,叫做穆萨。在北非的辉煌战果,令穆萨站在海边北望西班牙的安达卢西亚,信心满满。

穆萨先让一个释放的奴隶去探探虚实。这位阿拉伯勇士小试牛刀,登上了安达卢西亚一个安宁的港口小镇。一个突袭,轻易就抢回一大堆财物。于是,那被阿拉伯人打败收编的柏柏人大军,就被派出去了。领头的叫做塔里克。

柏柏人最先登陆的,就是距离非洲最近的那一个点——直布罗陀。那是和西班牙相连、伸入大海的一座小岩山,像是个小岛的样子,直布罗陀海峡以此命名。今天这个小小的岛是英国的领土。柏柏人这一登陆,就给小岛定了名字,现在所有的历史书,说到直布罗陀,大多会告诉你,入侵西班牙的柏柏人首领是塔里克,而直布罗陀的发音,就拐着弯来自阿拉伯语的"塔里克的山"。

今天的西班牙能变成欧洲最有异国风情的地方,就是从公元711年的北非入侵欧洲开始的。柏柏人曾经扫平西班牙,越过比利牛斯山脉,直入法兰西。可是你可以想象,前进的速度会越来越慢。打进去还算是容易的,要守住一片原本已经有自己深厚文化的异国土地,就完全是另外一个故事了。结果，打过去又退回来，一直退到还剩大半个西班牙的地方。而欧洲稳住阵脚，就又开始推回来。稳稳神，推回来一片，稳稳神，又推回来一片。最后，就又恢复了原状，欧洲是欧洲，非洲是非洲。

可是，唯有处在边缘的南部西班牙，永远地被改变了。以前罗马人的入侵，西哥特人的入侵，他们都还是同一个欧洲，唯有阿拉伯人的入侵，裹挟着非洲的风，中东的风，以及冷色调的伊斯兰之风。即便阿拉伯人最后又退了出去，可是他们来得晚，留下的东西就多；滞留的时间长了，他们的文化就如泉水，点点滴滴地渗入了安达卢西亚的每一寸土壤。

看着直布罗陀海峡，你不能不感到惊讶。今天，就由这样细细一线蓝色海水划开的非洲和欧洲，还是有着巨大差异。首先是经济上的差异，就像北美的墨西哥和美国。摩洛哥的菲斯，是令所有的旅人欣喜的地方，因为整个城市是一个活着的天方夜谭，要是有一张载着阿拉伯人的飞毯突然飘起来，你也不会感到奇怪。人们还维持着那神话里的生活。可是这也标志着，这里人们的生活水平和欧洲还不能相比。

当然，今天那一线直布罗陀海峡，对非洲和欧洲来说就更不是什么障碍了。几年前在法国我们就注意到，那里有许多北非移民，而在西班牙，摩洛哥人过来更是像走娘家一样，一抬腿就过来了。记得在马德里，我们旅馆楼下的餐厅里卖很好吃的油条。我们每天早上都要冲着这油条去吃早饭。那里的服务员是个摩洛哥小伙子，手脚勤快，对不会西班牙语的我们非常耐心，给我们留下非常好的印象。后来问了朋友，才知道现在西班牙人和前来谋生的摩洛哥移民，在大城市存在一定程度的种族矛盾，也算是一个社会问题。八世纪铁骑直指北方的柏柏人一定没有想到,在一千三百年之后,他们的后代和西班牙人会是这样的一种关系。

那么当年,柏柏人和阿拉伯人之间,又是一种什么样的关系呢?

阿拉伯将领穆萨,让柏柏人塔里克领着大军在入侵西班牙的战争中打头阵,啃硬骨头时,心里的算盘怕是,等塔里克啃下硬骨头,他就跟进收获。没有料到,西哥特人的朝廷是如此腐败而不得人心。当年罗马人打西班牙,打了整整三百年;如今塔里克没费什么大力气,就扫荡了大片的西班牙土地。在那个年代,支撑士兵和将领去厮杀的,就是胜利后的抢劫。柏柏人迅速挺进,也就得手了大批金银财宝。这一来,急煞了阿拉伯将领穆萨。他竟然下令塔里克的军队停下来,等着他到前面去。

塔里克怎么会肯停?就在这里,托雷多,他不仅打下王宫,掠夺了二十五个价值连城的王冠、罗马人留下的稀世珍宝,还有嵌满珠宝的著名"所罗门之桌"。

历史学家们的说法大致不错,这个被送往前方打头阵的柏柏人,在穆萨眼中一钱不值。尽管在穆萨随后到来之时,塔里克献上了所有的战利品,这位功臣还是被罚鞭打和下狱。幸亏这个柏柏人并不像穆萨想象中的蛮族那么粗心,他偷偷藏下了"所罗门之桌"的一只脚,为桌子配上了一只黄金做的新脚。穆萨上当了,他得意洋洋,就在这里,托雷多,宣布西班牙属于大马士革阿拉伯帝国。

最后他们应招,一起带着劫来的珍宝和俘获的欧洲金发碧眼美女们,到大马士革向哈里发进献战利品。"所罗门之桌"是最抢眼的战利品。在哈里发对那只不般配的黄金桌脚提出疑惑的时候,塔里克不失时机,掏出了那只暗藏的原装桌脚,证明穆萨是在贪天之功为己有,这献上来的珍宝美女，是他塔里克冒死抢来的。穆萨的最后下场很凄惨，以后几年哈里发借故杀了他的儿子，把割下的头颅，送到他的面前。

这就是古代，英雄辈出的时代，而英雄往往就是强盗的别名。所有的文明，都在建构他们宏伟的建筑，精巧的艺术，深刻的思辨，而同时也崇尚征服的"勇气"和掠夺的"豪爽"，这有各种史诗为证。在征服中被碾碎的百姓，在英雄伟业面前，只是不值一提的蚁虫。

在局势基本稳定的初期，大半个西班牙在阿拉伯人手中，他们开始瓜分得手的西班牙土地。阿拉伯人仍然是主人，征战最力的柏柏人仍然不在主人眼里。最后，阿拉伯人自己占了最富庶也是最安全的南部——安达卢西亚。而柏柏人被赶到中部贫瘠干旱的山区。对柏柏人来说，在这样的地方扎下来，要困难得多。为了生存，他们马上开始和西班牙人通婚，很快同化。以至于有许多历史学家认为，柏柏人的占领区，应该算作和西班牙人的共同统治区，他们同化的速度太快了。从人种上说，西班牙也就有了更多的欧非混血儿，黑黑的头发，颜色复杂的眼睛。

时过境迁，今天西班牙人对这段外族入侵和统治的历史，几乎是津津乐道，这是他们的旅游产业的最佳卖点。今天，在巴塞罗那的飞机场，还有大型黑人模样的历史壁画。这就是摩尔人，是后来西班牙人对信仰伊斯兰教的各民族的含含糊糊的统称，柏柏人当然也在其中。我看着壁画，突然觉得眼熟，我们小时候其实就听说过摩尔人了，那就是莎士比亚笔下奥赛罗的形象。那个英勇善战、妒火中烧，演出一场悲剧的奥赛罗，那就是柏柏人被浪漫化了的故事吧。

有些导游书有时会夸张地说，西班牙被摩尔人统治了八百年。其实今天的西班牙版图，从来没有全部被阿拉伯人占领过。

阿拉伯人曾经占据了大约三分之二的西班牙国土，历时三百七十五年，不过北部不在他们手中。这以后，阿拉伯人退到大致半个西班牙的位置，这样又过了一百六十年。然后，他们几乎完全被赶出了西班牙。可是对立阵营之间，由于两个将领的一个奇异故事，使得安达卢西亚版图上，格拉那达附近奇迹般地留下了一个钉子大小孤立的阿拉伯小王国；这一留，就是二百四十四年。这象征性地留下来的格拉那达，仿佛只是为了给阿拉伯人征服西班牙的故事，留下一个凄迷的传奇。

相当稳定地留在阿拉伯人的统治下的，主要是南部的安达卢西亚地区，有五百多年。

所谓的阿拉伯西班牙的故事，就是安达卢西亚的故事。

6. 阿尔扎哈拉的废墟

**我们到了科尔多瓦*拉赫曼一世打下了科尔多瓦*
拉赫曼三世自称哈里发*鲜花之城的诞生和毁灭**

阿拉伯西班牙，曾经像一颗流星，慢慢地划过安达卢西亚。而科尔多瓦是它最耀眼的一个瞬间。在它的光亮和热闹面前，出生在这里的罗马哲人塞内加悄悄后退，把自己的黑色的身影，默默隐入历史深处。

我们和朋友们一起开车从马德里南下，匆匆到了安达卢西亚的格拉那达，又开车沿着地中海回到巴塞罗那。在离开西班牙之前，我们决定再一次南下，再来安达卢西亚。最吸引我们的，就是科尔多瓦。

第二次南下，只有我们自己。在巴塞罗那像幽魂一样晃了一天以后，上了夜车。在欧洲坐火车，最好是早些定下行程，早些买票。火车有快车慢车的不同规格，还有各种各样的优惠。只要行程确定，最好一次把所有的车票都买好。可是这种日程和车票计划得非常精细的旅行，兴许又失落了旅行的魂灵，无法流连于旅行中出现的意外发现和惊喜。旅行的精髓是一种流浪感，特别是在不同文化中展开的异域漫游。一切都事先安排，不能临时变通，就缺了那种流浪的感觉。但是对我们这样并不宽裕的旅行者来说，样样都事到临头才安排，多花钱也是有点头疼。

这是第一次在欧洲坐卧铺夜车。买票的时候才知道，这里的卧铺假如不花比较贵的包房票价的话，就是男女分开的小间。每间四个人，面对面的上下铺，通向走廊的一端有门，像国内的软卧。这一个晚上，本来希望能好好睡一觉，可是孤身置于其间，才知道三个西班牙人，那才叫是一台戏！不认识没关系，照样彻夜长谈。我不懂西班牙语，一点儿不知道他们聊的是什么，一夜下来，对西班牙语干脆响亮、无间无隙、没完没了地一串串冒出来，留下深刻印象。第二天早上一碰头，我们碰面后相互看看脸色，不用问，就知道昨夜的处境大同小异。

我们先到的是塞维利亚，在那里喘息几天，再转到科尔多瓦。

这次出门才知道，在欧洲旅行，我们选的出发时间恰好是过了旅游旺季。9月15日以后，学校开学，旅行的主力军学生们都回学校上课。机票便宜一截，旅馆也相对要空得多。自己临时找旅馆的经验，是直奔老城。这些城市其实都现代化了，只是它们明智地保留了整片的老城区。旅人们要去的地方，总是集中在那儿，小旅馆们也云集在那里。住进老城区的家庭小旅馆是最合算的。这些家庭小旅馆，一般自己都没有洗被单的设备，总是外包出去。每天，洗衣铺的车子，在大街小巷里穿行，给一家家小旅馆送来干净的床单，取走换下的。洗衣铺专业洗出来的被单，白白净净。这些旅馆的风格,和美国的小旅馆不同。它们不用化纤的花布床罩和廉价装饰,来试图提升规格。欧洲小旅馆们追求的风格,总是让我想起美国保留了古欧洲传统的阿米绪人,他们的美学标准是简洁干净,不论色彩还是形式,都是如此。

美国小旅馆也有它方便的地方,它有一些基本的简单功能,例如制冰机、投币洗衣机和烘干机。来西班牙之前,我就把洗衣服的事情想得太简单。在这里,假如住的是小旅馆,那么一边旅行,一边还要操心用最原始的方法洗衣服和晾干衣服。对一个疲惫不堪走了一天的旅人,这也是个不小的负担。

在科尔多瓦火车站下车,东南西北都不知道。在车站的旅游中心要了一张地图,还是不知道我们要去的老城区在什么方向。西班牙人对问路的特别热情耐心周到,话语滔滔,问题是他们大多不说英语。我们的经验是找年轻一点的问,碰运气。这一次比较运气,碰到一个骑自行车旅行、来自说英语国家的旅人。他指点方向,告诉我们老城不远,走去就可以。顶着大太阳,挑树荫下走了二十来分钟,最后在科尔多瓦美术学院旁边的小巷子里,找到了这样一家小旅馆,放下行装,先在老城的小巷里漫游,没有目的,也不知方向。

如今来这里旅行的,欧洲人最多,尤其是北欧人。对他们来说,安达卢西亚有百利而无一弊:路途近,有现代欧洲的舒适,有干燥暖和的气候,更有完全不同于欧洲的异国风情。所谓的异国

科尔多瓦的花城:阿尔扎哈拉废墟

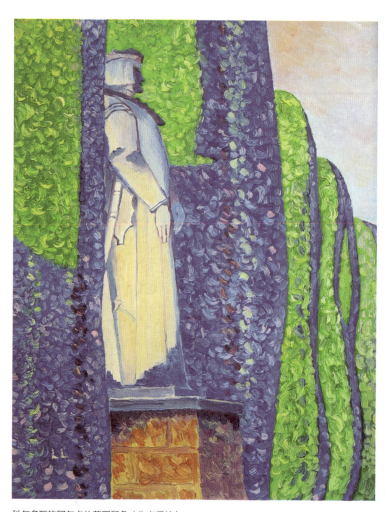

科尔多瓦的阿尔卡扎花园印象（作者手绘）

风情，就是阿拉伯风味和伊斯兰文化。毕竟这里被阿拉伯人统治了五百多年。阿拉伯人的统治，和罗马人完全不同。

不知怎么，罗马人就是有这个能力，把一个幅员广大、依靠征服得来的异国土地，生生统一成大罗马帝国。而阿拉伯人从征战的第一天开始就相互不信任，分裂而内斗不断。如此推算，他们最后退出西班牙，其实也是历史的必然。所谓的阿拉伯西班牙，经常是不断变化的各个王国。其中最精彩的一个，就是在科尔多瓦。

科尔多瓦曾经盛极一时，成为西班牙的拜占庭。其发端就是阿拉伯人的一场内部叛乱。公元750年，远在大马士革的阿拉伯帝国统治者倭马亚王室，被阿巴斯家族攻下大马士革，篡夺了王位。新的哈里发自称"吸血魔王"，他得到了前哈里发的头颅，尚不肯善罢甘休。于是，设了一个阿拉伯鸿门宴，残酷扑杀了前王朝八十位领袖人物，又对王室子孙斩草除根。唯一一个逃出来的王室后裔，是老哈里发的一个孙子。他被严密搜捕，吓得魂飞魄散，一路不敢停留。他泅过宽阔的幼发拉底河，逃过今天的巴勒斯坦和以色列，逃过埃及、越过今天的利比亚和阿尔及利亚，几乎穿过整个北非，直到最后，惊魂未定地站在今天是摩洛哥的地中海边。

当初，就是这个倭马亚王朝下令给北非总督穆萨，入侵西班牙。穆萨又下令柏柏人充当先遣军。就在这个地方，柏柏人的首领塔里克站在这里，看着西班牙如囊中之物，雄心万丈。他们怎么会想到，不到四十年，大马士革的统治者，竟然被自己人赶下来，惶惶落荒而逃，地中海对岸西班牙的安达卢西亚，竟成了他唯一的出路。

安达卢西亚，成了阿拉伯统治的边缘地区，是这位王室后裔的最后选择。他渡过海去，看中了美丽的科尔多瓦。然而就连科尔多瓦，也在他的仇人阿巴斯家族的掌控之中。

大马士革的政变早已震动了彼岸的安达卢西亚。这里本来已经足够复杂,有阿拉伯人、叙利亚人、波斯人和成分复杂的所谓摩尔人。他们在宗教上都逐渐随了征服者阿拉伯人,成为穆斯林。可是在政治上,所有的人都相互猜忌重重。这一变动本身,使伊斯兰帝国在内部大开杀戒,只是得胜者还没来得及杀到西班牙来而已。顿时,统治安达卢西亚的阿拉伯上层贵族一片惊慌。忠于原来王室的人很怕被杀。现在,来了个旧王室的落难王孙,赶紧拥戴他起事夺权,稳住一块他们的阵地。

这也是他最后的机会了——这位倭马亚王室被杀剩下的仅有后裔纠集人马,一番苦战之后,终于拿下了科尔多瓦。只是这次打败的对手,也是阿拉伯人。这位落难王孙,后来被称为拉赫曼一世。

他一上任,就在科尔多瓦着手建造一座大规模的清真寺,有人说,这是拉赫曼一世在表达对大马士革的留恋,他是在仿照家乡的清真寺。拉赫曼一世的一生是阴郁的,他在科尔多瓦站住脚之后,还打败过阿巴斯王朝的讨伐。他把对方败将的头颅割下来腌制收藏,还时不时给阿巴斯王朝送去几个。

面对麦加祈祷时匍匐在地的拉赫曼一世,也许是忧伤和悲哀的。麦加是他的圣地,大马士革是他的家乡,可是他们却又是被逐出的一支。他要永远留在西班牙的安达卢西亚,死在科尔多瓦了。

我们漫无目的,转着转着,就转到了一个城门口,绕行在科尔多瓦的城墙之外,我们不由地疑惑:拉赫曼一世,他还能有征服者的豪情吗?

也许,这场变故真的改变了世界。从此大马士革不再是阿拉伯帝

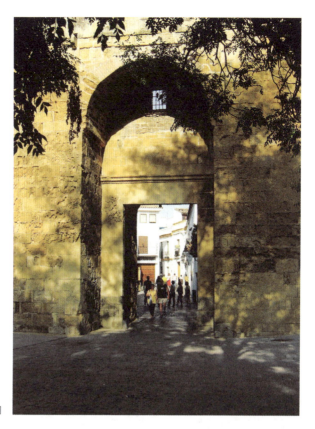

科尔多瓦的城门

国的首都,阿巴斯家族夺得政权,可杀得太多,积怨太深,在大马士革不再有安全感,就把首都匆匆移往今天伊拉克的首都巴格达。这让我想起小时候看过的电影《巴格达的窃贼》:那欣欣向荣、充满魔力的巴格达,闭上眼睛,我就把它想象成阿拉伯帝国的首都光景吧。这场变故之后,不仅西班牙离开了原来的阿拉伯帝国,北非也纷纷独立为自己的小王国。阿拉伯世界,从此大一统的美梦不再。

不少西方历史学家认为,若不是阿拉伯人的这场内斗大伤自己的元气，很可能一鼓作气真的征服欧洲，战胜基督教的西方世界。若是那样，今天的欧洲人就都要念《古兰经》了。结果，不仅阿拉伯人北上只不过蜻蜓点水、匆匆退回西班牙南部，法国纹丝不动，而且法兰克人还来到了巴塞罗那。这给基督教世界在西班牙留下了准备光复的坚实基地。同时，这场变故还使得科尔多瓦在拉赫曼三世的时候另立山头，自封哈里发，挑战巴格达的权威。就是这个科尔多瓦，摇身一变成为阿拉伯世界另一个都城，和巴格达平起平坐！

那是科尔多瓦的极盛期，在公元十世纪达到顶峰。我们碰巧穿过的这个石拱城门和城墙，就是十世纪的城墙。阿拉伯风味的城墙非常简洁，装饰适度，是一种精致的朴实。城墙有六米之高，两米厚。城墙雉堞口略有些细长，上面是尖尖的四坡顶，成了西班牙的阿拉伯建筑符号之一，在今天的西班牙到处可以看到。哪怕是新修的城墙，也会有意识地使用这个符号。今天的西班牙人，是以一种正面的、放松的心态，来面对这一段被异族征服的历史。他们赞赏在自己土地上发展的伊斯兰文明和艺术，完全把它当作自己的骄傲，有时甚至热情到了有点滥用马赛克的地步。

十世纪的高峰期，是倭马亚王朝在西班牙的第七代君主乃拉赫曼三世时期。两百年下来，拉赫曼三世的心态，早已经和拉赫曼一世完全不同。他生在西班牙长在西班牙，他已经是科尔多瓦人。那个拉赫曼一世，明明是哈里发的孙子，却因他的家族被人篡夺王位而深陷在一种惶惶然的流亡心态之中，一生不敢宣布自己才是哈里发。可对于拉赫曼三世来说，他没有理由要那么在乎什么大马士革和巴格达，科尔多瓦就是他的家乡，他是正宗倭马亚王朝的传人，他理直气壮地就宣称自己才是哈里发。

科尔多瓦伊斯兰建筑形制的城墙

科尔多瓦城墙

6. 阿尔扎哈拉的废墟

拉赫曼三世是有底气的。在他以前的拉赫曼二世就已经是西方最富有的君主。而拉赫曼三世更是富有得出奇，他的王朝每年有一千二百万金第纳尔的收入。两百年下来，拉赫曼手中的科尔多瓦，已经成为伊斯兰世界最繁华的城市之一。当时的西方还处在中世纪的黑暗中，而在欧洲的边缘，伊斯兰文明竟然早意大利五个世纪，就已经"文艺复兴"了！在拉赫曼三世前后，科尔多瓦整整兴旺了一百年。

科尔多瓦城墙外，除了罗马时期的哲人塞内加的黑色塑像，还有一个阿拉伯哲人的大理石塑像，他叫阿威罗埃斯（Averroes）。科尔多瓦人把他们两人的塑像放在这里，他们理所当然认为，这两个分属罗马西班牙和阿拉伯西班牙的哲人都诞生在这里，他们就是科尔多瓦的儿子。

阿威罗埃斯是科尔多瓦出色的儿子。他的祖父和父亲，都是科尔多瓦的法官。阿威罗埃斯是最重要的伊斯兰思想家之一，是对伊斯兰哲学最有影响的人。除了哲学之外，他的著作还涉及医学、物理学、神学、法学、天文学、文法等等。他思考哲学和宗教之间的关系。西班牙伊斯兰王朝的几代哈里发，都能够开明地对待西方世界的传统文化。他们并不认为东西方文化就必须是对立的。因此他们支持一代代伊斯兰学者研究和引进西方文化。

在这样的时代里，也唯有在哈里发的支持下，阿威罗埃斯才可能有如此的作为。他对希腊哲学家亚里士多德的大部分著作，进行了一系列的摘要、注解和评论。阿威罗埃斯还写出了《柏拉图共和国评注》，在这本书中，他提出宗教和哲学具有同样的目的。他作为一个伊斯兰教徒，认为信教者在今生来世都会因为信教而幸福。他

科尔多瓦城墙外的伊斯兰学者阿威罗埃斯的塑像

阿尔扎哈拉的废墟

废墟

又认为，伊斯兰的诸多概念和柏拉图的一般法则，有很多共同之处。他对政治哲学有很深的研究，研究又带有明显的伊斯兰特性和风格。

就在这个10世纪的城门内，我们找到一个科尔多瓦的旅行问讯处，这对我们来说真是救星。在他们这里能够使用英语，七七八八的问题都可以问上去。我们先要打听的，就是拉赫曼三世建立的花城：阿尔扎哈拉（Medina al-Zahra）废墟。历史学家们总是赞叹，说这倭马亚的君主们，怎么个个都那么热衷于建筑。当时的安达卢西亚，据说是全世界最都市化的地方。

拉赫曼三世被称为是西班牙的路易十四，就是说他像路易十四那样，既有强硬的征战能力，又精于外交。他接手统治的时候，只有二十一岁。那时候，周遭地区盗匪四起，塞维利亚和托雷多都在闹独立，他实行威权和平衡的手腕并举，胡萝卜加大棒，三下五除二，就修补了各种裂痕。然后，公元929年，他宣布自己是正宗的哈里发，自加的封号是：为真主而战的人。

他上台的时候还很年轻，所以在平定叛乱，稳住天下之后，还有足够的时间享受他哈里发的皇家生活。他对居住着一百万人口、喧杂的科尔多瓦，已经感到不耐烦。就在这个时候，他从一名侍妾那里得到一大笔财富。传说他是听从了某位宠妃的建议，用这笔财富以宠妃的名字"阿尔扎哈拉"，建造了一座巨大无比的皇宫。从公元936年开始，在整整二十六年里，始终有一万名工人、一千五百头牲畜，为建造皇宫在干活，直到公元961年才完成。这就是所谓的"阿尔扎哈拉"。也有历史学家认为，拉赫曼三世建造这座建筑物的真正原因，是由于他刚刚自封为哈里发，唯有一座精美的皇宫，才能让拉赫曼三世真正感觉到他作为哈里发的尊严。

废墟

在这二十六年里,根据历史记载,每天有六千块雕琢方正的石头投入使用。有四千根大理石柱和玛瑙柱是从罗马、伽太基、拜占庭,甚至是从法兰克国家运来。有一万五千座门被敷上了铜箔。哈里发的殿堂有十六道大门,每边八道,都用镶嵌着乌木、象牙和宝石的拱形门框,拱框又有透明的水晶柱支撑。在一些记载中说,大殿中央有一个水银喷泉,另一些记载说是水银池塘。总之,设计和装潢都极尽豪华奢侈。

这座宫殿成为世界上最豪华的住所。有大约两万五千人生活其中。其中一万三千男仆,六千女人,三千侍童和宦臣。这漫漫无边际

废墟

的皇宫，住满皇亲贵族、嘉宾贵客，再加上为他们服务的各色人等，形成了一座独特的离宫城市。

这座宫殿位于科尔多瓦西南五公里。我们打听到，科尔多瓦每天有几班旅游车送游客去阿尔扎哈拉。我们得到了班车的时间表，买票的地方是在科尔多瓦皇宫大门对面的一个小亭子里。尽管这只是一点简单的信息，可假如没有这个问讯处，要向彼此语言不通的西班牙人问清楚，怕是指手画脚半天，仍然不得要领。

我们买了票，为怕误车，早早就等候在瓜达尔基维尔河边的车站。河边几乎就是停车场，停了各种各样的大型旅行车。我们在炎热

废墟

的阳光下,拿着车票在马路两边一辆辆画得花里胡哨的车子附近转悠,汗水还没来得及出来,就被太阳蒸发了。开车的时间快到了时,才发现三三两两拿着同样车票的游人开始聚在一起,我们也加入进去,心才踏实起来。想想有些好笑,我们只是来得太早了。

去之前我们就知道,记载中金碧辉煌的"花城",已经只剩下一点断壁残垣。可是,遗址却会因为它承载了一段历史变迁,所以能够表达出完美建筑所无力表达的东西。阿尔扎哈拉的位置在山与平原之间的缓坡上,山坡上点缀着银灰色的橄榄树。虽然刚

废墟

刚夏末初秋,平原已经一片枯黄,这是干旱的颜色。牛群懒懒的,三三两两在黄色的牧场上觅食。从银绿色的山坡走下来,接上起伏的金黄色的原野,偶尔点缀着几丛树,黑色的牛徘徊其间。就在这黄色和绿色的交界处,一阶一阶地,皇城的遗址十分壮观地在台地上伸展开来。

皇城的上半身,基本都被毁去了。那天是我们在西班牙旅行期间的唯一一个阴天。没有了阻挡的墙,干干的风直接扫过街道、扫过回廊、扫过贵族的书斋、妃子的绣房,扫过拉赫曼三世的殿堂,吹起枯叶和沙土,扑扑簌簌地在昔日辉煌中穿行。站在这里,需要怎样的想象力,才能透过一千年的岁月,看到这荒原上的废墟,曾经是怎样的光景!

废墟

6. 阿尔扎哈拉的废墟

废墟

不仅有轻纱曼舞的阿拉伯女子,不仅有吟诵篇章的诗人,这里还是新哈里发展示威严的地方。拉赫曼三世曾在此召见基督教国家的使节们,他下令从科尔多瓦城门到阿尔扎哈拉,一路铺上毡席,两边兵卒夹道,军刀相交,形成闪着寒光、仿佛无尽头的兵器拱道。到了阿尔扎哈拉,地上铺着华贵地毯,两边是衣衫华丽的贵族。再进入一个庭院,地上是干干净净的一席黄沙,拉赫曼三世垂目端坐沙地,面前是一本《古兰经》、一把军刀、一个火盆。使节们匍匐在他的面前时,他抬起头说,安拉命令我请你们顺从他的意志,他指指《古兰经》。又说,如果你们拒绝,我们要用这个强迫你们,他指指军刀。要是我们把你们杀了,你们就要到那里去。这次他指的是火盆。据说众使节们全被镇服,大气不敢出,一个个同意了这位科尔多瓦哈里发开出的条

废墟

件,签字画押,魂不附体地回去了。

　　站在原来拉赫曼三世宫廷的地方,想起在历史书里读到的这段描述。想象着如此具有戏剧性的一幕,我们不由赞叹这位哈里发对节奏的掌握,对权威的渲染,对使节们心理的掌控能力。

　　站在废墟上,我们也真切地感受到威权的不可靠。这个竭尽金钱与权威、才华与能力建造起来的人间天堂,在公元961年完成之后,只存在了五十年。比建造它花费的二十六年时间,只长了一倍。这是何等的浪费。

　　世事难料,科尔多瓦是撞上了伊斯兰世界的一次"法国大革命",虽然它比真正的法国大革命整整早了七百多年。谁也没有想到,处于文明巅峰的科尔多瓦,竟然毁在塔里克的后裔们手里。

拉赫曼三世去世后，几经传承，权力落在一个软弱君主的腐败首相手里。于是革命发生了。有的历史学家把它叫做"伊斯兰世界的法国大革命"，这是因为它和法国大革命有非常相似的地方。它原本是一次所有派别赞同的废黜哈里发手下腐败首相的行动，结果却导致了底层民众参与的暴动。革命群众又很快失控，开始放火抢劫。

　　这是在1012年，柏柏人洗劫了科尔多瓦。这些当年打西班牙立下头功，却被赶到贫瘠平原和山区的柏柏人，一代又一代过着艰难的日子。他们也是穆斯林，可是两百年来，从没有停止过对阿拉伯贵族的怨恨。柏柏人积怨难平，一旦引发，不可收拾。在柏柏人的底层民众对科尔多瓦的洗劫中，杀了几近半数的居民，把杀剩下的都驱逐出境。科尔多瓦被宣布为柏柏人朝廷的首都。可以想象，这

废墟

废墟

6. 阿尔扎哈拉的废墟

废墟的柱头

废墟的柱础

样的暴力政权很难持久。柏柏人的政权只维持了十一年。在此期间，阿尔扎哈拉却在劫难逃，几乎被夷为平地。先于阿尔扎哈拉被焚毁的，还有城东同样规模、属于首相家族的另一座宫城"阿尔扎希拉"（al-Zahira）。它存在的时间更短，只有三十一年。

我们在废墟里穿行。文明的积累需要长久时日，毁灭却只需瞬间。

在今天的阿尔扎哈拉废墟中，仍然可以从留下的一堵残墙、几个券拱、一片浮雕、半个殿堂中，看到十世纪科尔多瓦的艺术成就，想象它当年的盛况。保存最完整的是拉赫曼三世的起居室和会客室。在那里，我们细细辨认着一个个从希腊科林斯柱头变化而来的石雕柱头。它们与雕着编织纹饰的柱础上下呼应，十分典雅。有的柱础上，还用阿拉伯文字，记录了厅堂建造的年代。

可是，建造阿尔扎哈拉的拉赫曼三世在哪里？捣毁阿尔扎哈拉的柏柏人又在哪里？

浮雕"生命之树"

在拉赫曼三世的会客室里，象征着生命之树的石板浮雕不断地重复出现。这是典型的伊斯兰浮雕艺术的精品。它构图丰满却不烦琐，细致却并不纤弱。它的曲线柔和，却是有力度的。它生机勃勃，坚定地向上生长，有枝有干，有花有叶，累累硕果。整整一座皇城，被毁得只剩一点墙基，可是真是奇迹，有着生命之树的这个厅堂，却大部分还能修复。生命之树，在这样一个千年的废墟上、在不同的碑刻上，一次又一次顽强地呈现。

同车的游客来自世界各地，每个人都来自一个特殊源头的文明，每个人站在这棵历经千年不死的生命之树面前，都会有自己独特的感受。站在仅有五十年寿命的阿尔扎哈拉的废墟上，我们看到的现实是，生命是短暂的，文明是脆弱的。可是，废墟的存在，又让我们看到，任何一个文明，都有它生命力非常坚韧的那一部分存在。

7. 历经沧桑的科尔多瓦主教堂

** 罗马人的神庙早已消失 * 废墟上建起了清真寺 * 清真寺变成了主教堂 * 科尔多瓦全盛时期的宗教共存和冲突 **

我们在科尔多瓦住了三天。每天清晨起来,在附近小广场边的一家咖啡馆吃早饭。西班牙的咖啡加牛奶味道非常好。在美国,人们若要在早上喝点橙汁,多半是从纸盒里倒出来的工厂产品。在西班牙,大城市或小城镇,大大小小的咖啡馆,只要说喝橙汁,他们总是会掏出鲜亮的橙子,放进奇奇怪怪的自动榨汁机里,机器总是透明的外壳,让你能看到榨汁的过程。橙子是西班牙的特产。

每天,有很长的时间,我们只是在大街小巷里走,怎么也看不够。那完全洁白的小巷,走过一个黑黑长发、全身粉红的西班牙女子。半开半合的窗子里,在幽暗的阿拉伯房间里,铺着软软的卧铺。吉卜赛女郎拿着一束小草笑着迎上来,你要是接了,她会把你的命运预先

科尔多瓦的原犹太人居住区

7. 历经沧桑的科尔多瓦主教堂

科尔多瓦的民居

告诉你。一个大庭院里，有一个陶艺展，安达卢西亚的陶艺很有名气。这里每个艺术家都有自己非常独特的风格，他们相互之间是那么不同，可是所有的作品，却都带着浓浓的阿拉伯味道，漂亮极了。

科尔多瓦主教堂

在那个庭院的角落里，有一个咖啡馆，我们想坐下来的时候，已经是落日时分。庭院里的室外桌椅已经关闭了，只能到地下的店堂里，它的一面墙毛毛糙糙地裸露在那里，却用绳索隔开，那是一面受保护的罗马时期的墙。这个城里，到处都是历史。隔开一条街，就是科尔多瓦几经拆建的、最大的一个建筑：主教堂。

我们每天都要几次围着这座当年的清真寺、今天的天主教堂绕上

科尔多瓦主教堂

7. 历经沧桑的科尔多瓦主教堂

几圈。记得刚到的第一天,还没有进去,仅仅那高高的台基上一排该有千年历史的阿拉伯风味的门,就把我们震住了。

到了晚上,又是一番完全不同的光景,在投射的灯光下,周围那些小街小巷、琐琐碎碎都消失了,一切都隐在黑暗里,只有这个七十九米边长、有着穆斯林风格的主教堂,像月亮一样,发出神秘的光芒。小巷游人散尽,坐在这个台阶上,坐在那一排百看不厌的门下,不由想起由这个主教堂的沧桑变幻所折射出的不同宗教相处的历史。

公元六世纪,在罗马人神庙的遗址上,曾经建立了一个规模巨大的、包括教堂在内的天主教修道院。直到两百年之后的阿拉伯人入侵后的公元785年,它还没有被毁。因为阿拉伯人在公元711年入侵时,这个城市最后是投降的。在投降的协议上写明,科尔多瓦必须把这个修道院的一半,交给阿拉伯人建清真寺。

科尔多瓦主教堂

任何一个宗教，都把自己的崇拜神的殿堂看得很重。据历史记载，这样的投降条件，在阿拉伯人入侵西班牙的时候相当普遍，几乎是一种例行条件。站在入侵者一边，很难体验科尔多瓦人亡城的屈辱。

就在这里，修士们、科尔多瓦的基督徒们，眼睁睁地看着自己有着两百年历史的半个修道院

科尔多瓦主教堂局部

被占用了。这个协议维持了七十四年，就在这堵厚实的围墙里面，一半人在向上帝祈祷，一半人在诵读《古兰经》。但是，建筑物原来的规模基本还在。

在拉赫曼一世流亡科尔多瓦之后的公元 785 年，这个王室的后代决定把清真寺扩展到和他的地位相称的规模。同时阿拉伯人当局长期推行宗教改宗之后，星期五上清真寺的人也越来越多，有了扩展的确实需要。于是拉赫曼一世向基督徒提出，要购买剩下的那一半修道院和教堂。这个提议在一开始遭到拒绝。最后，基督徒们迫于统治者的压力还是让步了，而拉赫曼一世也依照承诺付了钱。科尔多瓦最大的一座天主教建筑，就彻底被平毁了。

拉赫曼一世期待中的新建清真寺当是美轮美奂。但它也是建立在当时一个宗教对另一个宗教的排斥和压迫之上的。建造它的工人，大多是征服北方后被抓来的基督徒，资金也大部分来自被征服的基督教君主们缴纳的赎金。

7．历经沧桑的科尔多瓦主教堂

也许，拉赫曼一世是把它看作自己对家乡的怀恋；也许，如一些历史学家认为的，这是他在动乱年头的一点慰藉。总之，据说他经常亲自去监督工作，希望自己在去世之前，能够在这个华丽的新寺院中，主持一次感恩祈祷。可是，在清真寺破土动工的两年之后的公元788年，这位郁郁寡欢的流亡者就去世了。他的继承王位的儿子，接手了清真寺的建造工程。

此后整整两百年，几乎每一个统治者都在这个清真寺里加上他自己的那一部分。到了十世纪，这个清真寺已经长达七百四十二英尺，宽四百七十二英尺。

有人认为，严格地从建筑艺术上去看，最初的科尔多瓦清真寺并不是纯粹的穆斯林建筑。他们的理由是，建造这个清真寺的时候，

科尔多瓦主教堂内部残留的清真寺建筑

科尔多瓦主教堂

还处在伊斯兰建筑艺术兴盛的早期,它采用了大量西方建筑的构造。也许是因为用了那些希腊式柱头,西方世界甚至有人把它称为是最后一个希腊建筑。后来我才读到,这个清真寺在建造的时候,从废墟中收集了一批罗马和西哥特时期留下的珍贵石料的现成柱子和柱头,直接就用在了清真寺里;或许其中也有他们拆除的教堂原址上的一些构件吧。

除了这些希腊式的柱子柱头,这个清真寺确实还有明显的罗马后期建筑的痕迹,例如用白色的楔形拱石和红砖相间做出马蹄形券拱,既朴素又有装饰意味。这种做法从罗马后期,一直沿用到西哥特建筑。可是在我们看来,尽管它继承了西方古建筑的一些要素,即使在今天,它已经又改建成了一个天主教堂,但是在感觉上,它仍是一个伊斯兰

科尔多瓦主教堂内部残留的清真寺建筑

建筑。

首先是它的外观非常独特。清真寺的四个立面,完全是一座石的城池。这个基本外貌一直保存到了今天。高高的城墙,当时有十九座大门。据记载,当时大门之内的净洗室,整个长方形区域都是彩色琉璃的地板,四个喷水池都是用整块的大理石凿制。整栋寺院用了一千二百九十根柱子,大厅有十一个区域二十一个通道。

科尔多瓦在十世纪到达了极盛期,穆斯林建筑此时也完全成熟。这座清真寺已经是当时举世闻名的艺术精品。今天的我们,已经无法再看到这个当年伊斯兰建筑珍宝的全貌了。可是,哪怕是遗留的部分,我们仍然可以感受那种清真寺营造的特殊气氛。在四周几乎是无边际的空间里,它的内部如同是无数精美柱子组成的幽暗森林,柱子上面是变化的各色券拱。色彩是丰富的，还有着岁月沧桑为之协调。它被历史做旧，却一点不颓废。可以想象，当服装简洁的信徒们静静跪下，在万盏烛台和油灯下，他们洁净的白色映衬镶嵌雕饰中的宝蓝和孔雀绿，金饰银钉在其间一闪一亮，那是何等壮观。

那么在科尔多瓦的盛期，在一个伊斯兰教统治的地区，他们和原来的基督教是如何相处的呢？他们之间当然有过许多不愉快的经历。这个清真寺的建造，就是独具象征性地建立在对另一个宗教圣殿的蔑视之上。可是在那个年代，一个作为征服者的宗教，能容许另一个宗教的存在，就已经很不容易。他们的教义是不同的，崇拜的神是不同的，所以共存需要宽广的胸怀和相当高的智慧。

科尔多瓦也发生过严重的宗教冲突的事件。例如，一些穆斯林有意让一名天主教士按照《圣经》讲出对穆罕默德的不同看法，又以此为据把他扭送法庭，告他"咒骂真主"。结果在穆斯林的拜兰节，这名教士被处以死刑。愤怒的天主教徒们，在科尔多瓦街头，抬着被砍去头颅的尸体游行。有狂热的天主教徒们，掀起自杀性地挑衅伊斯兰教的热潮，局面越发变得不可收拾。其中非常著名的，是两名年轻少女，在我们眼前这条瓜达尔基维尔河畔一个叫做真理营的地方，被执行斩首。就在这样不可开交的时候，一些天主教的主教站出来，谴责自己的教徒们这种狂热的挑衅和自杀行为，并且和当局达成协议，穆斯林的当局也抓住这个时机，把冲突缓和下来。这才又开始了一段和平共存的年代。

随着科尔多瓦的伊斯兰文明鼎盛时期的到来，当局对其他宗教也显得越来越大度和宽容。伊斯兰文明以它本身的辉煌成就，自然地吸引和征服了西班牙人。最后，不管是谁，不管是阿拉伯贵族，还是北非从属阿拉伯人的黑人穆斯林，他们最终就都被西班牙人叫成了摩尔人。安达卢西亚地区就被叫做摩尔人西班牙。在这个时候，伊斯兰文化已经像当年的罗马文化一样，在摩尔人西班牙扎下根来，本地西班牙人开始把他们看作自己的一部分。虽然宗教相异，可是他们不仅是接受而且开始仰慕伊斯兰的艺术和文化。

据历史记载，在十世纪，摩尔人西班牙的大小城镇，随处可见闪光的圆屋顶和镀金的尖塔，科尔多瓦也成为仅次于巴格达和君士坦丁堡的城市。据说城里有二十万栋房子、六万所豪宅，六百所伊斯兰寺院以及七百所公共浴室，还以花园和夹竹桃闻名。当时的游客对这个城市的富裕非常惊异。说是除了只有乞丐还在步行走路外，家家都有代步的毛驴，在那个欧洲有无数穷人的年代，这简直是家家都有小轿车的水平。

穆斯林史学家形容摩尔人西班牙的城市是诗人、学者、医生和科学家的聚集地。还有记载说，当时的初级教育很发达；拉赫曼三世的儿子哈干姆二世在科尔多瓦建立了二十七所免费的贫民学校，男女受教育的机会均等。科尔多瓦大学在十至十一世纪，名望不下于巴格达的大学，在所谓的摩尔人西班牙的各大城市都有分校。这些城市还总共有七十座图书馆。在摩尔人西班牙，哲学和科学一度并不发达，可是其他人文学者受到极大敬重。在十世纪，科尔多瓦人文荟萃，珍本善本图书的拍卖十分兴旺。当时流行着这样的说法，"当乐师在科尔多瓦去世，他的琴会被送到塞维利亚出售；当一位富商在塞维利亚去世，他的图书馆会被送到科尔多瓦拍卖"。

这样的景象，必定是建立在富裕的基础上、宽松的气氛之中。虽然宗教信仰可能是不同的，可是大家都可以各自崇拜自己的神；统治

科尔多瓦主教堂庭院外廊（作者手绘）

阶层的文化是向上、超越而优秀的，人心自然就被收服了。

虽然从八世纪到十三世纪，科尔多瓦清真寺经营了五百年，已经几经扩建、修改和装饰，可是它后来却还是又被改回成天主教堂，它的命运在公元 1236 年又一次转向。

那一年，北方的天主教西班牙国王圣费尔南多，打下了科尔多瓦。在那个年代，宗教意义上的胜利，往往对取胜者显得更为重要。所以他们夺回国土和政权的战争，被命名为宗教上的"光复运动"。1236年6月29日，这座清真寺内举行了一个天主教仪式，宣布它重新成为天主教教堂。

打回来的天主教徒们，也曾一度容忍了这里穆斯林的信仰。他们承认这个特殊教堂有不同宗教的混合性质，也认为天主教徒和穆斯林错开时间，在这里崇拜各自的神，还是可以做到的。可是，和当年的拉赫曼一世一样，武力征服者总有傲慢的时候，而且他们是有决定权的一方。

在使用功能上，两个宗教的精神感受对建筑功能的要求，有很大不同。原来巨大的清真寺对着内院的一排券廊是开敞的，天主教政权一回来，马上就封上了这些通透的券廊，这一来，原来清真寺失去了开放的面向阳光的特点，它的灵魂就被抽走了。此后，零碎的修改断断续续一直在进行。

然而这一时期，主要还只是建筑的"内涵"在变化，整体建筑形式在很长时间里，还基本维持现状。有人相信，是它无与伦比的精美，才使得大动干戈改建的念头，被推迟了整整三百年。

在那个年代，这种态势显然不可能永远延续下来。要在原址上从建筑形式上"光复"被异族异教拆毁的教堂，成为一些人念念不忘的心结。

听上去好像没什么错，你占了我的土地、拆了我的教堂，今天我们回来了，当然一报还一报，要拆了你的，重建自己的圣殿。可是，在人们有了宗教宽容概念的今天，会感觉这是多么狭隘的思路。也许

科尔多瓦主教堂外部

7. 历经沧桑的科尔多瓦主教堂

错的不是他们，错的是那个时代。那个时代就是这样的逻辑。那是人类已经足够聪明却远远不够智慧的年代。

从这个修道院—清真寺—教堂的过程中，我们在看到一种缓慢的、不断有反复的历史进步。从大家理所当然认为一方对另一方的圣殿可以毫不犹豫地"格拆勿论"，到有协议的拆一半留一半；从虽然施加压力强制收购，可到底还是给了钱，直到西班牙的天主教，出现"拆与不拆"的两派争执，犹豫了整整三百年。直到十六世纪，科尔多瓦还有过这样的法律，凡擅自破坏原有清真寺建筑的工匠人等，要处死刑。

可是，在原址重修教堂的心病，终于在三百年后发作。公元十六世纪，西班牙天主教对伊斯兰教不宽容的一派，占了上风。摩尔人被强行驱逐出西班牙三十年之后，赞成大规模改建清真寺的一派终于说服查理五世，改建开始了。参与改建的，据说也有许多穆斯林工匠。虽然改建并不是全部拆除，也许执行的建筑师也是无奈，而且已经尽了最大的努力来保存原来的清真寺。可是大规模的损毁几乎难以避免。巨大的哥特式教堂，从清真寺破顶而出。呼唤人们礼拜的清真寺宣礼塔，也被改为教堂的钟楼。

原来的清真寺几近完美，后来的改建就叫人怎么看怎么不伦不类。这个寄生在清真寺外壳之内的教堂，它先天不足，不可能是成功的。在十六世纪，哥特式教堂已经非常成熟了，可是这个改建的教堂，它非常重要的建筑外观，已经没有充分发挥的余地，而是可怜地窝在清真寺一大片拱柱的平面构造里。它的下半部分就被清真寺吃掉了，上半部分挣扎着从原来的寺顶显露出来。这个清真寺的原有特点是平铺直叙、平面展开，重重叠叠的重复构造，重复叙述，无数拱柱伸展开去，把外墙推得很远很远。因此，当我们站在外面

科尔多瓦主教堂内院

7. 历经沧桑的科尔多瓦主教堂

的时候，视线完全被外围的清真寺阻挡，假如不飞到天上去，哥特式教堂最壮观的外形部分，一点看不见。根本看不到教堂的立面是什么样子。

那天夜晚，我们在外面的台阶上坐了很久，看着清真寺那精美无比的大门，多么希望，里面什么都没有变，还是那个拉赫曼的清真寺。

不论是穆斯林还是天主教，他们都已经有这个能力，造出精美或是宏伟的建筑，却没有这个智慧，保留对方的圣堂，自己退到一旁，另外修筑自己的神殿。查理五世内心也万分矛盾，据说，他事后对天主教堂的建造者感叹道，"你建造的东西，虽精美万分，却在别处也能建造；而你毁掉的东西，世上独一无二"。可是，他也拗不过教会中"拆派"的势力，是他亲自批准了这个改建。

当然，那改建部分的天主教堂，也是尽了建筑师的心力，也是能工巧匠的杰作。可是看了原清真寺内留下的最精彩部分，你会对改建的部分产生心理上的拒斥，转过身去不看。

那是清真寺在十世纪扩建时留下的三个门，以及附近的一些精心雕饰的天顶、火焰券和梁柱。一排保护的铁栏杆，把游人和这个清真寺登峰造极的部分，隔开了一段距离。现在，我看着不同的画册，也看着我们自己拍的照片，照片在勾起回忆，让我想起那一刻，我们是如何惊呆在用纹饰、图案、文字、浮雕奇异勾画的美丽面前。墙壁是用镶嵌细工装饰，据说有镀珐琅的玻璃，一千年过去了，嵌入的金片银片一尘不染，仍在那里闪闪发亮。照片永远无法替代那种现场感受——整体的气氛，光影的效果，朦胧和清晰混合的感受；还有，就是色彩，是微明微暗的光在赋予色彩活的魂灵。它们

科尔多瓦主教堂

活起来,开始给你讲述一段阿拉伯神灯的故事。

一千年之前,万盏摇曳的灯火齐明,万人匍匐在地的一刻,肃穆而神圣,令《一千零一夜》的传说都黯然失色。

那天,我们回到院子里后,依然在回味那一段曲折变迁。

自觉的宗教宽容的概念,是在现代才出现的。在人类的大多历史时期里,它只是一种自然发展的、起伏不已的不稳定状态。随着历史的变迁,处理得好一些时,不同宗教或是不同教派能够融洽地相处;搞得不好时,他们又相互敌对甚至在内部也自相残杀,对外则征战不已。

可是,似乎有这样的规律,一个民族、一个宗教,越是兴盛强

科尔多瓦主教堂的伊斯兰建筑形式的大门

大、对自己越有信心的时候,就越容易做到宽容。

回想汉文化的大唐盛世,那是我们民族最能以平常心对待外部世界的时候。洋人还在汉人的朝廷里做官呢,大唐人也并不疑神疑鬼,担心他们颠覆了我们的朝廷。

而十世纪时,科尔多瓦文化繁荣,不同宗教共存,伊斯兰统治者也泱泱大度。不由想起前不久看到的一个电视采访。就在安达卢西亚的地中海对岸,一个非洲国家举行国际选美比赛。那是一个伊

科尔多瓦主教堂的伊斯兰建筑形式的大门

7. 历经沧桑的科尔多瓦主教堂

斯兰教的国家。期间，一名非常年轻的黑人女记者兴奋不已，就在自己写的选美报道中开了一句玩笑，大意是说，要是先知们看到有那么多美丽的女子聚在一起，兴许会挑一个娶作妻子吧。就这么一句天真少女的玩笑，竟然引来整个国家动荡，街头民众暴乱导致死亡多人。选美当然选不下去，各国美女和代表仓皇离境。少女给自己引来追杀之祸，宗教界对她发出格杀勿论的追杀令。她的生活完全改道，被迫星夜出逃；也无处敢收留她，直到最后，才有一个北欧国家的安静小镇收留了她。她后来接受了电视采访，可是仍然生活在恐惧之中。大家都记得，几年之前，还曾有过一个被宗教领袖下达追杀令英国作家的事件。

过度的紧张，一点碰不得惹不起，可能源于不自信。外表过度的自尊，源于内心难言的自卑，因而强行拔高自己的力量，显露的可能恰恰是弱者的心态。对他文化的排斥甚至仇视，应该是无助于一个文化的健康生产，或许，在兼收并蓄之中方能激发自身的活力？

今天，在这所清真寺改建的教堂庭院里，还留有一棵古老的橄榄树，像是曾被斧砍刀伐，又像是被惊雷劈过，只剩一截不高的残破的枯木，可是在它的周围，默默地围了许多人，因为在那枯木的上方仍有枝条，那绿色的橄榄叶，仍然在风中微微摇晃。

科尔多瓦主教堂内原清真寺的遗迹

科尔多瓦主教堂内院那棵著名的橄榄树

8. 塞维利亚的故事

****我们到了塞维利亚＊华盛顿·欧文在塞维利亚的居所
＊三个费尔南多＊摩尔王阿尔哈玛的故事＊没有征服者****

几天下来，就摸熟了科尔多瓦的街头。快要离开的时候，我们走在街上，想到有许许多多的科尔多瓦人，在九百年前，也这样地在街上走着，心里却对科尔多瓦的前途充满绝望；虽然内心在挣扎，可还是决定离开自己的家乡。

1012年，柏柏人毁灭科尔多瓦的一场革命，加上柏柏人十一年的混乱统治，大势已去。1023年，赶走柏柏人政权之后，科尔多瓦原有的政治权威已经扫地，又陷入连年的权力争夺。待到平定下来，本来以科尔多瓦为中心的所谓摩尔人西班牙，已经分裂成二十三个城邦。科尔多瓦幸存的文化人们，大多选择离开，避走他乡。被瞬间毁掉的不仅是精美的花城，毁掉的更是一个极盛期的伊斯兰文化中心。

诗人们走了，学者们走了，文化事业凋零。他们中间的许多人，从这条街出去，去了西南方的塞维利亚、东南方的格拉那达和北面的托雷多。它们各自独立为政。五十年后，托雷多就率先被基督教"光复"了。

在此之前，塞维利亚就是繁荣的，可是它相比科尔多瓦，就像上海相对北京一样。虽然也文化繁荣，可塞维利亚一向更多是一个商业城市。这个时候，它开始了一个新的文化盛期。不过，它也自封了一个哈里发，已经独立了。

谁都会喜欢塞维利亚。它的位置在科尔多瓦的西南方一百公里左右。那是一个长着棕榈树、有着热带风情的城市。主教堂的外围有一个小广场。中间，走上一级大方石砌筑的台阶，是一个巴洛克风格的喷泉。它和四周的建筑非常协调，四个巨大的狮子头，在噗噗地小心喷出水来，给人们带来一丝凉意。尤其在太阳下山前，周围高大的建筑物刚刚在喷泉周围投下阴影，人们立即在喷泉水池的边缘坐上了一圈。哪怕是靠近一点水，都是好的。这时，想起一个朋友常说的话，"有水，就活了"。

附近还有个用低矮的冬青围起来的小空间，放了一些坐椅。在黄昏，是老年人喜欢来坐坐的地方。塞维利亚是我们从巴塞罗那再次南下的第一站，所以，也在休整自己。我们变得喜欢静默，在这样的小空间里静静地坐着，看着周围那些满脸皱纹，七八十岁的西班牙老人，再抬起头来，看着周围几百上千年的石头建筑——最开心的，还是掏出背包里剩下的面包屑，摊开手掌让鸽子飞上来啄食。有时，头上、手上、腿上，鸽子落满一身。背后，是塞维利亚王宫高高的围墙。那种黄昏暖色的静谧，和我们在塞维利亚的心情十分契合。

王宫外墙

在"光复"之前,这些基督教和摩尔人的领地和城邦们之间,又是什么关系呢?它们其实不是铁板一块的。待久了,大家之间只不过是小政体之间的相处,并不严格以宗教为界。伊斯兰教小城邦的首领,会邀请基督教的军队,帮忙打自己的伊斯兰邻邦;或是反过来,基督教的小城邦,也会出了钱,请伊斯兰的军队,帮助打自己的基督教邻邦。有的历史学家,干脆把西班牙的十一世纪称为"熙德"时代。因为熙德是这个时代的象征。今人把这些小邦主的君王,想象成一个个狂热的宗教理想主义者,其实是想当然了。国王们最关心的永远是如何保住和扩大自己手中的权力。

"熙德"是一个军阀的外号。他是西哥特人,也就是说是个基督徒。可是"熙德"来自阿拉伯语"老爷"的意思。他残酷、勇敢善战,从某种意义上来说，他符合古代的英雄、勇士、战士的概念。可是，他很"摩登"的一点，是他不仅是自己的主人，也常是个雇佣军人。他替阿拉伯人征战，也替基督徒征战。他的名言就是，"一个罗德里格丢掉了西班牙，另一个罗德里格光复了西班牙"。罗德里格，是他的名字。

在西班牙，偏北的基督教世界和偏南的伊斯兰世界，长期共存。可是，共存的现状最终总是会被古代英雄的征战野心突破。那么，究竟是谁"统一天下"，就得看谁更能够把自己一系的小邦国们，合并成一个大的力量了。结果，南方的伊斯兰西班牙一再分裂内斗，耗尽了自己，而北方的基督教西班牙，终于统一出一个大一点的政治实体。他们要"光复"了。

再说，所谓摩尔人西班牙的存在，也就是当年北上征服的成果，只动了整个基督教西方世界的一个边缘；摩尔人西班牙自身内斗不已，而北部西班牙有着欧洲整个基督教世界做支持，因此，"光复"，也就是基督教政体夺回中南部西班牙，几乎是迟早必然会发生的事情。

这里没有什么大的是非，没有什么了不起的宗教胜利的荣光，一如当年阿拉伯人强盛，就派遣柏柏人打过来，如今基督教西班牙强大起来，自然就反其道而行之。这就是古代世界的逻辑。

区别只是，基督教西班牙能够联合起来，而穆斯林却是持续分裂。这和不同的文化在尝试不同的政治制度，或许也有关系。基督教世界正在发展出一套自己的制度。根据历史记载，还在中世纪的西班牙，已经有了"用抽签方法选出陪审团作终审判决的方式。国王必须如最卑微的臣民一样遵守法律"。非经国会同意，"国王不能征税、不能处理国家事务、不能选定他的王位继承人"。西班牙北方阿拉贡的贵族向国王宣誓效忠的誓言是："我们，同你一样尊贵，你，并不比我们更为尊贵,现在我们向你宣誓忠诚,接受你为我们的统治者,只要你尊重我们的法律和我们的自由。"虽然后来这些制度并没有稳定下来,虽然他们相互也在征战不断,可是基督教西班牙的政治制度,既兼顾自治又容易联合起来,或许是形成统一大趋势的一个因素吧。

安达卢西亚的城市小街里,总是有一些小小的庭院。也许是摩尔人的遗风,庭院总是用鹅卵石或瓷砖什么的铺成整洁的硬地面,四周是刷得白白的墙,干干净净。可是,西班牙人是那么喜欢种花,花怎

塞维利亚街景

华盛顿·欧文在塞维利亚居住的庭园

么办？他们于是把花儿栽在盆里。有时满地花盆，有时甚至挂在墙上、挂上满满的一墙。小庭院变成了一个个立体花园，他们大多种的是十腊红，大团红花、大丛绿叶，非常直白的表述，非常浓烈的审美观，非常的西班牙风格。

我们喜欢在安达卢西亚的小城闲逛，很大的一个原因，就是喜欢转小街小巷小院子。每一个进厅、小院子，都是一家人家用心构思自己特色的地方。所以，在路过一些不能进去的私人住宅时，我们忍不住会上去探头探脑。在塞维利亚转啊转的，就转到王宫旁边小巷里，这儿是著名的犹太区。西班牙城市里凡是叫做犹太区的，总是老城最

8．塞维利亚的故事

精彩的地方。一个院子前,门内是一个庭园,建筑装饰漂亮,以一种奇怪的棋盘式,几乎是等距离散开地、满当当地放了上百盆花,这种放法,简直让你觉得多多少少有一点傻。我们在那里嘀咕,说是这地方怎么有点眼熟。突然想起来,在好几个小店翻明信片的时候,都看到过一张明信片上有这个散布花盆的院子。这一定是一个有名的地方。这才回头看墙,果然上面有一块牌子,这是华盛顿·欧文住过的地方。

华盛顿·欧文是美国建国初期,十九世纪初的人,可以说是西班牙人最熟悉的美国人。在他之前,西班牙是一个没有人很感兴趣的地方,它的历史故事也并不广为人们知晓。即便在欧洲,它也只不过是一个边缘乡下罢了。谁曾料想,却是一个新大陆来的美国人,为西班

街墙上华盛顿·
欧文的浮雕像

牙所深深着迷，向欧洲、也向美国讲述了这片土地上的神奇故事。迄今为止，华盛顿·欧文的西班牙写作，还是介绍西班牙的历史传奇中最上乘的作品。

1826年，已经以作家身份在欧洲出名的华盛顿·欧文，被委任为美国驻西班牙公使馆随员，后来还担任了四年的西班牙公使。他开始在西班牙旅行，尤其对摩尔人西班牙的历史感兴趣。主要是出于对西班牙的迷恋，使他离开美国十七年没有回国一次。作为外交人员在欧洲居住旅行的十几年里，他写下的大部分文字是关于西班牙的。他写作的方式非常学究气，他会一头钻进图书馆埋头故纸堆，一页一页地着迷地读着历史上的档案，写下纯学术的西班牙编年史资料集《西班牙笔记》。他既有机会和贵族总督称兄道弟，也和马夫仆人结为至交。在大量历史资料依据上，他用底层社会的传说故事做营养，开始他的文学叙述。

华盛顿·欧文开创了一种独特的历史文学的写作，必须"实"的地方，他都依据经得起推敲的历史记载，写得像历史著作一样，考证历史细节、纠正人们的误传讹传。而在那些"虚"的地方，在传说、自己的见闻、经验和感受中，出现了他自己独特的文学化叙述。他讲清楚，自己写的是文学作品，可是和他的学术笔记对照，基本事实都有根有据。他的笔调带着新大陆的遥远和散淡。西班牙对他来说，不是一份消受不了的美艳，而是一本丰富耐读的历史书。所以，他功夫扎实，却下笔朴素。现在读华盛顿·欧文关于摩尔人西班牙的故事，你会不由得为他的历史观诧异：他竟然会这样来叙述一个遥远异国的古老历史。在他的笔下，国王贵族和贩夫走卒都是人，和他自己一样。而他的同情，总是给予弱者，那些历史上的不幸者。

华盛顿·欧文住过的街道

在他之前，美国是没有自己的文学的。美国人读书，都是读英国和欧洲大陆写出来的书。华盛顿·欧文让欧洲第一次看到了美国人的写作。他的写作中，体现了美国这个年轻国家的质朴和大气。他的文字，第一次让欧洲人意识到，美国的文学时代将来了。他的平铺直叙的"讲故事"方式，一时迷住了欧美的英语文学界，也使得他成为美国历史上第一个可以靠写作报酬为生的人。他为马克·吐温时代的到来，做好了准备。

华盛顿·欧文讲述的摩尔人故事和"光复"时期摩尔人的命运，特别精彩而意味深长。

西班牙基督教"光复"的历史，和三个费尔南多有关。

十一世纪，科尔多瓦的盛期被扫荡而去，北方的费尔南多一世，就利用摩尔人西班牙的分裂，开始所谓的光复。严格地说，他并没有去占领那些伊斯兰小邦国，而是打服了他们，令他们对他臣服，纳入他松散的政治结构。也就是说，这些伊斯兰城邦的领主们，在政体上认了费尔南多一世这个天主教国王为最高统治者。他成为西班牙第一个天主教国王，这种政体形式在中世纪的基督教世界盛行。臣服的标志就是领主们同意给国王纳贡，在国王要打仗的时候，领主们必须出兵帮忙。托雷多，这个过去曾是西班牙首都的重要城市，也在这些臣服的城邦之列，另外，还有我们眼前的这个塞维利亚。

塞维利亚当时的摩尔人国王，是一个诗人的保护者，却也是一个好战成性的人。然而在这个时候，他看到分裂的摩尔人小邦国们无力和一个联合王国对抗，他自己统治下的塞维利亚也没有这个力量，于是就主动去费尔南多一世的营地，请求宽恕和表示臣服。

这样，费尔南多一世实际上就拥有了一个多宗教的王国。他手下的一些领主是基督教的城邦,另一些却是摩尔城邦。对于费尔南多一世来说,显然这样也就可以了。他得到了固定的贡奉,他得到了盟友、得到了听指挥的备用军队,夫复何求?因此,对于宗教上"光复"的意义,当事人的看法和今人的认识,显然是有距离的。费尔南多一世在 1065 年死去。在中世纪,国家对国王来说,就是他出生入死打来的财产,他把国土、不同城邦的贡奉,清点清点,分给了三个儿子。西班牙统一的光复大业,他真的就看得那么重吗?这一分,整合起来的这一片,又一分三块。

直到两百年之后,费尔南多一世的后代费尔南多三世,才开始对宗教"光复"真正感兴趣。他不满足于摩尔人自治王国的从属,他从宗教出发,要彻底地扫除摩尔人的自治政体。于是战事又起。他最后打下了整个安达卢西亚。摩尔人西班牙事实上已经不存在了。可是在科尔多瓦东南方向将近一百公里的地方,留下了最后一个阿拉伯人城邦——格拉那达。不过此后的格拉那达,或许并不能作为摩尔人在西班牙坚持统治的象征。因为格拉那达的君主,重复了当年塞维利亚的摩尔王和费尔南多一世的故事。

在攻打安达卢西亚的过程中,费尔南多三世带兵团团围住了格拉那达,格拉那达根本没有取胜的可能。华盛顿·欧文讲述了这段历史:

格拉那达的摩尔王阿尔哈玛(Alhamar)"作了一个突然的决定,他独自一人,前往基督教的营地,非常意外地突然出现在费尔南多国王面前。他坦率地宣称,自己就是格拉那达的君王。'我来到这里,'他说,'基于对您个人良好声誉深信不疑,将我自己归于您的保护之下。拿走我拥有的一切,接受我为您的奴仆吧。'说着,他跪下亲吻国王的手以示忠诚"。

"就在这表示效忠的瞬间,费尔南多胜了。他只希望自己能慷慨。他从地上扶起自己以前的敌人,如朋友般拥抱了他,然后谢绝了他呈奉的财富,把领土仍然留给他统治,接纳每年的贡奉,让他像帝国的贵族们一样,成为议会的一名代表,在战争中出一定数量的骑兵。此外,授予他骑士的荣誉,并且亲手为他佩戴武器。"就这样,格拉那达这个伊斯兰自治小王国,就成为光复后的西班牙王国的一个附属,就像一个自治省差不多。

在这里,贡奉和出兵的条件,没有任何羞辱的意思。这就是当年盛行欧洲的松散王国的联盟形式。这种贡奉就像今天地方财政向中央政府上缴的部分。在中世纪,征战总是最大的主题,所以这样的联盟首先是军事联盟,战时出兵,是不言而喻的题中应有之义。

从费尔南多三世的本意来说,他的这次征战是严格意义上的宗教光复,一次西班牙国内的十字军东征。所以,他起初并不打算再维持任何伊斯兰教的从属城邦。可是摩尔王阿尔哈玛的突然出现和谦卑言辞,兴许是打动了他,也激起了他的骄傲。费尔南多三世大概是觉得,自己丢不起这个面子。瞬间的一闪念和感动,使他决定违背自己原先的野心,留下一个例外。格拉那达的摩尔人小邦国,就这样意外地保存下来。

格拉那达的问题就算是解决了,费尔南多三世马不停蹄,转身再去继续他的"光复大业"。他很快就西去,围上了我们脚下的这个塞维利亚。既然格拉那达已经加盟,摩尔王阿尔哈玛就按照盟约,亲自率领五百精选骑兵,参加了著名的塞维利亚之战。

这是一支庞大的联军,许多城邦派来军队。可是,塞维利亚仍然

8.塞维利亚的故事

塞维利亚主教堂

经历了整整十五个月的激烈战斗。最后寡不敌众,开城投降了。那是1248年。

我们在进入塞维利亚的主教堂之前,在外面转了很久,也坐了很久很久。它和科尔多瓦主教堂的最大区别是,科尔多瓦主教堂在外面根本看不到它作为教堂的外形,它被原来的清真寺"吃在肚子里"。作为清真寺的外观,它的那些大门,不论是原来清真寺的、还是后来教堂的门,都是精彩的,可是作为一个如此体量的建筑,它没有整体雕塑感。站在外面,你与其感觉这是一个宗教建筑,还不如说是一座城池。

塞维利亚主教堂

塞维利亚主教堂的档案库

而塞维利亚主教堂的外形却是完整的，它真是一个庞然大物！论教堂来说，它仅次于罗马的圣彼得大教堂、伦敦的圣保罗大教堂，它是世界上规模第三的大教堂。假如论哥特式教堂，它是世界上最大的一个。它的面积有两万平方米左右。可是，我们在外面看了很久，并不是因为它大。而是它的完美，经得起看。

教堂还包括了如博物馆的收藏，有一个区域是它的档案库。这是华盛顿·欧文经常来查阅资料的地方。我们去的时候，不巧它没有开门，只好在外面拍了两张照片，拍了紧锁的大门，也拍了外面圆形石柱之间垂下的粗粗铁链，留下一个象征：我们来到这里，而那些历史档案，却深深地锁在沉重的石墙后面。

很不幸，在中世纪的安达卢西亚，这两个宗教缠绕的地区里，科尔多瓦主教堂经历过的演变史，几乎到处都在发生。塞维利亚主教堂又是建立在一个大清真寺被摧毁的原址上的。只是它的内部，甚至在塞维利亚被费尔南多三世攻下来之前，就已经不再是清真寺而是天主教堂了。也就是说，被征服之前，这个城市本身已经在发生变化。由于基督教的宗教光复先行，在摩尔人统治时期，这里已经有大量民众改信基督教，在塞维利亚的摩尔人结束政治统治的五年之前，1243年12月，这个规模巨大的清真寺，虽然在外观上没有动，建筑物却已经转给天主教了。

这样的宗教大变，和这个城市的政治属性变化一定是有关系的。因为在那个时候，塞维利亚虽在摩尔王统治之下，可作为基督教王国的附属已经两百年了。费尔南多三世打下这个城市之后，这个转为主教堂的清真寺的建筑物本身，也久久没有动。直到一百多年之后的1401年7月8日，原来清真寺的建筑，才终于被决定夷为平地，幸

塞维利亚主教堂塔楼

存的只有一个叫做橘院的庭院，和一个被屡次改建的塔楼。

也许，正是因为保留了这个精美的清真寺塔楼，所以它成了一个参照的基点，使得伊斯兰艺术的灵魂被糅进了塞维利亚大教堂的设计中。这个哥特式教堂的外部非常挺拔、干净，装饰典雅，别有风度。

塞维利亚投降之后，费尔南多三世直直地就赶到这里举行弥撒。而城里的十万摩尔人，在经历了一年多的围城战之后，万念俱灰，逃亡北非。

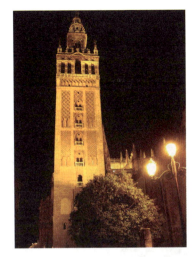

塞维利亚主教堂

这个时候，格拉那达的摩尔王阿尔哈玛，完成了他作为天主教国王军事同盟者的使命，带领士兵回到格拉那达。他们进城时受到热烈欢迎。人们欢迎他得胜归来，到处是欢呼声："征服者！征服者！"他依照自己的宗教习惯，频频回应着："没有征服者，唯有真主。"后来，在他的阿尔汉布拉宫里，按照伊斯兰艺术用文字的纹饰做装饰的习惯，他下令把这句话做成墙上的装饰，一次次地出现。

在华盛顿·欧文看来，对于格拉那达的摩尔王和他的战士们来说，这当是一次令他们"感到羞愧的参战。不管怎么说，他们毕竟拔剑指向了他们同样信仰的教友兄弟"。而"没有征服者，唯有真主"这句话，兴许是他在真主面前表达痛定思痛以后的谦卑。

可是，人们仍然很难用现代人的眼光去猜度摩尔王阿尔哈玛以及

王宫庭院

格拉那达百姓们的感受。在百姓们欢呼"征服者"的时候,他们对自己的君王出征伊斯兰塞维利亚,真的会很在乎吗?

我们不知道。

我们知道的是,根据历史记载,费尔南多三世本人在征服之后,统治还算是温和的,也信守他对格拉那达这样的伊斯兰小王国的诺言。

塞维利亚主教堂对面,是费尔南多三世曾经住过的摩尔人留下的王宫。那是非常美丽的一个阿拉伯王宫。我们那天是双重幸运。先是在那个庭院的楼梯口,偶然地遇上在卖王宫楼上的参观票。后来才知道,每天只有上午开放,一共也就放进去几批人,每批十个。幸而我们眼疾手快,稀里糊涂地买了下来——这已经是当天的最后两张票了。

上得楼去,发现带领我们的女士能够说英语,从她口中这才知道

塞维利亚的王宫内

我们撞上了第二个幸运。原来这是一座"活"的王宫。我们参观的第二天,西班牙国王胡安·卡洛斯一世要来塞维利亚大学,"驾临"一个仪式,他的寝宫就是这里。这个幸运倒不是说我们上楼有幸看了今天的皇家排场,而是我们假如今天不进这个王宫,从明天开始,整个王宫就要"接驾",不开放了。

在王宫楼下的大厅里,有一张巨型油画,是欧洲人最喜欢的史诗性的画面,描写着费尔南多三世1252年临终的镜头。这张油画画于1887年——传统油画技巧已经完全成熟的十九世纪。画面几乎是完美地渲染了这一场景的气氛,反映了作者,或者说后世的人,对被称为"圣费尔南多"的一个历史上的著名君主和宗教光复英雄的理解。

画面上,在王宫寝室昏暗的烛光下,如传说中说的一样,国王摘

油画：费尔南多三世 1252 年临终时的情景

下自己套在颈上的王徽，那粗粗的绶带还留在脖子上。他一袭白色的粗麻长袍，瘫跪在地上。两个人勉强扶住他的上身，他撑开双手，整个身体形成一个白色的十字。王冠和权杖，都抛在一边的地上。这位君王，只是一个头发花白的垂危老人。在他的对面，披着金色斗篷站立着的是一个牧师，他在为圣费尔南多做临终的祈祷。

这是什么？这是另一个宗教的信仰者在回归他的本质，"没有征服者，唯有上帝"。

圣费尔南多的遗骸就安放在塞维利亚的主教堂，在主教堂里东侧的一个皇家小教堂里。坟墓上面是一个非常肃穆的拱顶，青铜和白银的圣骸盒上覆盖着王袍。在他打下塞维利亚之后，他并不排斥其他宗教，平等地善待了犹太教徒、基督徒和穆斯林。因此非常与众不同的是，在他的圣骸盒上，刻有阿拉伯语、犹太人的希伯来语、拉丁语和西班牙语四种文字的墓表。

有一个低矮的栏杆隔开了安放圣骸盒的圣坛。就像一般的小教堂，栏杆隔开的后面就是一排排的长长的座椅。我们在椅子上坐了很久。四周非常安静，闭上眼睛，甚至睡着了一会儿，梦中走来摩尔人的骑士。

那个留下来的摩尔小王国格拉那达，对圣费尔南多仍然怀着知遇之恩的感激心情。华盛顿·欧文以平静、细致而温和的语言，讲述着他从历史深处发掘出来的故事，好像是在讲着邻居家里昨天的事情。圣费尔南多的死讯传到格拉那达，格拉那达的一百名摩尔骑士每人举着一支白蜡烛，赤足从格拉那达走到塞维利亚，向圣费尔南多致敬。以后这样的仪式年年举行，持续将近两百年，直到格拉那达陷落。

人们今天在讲述宗教冲突的故事时会感到，其实历史是由一个个矛盾着的历史人物在演出。他们有光明的一面，也有阴暗的一面；有慷慨的一面，也有猥琐的一面；有善在心中萌发的时候，也有恶占了上风的时候。他们之间，有为敌的时候，也有为友的时候，有瞬间让政治考量、宗教迷狂占据一切的那一刻，也有回到人性、感悟神性的时光。

更不能忘记的，是他们生活在中世纪，那是人类的少年期。看着他们的故事，我们只希望：至少今天的我们不要再那么狭隘。八百年过去，我们应该多少能够摆脱他们的历史局限了。

9. 阿尔汉布拉宫的故事

**我们到了格拉那达 * 格拉那达的水令人印象深刻 *
卡斯蒂利亚和阿拉贡的联姻 * 华盛顿·欧文在阿尔汉布拉宫
* 出走之门和摩尔人最后的叹惜 **

科尔多瓦、塞维利亚和格拉那达,这三个安达卢西亚最出名的城市,在地理上恰在安达卢西亚的中间,形成一个扁扁的、稳定的三角形。科尔多瓦在上端的尖角上,下面一东一西,三角形底边的两个尖端,是格拉那达和塞维利亚。科尔多瓦与它们之间的距离,都在一百公里左右,而三角形底边的这两个城市,相距差不多有一百五十公里了。

格拉那达是我们第一次南下的最后一站。"格拉那达"这个词是石榴的意思。它立足在山下一个富庶的平原上。

在格拉那达的郊外,有着摩尔人在西班牙最后的宫殿——阿尔汉布拉宫(Alhambra Palace)。阿尔汉布拉宫是在山上,记得我们在山脚

西班牙国徽底部的小石榴就是代表格拉那达的纹徽

一个正在关闭维修的花园中的山水喷泉

下开始往上走之前,经过了一个巨大的花园,只是里面机器轰鸣,外面围着围栏。那是一个关门谢客、正在施工维修的花园。从围栏缝隙里看进去,花园仍然给人很漂亮的感觉。最令我们惊奇的是这个花园的喷泉,水喷得有几丈高,而且不是一个两个喷头,而是齐刷刷的两大排在那里对喷,发出那清爽的哗哗声响。

我们觉得很奇怪,说这地方怎么如此浪费,不开放的花园还开着那么大的水,心里嘀咕着,就上山了。

费尔南多三世和格拉那达的摩尔王瞬间的和解,使得西班牙最后留下了这个小小的摩尔人统治的区域。这一留,就留了将近两百年。

回看这段历史，可知这样的局面要永远保存下去，几乎可以料定是不可能的。相比当时的基督教王国，格拉那达是一个极为弱小的国家，在基督教的"光复运动"面前，它是一个明确的扫荡目标。它的保留只是费尔南多三世的一念之仁。在那个时候，国与国之间的关系，还没有什么现代国家之间的契约，常常都是君主之间的关系，君主的意志就是国策，其实即使是到了今天，一个国家找借口毁约也是极为常见的事情。

那还是八百年前，同一个君主，他的念头可能瞬息万变；不要说他死去之后，君主在不断变化、国家在分分合合；更不要说是一个异教国家，即便是同一宗教的国家之间，也没有什么牢不可破的"友谊"。征服、吞并，是那个时代的常事。所以为了尽量给自己的结盟加保险，欧洲君主之间才不断通婚。所以两百年后，格拉那达最终被新一波的"光复"浪潮灭顶，也是可以预料的。而它居然还留了两百年，反倒是一个奇迹。

说它是奇迹，是因为费尔南多三世死得很早。他和格拉那达摩尔王之间的承诺，完全可能因为他的去世，就被一笔勾销。格拉那达继续留下去的一个重要原因是，从政治上来说它已经被基督教的大王国收服了。格拉那达和那个基督教大王国之间的关系，已是盟友的关系，也是从属国的关系。一般的基督教国王，都会觉得没有必要打破这样的关系。非要等到又一个大的野心勃勃的君王出来，才会起念再次打破这样的平衡。

西班牙历史等待这样的野心家或者说英雄出世，又等了将近两百年。等到这时候，阿尔汉布拉宫君王的末日，也就来到了。

我们上得山去，一路都是水。水在沟渠里流动，水在美丽雕饰的

宫内庭院的水池

水盆中盈盈地满出来。走渴了的我们，在一汪清水前讨论，这水能不能喝。最终，忍不住诱惑，一个个轮着把嘴凑上了水面。我们的朋友刚刚玩笑着、以白鹤亮翅的姿势喝了一口，旁边就出来一个管理宫廷的西班牙人，劝阻我们说，这水不能喝。

我们这才知道，所有的水都是从山里涓涓流下的泉水。泉水经过精心的设计，通过水管、喷头和水渠的分流走向，自然地在一个个不同的场合重复出现。它成为长满睡莲的池水，它成为晶莹的喷泉，它成为咕咕冒着水泡的水钵，成为路边的溪流。同是一股水，回肠百转，

阿尔汉布拉宫的水景

一次次地成为成百上千活着的"水艺术"的主角。这是来自沙漠、珍惜水源的阿拉伯人的智慧。

可是走了那么长的沟渠,山泉也许就不再符合饮用水的标准了。

回来读书才知道,还不仅如此,在那个时代,格拉那达周边的平原,全都依靠复杂的沟渠灌溉。每天夜里,以阿尔汉布拉宫的钟声为信号,沟渠闸门开关闭合,让清水分流,灌溉平原上的庄稼。格拉那达的富庶,就是这样来的。是阿拉伯人给这里带来了农业社会的生机活力。这时候,突然想到那天在山下看到的大喷泉。在花园施工关闭的时候,喷泉照喷,是因为它用的不是自来水,不存在浪费水的问题；它只是从山上下来的泉水，利用自然落差的压力，它的喷射不用电泵，也没有费电的问题。泉水只是一路下山，穿宫越殿，在无数次演出之后，在这里顺道赶一个场而已。一个辉煌的喷发之后，泉水又匆匆离开，奔向下一个舞台。

1469年在西方文明史上，是并不引人注目的一年。那一年，一个十九岁的卡斯蒂利亚王室女孩伊莎贝拉，和阿拉贡的王子费尔南多成了婚。而二十三年以后的大变局，就埋藏在这场婚姻之中。

在此以前西班牙一直是零零碎碎的，没有统一，只是逐渐就形成几个大块。卡斯蒂利亚地处中原，是最大的一块。卡斯蒂利亚，是城堡要塞的意思。两百年前打下塞维利亚的圣费尔南多，就是卡斯蒂利亚的君王。西班牙人的名字重复太多，为我们读历史书增加不少麻烦。西班牙几大块中的一块是阿拉贡，当时这位阿拉贡的王子也叫费尔南多。他的名字总是和伊莎贝拉连在一起，因为他们有一个独特的王国联合史。他就是和天主教"光复运动"有关的第三个费尔南多。

这是史无前例的王室联姻，因为他们是对等的，不仅谁也不是谁的"人质"，而且谁也不是谁的附属，背后各有自己的王国作支撑。几年后，通过一场确立王冠候选人的战争，伊莎贝拉继承了卡斯蒂利亚的王位，成为一个女王。而她的丈夫费尔南多，也几乎同时从父亲那里继承了王位，成为阿拉贡的国王。这一刻真是很奇异，两个王国各自是独立的，还没有合并，只是他们的君王是夫妻。

这时的西班牙，王国在君主之外已经有一些相对独立的机制，比如议会。两国的最终联合，已经不是君王夫妻在枕头边的商谈所能够拍板的了。一次法学家会议商定了西班牙统一最重大的一步：

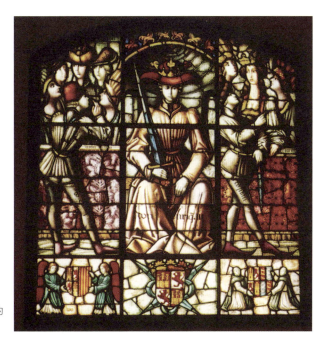

卡斯蒂利亚的伊莎贝拉

夫妻两个王国合并在一起。合并之后，不是国王和王后，而是国王和女王。他们并列地成为联合之后的西班牙君主。虽然费尔南多未必对这个结果满意，可是他的王国阿拉贡，比伊莎贝拉的卡斯蒂利亚要小得多。这与其说是伊莎贝拉强悍，还不如说是国家制度变化的结果。联合已经不是纯粹家事，即使伊莎贝拉愿意做王后，卡斯蒂利亚的议会和法学家们也不会同意。这对夫妻也就只能服从法学家会议的安排了。公文名字的排列，玉玺的做法，都是由这个会议规定的。

这场婚姻造成卡斯蒂利亚和阿拉贡的结合，西班牙终于开始从一个分散、不稳定的邦国们的组合，发展整合成一个帝国。格拉那达的覆灭，就是这个西班牙帝国诞生的牺牲品。一个年轻而野心勃勃的君主，已经足以翻天覆地，不要说是成双的一对了。

格拉那达作为卡斯蒂利亚的附属和盟友的关系，在这样的大形势下显然不会稳定，再说攻下格拉那达还有宗教宣言的意义。这是西班牙的最后一个摩尔人小邦国。只有它是被摩尔人统治了将近八百年的。它的终结，就象征着西班牙摩尔人时代的终结，象征着所谓基督教"光复运动"的彻底胜利。

阿尔汉布拉宫不在格拉那达城里。渐渐地上得山去就走到阿尔汉布拉宫了。在宫殿旁隐着一个旅馆，很奇怪地叫做"美国旅馆"。我们在旅馆的内庭院里逛了一圈，很自然也很舒服，没有现代旅馆"打造"的痕迹。走笔到这里，我才突然想通，它之所以叫做"美国旅馆"，是因为在阿尔汉布拉宫里住过、写了《阿尔汉布拉的故事》，使得阿尔汉布拉宫开始闻名世界的，是一个美国人，就是我前面提到的那个华盛顿·欧文。

西班牙人对华盛顿·欧文的敬重，是有道理的。他来到这里的时候，西班牙人对阿尔汉布拉宫并不在意。对西班牙人来说，阿尔汉布拉宫只是他们从小熟悉的、一个默默无声的长者，只是一个儿孙散去、行将就木、无人理睬的老人。它日日在衰败和坍塌。华盛顿·欧文写的《阿尔汉布拉的故事》，如同是为西班牙人拂去了一件熟视无睹的旧物上的尘埃，让他们看到金子的光泽。西班牙人这才开始着手修缮和保护，阿尔汉布拉宫才有了今天的景象。

华盛顿·欧文自己说，1829年春天，他是被"好奇"带到了西班牙。也因此有了这次从塞维利亚到格拉那达的旅行。同行的有他趣味相投的俄国朋友，驻马德里俄国使馆的一名官员。如今我们是顺着现代公路坐汽车来的，而在华盛顿·欧文的时代，这段由骡子主导的旅途,与其说是旅行不如说是探险。山区强盗出没,旅人骡帮都必须成帮结伙,"武装到牙齿"。他最终抵达格拉那达的时候,当然还没有这个"美国旅馆"。可是他真是幸运,一个还相当完整的阿尔汉布拉宫,在默默地等待着他。

华盛顿·欧文踏上格拉那达的心情,和我们不可能是一样的。那是十九世纪初,距离摩尔人的格拉那达政权被攻陷只不过三百多年。那情景就像一个对我们明朝亡国故事感兴趣的远方学者,在清末来到完整的北京古城寻访明代遗迹。当时的阿尔汉布拉宫还是一个被自然离弃的、充满苍凉景象的遗宫状态,而不是我们看到的那个被精心照管的、吸引全球游客的"旅游胜地"。

华盛顿·欧文不仅是来自遥远新大陆,他还是来自一个观念完全不同的新兴民主国家,而他眼前的西班牙,是一个多么古老的帝国。欧文走进宫来,惊讶地发现,昔日的皇宫如今住满了游民和乞丐。它年久失修,已经不再是全封闭的状态。可是它还有相当完好、紧锁着的那一部分,理论上它还是当时格拉那达总督的官邸。

华盛顿·欧文拿着一封信,去见了格拉那达的总督,他也许是万分不解,总督何以放着意味深远的阿尔汉布拉宫不住,要住进城里。总督解释了旧宫的种种不便,就说,你既然那么喜欢,就住进去好了。华盛顿·欧文深知西班牙人有趣的习惯,你称赞他家里的任何东西,他马上会斩钉截铁地要送给你,也预知你理当谢绝。可是这一次,热情的总督并不是虚晃一枪地客气。

华盛顿·欧文就真的住进了我们眼前的这个败颓中却是原汁原味的阿尔汉布拉宫。直到现在,就在那个最高的城堡后面,人们还能找到被称为是"华盛顿·欧文寓所"的房间。

阿尔汉布拉宫城堡

也许,我们曾经和欧文走进同一个花园。我们看到的是那些姹紫嫣红、精心修剪的花园,而他看到的只是荒草萋萋中残留的花朵,可是他却更真切地触摸到了历史。可贵的是,欧文不仅因来自新大陆,而对欧洲纷争的历史保持着距离,而且他也没有对某一种宗教持有好恶的偏见。他只是对这个宫廷发生的故事,怀着几近天真的好奇细细探究,也对失败的一方怀着同情。对华盛顿·欧文来说,格拉那达摩尔人王朝的终结,有着一种历史宿命的悲怆感觉。

就在这里,华盛顿·欧文徘徊在阿尔汉布拉紧闭的深宫里。半夜,他被无名的声响惊醒,举着烛火,独自一人寻找传说中的游魂。他终于探明,传说中夜间鬼魂的幽幽哭泣,其实是阿尔汉布拉宫里摩尔人设计的复杂的水管系统中,流水冲击铅管发出的声响。白天,他常常下山去城里耶稣会的图书馆,细细查阅那里的档案,找出摩尔人传说的历史真相。

阿尔汉布拉宫是军事防御和宫廷的结合,其中有城堡和兵营的遗迹。在那里没有"皇宫"的感觉。我们攀上高高的城堡,很久不想下来,下面是叫做阿尔巴辛(Albaxin)的小镇。它是格拉那达的郊区。从高处看下去,小镇特别美。我们站的地方下面,正对着一个修女院。红色地砖的内院,洁白的墙,土红色的瓦,整个建筑群简洁又丰富。一个穿着黑白装的修女在廊里款款地走过。

阿尔汉布拉宫的另一部分要走一段路,是十三世纪修的一个花

阿尔巴辛的修道院

园,叫做"杰那拉里夫"。那里以绿色侧柏为墙,映衬着各色玫瑰。内庭院是阿拉伯建筑之所长,在封闭空间中创造出开敞空旷和阳光明朗。经典的长长的阿拉伯水池,两排细致的喷泉面对面,一对对地在空中交叉,好像是水的芭蕾。庭院是简洁的,端头却是美极了的满覆精细雕饰的柱廊,色调沉稳。这色调,一下就平衡了精雕细作可能产生的过度"轻盈"。在这里看到的阿拉伯装饰艺术,我感觉,它是在一个特定方向恒久地发展和成熟。随着技能的提高,它能够做到越来越精致,风格也就越来越纤巧,阴柔之风弥漫,然口味高雅,一点不俗。

我们于耀眼的阳光下在宫里慢慢游荡,身边都是各色现代游客。我们为异域文化发出惊喜的赞叹,却没有欧文的幸运。在傍晚,他孤身一人,一次次游荡在阿尔汉布拉宫的狮子厅。我们甚至没有能够进入狮子厅,这个阿尔汉布拉宫最著名的庭院刚好不开放。我不知这是福还是憾。也许,上帝有意留给我们这样一个想象的空间?

阿尔汉布拉宫花园

宫内庭院的喷泉

狮子厅是需要想象力的。

狮子厅的故事,被格拉那达人一代代地口传下来,添油加醋,细节也必然走样,不仅因为年代的久远,更因为它本来就是一段当事者要掩盖和避讳的历史。它太血腥。这几乎是一个规律,凡是制造了血腥事件的人,总是想掩盖的。因为冥冥之中,总有一双眼睛,在闪闪

花园院墙上的装饰

发亮地直视着血案的制造者,让他坐卧不宁。

华盛顿·欧文刚刚来到这里,就有一个自称是"阿尔汉布拉之子"的当地人,自动前来给他做导游,这个当地人给他讲述了狮子厅恐怖的屠杀。美丽庭院的大理石的纹理中,渗进了遇难者的血,据说至今还能隐隐看到。这不是后来"光复运动"基督徒对摩尔人的杀戮。那是在光复之前,摩尔人家族的自相残杀。

华盛顿·欧文听到这故事时,距离摩尔王朝的覆灭已经三百多年。在格拉那达人的传说中出现最多的,一定是那个失落王国的最后摩尔人君王波伯迪尔。在华盛顿·欧文听到的这个血腥故事里,杀人的主角正是这个波伯迪尔。可是,细心的欧文却不肯相信。根据他的研究,波伯迪尔是一个性情温和的人,下不了这样的毒手。

他开始深入探究，也是起于欧文对这段历史的悲剧主角，始终怀有同情。他查阅了所有他能够找到的典籍和原始文件，都找不到波伯迪尔涉案的证据。最终他确认，血案的制造者，是波伯迪尔的一个先人阿本·奥斯密。这位摩尔君主就个性来说，要勇猛、残酷得多。

这是一场表兄弟的自相残杀。因为被怀疑不忠，那些为自己血统纯正而非常骄傲的阿拉伯人的一支：阿本·塞拉基家族的骑士们，在一个月黑风高之夜，被阿尔汉布拉宫当时的主人阿本·奥斯密召入宫去。就在狮子厅旁的一个小庭院里，进去一个，杀掉一个，进去一个，杀掉一个，据说有三十六名最勇敢、最忠心耿耿的骑士在此被斩首，血污渗入洁白的大理石地面，几百年不褪。

十五世纪的摩尔人西班牙，已经缩入小小的角落，竟然还要继续演出狮子厅这样的故事。读着这些故事，翻看我们在阿尔汉布拉宫的照片，心想这么个王朝要灭亡，也实在算不上是什么奇怪的事情了。

今天的游人们非常钟爱的一部分，是阿尔汉布拉宫包括"杰那拉里夫"在内的花园。摩尔人宫廷都有庞大的后宫，有着大量金发碧眼的嫔妃。以至于几代以后，王子们要把头发染黑，以表明自己的阿拉伯正统王族血统。而在格拉那达王朝最后的岁月里，两个最强大的家族，就在为后宫打得不可开交。老国王哈桑有了新宠，新宠恰是一个金发女子。王后恼怒，国王就把王后和小王子幽禁起来。而两大家族为支持不同的女人，整整十年大打出手。最后，终于连费尔南多也被卷入这场纷争，他和哈桑之间的朋友兼盟友关系为之破裂，彼此重开战事。摩尔人格拉那达的命运由此而定。

以格拉那达为象征的八百年摩尔人的统治，一开始就内斗不断，

宫内庭院

最后的一幕与其说是葬送在"光复运动"手里,还不如说是后院着火,自己也走到了尽头。

华盛顿·欧文来到阿尔汉布拉宫内,登上一座高塔,那是当年国王哈桑囚禁王后和小王子的地方。性情刚烈的王后把幼年的王子从高高的塔上悬吊下来,交给了忠心于她的人马。后来王后出逃,组军讨伐丈夫哈桑,这一系列变故载入了史册。这个小王子,就是格拉那达最后的摩尔君主波伯迪尔。他似乎生来就在悲剧之中。不论是父王因抛弃他的母亲另结新欢,引发十年战争,还是母亲杀回阿尔汉布拉宫的家,赶走父亲,立他为王。对他来说,除了悲剧还能是什么?对生性并不强悍的波伯迪尔来说,仅仅是在如此风云际会中成长,或许已经太过分了。

他被母亲推上王位的时候,原来的基督教盟国早已经被父亲惹翻,转而前来进攻。等到为了家事分裂的摩尔家族意识到危险,要停止内斗联合抵御外敌,已经为时晚矣。难怪作为文学家的华盛顿·欧文,对这位年轻的末代摩尔君王,毫不掩饰自己的同情。我想,在来自新大陆、作为文学家的欧文眼中,怎么看,波伯迪尔都只是一个背负了沉重历史负担的不幸的年轻人。

这样被动懦弱的一位君主,是不会拼死而战的。而站在他对面的,是如日中天的西班牙帝国的双料君主——费尔南多和伊莎贝拉。格拉那达投降了。

阿尔汉布拉宫内

据说在投降时，波伯迪尔离开王宫那天决定不走阿尔汉布拉宫的大门"正义之门"。因为走大门，就只有一条大道下山，必经格拉那达城。他无颜面对被他抛弃了的臣民百姓。他决定从一道小门出去，从后面人迹罕至的陡坡下山，悄悄地离开他的王宫。他向胜利者要求，他最后离开阿尔汉布拉宫的那扇门，永远不能再有人穿越。此即所谓"出走之门永远关闭"。据说，费尔南多和伊莎贝拉答应了他，并且实践了承诺。波伯迪尔离开之后，那道门就被下令用石块封死在墙里。华盛顿·欧文住在阿尔汉布拉宫里的时候，再三试着寻找那扇"出走之门"。那是1829年，距离拿破仑入侵西班牙还不到三十年。拿破仑的军队当时也住在这里。在他们撤退之时，炸毁了宫内不少建筑，包括传说中掩藏"出走之门"的石墙。那座"出走之门"，被再一次地埋葬在悬崖上法军炸下的石块之中，真的再也不可能有人通过了。

欧文尽可能精确地考证史料、记录历史事件。又用自己探寻遗迹的经历，为史料补上失落的枝叶，笔下出现了文学性很强的历史游记。因而尽管是文学作品，读者仍然能够被带入历史幽径的深处，读出春秋沧桑来。假如在处理史料的时候不尊重历史，就可能失信于读者；假如虚构和真实过分混淆，历史穿透力可能就因此减弱了。

在讲述这个故事的时候，华盛顿·欧文没有写当年波伯迪尔出走的细节。欧文绕出宫外，策马上了陡峭的山峰，他描写自己的寻访经历，来写出这条不归之路的细节。他爬上今天被叫做"眼泪山"的山峰，站到了那块被人称为"摩尔人最后的叹息"的巨石前。几百年来，不断有游人试着攀缘这条路径，华盛顿·欧文是外来探究的始作俑者。今天的游人读过华盛顿·欧文的作品，都会站在这里想象那搏战一生、恨铁不成钢的母亲，如何在这里对饮泣的儿子说出那句流传千古的绝情话，"你倒是该像女人一样哭泣，哭的是没能像男人那般战斗"。

华盛顿·欧文是一个写作很平实的作家，很少用激愤之词。在写到这位末代摩尔人君主的时候，也许正是因为那年轻人无可变更的悲剧宿命深深触动了他。欧文面前的这位摩尔国王，是个"人"而不是"君主"。欧文从他的历史命运中，看到了广义的"人"之命定无奈和悲剧宿命。在他提到费尔南多和伊莎贝拉的外孙——志得意满的西班牙盛期君主查理五世说的一句话时，温和的欧文突然难得地使用了惊叹号。

查理五世说："假如他（指波伯迪尔）是我，而我是他的话，我宁可让阿尔汉布拉宫成为我的坟墓，我也不愿意这样失去王国流落阿尔布夏拉（Alpuxarra）。"华盛顿·欧文突然激愤起来，几乎是在按捺不住地怒斥查理五世。他说："那些强盛的人，是多么轻巧地在对失败者发表英雄主义的宣言！他们无法理解，即便一无所有，只要生存下来，那不幸本身就在提升着生命的价值！"

我在读到欧文这短短两句话的时候，有些被打动了。在一定意义上，这是欧文生长的新大陆上的价值观。人们总以为，新大陆是一个崇尚强者和英雄的土地，却往往忽略在英雄崇拜的背后，是人们对人生悲剧性的深刻理解以及由此产生的对弱者的同情。是的，新大陆崇拜英雄，可是新大陆人也理解生命软弱、人生无奈和命运女神转过身去之后，留下的一个个冷色背影。人们倾向于崇敬他人的英雄行为，也默默地祈祷，希望自己能够度过人生的各种难关。他们并不习惯于对他人发表虚妄的英雄宣言，不指责他人的软弱。因为他们知道：人，生而面对种种陷阱和悖论,生命的悲剧性方为永恒。

在阿尔汉布拉宫的要塞碉楼外面,查理五世建造了一座体量庞大的宫殿。这座宫殿从外面看是四方实心的,非常结实的全封闭的样子。进得大门,方见内部是圆形的内庭园,如同小广场,洒满阳光,四周一圈是两层的柱廊。柱、廊、庭园,全部用大石块筑成。封闭,使得这座宫殿内部非常幽静,而圆形内庭园和柱廊又十分开敞明朗。从建筑单体来说,宫殿很是不错。可是它出现在一个"错误的地点"。如此庞大的建筑体量,几乎紧靠着阿尔汉布拉宫的要塞碉楼,却风格相悖。

华盛顿·欧文来这里的时候,查理五世宫殿早已建成。欧文细细描写过阿尔汉布拉宫的一个个门楼,可对查理五世的这个庞然大物,除了一句贬斥,不再多置一词。

查理五世建造的宫殿

马德里王宫中的费尔南多塑像　　　　　　马德里王宫中的伊莎贝拉塑像

　　阿尔布夏拉（Alpuxarra），是协定划出给波伯迪尔退位后容身的山区。后来，他的管家审时度势，自作主张，把这片土地卖了个好价钱。事后来看，那还是一个明智的决定。然后，失去家园的他们，渡过直布罗陀海峡，"回到"非洲。

　　他所象征的八百年的摩尔人在西班牙的统治，就这样终结了。在今天的西班牙，游走在安达卢西亚，我们到处看到西班牙的王

西班牙王国国徽

徽。王徽上最醒目的是城堡和狮子,那是伊莎贝拉的王国卡斯蒂利亚和利翁的标志。细细察看,王徽下部有一颗小小的石榴。是费尔南多和伊莎贝拉,在西班牙王国徽章上加上了这个石榴图案——那就是格拉那达。

格拉那达被攻陷是在1492年,西方文明史上至关重要的一年,这以后整个欧洲成为基督教的世界。

也在那一年,由费尔南多和伊莎贝拉支持的哥伦布,发现了美洲新大陆——它将成为后来的华盛顿·欧文的家乡。

这是一个怎样的历史圆圈!

10. 带着诅咒的黄金时代

塞维利亚的哥伦布墓 * 带着诅咒的黄金 * 被驱逐的犹太人 * 宗教裁判的火刑架 * 艾斯科里亚宫的王家墓地

以格拉那达陷落为标志,此后十六世纪到十九世纪末,是西班牙从古代大起到近代大落的四百年。

在对格拉那达最后围城的营帐里,充满梦想的野心勃勃的哥伦布拜见了西班牙君主费尔南多和伊莎贝拉。他的建议,说白了就是他出命、国王出钱,一起赌一把。未来可能得到的贸易机会和金子,国王得大头他得小头。

在今天的美洲,人们面对这样的历史人物,甚至发生困惑。尤其是近几十年来,北美国家对弱势群体的地位,开始了新一轮的反省。每到哥伦布纪念日,媒体都要提到新大陆的发现,给印第安人带来的灾难。印第安人会在那一天举行抗议活动。

哥伦布雕像

可是,那个时代的英雄观、那个时代被歌颂的征战英雄们,不都是这样的吗?那是人们以最原始的方式,展示英雄情结的时代。今天,人们已经学会修饰和隐藏自己内心的粗野冲动了。

第一次在西班牙看到哥伦布,是在巴塞罗那。我们直直地沿着拉布拉斯大道走,那里直通地中海,海水那个蓝!海边高高的柱子上,就是一尊哥伦布的塑像,他站在柱子顶端,一只手臂直指着美洲的方向。雕像做得非常好,有力度、有历史感,也有历史人物的孤独感。在巴塞罗那,我最喜欢的一张明信片,是长长的,在明信片上哥伦布伸出的手臂上,停着一只海鸟。

站在哥伦布塑像前,我想,这不仅是历史,这还是今天。这就是我们必须面对的自己。人有欲望,人有探险的精神,人也在欲望的驱使下冒险。有许多人,是在把自己的生命发挥到极致,也把自己逼到死角,在做到别人做不到的事情中,他变得"抽象"、得以升华,造就传奇。可是区别在于,在古代社会,这样的英雄可以不受约束。在现代社会,人们有了强弱社会之间新的道德观念和法律约束。你可以探险，但你不可以去一个新大陆侵略和抢劫。可是在那个时候，这样的规则并没有"进化"出来。那个时代的中国，不也是被人比喻成瓷器店里的大象，走两步，没准就碰碎了一些周边的弱小民族。用今天已经进化出现代规则的标准，去衡量古人，定会出现偏差。

在那个时代，能够这样冒险的人，会被看作人类某种精气神儿的标杆。相信他有着双重的欲望，不仅仅是对财富的渴望，也还有着冒险、探索、刺激，寻求丰富的经历、考验自己耐力、证明自己的能力、挑战自己的极限、不白活一遭，等等等等。这些无形的、不可捉摸的、随着热血奔腾的东西，在每一个人心里隐隐约约、或多或少，也许都可以找到。在哥伦布身上，人们多多少少都能看到一些自己的影子，内心都有某一种共鸣。人们看着孤立柱端的哥伦布，如同看着自己不能与之同飞于蓝天的一只鹰，如同看着一个自己不能实现的浪漫的梦。

所以，不仅是从美洲过来的人，其余来自各种不同国家的人也许都无法在这样一个雕塑前，完全无动于衷。假如只看到殖民史的篇章，或许想象力差了一点，学究气又重了一点。

相比之下，那坐在准备攻打格拉那达的营帐里的西班牙君主费尔南多和伊莎贝拉，他们是那个年代的帝王，大多会有的扩展的野心，还有相当于一个投资者的魄力。最后，合同签订了，印加古国的命运就被惊涛骇浪之外的陌生人给定下来了。现在想想，这真是很不公平。

那个安葬圣费尔南多的塞维利亚主教堂，今天也是安葬哥伦布的地方。在塞维利亚主教堂里，哥伦布的墓很特别。在墓的平台上是一

塞维利亚主教堂内的哥伦布墓

个雕塑群：四个盛装的西班牙男子，戴着冠冕、举着长杖，抬着哥伦布满是雕饰的棺木。雕塑似乎是传统而具象的，可是那抬棺人层层叠叠厚重的穿戴，使得群雕略有变形夸张的感觉。在前排两个抬棺人的外衣上、套着的厚重披挂上，分别绣着狮子和城堡的图案，这恰是西班牙的主体部分——卡斯蒂利亚王国的国徽。

那是一个国葬的场面。

这是西班牙人用自己的想象，在给哥伦布补出一个国葬。当年哥伦布死的时候贫病交加，默默无闻，更没有什么国葬。哥伦布发现了美洲，却至死都不知道自己的成就，不知道自己发现的是一片新大陆。

君王对他冷落，是因为他没有带来钱财。而哥伦布自己，或许已经完全不能换一种方式思维和生活。一次次地，他一踏上陆地就不安生，掉头就又漂到海上。四次远洋，终于耗尽了他的生命。

就在塞维利亚，就在离哥伦布安葬的主教堂不远的地方，著名的瓜达尔基维尔河畔有一座造型别致的塔。在到达塞维利亚的第一个傍晚，坐在河边的一个露天餐厅里，我们只要了两瓶水。静静地望着河对面，那夕阳在塔身上抹上金红的色彩。这座塔的名字 Torre del Oro，就是金子之塔，今天是一个博物馆。我们坐了很久，当阳光在地平线

塞维利亚河口的黄金之塔

消失之后，一层层投射的灯光柔和地照亮了塔身，使你感觉是塔本身在泛出金色光芒。

当悲剧人物哥伦布倒下之后，西班牙人循着他开辟的航线，蜂拥而至扑向南美洲，开始了征服和掠夺的时代。塞维利亚接近入海口，河面比较宽，水比较大，当然当年的海船也还小，所以海船可以一直顺河开进来。我们眼前这个金子之塔，最初建于十三世纪，只是为了港口的防卫，可是在十六世纪，它有了金子之塔的名字，那是因为一船船从美洲运来的黄金，都先要停在这座塔前登记。那是十六世纪，真正用金子铸就的西班牙黄金时代。

有许多人相信一个传言，这个传言悄悄地私下流传着，一直流传至今。人们相信，从南美抢来的黄金，带着美洲印第安人的诅咒。咒语跟随着金子，一起进入了西班牙。这座美丽的金子之塔，真的就是不祥之塔吗？瓜达尔基维尔河的河水，载着波动闪烁的塔的金色倒影，在我们脚下静静流淌。

西班牙，好像终于盼到了它"大国崛起"的荣光。它富得流油。金子，来得是那么容易。当年令哥伦布千辛万苦、搭上性命的航线，后人们来已是熟门熟路。南美虽然有灿烂的文明，遇到战事却不堪一击。南美变成西班牙本土外的一个后备金库，要取来随时可取。这样得来的金子随手就又撒出去，生产反而显得没有必要，需要什么买就是了。中国的大商船，也一艘接一艘地开进塞维利亚港口。财大气粗，举兵也不假思索，无敌舰队就这样用金子打造起来，送到海上，再被风暴摧毁。通过大海运来的金子，又扔回水里。

也许，金子也使人褊狭？这大概是西班牙历史上宗教最不宽容的时代。

格拉那达被攻下之后，离去的摩尔王和两位西班牙君主签订了有关投降的文件。根据文件，摩尔人应该获得相当宽厚的生存条件，他们被容许保留自己的宗教信仰和生活习惯。费尔南多和伊莎贝拉在文件最后宣称，善待摩尔人的条款将世世代代延续下去。可是，当人类社会对"宽容"二字普遍还没有自觉意识的时候，这样的条款能够维持一部分或者能维持一个短暂时期，已经是奇迹了。

首当其冲的受害者是犹太人。他们是少数族裔，没有人会顾及他们，他们不在条约之列。

今天，我们在安达卢西亚的城市游荡时，这些城市的古老城区，无一例外地有大片大片的幽静住宅，围着一个个小小的花园和小广场。今天，一些小饭店就开在这样的地方。这里反正不怎么下雨，小广场的树下，就摆着一张张铺着淳朴可爱小桌布的餐桌。游人们来到这里，依依不舍地一圈圈转着，没有什么目标，只是因为这里的气氛和环境都舒服。它本来是住宅区，所以感觉是温馨的平凡。仔细看看那些连排式住宅，都不是什么今人眼中的豪宅，它们只是都很有味道，看得出当年这是一个很会过日子的社区。这些社区都叫做犹太区。

在美国，我们也有了犹太人朋友后，才发现他们和中国人有很相像的地方。例如，他们对家庭、血缘关系都很重视，亲亲戚戚，一大家子，会维持很紧密的联系。他们也很重视孩子的教育。人们总是有一种误解，认为犹太人很商人气，因为他们只要经商，总是很成功。所以在这方面很"抢眼"。其实在犹太人的传统文化中，他们非常重视人文方面的成就，甚至很多家庭对经商有偏见。就是说，假如家里的孩子经商成功，大家固然很高兴，可是总觉得还缺了什么。唯有在

10. 带着诅咒的黄金时代

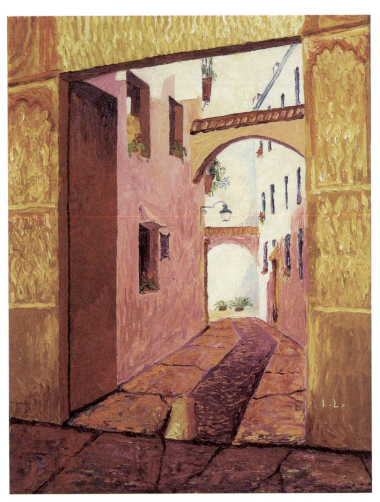

科尔多瓦犹太区（作者手绘）

这个家庭出了一个教授、一个医生、一个学者的时候，他们才觉得是"光宗耀祖"了。他们非常重视精神上的内在探索，他们的宗教传统更为内省、更为根深蒂固。

这些民族的优点，使得犹太人很容易在任何社会脱颖而出，变得成功而富裕。我有时候都觉得，他们的存在是对一个个社会群体的检验。怎么说呢？常常是这样，当一个社会发展的时候，社会需要犹太人的智慧和努力，而当社会发展起来之后，犹太人的富裕又开始遭人嫉恨。人是多么可怜的一种造物。以致犹太人千年来几乎被全世界驱赶，终于在纳粹的迫害中几近灭绝。

坐在西班牙的犹太人区里，几乎不可能不联想到今天的巴以冲突。因为，历史的发展太戏剧性了。犹太人和阿拉伯人，并不是天生不能协调的死敌。在摩尔人西班牙时期，两个民族很好地共处过，这一个个西班牙南方城市的犹太人区，就是在摩尔人时期形成的。在那个时候，阿拉伯世界不仅是经济强盛，在文化上也处于非常自信的巅峰状态，十分宽容。相反，那时是天主教非常没有自信和褊狭的时期。

然而，在我们走过的西班牙一个个城市里，在托雷多、在塞维利亚、在科尔多瓦，今天我们漫步其间的美丽犹太人区，已经没有犹太人了。

在格拉那达的投降协议里，摩尔人君主只提及对摩尔人的照顾条款，没有提到犹太人。因此，西班牙的两位天主教君主，迁怒于长期和阿拉伯人合作的犹太人，也出于宗教的褊狭，立即开始对犹太人的大规模驱逐，只给三个月的期限。

犹太人被驱赶的情景，在一些历史书中被记述。整个民族从祖祖辈辈生活的土地上被驱逐，无疑是一件非常悲惨的事情。历史记载着，当犹太人被迫离开家园的时候，常常让小提琴手做先导，教士们在一旁陪伴、鼓舞众人。这让我想起，我们在一个著名的电影——《屋顶上的小提琴手》里看到过这样的场面，虽然那个电影描述的是犹太人后来在东欧被驱逐的状况。

看到历史记载和犹太人自己描述的被驱赶场面吻合,我曾经很诧异。我在想,这真的曾经如此发生?历史场面是这样代代相传下来的吗?抑或,这只是一个民族,希望他们一代代的后人以这样的方式记忆,记住一个民族面对厄运的精神?——不是激发仇恨,而是走向一种更正面的宗教追求?

这种精神在各个民族的宗教探索中日趋上升,面对迫害他们的强者,他们充满怜悯。他们开始懂得,人的快乐,是来自于对自己从善的信心,哪怕你是弱的、哪怕你正面对着一个强势力量,你不可能"取胜",但你有自己的精神乐土。如果你愤恨,你就和对方站到了同一个平面上;只有当你开始怜悯对方,你才终于有能力离开了脚下可悲的境地,你的心开始有能力随着提琴的旋律上升了,你自己就有希望了。人对宗教的寻求,正是循着这样一条路径在走。当一个民族有这样的精神,一个民族就有希望了。面对厄运灾难的态度,面对历史的态度,在表现一个民族内在的力量,也在塑造它的未来。

从西班牙回来后,我们看到一个故事:在欧洲某国的一个女子,一直发现自己家族里默默保持着一些特别的习惯,直到最近她才知道,自己一家是当年从西班牙被驱赶出来并被迫改宗的犹太人后裔。犹太民族在这个世界上持续不安全的境遇,使得那种恐惧一直传承下来。他们悄悄带领自己的孩子维持犹太人的一些宗教习俗,每一代人直到老人去世前,才敢告诉下一代他们是犹太人,秘密就这样一代代传下来。现在,得知家族真相后,这位女士才鼓起勇气,去犹太教堂回归。这样的真实故事,也近似地发生在美国前国务卿奥尔布莱特身上,她在获得总统任命之后,才惊讶地从无孔不入挖掘新闻的记者那里得知,自己其实是一个犹太人。

这批在1492年以后从西班牙被驱离的犹太人，成为犹太人中非常特殊的一群。他们的后裔今天有整整两百万人，仍然代代相传地讲着一种古老的犹太人方言，被称为塞法丁人（Sephardim）。他们散布在世界各地，其中有将近三十万人在以色列，有四万人在美国。

摩尔君主在格拉那达投降前的协议，使得西班牙对摩尔人的驱赶，比对于犹太人的驱赶整整晚了一百年。这个时候，他们被称为摩里斯科，那是对已经改信天主教的摩尔人的称呼。西班牙历代国王，并没有严格遵守协议，一直在逼迫留下的摩尔人改变宗教，最后引起了两次暴动，成为一百年后驱赶摩尔人的重要起因。宗教、政治纠葛的最大受害者，是被波及的、只想平安度日的百姓。十七世纪初，被驱赶的摩里斯科有二十万人。

从西班牙回来，我们买了一些有关的书籍，其中最令人爱不释手的，是一本老旧的、有些页面透着水渍的摄影作品集。作者是一个德国摄影师，照片摄于二十世纪初。他带着一个蔡斯照相机，独自在西班牙旅行了四万五千公里。就在格拉那达附近，他来到一个偏远的村庄，那里的村民，还自称自己是格拉那达王国的人。他大为惊讶，那个摩尔人王国五百年前就被灭了啊！这些村民就是所谓的摩里斯科，他们是驱赶浪潮的幸存者。幸存的原因显然是地域偏远。他们宣称自己都是受洗的基督徒，可是这位德国摄影师面前的西班牙妇女，都从头到脚，严密地包裹在大大的黑色斗篷里，简直什么都没有露出来——伊斯兰的宗教习惯仍然顽强地保存在这些乡村妇女身上，保存了整整五百年。万分庆幸的是，他最终说服了一名摩里斯科妇女让他拍照，留下了这样一个记录，让我们非常感性地触摸了这段历史。

八百年过去了,如同当年的罗马人,摩尔人已经是西班牙人的一部分,他们的后代和当年的阿拉伯人、北非柏柏人的来路,已经没有任何关系。在摩里斯科由于宗教原因暴动并和当局发生冲突之后,西班牙当局的反应是"驱赶",赶他们"回非洲"。也就是说,八百年过去,他们仍然是"外人"。

可是,那就是十六世纪之后,西班牙进入的漫长的野蛮时期。我们今天坐在塞维利亚的广场上,人们闲闲散散地游荡,就像时时伴绕在身边的鸽子们一样,感觉浪漫、丰富、迷人,我们会想,这就是西班牙。可是,就在同样的广场上,曾经高高地堆起木柴,许多人被公开地活活烧死。西班牙的宗教裁判所在欧洲是出名的残酷,根据历史记载,有三万五千人被活活烧死,有二十九万人服苦役,有二十万人被剥夺一切权利,有五百万人被流放。他们不是犹太人,他们不是摩尔人,他们只是同为基督教徒的"异端"。

我就是坐在塞维利亚的美丽广场上,读着历史书上的这些数字。可是这哪里只是数字?在火辣辣的西班牙的下午,我生生打了一个寒噤。然后抬起头来,看着光影流动着的秋日广场。我于是想,让我感到害怕的究竟是什么?真正可怕的,是整个西班牙在几百年中对残酷的认同。有上百万的牺牲者,就一定有更多更多的行刑者、迫害者、告密者和无穷无尽的旁观者。留下过描绘这个场景的文字:就在这个广场上,在烈火点燃柴堆的时候,柴堆上是几个将被烧死的"罪人",而广场是满的。在那个时代,人们不是被迫前来观刑,他们是自愿来的。这是他们的狂欢和娱乐。不仅是南部,就是在马德里,在马德里附近的古老的托雷多城的广场上,也在发生同样的事情,整个西班牙

艾斯科里亚宫

火焰熊熊。这样的裁判和行刑,毒害的岂止是西班牙的司法和公正。如若能够审视人们的内心,我们会发现,被烈火浓烟熏黑的,岂止是西班牙原本清朗的天空。

将近两百年,广场上的火焰,才慢慢熄灭。

在马德里附近,我们去了一座王宫"艾斯科里亚"。这座王宫就是宗教审判最盛时期菲利普二世时建造的。菲利普二世时期是西班牙的最强盛期,西班牙王室的版图在海外占据了除巴西之外的整个南美,还有以他的名字命名的菲律宾。我们坐着汽车,直直地开到

艾斯科里亚宫

了王宫脚下,那感觉真是说不出来。你甚至可以说很"现代",因为它几乎没有什么装饰。矮矮的基座略作收分,接下来的清水石墙就直直地上去了,上得很高,一排排的窗子小小的,上面是浅浅收头的青灰石瓦,体量巨大。这哪是一座宫,这是一座城。周围宽广的铺石地面被正午阳光烤得火烫,夜晚和清晨又冰凉冰凉。绿地是规整的法式花园,修剪整齐的常青植物,间以直来直去的铺石甬道。

其实作为一个整体建筑群,艾斯科里亚最精彩的部分是在中间。外面的那一圈建筑,虽然也是"房子",一层一层都是房间,可是在整个建筑群里,它的作用只是"城墙"。一下子冲到它脚下,看到的

艾斯科里亚宫

就只是"城墙",哪怕你往后退,退到广场的边缘,由于周围这圈建筑太高,你对整个建筑群的精华,还是不明就里。假如这样参观,你就是像瞎子摸象故事中的瞎子一样,触摸着大象的侧面,觉得这整座宫,就是四面大高墙组成的方阵了。进去就如同钻进了大象的肚子,五脏六腑,目不暇接。开放的路线并不让你进入内院,你不再有机会真正了解它的整体建筑的丰富。

艾斯科里亚在一个山洼里,想真正看到它,应该爬上附近的大山,把整个建筑群从视野中渐渐推开。坐在山岩上,那个必须仰望的高高围墙就会变得低矮,变成了一个巨大城堡恰如其分的围护,当你

艾斯科里亚宫里的西班牙皇家墓室

往上走，真正的隐藏在中间的城堡主体就在随着你的脚步上升，那中心主教堂的美丽穹顶，就在迎着阳光"生长"，随着你自己上升的高度，慢慢显露出来。直到最后，整个建筑群在你的脚下，你甚至可以清晰辨认那穹顶四周象征性的十字屋脊。我们讲好，下次还要去，去了一定要爬山，而且一早就去爬。

艾斯科里亚的封闭性，源出于它的建造初衷是一座皇家修院。这是由皇家资助建造的一座修道院，附有宏伟的教堂。在那里，在修士们的日日祈祷声中，安息着一代代的君王。艾斯科里亚是西班牙王室归葬之处。应该说，今天的西班牙国王胡安·卡洛斯一世，还有他将来的继承人，在去世后都会葬入此地。

西班牙的地下皇家墓室金碧辉煌。檀香色有着深色纹路的大理石棺木，镶嵌大块黄金做成的巴洛克风格铭牌和装饰，一层层紧密叠加起来，在几面形成压迫的感觉，让人真是透不过气来。那是金子和死亡的双重沉重。

艾斯科里亚的帝王宫寝部分，是在修院完成以后再后加的。菲利普二世要把自己的寝宫紧紧地靠在修院一边。在西班牙，这或许不是一件很令人奇怪的事情。菲利普二世的父亲查理五世，最后的岁月就是在一座修院里度过的。人不论在走什么样的道路，最终那个最本原的问题会固执地冒出来。作为君王，不乏迫害异教的威力，可是那最终只是假借上帝的名义在行使世俗权力。而再大的世俗权力，也不能帮助你在内心里获得安宁，或许相反，你可能因此更无安宁，永无宁日。人却需要安宁。你需要这样的一些东西，不是为了应付他人，而是为了更能面对自己，返回内心，君王亦不能例外。看历史记载可知，两百年的所谓哈布斯堡王朝的五代西班牙

艾斯科里亚宫里展示的石结构建筑工匠的工具

君王,也是在这座宫内,一代比一代更失去理智、失去对自己的信心。

有一本书曾经推荐游客说,假如你在西班牙只待一天的话,就应该把艾斯科里亚宫,列为参观目标之一。仔细想想,这样的推荐并不是没有道理。一方面,它地处马德里远郊,是以马德里为中心可以游览的多处古迹名胜之一,另外不论从建筑还是历史内涵,它是西班牙鼎盛的黄金时期的产物。

能够证明它在建筑技术上炉火纯青的恐怕是平拱的大庭。艾斯科里亚宫里有一个平拱大厅,它差不多是进教堂前的一个过渡,匆匆赶着进教堂的人,假如不抬头细细打量很容易错过。它的天花板全部用石块堆砌,是无梁殿,顶部却不起拱,完全是水平的,是一个"平拱"。构筑整个大殿顶部的石块,其垂直的重量依靠石块之间的传递,百分之一百地要变成边缘向外的水平推力。它们必须严丝合缝,不能有一点点缝隙裂口,否则没人敢站到大厅里。这样大跨度的"平拱"石筑无梁厅,我们还没有在其他地方看到过。

在欧洲看画,最激动的是看到自己从印刷品上熟悉的画作,那原作竟然活生生地出现在眼前,比如眼前的迭戈·委拉斯开兹(Diego Velazquez)。站在他的画下,我想起二十多年前,我曾经小心地收藏介绍这位西班牙画家的一本小册子,软软的一册,从今天来看印刷粗糙。那时候,这样的简易画册还是珍稀物品,被一个个朋友翻过,翻得边缝泛白。

艾斯科里亚宫的石平拱

10. 带着诅咒的黄金时代

这些艺术家也是黄金时期的结果。今天人们在这样的宫殿、看着这样的艺术品,想到西班牙曾经横空出世、大国崛起的威风,真是一片辉煌,却很少去想,如此大起必有大落。

可是,那金色光环是如此炫目而迷人,那光环如艾斯科里亚宫一样,是打造的皇家正史。离开艾斯科里亚,却是人们今天已经看不到、因而也容易忽略忘却的那一部分。君王随意地分封土地,能够得到土地的人富得流油,也就不再关心土地的出产。对于农民,那土地的主人遥远得如在天边,而农民不是租赁土地,他们只是雇工,出产的多寡和他们无关,南方那些天生勤耕细作的阿拉伯人已经被赶走,田地开始荒芜。荒原上晃晃荡荡的是骑士。照今天的说法,这"贫富差距"何止天壤之别。更有不断的战事,不断的失败。

艾斯科里亚宫里展示的石结构建筑工匠的工具

百姓不知道，国王总知道，那从南美抢来的黄金是如何地在哗哗地流走。

到了十八世纪要来临的时候，哈布斯堡的最后一位君主查理二世，在艾斯科里亚宫死去。临死之前，他觉得这个衰弱王朝已经拢不住整个西班牙，他在这里做出一个不太寻常的决定，就是把西班牙王位，交给法国路易王朝。从王位承继的顺序来说，也还说得过去，那是他的一个后辈远亲，法国最强有力的国王路易十四的孙子。

站在十八世纪的门槛上，谁也没有料到，西班牙突然和法国波旁王朝走得如此之近。

11. 马约尔广场随想

马德里的马约尔广场*塞万提斯的堂·吉诃德和桑丘*西班牙盛极转衰

在这段时间里,马德里变得越来越重要了。马德里属于卡斯蒂利亚,就是那个女君王伊莎贝拉的领土,她和丈夫的领土阿拉贡合在一起,是西班牙最早的核心。今天的西班牙语,就是卡斯蒂利亚语。

马德里是今天的西班牙首都。它就在西班牙的古老首都托雷多旁边。托雷多是要塞城市,地势险要,湍急的河流,高高的围墙,符合古代战争的要求。可是,随着西班牙的统一、强大,首都要扩展,托雷多险要的地形反倒成了障碍。所以迁都马德里,应该说是一个必然。

来到马德里,首先想到的就是要看看马约尔广场(Plaza Mayor)。很久以前,在有关建筑史的书里读到这个广场,那是西方国家被写入建筑史的几个顶尖著名的广场之一。真的坐在那里,心里就暗暗有点

马德里的马约尔广场

激动,脑子里会出现当年教科书里那张模模糊糊的马约尔广场照片。心里喃喃地重复说,这就是马约尔广场、这就是马约尔广场啊。一直以为,这"马约尔"大概是个什么历史著名人物吧,到了西班牙才知道,原来在西班牙语中,"马约尔"就是"大"和"主要"的意思,马约尔广场也就是大广场。西班牙的城市们大多各有自己的马约尔广场。提到这个广场,必须说是"马德里的马约尔广场",那才是它了。

  那天到广场时,已经接近傍晚,逛了一天后,走进这样一个广场,就很想在一个角落坐下来,喝点什么。广场在西方城市生活中非常重要,它积淀着城市的公共生活。广场的性格,是由周围的建筑物决定的。这个广场的四周,下面是一圈带着券拱的高高石柱廊,如同一个半实半虚的基座。上面是实的部分,那红色墙面的三层楼,因为

11. 马约尔广场随想 *187*

压得紧，实体墙面并不是底层券廊的三倍高，上下大致符合黄金分割法的比例。石券廊的白色和红墙形成虚实对比，又形成漂亮的色彩对比。墙面上小小密密的窗户，又使得实的部分，不那么沉闷。再上面，照例是一条青黛色的石屋脊镶边。墙面上，还缀有刺破墙面的尖塔，就打破了"围城"的单调和沉闷。就建筑来说，不仅大的效果分寸感好，每一个细节都是好眼光好手艺的结果。

广场四周的券廊里，都是特色商店。我们的朋友进去了一会儿，就高高兴兴地顶了一顶漂亮帽子出来。已经不记得我们都点了什么饮料，却能记得坐在阴影里，看着夕阳下的马约尔广场：一张张小桌子边是懒懒散散的游客，远处是画家们的摊位，还有靠歌唱谋生的艺术家，不失时机地弹起吉他唱起来——那是一种微微有点奇特的感觉，即便在今天，我们回想起来，仍然能够体会到广场那一丝由规整而起的内在拘谨。围绕广场四周的建筑，不论是红墙还是白石，都由"时间"调入了一种只属于历史的黄色。红白之间就不仅只有设计师造就的色彩对比，还有岁月引出的色彩调和。感觉的奇特，源自于这里被历史做旧了的建筑形制和色彩氛围。置身其中，犹如不留神一脚踏进了历史。

马德里作为首都，当然也见证过宗教裁判。这里就曾经是一个公审公判和行刑的地方。现在，西班牙还保留了艺术家在1683年所画的这个广场在1680年6月30日审判新教异端的场景。审判的时候，连国王都来了，除了四周楼房的窗口，还在广场两侧搭起一层层的看台。那些不肯悔过的新教徒，会在当晚被处死。当时的广场中央是空敞的，空了两百年。而今天，在广场中央，画龙点睛一样，点着菲利普三世在马背上的青铜塑像，因为当年就是他下令建造了这个广场。所以，广场形式也就更有正式的官方意味。

马德里的马约尔广场

    这塑像是在十九世纪中叶才移入这个广场的。就雕塑本身来说,做得真是好。这座雕像的生动,在十九世纪之后终于打破了广场方正形制的拘束。看着雕塑我忽然想到,欧洲大帝的雕塑,多半是类似的马上英雄造型,记得以前在巴黎大街上看到的美国总统华盛顿塑像,也是同样的思路。我不由得想起自己从小看到的领袖塑像,做工如何且不讲,从创作思路来说,就截然不同。

    在这里,人们对帝王的认识,是一个个人主义的英雄,一个能身先士卒、冲锋陷阵、集大智大勇于一身的骑士。我们从小看到的雕塑所传达的领袖概念,并不是一个特别勇猛让你不服不行的个人英雄,而是

11. 马约尔广场随想

有权替你思考、规定你前进方向的权力象征。站在这个位置上，就是在理所当然地等着你崇敬仰慕的。所以，有一阵，我们的领袖雕像几乎不外乎三种模式，手背在身后挺胸站立的，挥手接受欢呼的，再就是举手指引方向的。看一件公共艺术品或许可以看出一个时代。假如一件作品中只看见威权的力量，却几乎找不到艺术家的灵魂，那个时代一定是被压扁了的。因为，艺术家的灵魂是最难被规范的一种。欧洲的希望，或许就曾孕育在那些帝王雕塑中，在这里至少还能读到艺术家自己的精神和灵气。

在马德里，我们是开车去马约尔广场的。就在途中，车窗外一闪而过的是一个特别精致典雅的小环境。当时的感觉，就像是有人拿着一束雏菊，突然在车窗前摇晃了一下，不仅眼前一亮，还有芬芳久久不散。我们赶紧记住方向。幸而车很快就停了，也就是说，这个地方离马约尔广场并不远。从马约尔广场出来，我们提议去找找那个地方。走着过去，在街边看到一个一脸沧桑的西班牙老人，正在路边给餐馆描画着菜单。在夕阳涂抹之下，被抹得像一幅油画。

我们很快找到了那个小广场，这就是马德里的老市政广场（Plaza de la Villa）。那是大都市里小环境气氛最好的一块了。它和马约尔广场不同，不是人工设计味道那么足的地方，而是给你自然天成、很不经意的感觉。它是由一些不同年代留下的古建筑轻松环绕起来的，最早的一栋建于十五世纪。在那栋楼里，还关押过战败的弗朗索瓦一世，他可是法国文艺复兴时期最著名的君主，达·芬奇的保护者。这里的主要建筑物是马德里的老市政厅。我们在这里感受轻松或许因为，这个小广场属于一个自由城镇马德里，而不是像马约尔广场那样，更有西班牙皇家广场的意味、更属于一个帝王的首都。

在街头描画菜单
的西班牙老人

马约尔广场和老市政广场所在的这一片,就是这个城市的老城区。可惜我们没有时间能像在巴塞罗那一样,好好在马德里的老城区逛逛。在马德里扩建的新城区,也有一些很好玩的地方。例如塞万提斯的纪念碑。

在十六七世纪的风云跌宕起伏中,难得有一个平民,活得像塞万提斯那样,堪称是整整一本西班牙的二百年传奇。他在西班牙游历过,也阅读过和思想过;他高谈阔论,又出国打仗,着实冲锋陷阵、流血

马德里老市政广场

受伤,受到皇家嘉奖;他当过海盗的人质奴隶,又逃跑被抓,差点上绞架在海外死个不明不白;等他终于回到故乡,必须吃吃力力地谋生,却又蒙冤入狱。最后重病一场,死在家中。甚至没有人知道他的长相。可是他用笔塑造的两个人物,却永久地站在马德里的市中心,那是游人必到的地方。没有一个君主能代表西班牙的形象,可是这两个人,却是今天全世界人心中的西班牙偶像。

那就是塞万提斯塑造的堂·吉河德和桑丘。

人们大都觉得,塞万提斯的伟大,是在于他的荒唐行为后面的除强扶弱、见义勇为,也是他为争得民主、自由、平等,随时准备为理想赴汤蹈火的精神，是表面荒唐可笑后面潜藏的实质性的、理智的人文主义思想。

今天的马德里已经是一个现代化大都市，要在寸土寸金的大都市里建造一座纪念碑，着实不易。这座纪念塞万提斯的纪念碑也没能避开都市里的高楼。可是西班牙人精心布置，终于使得这座以石块厚厚实实垒起来的高大纪念碑，不被群起的都市高楼吞噬。在塞万提斯纪念碑之后有一栋高层建筑，我没有细细去数，就算没有四十层，三十层一定是有的。我也没有去考证纪念碑和高楼孰先孰后，可是，那个后建者的建筑师一定是为两者的关系苦恼过。最后，真是处理得好极了。利用透视，拉开一段距离之后，后面的高楼体量就"变小"了。大楼和纪念碑的主体，都是中轴线对称，非常恰如其分地叠加在一起。从纪念碑前面走去，你会感觉那栋稳稳当当、三台阶收分的大楼，就是纪念碑设计中的一个背景。它们作为建筑群，活像是一个整体。

蓝天和碑前面的水池，打破了"纪念"的沉闷。纪念碑的主角高高在上，却和整个纪念碑的色调没有区分。塞万提斯在那里，可是他已经和西班牙的巨石融为一体了。那石砌的纪念碑，就如同西班牙那绵绵不尽的群山。而接近地面、无可阻挡地在走出来的，是那几近黑色的两个青铜塑像，那就是骑在瘦马上的堂·吉诃德和骑在驴子上的桑丘。

站在这两个一高瘦一矮胖、万世不坠的西班牙人面前，我终于感到有必要想想，假如堂·吉诃德是一个真正意义上的英雄或者骑士，假如他代表了那么多的精神和思想，他还有什么意思？他们从西班牙的黄金时代走出来，却踩着贫瘠的土地。是的，堂·吉诃德连下一顿饭也不知道在哪里，却似乎在舍命追求某种属于精神层面的东西。可是，令那个倒霉的塞万提斯不朽的原因，就是因为

塞万提斯纪念碑

堂·吉诃德精神之高尚、追求之正确吗?从古到今,一分钟也没有停止,总有人在向我们推销不同时代的英雄,这些英雄又有哪一个不是按照人们自己心中的想象,提升塑造出来的完美人物。堂·吉诃德只不过是他们中间的一个吗?他的永恒,就是因为人们犀利的目光,穿透他破旧的盔甲,在他的背后找到了我们心中期待的伟大？就是因为他拥有和我们熟知的多得无以计数的英雄们共同的理想追求乃至思想气质，人们才因而对他着迷了几百年、还要继续着迷下去吗？我想，铁定不是的。

堂·吉诃德的追求始终是错乱的，他不停地和幻想中的敌人搏杀，取悦一个不存在的女人。我想，正是这种错乱，使得穷困潦倒的作家塞万提斯，变得如此不朽。塞万提斯，在自己短短的一生中，却走过了整个西班牙黄金时代、走过整个欧洲中古史、走过无数人的生命历程，他对人性深有所悟，对人性的弱点也深有所悟。他笔下的堂·吉诃德和桑丘在打动我们，因为他们是紧紧跟在我们身后的影子。阳光的投射，使得我们的影子在不断地变幻，影子不离大形。那是我们每一个人的人生投影。

多多少少、或早或晚，我们都被生命的冲动、被莫名的精神和情绪的汹涌潮水推动过。在看不到意义的时候寻求人生的意义，在不同的时候，因不同的位置，出现不同的幻想。有时，我们给自己的人生以理由。这些理由是我们希望自己相信，也希望别人信服的；有时，你的冲动引出幻想，幻想指引着行为，行为牵出的后果，都巧合重叠，指向一个你希望看到的景象，人生似乎就是成功的。因为这个最后的景象和后果出自你的行为，所以它似乎印证了那不是人生莫名的冲动带出的梦幻，而原本就是某种纯粹的、庄严的、理性的东西在推动。我们大多数人都会说服自己这样相信的。

该死的塞万提斯，把堂·吉诃德，那个高高瘦瘦、摇摇晃晃，持着一把长矛冲向风车的模样，展示给了大家。他怀着同情、带着苦笑、不乏幽默地对大家开着玩笑：有时候，是不是英雄，不在于你是不是冲上去，而在于你冲向的那架风车，是不是真就是魔鬼的化身；你冲向的那群绵羊，是不是真是你的民族之敌化身的全欧洲雄壮大军。他让人们回头望着自己，突然有了堂·吉诃德问题：我重视的真的就是那个目标，还是那个过程——那个我就是无畏骑士堂·吉诃德的感觉。我们是不是在心里都隐隐希望，那个被堂·吉诃德慷慨解救的小孩，此后更遭罪就该回家自己哭去，不要出来扫我们英雄的兴？究竟哪一部分是我们理性的追求，哪一部分只是我们像堂·吉诃德一样，读着骑士的传奇，就再也不愿意在拉曼却的家里，寂寂地度过一生？桑丘的毛驴是那个时代的西班牙农民最典型的坐骑。这个骑着毛驴的桑丘，是塞万提斯眼中真正的西班牙芸芸大众。桑丘并非没有英雄幻想，只是短缺堂·吉诃德式的英雄气概，且也不乏一点隐隐的私心，这才忠心耿耿、天涯海角地在瘦马后面紧紧跟随。

塞万提斯向我们指点了我们每个人的英雄情结，我们是桑丘，也是堂·吉诃德。我们有时候是桑丘，有时候是堂·吉诃德。他们形影不离，可以是同一个人，可以是同一个民族，可以就是我们眼前的这个世界。我们的冲动和幻想却可能是错乱的，我们在幻想和错乱之中摸索着理性。我们不了解这个世界，因为我们不了解自己或者根本不愿意了解自己，我们无法控制那支配着我们内心的欲望和冲动。在每一个宣言后面，都肩并肩地站着他们，堂·吉诃德和桑丘。而塞万提斯，怀着点忧郁，目送他们前行。

前面是又一个两百年，十八世纪和十九世纪。偏偏就在这新的两百年即将开始的时候，西班牙的王位被传给了法国路易王朝。从地理上来说，终年雪顶的比利牛斯山，分割了法国和西班牙，因此人们总说，"欧洲到比利牛斯山为止"，就是把西班牙这个文化混杂、有点异域味道的地方，排除在欧洲之外。现在人们发现，比利牛斯山突然"消失"了。

十八世纪，那个油画完全成熟的十八世纪，那个出现了美国、爆发了法国大革命的十八世纪，对西班牙来说，却是出师不利。

这位当着西班牙国王的法国人，既在动用法国的力量为西班牙争得利益，也把西班牙拖入原本可能不会参加的战争。就在十八世纪一开始的1704年，在和英国人的冲突中，西班牙失去了一座小岛——孤零零的直布罗陀岛。这就是当年受阿拉伯人派遣的柏柏人，从非洲北上入侵西班牙时的第一块垫脚石。这个小岛地处欧非之间的咽喉地位，命定要在此后的世界历史中，再次扮演重要角色。西班牙此一败，兴许世界因此得救。这又都是后话了。

从十八世纪始，西班牙和法国君王同属波旁王族，这样的一君两国，被人们称作是比利牛斯山的"坍塌"，从此使得西班牙和法国变得更为息息相通。法国启蒙运动的思潮开始涌入西班牙。可是，它总还是处处要比法国慢一拍，就是这慢一拍，使得西班牙走上了和法国完全不同的道路。

从十八世纪中叶开始，法国的启蒙之风已经吹到了这里。所谓的法国启蒙运动，也在西班牙的知识分子中间蓬蓬勃勃推广传播开来。岂止西班牙的查理三世把自己叫做开明君主，欧洲的君主们都在争当法王路易十六式的开明君主，都在想改革。

法国革命发生在1789年，西班牙的查理三世是在1788年去世的，此前执政整整三十年。查理三世之开明，和法王路易十六却实在很是相似，当时西班牙和法国也有很多相像之处。君主身边都出来一大批辅助君王改革的王公贵族、思想家。1778年，西班牙的宗教裁判所抱怨说，宫廷的上层都在读法国哲学。这两个国家还都花了大笔的银子支持美国革命。

欧洲的改革愿望，发生在我们中国晚清思变的一百五十年前。现在翻看历史书，看到欧洲的历史学家们也常常在问大家同时也在问自己：为什么？为什么恰恰在这个时候，欧洲国家在思变？就拿西班牙来说，十八世纪远不是最糟糕的时候，西班牙还有着源源不断的、来自殖民地的财富。并不像晚清的中国四面楚歌，有亡国之虞。十八世纪的西班牙，人口整整翻了一倍呢！

我想，可能只是地球这一块地方的文明积累到一定程度之后，率先离开蒙昧状态，发蒙了，要进入成长的一个新时期。就像小孩子进了学校，突然醒一醒。所以这一段时期才叫做启蒙时代。"人"是很奇怪的一种动物，"文明"到一定的程度，对以前司空见惯的事情，就会觉得"野蛮"，就说什么看不下去了。这是一种看不见摸不着的精神提升。听起来好像有点玄，其实是很实实在在的事情。

又是那个老问题，"文明"是什么？这真是很纠缠不清的事情。各地界的人，上两千年开始，就在慢慢学着烧出精美的瓷器、织出绫罗绸缎、盖起华屋、烹调精细的美食，今天的我们，只有在博物馆里望古惊叹的份儿。说这仅仅是"物质的"也肯定不对，还有精美的诗文，甚至是繁复的上上下下的礼仪。再说，物质的发展，"器"之中，还蕴藏着"美"，还是艺术呢，这明明就属于"精神"。所以，要说那个时代"不文明"，实在是说不过去。可是与此同时，东西方不约而同发生的是：欧洲的广场上在焚烧异端、车裂囚徒，亚洲的广场上在凌迟皇上看不顺眼的家伙。要说这是"文明"社会，也断断说不过去。

极度文明与极度野蛮并存，大概最恰当的称呼，就是文明古国。那是人类的童年，对于野蛮的事情，不知不觉。转折就是急转弯，本来就是一件危险的事情。不论如何危险，这个转折又是必然要到来的，此后它的观念将明显地有别于人类的童年——古代社会。至于转折的轻重缓急，是要依靠经验来调整的。那些先行转折的国家，就很可能转出许多血的教训来。一些人先醒来，开始大声呼叫，也许有人叫过了头，反而翻了车。车毁人亡，引出一场事与愿违的更野蛮暴乱。聪明的，是看到前面别人翻车，就赶紧调整自己的转弯角度，不重蹈前车之覆辙，也不掉头而返回去。笨的，就不提了。

这种人道精神的进化，是人类的希望所在。文明、向善，看上去总是弱的，似乎永远无法和恶的野蛮强势较量。可是，我们回头看看历史的脚步，或许会对历史的发展添一份信心。

启蒙运动的毛病也与生俱来。就是呼吁太容易，要做起来太难。法国和西班牙这样有待转弯的国家，都是老旧的庞大机器，转折谈何容易。所以，先行的法国，言、行两帮人的脱节特别明显，鼓动家特别出风头，而实干家相比之下，要默默无闻得多。结果，前者飙车无度，翻车的时候，首当其冲的牺牲者，就都是曾经默默在那里工作的人。

西班牙当时也有一批踏踏实实的改革派。最有名的就是霍维加诺斯（Gaspar Melchor de Jovellanos）。他是贵族出身，在塞维利亚和马德里当法官，坚持公正、要求废除酷刑，主张监狱的人道化改革。精神的探索和演进是整体在走，科学和经济领域也在进入近代。霍维加诺斯进入查理三世的最高层内阁后，在法国大革命爆发的两年前，写出了对西班牙农业改革的报告，得到整个欧洲好评。

可是，欧洲从古代走入近代的转折，总是伴随着困惑的。人们说，西班牙有"法国化"和本国传统的困惑，其实，就是法国自己，也有"新法国化"和传统的困惑。那是转折本身的时代困惑。比如说，怎么对待宗教传统和异化了的庞大教会组织呢？法国也有同样的困扰。

革命一起，法国形势急转直下。法王路易十六被送上了断头台。西班牙公开抗议，法国人根本不理。

十八世纪开端，西班牙走近法国，而且越走越近，又在这个世纪即将结束的时候，因法王路易十六被砍头、法国一片混乱而使西班牙倒退三步，和法国拉开了距离。

站在十八世纪尾端，西班牙还是有理由自豪的，它在下半世纪的改革，清点起来，成果不算小。又似乎成功地避免了激烈革命动荡的冲击。不说别的，西班牙的人口在这个世纪整整翻了一倍。马德里已经从欧洲出名的肮脏城市，变成最美的城市之一。当然，海外殖民地源源不断的财富，是这些变化的有力支撑。

可是西班牙头脑清醒的人，站在十八世纪的末尾，并不喜气洋洋。法国在近代化中遇到的障碍，西班牙一样不缺，肯定还更严峻得多。个对个比较的话，西班牙距离"近代化"，显然要远得多。要不然，就应该是启蒙运动先发生在西班牙，由西班牙去影响法国，而不是法国来的启蒙思想推动西班牙。一棵苗，先蹿出来的地方，土壤气候温度湿度当然就更合适一点，它自己蹿出来、开始生长，是什么道理大家可以争论可以慢慢研究，可是，它总有自己长出来的道理，这是没有异议的。而看着人家的树苗长得好，要移来自己家试试，一试就成功的可能，就更要小得多。现在，就连近代化的发源地法国，树苗在急风暴雨之下都岌岌可危、奄奄一息。西班牙当然更有理由忧心忡忡了。他们想到要先保守一点，谨慎处之，是不是先改良土壤、等候气候的转变？

他们做梦也没有想到，输出革命的法国，竟直接把枪顶上了西班牙的脊背。西班牙失去了在历史轨道上小心慢转的机会。在十九世纪一开头，站在悬崖边的西班牙，被法国一把推进了深渊。

12. 戈雅画笔下的战争

十九世纪初拿破仑入侵西班牙 * 戈雅画笔下的法西战争 * 雨果将军和他的儿子维克多·雨果 * 君主立宪 * 十九世纪末美西战争

西班牙跟在法国后面，慢了一拍。

一开始，西班牙在欧洲领着头地抗议革命后的法国砍去路易十六的脑袋。之后，似乎又不知深浅地和所谓国民公会的法国，整整打了两年。法军进入了西班牙的巴斯克地区和巴塞罗那所在的加泰罗尼亚地区。那是西班牙北部，并没有波及整个国家。

有人把西班牙最初对整个法国革命的抵触和战争，看作是上层宫廷的态度，路易十六毕竟是与西班牙宫廷同属波旁家族的表亲。可是，追随"法国化"的西班牙自由派，为什么没有鼓动西班牙民众，追随法国起来革命呢。

所谓法国化，只是欧洲近代化的法国版本。不管是否喜欢法国，西班牙和整个欧洲一样，有近代化的必然。这是西班牙的"法国化"、"自由派"，都不会轻易消失，相反会固执站在那里的原因。可是，冲在前面的法国，车轮发出刺耳的尖啸声急急转弯，急风暴雨的革命、社会失序和杀戮，直至恐怖时期的降临，震动了整个欧洲。岂止是西班牙，整个欧洲都因此给自己的近代化改革先踩了踩刹车。

十九世纪的第一次法西冲突，或许还不足以影响整个西班牙知识界对法国启蒙思潮的态度。可是在这样的法国榜样面前，西班牙自然要稍稍停下观望犹豫，不仅如此，西班牙人对"法国化"的看法，必定开始走向两极。毕竟上千年来，是上帝之手把西班牙和法国紧紧拉在一起。法国激进派对上帝的唾弃，甚至分裂了法国人自己，不要说有着更深的宗教情怀的西班牙人了。

短短几年，不要说法国本身政权已经再三动荡变更，而且新上台的革命之子拿破仑，已经傲慢地打算一手废了西班牙国王，一手把自己的兄弟送上西班牙王位了。拿破仑显然看不起土里土气在等着"法国化"的西班牙人。他完全可以快刀斩乱麻地帮助他们革新。可是，西班牙宫廷在拿破仑眼中或许"落后"、"土气"而"软弱"，却并不残暴，而且正在改革。也就是说，当时的西班牙宫廷，虽然父子相争出现危机，可是宫廷本身却并不和它的民众基础严重相悖。

法军浩浩荡荡开进了马德里。事后证明，这是拿破仑一个致命的错误。拿破仑，显然是小看了西班牙人。

西班牙人，究竟什么是西班牙人？我们来到这里，也很想琢磨出究竟什么是西班牙人的民族性格。不管我们在西班牙再怎么逛，遇到再多的西班牙人，也没有在那里真正地扎下来生活过。我们只有一点点体验。回来之后，也看了一些长期在西班牙居住的外国人对西班牙人的评论。觉得很有意思。

有人说，假如你去西班牙人的家，千万别说你喜欢什么，他马上就会抓起来作为礼物送给你；可你也千万别收下，他抓起来时就没打算你会当真。一个住在西班牙的英国人，把自己同胞和西班牙人的性格作了一个比较。他说，假如去看牙医，一个英国人在等候中会害怕和恐惧，而西班牙人会满不在乎，可在进去之后，英国人会默默忍受治牙的煎熬，而西班牙人会发出恐怖惨叫。有人不乏幽默地说，西班牙人除了对待异教和公牛之外，总的来说还是算得上很厚道。也有人说，西班牙人，你只要给他一个好天气，再往他手里塞一把吉他，他就总是对生活很满意，我想，大概还要加一个卡门。

在今天塞尔维亚的大街上，傍晚总是有一个打扮成卡门的姑娘，在老城区游荡，给游客平添幻想。梅里美的小说《卡门》的场景，照说就是塞尔维亚这个西班牙小城。卡门的热情、刚烈、见异思迁、凭光感和幻觉直扑目标的飞蛾性格，用来描画西班牙人，至少是有六分像了。可惜，拿破仑远不及梅里美了解西班牙人，直到拿破仑占领了西班牙，在提到他"治下"的西班牙农民时，才有一点点摸到了西班牙性格的门路，他抱怨说，这些人"宁可冒走私的危险，也不会愿意承受耕种的疲劳"。

那是在1808年5月2日，正当马德里的西班牙人起来反抗法军。

我们来到马德里的太阳门广场，太阳已经接近屋檐，只有最后一线光芒了。那天，我们是跟着一个住在马德里的朋友，他心中有数而我们完全漫无目的，在市里绕了一大圈，最后还去了马德里的马约尔

马德里的标志雕塑

广场和市政小广场。就这样游荡了一天。原以为这天的行程已经告终，朋友又领着我们来到这里。来这个广场，他是要给我们看看马德里市的象征，那是一头熊在摇动一棵树的青铜雕塑，他们把这棵树叫做草莓树。这又是一个游人必到的地方。除了这头熊，还有一个半圆形的地标，那是西班牙公路网的零公里中心。

太阳门广场呈半圆形，中间有查理三世的塑像，因为这个广场是在他的时代形成。在此之前，这里是马德里最早的城市东大门，有卫兵的营房和城堡。城市在生长，城堡、营房都消失了，教堂站起来。后来,也许是战乱?教堂也消失了,变成一小片广场。如此又是二百五十年过去了,太阳门广场还在这里。

可是,我一进来,就有根本待不住的感觉。正是下班的繁忙时段,这里车水马龙、人声嘈杂、拥挤不堪。游人如一群猎人,将那头倒霉的熊围了个里三层外三层,水泄不通。阳光一闪,突然就隐入楼房的背后,冷色的阴影立即像一张网,撒落在我们头上。我本能地开始往后退,退出对熊的包围。

环顾四周,不远处有一栋石面多层的楼房,镶嵌着一块块美丽的砖红。我还留恋着阳光的暖色,脚步不由自主地向那里移去,有一块砖红中嵌入了一幅精美的雕饰,那是一块纪念牌。

纪念牌是西班牙语。很幸运的是,细细辨认后里面有几个关键词还认识,能读出意思来。这就是1808年5月2日马德里对拿破仑军队反抗中牺牲者的纪念碑。这个乱哄哄的广场,就是著名的"五月之战"发生的地方。

太阳门广场上"五月之战"的纪念牌

这一次,法国神话在西班牙彻底破灭。拿破仑对西班牙王室的傲慢和入侵,几乎激怒了所有的西班牙人。1808年5月2日,照那有名的说法,是"整个西班牙都上了街"。马德里人和法国龙骑兵,就冲突在这个太阳门广场。天晓得,阴差阳错,马德里不仅没有跟着法国革命造自己国王的反,倒是提着铁棒、长矛,跟革命后的法国人干上了。

太阳门起义是老百姓挑战正规军，所以从一开始就注定了是个悲剧。法军先是动用了大炮，平息之后，开始捕捉民众。第二天的5月3日，三十名被法军抓住的西班牙人被带到这里，一批接一批地枪杀了。就在这个广场的九号住宅内，一个西班牙最著名的画家目睹了这场可怖的屠杀。他的感受，我们今天还可以从他留下的《五月之战》中看到。他就是戈雅。这场战争如此深刻地影响了戈雅。1810年后，擅长大幅油画的戈雅，难以抑制地开始用小幅素描表达自己对人性的困惑。一张又一张，画了整整八十五张。八十五张素描全部是战争的残酷景象，或者说，是"人"在"领取"了战争发出的"特殊许可"之后，充分表达的兽性。戈雅把这些素描刻印出来，却不敢公开出版，只是将这些画给了儿子，素描集的题名是"西班牙和波拿巴血腥战争之致命后果及幻想"。

戈雅是个出名的宫廷画家。十八世纪西班牙王宫中的许多王公贵族乃至年幼的公主、供取乐的侏儒，都因为上了戈雅的画布而流芳于世。晚年的戈雅突然画风大变，那是漫漫无尽头的内心的黑夜，有鬼魅的眼睛一闪一亮，却没有一点希望的曙光。当时的人们甚至指责他在晚年被邪恶的撒旦巫师虏获。可是，看到他的战争悲剧素描系列，我相信那只是一种绝望。法西战争中传达的人性恶，始终惊扰着戈雅的最后岁月。当初在宫廷中出足风头的戈雅，还不是一个真正的艺术家。只有当他进入晚年，他已经不需要再取悦宫廷和大众，画布上只有他内在的探索和苦苦挣扎的时候，一个真正的艺术家出现了。他把对人性的思考和失望以独特的浓重笔触表达出来，这使他超凡脱俗，在整个十八世纪和十九世纪画家中别具一格——尽管这个时候，戈雅已经完全不在乎声名了。他的晚期作品，是我们今天在马德里美术馆看到的最震撼人心的收藏。

马德里的起义虽然被镇压下去，西班牙的抵抗却全面爆发，民族自尊心空前高涨。这一次法西战争并没有什么像像样样的正规军方阵对峙。法军也很快就占领了大半西班牙，从最北方的比利牛斯山，长驱直入最南端的安达卢西亚。美丽的科尔多瓦被法军洗劫一空。在格拉那达，华盛顿·欧文住过的阿尔汉布拉宫里，满满的都是拿破仑的士兵。他们在里面遍寻摩尔人留下的珍宝不着，恼怒之下还用炸药炸塌了几堵厚墙，也许是怀疑里面有夹层，夹层里有暗藏的宝藏。

法军占据西班牙却没有征服西班牙。游击队四起，那是西班牙人从罗马时代就发明的战术，西方语言里，"游击战"这个词，就来自西班牙语。西班牙的崇山峻岭是游击战的天然舞台。拿破仑的将军们居然一次次地失利。拿破仑一怒之下把失败的将军投入大牢，自己亲自出马，领精兵二十万强攻马德里。马德里打下来之后，拿破仑把自己的兄长约瑟夫立为西班牙国王。西班牙虽有了约瑟夫·波拿巴的统治，反抗并没有因此停止。法国统治西班牙五年，也整整打了五年。

法军自然也有强将，其中最出名的一个就是雨果将军。法国本土也有抵抗革命的游击队，雨果将军有着长期与法国游击队征战的经验。因此在西班牙他战绩突出，曾把投降的西班牙游击队首领送上绞架。将军驻守西班牙期间，接来了家眷。他一个十九岁的儿子，跟着母亲和两个兄弟，乘坐包裹着"装甲"的马车，由军人护送，穿越了半个西班牙。他穿过我们也同样穿过的塞哥维亚罗马水道，经过我们也造访过的艾斯科里亚宫,最后来到我们眼前的这个马德里,来到这座戈雅在生活和痛苦着的城市。

  这个法国年轻人也一定曾经在这太阳门广场散步,在戈雅的窗下走过。也许有人指着那扇窗户告诉过他,这里住着一个著名的画家。可是,他一定不知道戈雅的心情。这场他父亲的战争,还有异域的生活,使他变得更为敏感。很多年后,这个曾经入侵西班牙的法国革命将军的儿子维克多·雨果,在书中以他独特的简洁描绘革命和战争。在《九三年》中,他描写了一个带着三个孩子的女人,她的丈夫在法国革命的战争中死了。共和国的士兵和女人有如下对话:

    "谁杀死他的?"
    "我不知道。"
    "怎么?你不知道谁杀死了你的丈夫?"
    "不知道。"
    "是蓝军,还是白军?"

马德里博物馆中的戈雅晚期油画

马德里博物馆中的戈雅画作《五月之战》

"是一颗子弹。"

对国家、革命和战争来说,你站在哪一边是重要的,对这个女人来说,子弹没有颜色、没有立场。

西班牙画家戈雅,以冲不破的厚重,撕开战争的幕布,直接袒露人性的黑暗;而法国作家雨果以最素净的白描,诉说人性的挣扎和他们在战争面前的无奈。

在法国,近代化转折的起始,和革命、暴乱和恐怖纠葛在一起。这样的局面,在当时导致法国政局的反复和动荡,在后来导致人们对这段历史的重大分歧。赞同者指点"平等自由博爱"的旗帜，而反对者则揭开飘扬的旗帜，让人们看到后面也流淌着无辜者的鲜血。到了西班牙这里，发生的故事叫人更是百倍地困惑。西班牙近代化转折的开端，竟然是外国统治者的一场侵略战争来发动的。

马德里起义将近两个月后的1808年6月至7月间，是约瑟夫·波拿巴给了西班牙第一部标志近代化、却也是类似法国附庸国的宪法。这部宪法当然没有交给西班牙民众投票通过，而是由九十几名所谓自由主义者通过的。那些被"启蒙"、曾经赞成西班牙"法国化"的自由派知识分子，现在大多数只能先放下他们合理的追求，保家卫国。剩余的那些从理念出发的书呆子，坚持认同拿破仑对西班牙进行改革的人，被同胞看成"约瑟夫分子"、"亲法分子"，"西奸"当然一点也不奇怪。一系列改革措施随之进行。已经在法国称帝的拿破仑，下令关闭了三分之二的西班牙修道院。他的兄长、西班牙的新国王约瑟夫·波拿巴关闭了其余的三分之一。入侵的法国统治者替你立宪，西班牙原来的改革派，是赞同好还是反对好？在历史对他们开的玩笑面前，他们张大了嘴巴，却说不出话来。

理直气壮地争取到了最大多数民众支持的，是西班牙的传统保守力量。"西班牙，自由，上帝，国王"比任何时候都更完美地结合在一起了。

五年之后，拿破仑被迫把西班牙交还给了西班牙人。1813年4月，约瑟夫·波拿巴在离开西班牙之后，再也没有回到他统治了五年的异国土地。他的弟弟法王拿破仑说："西班牙表现为一个重视荣誉的整体，我无话可说，只能承认，他们赢了。"

不仅仅是荣誉，拿破仑只说对了一半，还有信仰。今天人们评判近代西班牙的保守民众，常常是贬抑的，那就是拿破仑当年的看法，以为西班牙民众是落后愚昧和土气的。可是，在古代向近代转折的历史关口，与人类始终共存的一个精神核心，是需要非常小心对待的，那就是宗教。改革世俗社会的宗教组织是一回事情，而藐视人的信仰，那是另一回事。

戈雅塑像

一些非常有悟性的法国人，慢慢明白过来。在法国统治时期，长期生活在马德里的法国军官罗卡在《回忆录》中说，法国人在战场上的胜利，并不能使得西班牙人屈服，因为法国试图在打击的，"是所有的人，每一个人的灵魂，而这样的目标，是炮弹刺刀不可能击中的"。法国将军拉内，在强行攻下西班牙重要城池萨拉戈萨之后，他所看到的场面使他没有一点胜利的喜悦。他留给后人的话是，"攻击人们的信仰，那实在是一个错误"。把信仰等同于愚昧，是一个更大的错误。

在传统社会改革中，要小心翼翼对待的，又岂止一个宗教。

没有一个人像戈雅那样，懂得西班牙在这五年中真正受到的伤害。历史书记载说，在这五年中，有五十万法国人死在西班牙，没有人告诉我们，死亡的西班牙人有多少。戈雅的战争悲剧系列，细

12. 戈雅画笔下的战争

节写实地罗列了这场战争释放的兽性。而残酷是双方的,法军烧杀奸淫和抢劫,西班牙人也酷刑折磨和大批屠杀法军俘虏。

那是埋在西班牙干旱的土地里的一颗危险的种子。

一方面,法国人五年的君主立宪的统治,是拿破仑时期的法国体制的延伸。五年下来,异族迫使西班牙完成的制度变革,几乎成了习惯事实。另一方面,在体制改革上,法国人也小看了西班牙人的智慧。本来,西班牙的体制改革也已经走得很远。法国人统治期间,始终有一个流亡政府,它的核心已经不是国王,而是由议会选出的内阁。那些西班牙智者们一边在和法国人作战,一边却冷静地看到,所谓"法国化"的内核,是体制"近代化"的必然。所以,一边和法国人打得你死我活,一边却在战争中召集议会,一批西班牙的法学家制定了西班牙人自己的第一部宪法:一八一二年宪法。

这也是一部君主立宪的宪法,在确认世袭君位的同时,保障公民私有财产,有间接普选制和保障新闻自由、司法独立的条款。有的历史学家甚至认为,这是当时欧洲最进步的一部宪法。可是,宪法对于宗教的条款,又是保守的。它没有宗教自由,而是确立了天主教为国教。但是,它规定撤销宗教法庭,没收宗教法庭的财产。

因此,也有历史学家认为,这部进步和保守相交的宪法,是日后西班牙两极分裂的起因。而事实上,我想它只是反映了西班牙的"现状"。要知道,那时天主教士和教徒们正在反侵略的战场上充当主力呢。

事实上,法国人伴随侵略和种族蔑视一起推行的改革,是一种极端,它使得西班牙人一提起"法国化"就感到厌恶。法国人在粗暴反宗教的同时，又在西班牙战场上表现出来的残酷和邪恶，才使得西班牙本来温和的保守派中，推出极端的一支，而且拥有大批追随者。当时居住在西班牙的法国人发现，这场战争逼出的西班牙人的爱国热情是宗教性的，并且是"古代"的。这也使得保守的极端派有了一种历史幻觉，认为维持"古代"，是可能的。

非常不幸的是，在观点分歧的双方中，只要有一支出现极端派，另一支必定也会分裂出他们的极端派。而通常的规律是，两边的温和派都不可能掌控局面，大幅震荡必然是在两个极端之间展开，不走到绝路不会回头。更糟的是，西班牙人在整整五年的法西战争中已经习惯了残酷。

法国人被赶走了，可是接下来的西班牙故事，是法国故事慢一拍的翻版。改革过程中走极端的刺激，引出了国内的反弹和左右极端的震荡。在法国，极端保守派的反弹，来自法国大革命对旧有传统的极端蔑视。西班牙的类似反弹，却来自一场法国革命军的侵略。在这里，爱国主义、民族自尊和宗教热情叠加，响应的人数更多、更热烈。

因此，法国人一走，西班牙内战就已经拉开序幕。

十九世纪的法国，就是在共和、称帝、公社、复辟之间不停地倒来倒去，街巷鏖战不止。而西班牙呢，也几乎循着同样的节奏，从法国人离开到1870年伊莎贝尔二世退位的五十几年里，"换了三代王朝，发生了五次武装暴动，制定过五部宪法并更换过十届内阁"。极端保守和极端革命派轮换着镇压对方。最令人哭笑不得的是，在法国的复辟时期，法国的复辟王朝竟然担心西班牙的革命派倒过来影响法国，因此再次出兵西班牙。这次，法军是援助西班牙的保守派，受到西班牙人的热烈欢迎。以前的西班牙"亲法派"，却在法军追击下狼狈逃窜。

和法国在国内战争中表现的残酷一样，西班牙人把在法西战争中释放的兽性，毫不收敛地就用在内斗内战中。极端保守的君王，抓住革命党残酷处死。"进步分子"得势，也就烧毁修道院、屠杀修士，行刑队枪声不断。在这样的情况下，温和派自然都不可能长久。只要是有一点头脑都不难看出，大的社会变革中，最理想的模式是双方的温和派的结合。可是，最后总是事与愿违。

在十九世纪的最后岁月，欧洲逐渐工业化。不知不觉中，二十世纪悄然来到。西班牙却在荒唐的混乱中虚掷时光。干旱的田野里，大庄园主和农民的关系还没有解决，城市中工业带来的劳资问题已经接上。迷人的古代，动乱的近代，在不可阻挡地远去，对西班牙来说，它的标志就是殖民地在纷纷独立。西班牙还沉浸在一百年前的迷梦中，遥望美洲，总觉得"海上无敌"，似霸主余威尚在，而美国，一定还只是个乡巴佬的国家。

可是，一场发生在古巴的美西战争，使得西班牙彻底惊醒。

13. 世纪之交的高迪和"九八"一代

高迪的建筑 *马德里的寄宿学院 *吉奈尔、加尼韦特和科斯塔 *"九八"一代朝两个方向寻找强国之路

对西班牙来说,二十世纪的开端,就是1901年的古巴独立。殖民大国西班牙,失去最后一块南美殖民地,落得两手空空。

那是西班牙不尽彷徨的年代,在十九世纪与二十世纪转换处,历史书上布满了政治风云。而我们如何能够找出这一百年前的西班牙气息?

这个时代之交,出了一批优秀知识分子和艺术家,后世把他们称为"九八"一代。把他们冠以"九八",是因为美西战争爆发的1898年给所有西班牙人以强烈的刺激,他们的强国之梦破碎了。"九八"一代不是战斗的一代,他们是一些为寻找未来的道路而独立思考的知识分子。他们让我想起我们在西班牙"寻访高迪"的历程。

高迪设计的盖尔公园建筑

安东尼·高迪(Antoni Gaudi),是那个时代西班牙最伟大的建筑大师。他于 1852 年出生,在 1926 年去世。在将近一百年后的二十一世纪的转角,当我们来到巴塞罗那,巴塞罗那向全世界游人推出的旅游宣传,就是"高迪之旅"。我们曾经在巴塞罗那循着高迪的创作路径,一路逛过去。

我们去了他设计的盖尔公园(Parc Guell,1900—1904),第一次去是个冬日晴朗的日子,我们直接从正门进去。感受到的,是用马赛克镶嵌成的一个幻想世界。那个门口像小教堂一样顶着个十字架的建筑,你可以感受到高迪的巨手,在那里轻重恰如其分地捏塑着墙面。然后,在几乎是带着指纹痕迹的曲线里,高迪顽童般地凭他

高迪设计的盖尔公园

盖尔公园

对色彩的特殊感觉，一小块一小块地，向柔性的泥里，摁进那些闪闪发亮、五彩缤纷的马赛克。登上公园的大平台，人很少，我们实在不舍得转一圈就下去。平台的边缘，是游动着的马赛克座椅，舒展着作为建筑作品的力度和气势，而每小一段细细看去，又是一幅印象派美术作品。

从那里向下看去，是公园"趴"着那只著名彩色大蜥蜴的台阶——通向出口，通向外面的世界。

记得那天是清冷的，天空蓝得纯净，太阳显得暖洋洋的。公园也是清冷的，你可以用心来慢慢感受高迪。这一次我们再去，已是游人熙熙攘攘的夏末初秋，太阳火辣辣的，眼前的一切好像都泛着一层额外涂抹上去的光亮。以前的那种沉淀而纯净的色彩消失了，景象飘忽不定。我心里一直在暗暗吃惊，惊异自然变换竟能如此之大地改换眼前的真实存在。

高迪有着地地道道西班牙人的超常热情。他的公寓设计特别值得

大蜥蜴

米拉公寓

一看。他竟能把公寓这样令建筑师们沮丧的枯燥题材，照样处理得神采飞扬。

米拉公寓（Casa Mila，1906—1912）给人留下最深印象的是高迪建筑的雕塑性，不仅外形有非常大气的整体雕塑感，里面还隐藏着他对庭院和建筑内部的精心处理。那是一系列一气呵成的塑造，一个个精巧的作品，用一串串铁花，舒适地搭配连接在一起，又一层层地上去。人们从外面看到里面，从下面看到上面，甚至一直钻出顶层，看到屋顶。屋顶上，烟囱和通风口竟然被做成一片扭动着的精灵塑像，粗犷却又精致。

第一次看高迪时，曾特地去高迪的另一个公寓建筑：巴特罗公寓（Casa Batllo，1904—1906），却被关在门外，公寓没有开放。我们只

米拉公寓的屋顶烟囱和通风口

能看到外部的立面。这次，我们是随意在那条大街上逛，不经意逛到这里，只见前面的人行道边，挤着使劲仰头向上观望的人群，就像这上面出了什么大事。我们不由自主就跟着抬头往上看，那是一片熟悉的彩点墙面，就是印象派点彩的那种，还有那精美的窗户、阳台，那有着鱼脊背造型的小屋顶和装饰小角楼……巴特罗公寓，就是上次擦身而过的巴特罗公寓。转身，却发现楼下新开的小窗口，正在卖参观的门票，不由得喜出望外。

如果说，米拉公寓表现的是力度和粗犷，那么巴特罗公寓是极度的精致。我们在艺术史中常常看到这样的过程。人在最初凭着直觉，把自己的野性、对大自然的感受、原始的冲动，在艺术的出口释放出来。手是笨拙的，或许想要刻画精致，可是做不到。渐渐地，手开始变得灵活，技艺在长进，手下的作品变得精巧。在沾沾自喜之中，一点没有察觉到自己失落了艺术的灵魂。不说五台山里唐代的佛光寺大殿，只要看看唐南禅寺正殿就可以。因为后者规模很小，可是那种磅礴气势，拦都拦不住。不能提晚清，假如我们现在还为那斗拱的精密得意，只因为我们还没有睡醒。

巴特罗公寓令人惊异。高迪有能力保留艺术灵魂的雄性气势和坚质，却同时把手艺的柔美质量，做到无可挑剔的地步。今天的建筑装饰，假如要有曲线，都是两维平面的流动，整个巴特罗公寓，里里外

高迪设计的巴特罗公寓

巴特罗公寓室内

巴特罗公寓室内

外却是三维的扭动。一种心劲、一种灵魂要破壁而出的张力,在每一个角落存在。而手艺是精益求精。开放的精神使他们挣脱和超越了他们手中能够掌握的传统材料。站在那里,我想,什么叫建筑艺术的品质?看了巴特罗公寓,这就是"品"和"质"。不失最本原的热情和冲动,却有了最现代的技艺和抽象能力。

以前,在建筑历史书和高迪传记中读到,他的创作和当时欧洲流行的"新艺术运动"相呼应,却没有关联。看了巴特罗公寓,我很怀疑这样的判断。高迪是个建筑师,却也是一个时代象征。西班牙已经有这样一批人,他们是现代欧洲的,也是西班牙的、焕发着宗教热情的。

这是西班牙"九八"一代生活的时代,这是他们走过的街道,他们看到的建筑。西班牙已经是个现代国家。西班牙的艺术是现代的,领着最新的潮流。他们自己都是学者和艺术家,有着鲜明的独立个性。像巴塞罗那这样的西班牙城市,它的工业和现代化程度,已经足以建立养育这样一批特殊现代西班牙人的温带层。高迪是他们的边缘。他们站在传统和现代中间思索,他们是思想者。他们和高迪一样,首先是耕耘在自己倾心热爱的文学、社会学、教育学和各个研究领域中。沉重的大西班牙问题,自然也必然地走进了他们的视野。根据他们涉猎的学科不同,使得他们对这些议题的关注程度也不尽相同。

他们铸成了西班牙的"白银时代"。他们在历史上留了下来,不是首先因为他们的政治见解和政治观点的影响,而首先是因为他们在自己从事的领域里的丰富思想成果。或许在那个时候,这些思想成果对当时西班牙的现实改变,并没有那么大的影响,就像高迪的建筑。

可是他们的思考留了下来。

他们以"九八"为标志，是因为1898年的美西战争，令西班牙维持了几个世纪海上殖民霸主的强国梦碎。"九八"一代因此被打下了历史交界点的印记，使得他们的思考和争论，离不开一个核心话题：什么是西班牙的明天？西班牙的未来到底是什么，西班牙到底应该走什么样的道路，才能恢复昔日之荣耀和光辉。历史造就的古代辉煌，此刻成为一个沉重负担。他们中的一些人，甚至不能接受离开昔日旧梦的一个新西班牙。

如此苦苦探寻恢复古有辉煌的强国道路，却总是陷入迷茫，于是他们回归到一个更本原的问题，即西班牙人的自我认知：什么是西班牙？我们到底是什么人？隐含着的关键是：究竟什么才是西班牙在世界上的定位。

他们的思考是两极的。

他们中有一些人主张不要沉溺在自己的光荣历史中，尤其要远离古代西班牙以骑士和尚武为荣的传统，要更彻底"欧洲化"。而另一些人却走向了相反的主张，他们怀疑西班牙已经行进中的现代化，他们认为西班牙失去古代的霸主地位，就是因为先失去了自己的灵魂，西班牙要寻回旧梦，出路在于找回这一灵魂，发扬西班牙人的传统。他们甚至认为，整个欧洲的现代化，都是错误的方向，而西班牙的传统精神——堂·吉诃德，才是全欧洲的榜样。这种分歧，其实是自由思想状态下出现的一种必然现象。待这种自由思想状态结出成果，需要时间。可惜，外来思想影响下的社会变革，走得比他们快。

在首都马德里，有一个像英国的牛津剑桥那样的寄宿学院，西班牙人把它叫做 Residencia。那是由著名的希内尔（Francisco Giner de los Rios）所创建的现代教育体系的延续。希内尔是十九世纪西班牙最早的一个自由派学者，被人们称为是"西班牙的第一个现代人"。希内尔原来是马德里大学的法学教授。1870 年，西班牙政府要求所有大学教授做一个忠诚誓言，发誓忠实于王室，忠实于国家，忠实于天主教信仰。吉奈尔和另外几个教授拒绝，随即被大学开除。这些被开除的教授们，决定组织一个自己的学校，取名自由教育学院。这就是寄宿学院的来历。1873 年，西班牙成为共和国，三年之后的 1876 年，学校终于建成。这是西班牙第一个独立于国家和教会的学校。

寄宿学院有着小小的护城河，那是西班牙自由教育的一个基地。希内尔和他创立的学校，第一个意识到，西班牙的未来，取决于对年轻一代的教育，这种现代教育必须独立于教会，也独立于政府。最重要的，是在一种自由宽容的气氛下，教育西班牙的青年，培养独立的人文精神。从这里走出了日后的诺贝尔文学奖得奖者诗人希梅内斯（Juan Ramon Jimenez）和诗人马查多（Antonio Machado）、诗人洛尔加（Federico Garcia Lorca），诺贝尔生理学奖获得者卡哈尔（Ramon y Cajal），还有整整一代思想家、作家和诗人。西班牙最著名的思想家乌纳穆诺（Miguel Unamuno）也是这里的常客。

安格尔·加尼韦特（Angel Ganivet）是"九八"一代的先驱之一。他热爱西班牙，却辛辣地批评西班牙的落后社会现象，同时又反对"欧化"，认为西班牙的前途，在于西班牙自身灵魂里那种"非欧洲所有"的东西、那种西班牙的原始性和特殊性，那才是西班牙未来成长的基础。他认为西班牙要内向地寻找强盛之路。他的名言是："不要走出你自己，你的灵魂在里面。"

和加尼韦特相对照的,是他的同代人科斯塔(Joaquin Costa)。科斯塔认为,西班牙的前途在于回到欧洲,成为一个真正的欧洲国家。他的一些话成为警语留下来。他说,"熙德的棺材,应该用双重大锁锁起来"。他还说,西班牙需要的是"学校和食物"。他认为,西班牙已经是一株空洞的芦苇,一条干涸的河,西班牙必须"脱非洲化",必须"欧洲化"。西班牙人必须用开明来代替虚荣,用学校来代替战舰。他大声疾呼:"我们国家不需要热血沸腾的英雄和烈士,而需要冷静而智慧的人,他们能够驾驭和疏导自己的情绪。"他认为西班牙的衰败来自缺乏意志,来自经济落后、文盲、根深蒂固的盲从。他说,西班牙需要自由,而自由的根源是人的独立,而独立的根源在肚子里,饥饿的人永远不会自由。所以,先要让人民吃饱肚子。为此,他提出西班牙要解决农业问题、土地改革和灌溉问题。

"九八"一代关于西班牙道路的讨论中的分歧,反映了十九世纪西班牙在世界潮流面前,知识精英的深刻分歧。法国启蒙思潮在百年之后被西班牙再次反刍,一群知识分子看到西班牙落后的一面,重提当年伏尔泰和法国百科全书派的思想主张,坚持西班牙的持续"欧化"。可是,又有一群知识分子,把法国启蒙思潮视为危险的陷阱,反过来把希望寄托在"西班牙灵魂"上,梦想"寻根"。前者主张理性、自由、开明,后者主张传统、宗教、统一。这种分歧,形成了思想上的"两个西班牙"。从前者的角度看来,这是启蒙和反启蒙的分歧,但只要看看法国在十九世纪本身的动荡,就可以知道事实远非如此简单。

"九八"一代著名医生和历史学家马拉尼翁(Gregorio Maranon)的结论是,十九世纪上半叶西班牙的失败,全是那些开明派的持续的愚蠢造成的，这些人寻求开明进步，却把西班牙弄得不再是西班牙。另一个著名评论家马埃兹图 (Ramiro de Maeztu y Whitney) 说："我们选择用变成不再是我们自己的方式来实现我们的梦想，两百年来我们呕心沥血，就是想让自己不再是我们自己，而不是用我们的全部力量坚持做我们自己。"

西班牙民居的一扇小窗

"九八"一代最伟大的西班牙科学家卡哈尔的观点正好相反。他认为西班牙最近几百年是在进步。十六世纪发生在意大利的文艺复兴，是为西班牙打开了一个窗口。十八世纪发生在法国的启蒙思潮，是为西班牙打开了另一个窗口，从此西班牙有了理性思维，有了科学的批判精神。西班牙的道路应该是放弃孤立，走向现代世界。

这是世界潮流大变动时期，整个国家的自我认知在知识界的反映。这样的讨论在我们现在看来真是很不新鲜。它曾经发生在许多国家，今天依然在发生。这些国家无一例外都有过格外灿烂辉煌的昔日文明，却又面临时代转折的不尽困惑。人们曾经埋怨"九八"一代脱离现实，批评他们对"他们的那个西班牙"几乎没有起到什么实质作用。他们的作用是如此之滞后，不能力挽社会危亡之狂澜。

我想，这是一种宿命。每一个时代，大众和知识群都是分化的。有不同的层次，各有各的道路，各有各的使命，或者说——宿命。他们是不可能互换的。正常的社会，就是这两种人群各层次比例恰当的社会；反常的社会，就是他们比例失调的社会；失常的社会，就是一种倾向卷走了所有的人，失去平衡。假如当年的"九八"一代，也一个个如革命者般投身救世的行列，西班牙未见得能立地得救。从久远的今天来看，西班牙文化如果失落了"九八"一代，就显得更苍白无力。而有了他们，西班牙心智后来的复苏，就有了依据。

"九八"一代是属于未来西班牙的。使他们能够生存的，是西班牙特定的一个社会层面。他们命中注定和底层脱节。

就在这"九八"一代的同一时代，大量西班牙人为了谋生而移民南美，昔日他们是那里的主人，今日他们去那里找一个饭碗，这股移民潮甚至持续了将近一百年。这是西班牙的一个侧影。

西班牙"近代转折"半生不熟，就被逼到下一个"现代转折"的路口。一个急转弯没有稳住，就接下一个急转弯。

对现实的西班牙真正产生影响的，必然是非常入世的政治思想，也是更入世、"更有关怀"的那一大批人。西班牙的现代化是在十九世纪的最后三十年就开始了。法国启蒙的浪头刚刚滚过，其后的战乱、改革、暴动的交替还没有过去，新一波的现代政治思潮，包括最激进的那一波，已经不失时机地涌进西班牙。怎么可能不进来？在一片混沌中沉浮的人们，急急舞动双手，希望顺手摸到一根救命稻草。而激进思想家们，不可能在一片富庶平和的土地上找到知音，他们关注的总是贫瘠焦灼的地区。

从拿破仑离开、西班牙向激进的两极分裂之后，两边在信仰和心理上就不是均衡的。

保守的一方，始终有宗教信仰，而另一方没有一个类似信仰的东西。如今现代思想提供了这样的信仰。比起一百年前的法国启蒙运动，此刻人们交流的能力大大增强了。西班牙的无政府主义之父，是从德国的卡尔·马克思那里直接得到的指示，只是经过西班牙式的改造，变成了西班牙的无政府主义。

假如说，西班牙的近代转折佐以拿破仑的输出革命，那么在二十世纪之初，俄国革命之风吹来，此后更有世界经济大萧条的逼迫。西班牙已经有自己的激进左翼，是自己要革命了。在西班牙的大城市里，激进左翼本身又分裂为两大极端，社会主义信仰和无政府主义信仰，两种信仰水火不容。前者是国家要包管一切；后者是个人至上，一切政府皆为罪恶。而他们又都把保守派认作死敌。

在更多阅读西班牙现代历史之后，回头再看高迪，感觉必有很大不同。

高迪设计的大门

13. 世纪之交的高迪和"九八"一代　　229

在高迪设计公寓的时候，也没有一张安静的书桌。窗外，无政府主义在巴塞罗那起义了，要废除私有财产，烧毁私有财产登记簿，逼迫修女做母亲，暴力血腥不断，史称"悲惨一周"。最后自然也是暴力镇压。事后，起事的领头人被枪毙，那竟是个任现代学院院长的文化人。此事引起全球无政府主义者的强烈抗议。这是西班牙左右两极冲突的最典型模式。作为工业中心的巴塞罗那，罢工、起义时起时落。

世界在飞速走近，高迪窗外的天空开始出现飞机，1911年巴黎和马德里已经有了飞行比赛。高迪在报纸上读到，在摩洛哥，西班牙和摩尔人的恩怨情仇未尽。一个年轻的西班牙中尉佛朗哥的名字开始被大家知道，在摩洛哥的北非殖民地，他率领的摩尔人雇佣军团作战英勇，常常转败为胜。很快，摩洛哥的战事已经退为次要，1914年第一次世界大战爆发了。好在，政府宣布西班牙将严守中立。西班牙国王阿方索十三世作出红十字会的人道姿态，在王宫中接受战俘和伤员，为人们在战争期间转交信件包裹，并呼吁交战各国停战一日，救护伤员。

大概只有置身事外的时候，人道主义才容易维持。在历史记载中，阿方索十三算是一个温和的人。可是，在宣扬实行人道主义的同时，他要对付自己的摩洛哥殖民地反抗，要面对如何平息国内的罢工暴动。已经在摩洛哥升为上校的佛朗哥，被调来镇压工人们罢工，又赶回去和摩洛哥人打仗，对天生是个军人的佛朗哥来说，他把这些任务一律看作是战争。历史学家从不同的角度去看，有人称之为残酷镇压，有人称之为有效恢复秩序。那是十九世纪许多国家的政府采用的普遍方式，就像暴动是民众表达自己的普遍方式。它肯定是悲剧，可悲剧一再上演。

在巴塞罗那,高迪在埋头做设计的时候,当不会没有听到街头传来同胞们用西班牙语呼喊的"列宁万岁"的口号。当时他在做的,是圣家族大教堂(Expiatory Temple of the Sagrada Familia)。在高迪的晚年,他把自己埋在设计建造大教堂的工作中。

我总觉得今天的巴塞罗那,最叫人服气的是仍在建造中的圣家族教堂。它始建于十九世纪末,而我们站在它面前的时候,已经是二十一世纪之初,前来朝拜这建筑杰作的游人像潮水一样,却还有五座塔吊在同时开工,一天不停那持续了一百多年的工程。在这一百多年里,无数西班牙艺术家,怀着对宗教和艺术的双重热忱,投入设计制作。人们公认,对它倾注了十几年心血,把自己最后的岁月完全交给它的高迪,使这个教堂获得了灵魂。

我们曾经在冬日的清晨和夜晚,分别造访过这个教堂。尤其在无人的清冷的黑夜中,大教堂如同一个尚未苏醒的巨人,你会感觉它是浑厚的,有着千年的宗教根基;它又是现代的,有着最奇特的造型,顶尖缀着高迪式的马赛克,色彩斑斓,在阳光和月光之下,同样一闪一亮。

我们曾经讨论过什么是旅行的最佳时间。

许多年里,我们总是冬季出游。好像只有最近的这次西班牙之行是在夏末初秋。夏天出游的好处显而易见,不冷,植物喜气洋洋地繁盛;更大的好处,是能够在有限的旅行日子里,享有更多白昼的时光。冷天最要命的,就是早晨太阳迟迟不起身,晚上却早早就拉起厚重夜幕入睡。所以,好像我们理所当然地应该改变一下出游的季节了。可是,这次二度重游巴塞罗那回来,却让我着实犹豫起来。

在老城区、盖尔公园,在圣家族教堂面前,我再也找不到几年前内心呼应的感觉。它就是消失了,消失在旅游旺季如织游人的腾腾热气里,消失在一片明晃晃的炫目的光亮之中。

冬天的清冷在凝聚和刺激人的敏感。可是,也失去季节的丰满色彩。记得那年冬天在巴黎,听朋友讲起枫丹白露的金色秋季,让我们羡慕不已,她最后的一句竟然是,"过了秋季,那里你们就不必去了"。此话让人气结。那个初春最后一天在巴黎,是郁金香刚刚开放,枝头出现嫩绿的时候,宁静而温暖。那天也想,以后或许该在初春或深秋出游。我想,假如不是万不得已,以后再也不要在白晃晃的刺目阳光下出远门。

一个仰慕高迪的德国的建筑系学生,曾向人们打听,怎样才能见到老年的高迪。人们指着巴塞罗那主教堂对他说,每天清晨五点,当这里响起弥撒的钟声,你一定可以看到高迪。果然,在那个时候,在主教堂第一排的凳子前,他找到了跪在上帝面前的高迪。没有人知道他那颗跳动的心在感受什么。人们只看见那高迪在全力营建的大教堂"基督诞生"正立面的钟楼,在一年一年缓缓升起。高迪是躲避政治现实的,作为一个建筑师,他有充足的理由。

"九八"一代人的入世是有限的。与街头的激进改革者相比较,他们和高迪之间有更为相通和默契的地方。他们只是一些学者、文人、艺术家。在一个温和的时代,他们的书斋研究和学问以及对社会改良的建议,或许能够起到一些作用,甚至重要的作用。可是在一个激进的年代,他们太弱。任何改良都需要时间,可是他们遇到的是一个急火攻心的时代。因此,他们最终都只能躲避。

寻访高迪中,西班牙宗教的浓烈风格扑面而来。来到这里,几乎凭着嗅觉,就能闻到西班牙是一块浸透了宗教的土壤。感受到他们的

高迪参与设计的圣家族教堂仍在建造中

圣家族教堂

宗教感情不是走向抑郁的成熟，而是怀着献身的强烈向往。

可是谁曾想到，主义也可以演变成另类的宗教信仰，令人们为他们的"天堂"厮杀；而宗教离开"内省"，也就离开上帝的指引，从天堂坠落，蜕变为世俗的主义。高迪晚年面对的西班牙，是起义和镇压、暴力对暴力的僵持和拉锯。在这样的状态下，政府就必定是摇摆的。自由度稍一放大，街头暴乱不止，专制呼之欲出。一旦废宪解散议会，起义应声而起。而街头枪声一响，铁腕更应运而出。

高迪在 1926 年去世。就在这一年，西班牙和欧洲的空中航班开通。"九八"一代人开始远去。他们的"归来"，是在一个未来的西班牙。

高迪去世五年之后——1931 年 4 月 14 日，西班牙国王阿方索十三世走出王宫，"向民众彬彬有礼致意，然后登上马车"，离开西班牙去法国流亡。在最后一刻，他阻止了身边的人企图否认选举的建议。他说，他不想让西班牙人流血了。街头红旗飘扬，接手西班牙的，是一个主张社会主义的左翼联盟执政的西班牙第二共和国。

14. 不幸的西班牙第二共和国

＊＊第二共和国＊民众政治化和左右两翼的对立＊阿斯图利阿斯暴动和黑色二年＊长枪党成立＊右翼议员卡尔沃·索特罗被杀＊＊

1931年，马德里的街头红旗飘扬。在世界共和潮流之中，西班牙又一次共和，这是它的第二共和国。

共和国的意思是：君主走了，国家是在宪法之下各方通过议会立法，一个行政首脑以及司法机构来管理这个国家。当一个君主在那里的时候，由于欧洲的传统，君主总有强化起来的可能，让人不放心。动荡的年代，不要说君主，任何在位者只要是社会处在失控状态下，都自然会有"强化权力"的念头暗暗升起。因此，民众常常看不到，共和其实并不保险。弄得不好，政府首脑和君主就只是叫法不同而已。

今天，有些人把"共和"二字看得很重，可能都太重了一点。在那个时代，不论法国还是西班牙，抑或欧洲其他国家，只要在君主立宪制中能够抑制君权，与共和制之间就没有太大的差别，一个虚位的君王，还可能从心理上起到协调的作用。

在西班牙，"共和"一词带着更为虚幻的假象。所谓"共和派"，涵盖着大量社会主义和无政府主义的极端组织。所以，十九世纪末二十世纪初的西班牙，察看两边的温和派，他们的主张是接近的，一个主张君主立宪的民主制，另一个主张无君主、共和形式的民主制。他们之间的差别，仅仅是一个无实权的虚设君王。

可是，极端派更能影响民众，极端的左右两边拖走了几乎所有的民众。还在十九世纪末，巨大的社会潮流推动下，就有无数政治组织在那里，而且已经所谓"加入国际"，声势浩大。世界在"全球化"之前，早就"国际化"了。议会举足轻重，君主能起的作用已经微乎其微。

西班牙很早就"共和"过。那还是1873年。西班牙"第一共和"并没有引起什么太大震动，国王早就无足轻重，共不共和，只是一个形式。就像今天回顾法国历史，人们印象中，总觉得在1789年的法国大革命之后，就算已经解决"共和"问题了，其实后面起起伏伏，今天的法国已是"第五共和国"，大革命之后还有过四次"共和"，当然间以种种其他形式的"非共和"政府。可是，哪怕是所谓王朝复辟，也没有人太当真，因为法国大革命之前路易王朝的盛期威风，再也不曾有过，也不会再有。绝对专制不再，"君主"被"立宪"死死盯住。

西班牙也一样，它的立宪转变是法国输出革命协同完成的。之后，君王想挟民众对法国革命的情绪反弹，重走王朝专制的回头路，也被"立宪"二字逼死。西班牙君主立宪的"君主"，越走越弱，弱到没有人当一回事的时候，几乎是糊里糊涂的就"共和"了。西班牙的第一共和国将近一年，时间很短。君主再归来，也没被看成是什么了不起的事情。当家的是议会。在1901年的西班牙议会里，自由主义代表已经能促成决议，减少妇女儿童在周六的工作时间。

共和的民主制是否能维持，还要看国家的局面。比较理想的状态，是绝大多数民众认同一个基本的理念。他们对达到这个理念的具体方式可以有分歧。民主制就是通过选举，让试行不同方式的群体有机会实践。要是试试不行的话，赖在权力上也不行，民众有权选你下来，再换别的办法试试。理论上很通顺，可就怕遇到西班牙当时的局面，民众没有一个大家认同的基本理念。不是奔向共同目标的路径不同，而是目标本身不同，理念对立。

谈论西班牙的书，在后面必定要附一张长长的表格。那就是西班牙的各路英雄——那些政党们的缩写名称索引表。不是专门研究的专家根本记不住，实在太多了。可是要是归归类，好像也没有那么复杂，总的来说就是左翼和右翼。右翼有君主派，还有要求专制君王的"卡洛斯主义"甚至法西斯主义。左翼有社会主义、共产主义和无政府主义。

听起来哪个国家都有左翼和右翼，可是在西班牙，却是逐渐在向两个极端走，两个极端有着完全分裂的观念。左翼偏向公有制，右翼偏向私有制；左翼比较能容忍地区自治，右翼要求一个"统一的西班牙"；天主教是左翼摒弃的对象，却是右翼生命的一部分。极端左翼有无政府倾向，右翼要求社会秩序。两翼一半对一半地分裂

马德里大游行,举着各党领袖的巨幅画像

了民众。再说,那么多年来,大家习惯了用罢工、起义、暴动来说话,谁也没有耐性。

1931年的新国会第一次会议是7月14日举行的,很巧,那正是法国革命攻下巴士底狱的日子。新宪法包括给妇女选举权、政教分离、废除贵族封号。共和国政府着手广泛的社会改革,开始土地测量,准备土地改革。

西班牙第二共和国这一届政府的改革,是要走向社会主义国有经济。其中包括要由国家来确定雇主应该给工人多少工资。同时宪法明文规定,不论是什么财产,只要社会有这个需求,就可以收归国有。这样的公有制倾向右翼当然不能接受。

这一措施在实施土地改革上,也遇到问题。农民虽从原来给地主打工,变成给国家打工,但弄不好一样失业。结果,不要说巴塞罗那

内战前后,西班牙农民生活非常贫苦

的工人要信奉无政府主义,连南方安达卢西亚的农民,都在追随无政府主义。再说,并不是只有大地主才要求保护私有财产,保护私有财产制度几乎和人类历史一样长。为政者或许应该想到,有这么长历史的制度,多多少少有它的一点道理。加泰罗尼亚右翼政党的口号,就是"小屋子,小院子"。

至于宗教,不要说和"人"与生俱来,更何况这还是在西班牙。君不见,在西班牙历史上,有哪场战争能离得了宗教。

今天的西班牙,人们对天主教热情不减。

在巴塞罗那附近,仍然有几个规模很大的修道院。我们去了其中的蒙塞拉。山形奇特,如圣徒云集。到了修道院才知道,这里的人们是把山峰看作圣徒化身,山峰一个一个,都有名有姓。

在南方的安达卢西亚,不论是塞维利亚,还是科尔多瓦,看着一个个教堂门口的公告,几乎天天晚上轮着在游行。我们晚上回来,天黑了,街上却总是一片无头无尾的烛火的队伍,管乐在牵动人心。管乐队里,一定有几个十来岁的少年。人们抬着装饰得美轮美奂的圣母塑像。每人手里一枝白色的蜡烛,粗粗长长的,卷着纸卷挡住流下的烛油。父亲把孩子高高地举过头顶,让孩子伸出的小手能触摸到圣母的基座。每个人眼里都在闪着异样的光芒。有时候,一个晚上有好几处游行。

今天的宗教回归了它内省的本原。烛火的队伍在流动,站在一旁,无缘由地,你会觉得感动。就连这样的感动,都不是一个行政命令能够中止的,更不要说宗教信仰本身。

可是,第二共和的内阁总理一上来,就在替所有的人做宗教选择。他说,"西班牙再也不信天主教了"。左翼宣布一些他们看上去是理所当然的政策。以前,西班牙的学校几乎全是教会学校,这些学校被强令解散。传统上天主教徒不离婚,现在政府宣布离婚合法。可这是右翼和众多笃信天主教信仰的民众绝对无法接受的政策。政教分离、教育的改革都是合理的,只是无可通融地过早一刀切,就可能是非常危险的。

西班牙不仅政治分裂,地区也在分离。西班牙在历史上就有地区问题。北部有巴斯克地区,巴斯克人的种族来源没有人讲得清楚。他们使用的巴斯克语也非常独特,这种语言到底是什么来源,和其他语言有什么渊源关系,也至今没有确定结论。东部的加泰罗尼亚,就是巴塞罗那所在的地区,使用卡塔兰语言。他们感觉自己和法国还更亲

战争初的共和国总统兼总理阿萨尼亚

近一些。

这两个地区,从1860年开始工业迅速发展,出现大工业城市,成了西班牙最富裕的区域。他们并不把处于中部的卡斯蒂利亚、阿拉贡、拉曼却放在眼睛里。他们对马德里的中央政府缺乏认同。左翼共和政府最终答应了加泰罗尼亚和巴斯克实行自治。这么一来,西班牙其他各地区都蠢蠢欲动想自立门户,甚至南部的安达卢西亚也提出想实行自治。

右翼的基本要求"财产,信仰,祖国",现在全都岌岌可危。真是乱——政治对立是一笔账,地区自治又是一笔账,还相互搅在一起。

西班牙人尚武,危机时刻军人干政被看作是一种传统。难怪那些承袭西班牙、葡萄牙传统的南美国家,也是动不动就军事政变。西班牙没有参加第一次世界大战,但当时却拥有庞大的军队,军官特多,六个当兵的就有一个军官。注册在案的有五百六十六个将军和二万二千个军官。这届政府的战争部长、后来的总理马奴埃尔·阿萨尼亚(Manuel Azania)看着庞大的军官集团,觉得实在危险。他认为,军队是"西班牙民间精神发展的主要制度性障碍",就主张裁军。他答应军官全薪退休,将级军官减半。可是,军官们讨厌来自文官政府的干预。人们认为,阿萨尼亚的军事改革,在军官中植下了对左翼的抵触和反感。

那是一个动荡的西班牙共和国。

1932年8月，右翼的圣胡尔霍（Jose Sanjurjo）将军，因反对加泰罗尼亚自治，在南方暴动，被左翼政府镇压。1932年底的土地政策不见效，南方又有一群无政府主义者的农民，占领村庄土地，宣布成立他们的自由共产主义公社，比政府还要左，结果也遭到镇压。

这届政府的时间很短，将近两年之后，第二次选举，左翼联合阵线瓦解，右翼联盟赢得胜利。

不管怎么说，他们完成了一次和平的政权交替。应该说，民主共和制似乎巩固有望。因此，在1933年开端的时候，西班牙人对前景似乎很乐观。可是，外面看着他们的人，却在摇头，认为那是一种"西班牙式"的乐观。一个如此复杂而不稳定的国家变数太多，有没有希望，要看具体演进。整个社会太脆弱了，很可能小小一个变故，就引发根本转向的大乱子。

假如社会大众和政治精英有个最底线的基本共识，那么左右两翼轮换上台，就只会是一些小的政策调整，改革只是小变动的渐进累积。今天成熟的民主国家都是这样，两大党在竞选的时候，都有很鲜明的立场，承诺很大、很有勇士的样子。可是真的上了台，立场就往中间靠，"改"的动作一般都变得很谨慎。最怕的就是当时的西班牙模式。执政者的改革理念，与在野者完全相悖。在野党派不是通过议会，而是用煽动民间暴动来说话，非逼得官方武力镇压，在民间种下更深的仇恨，如此周而复始。

1933年新年伊始，巴塞罗那的无政府主义者和劳联就暴动，攻打兵营。三天冲突，打死二十来人。暴力和总罢工扩大到各个城市。政府就戒严，宣布刑事犯一律由军事法庭审理。右翼政府释放了在前政府执政时期参加圣胡尔霍将军暴动的人，归还了被没收的土地。

1934年2月,马德里的左翼政党联合起来,实行总罢工。无政府主义在萨拉戈萨扔炸弹,导致政府抓人,抓人又导致罢工。政府开始收缴武器,在马德里的工会领袖那里就搜出三十八万发子弹。社会主义领导人号召全国城乡准备武器。已经自治的地区,主张分离的极端分子还不满足他们的自治权力,在9月10日放火把巴塞罗那的法院给烧了。

1933年10月,换上了新首相,在野的社会主义者号召总罢工。

在巴塞罗那和马德里,政府镇压成功。可是在阿斯图利阿斯(Asturias),社会主义者夺取了首府和主要港口,宣告成立共产主义政府,有着很激情的宣言:"同志们,我们正在创造一个新社会。

巴塞罗那左派民众造反

我们将为创造这个新社会，付出血泪和悲哀的代价……有理想的战士们，高举起你们的枪来！……社会革命万岁！"兵工厂二十四小时开工，征兵委员会在号召所有十八岁到四十岁的男子当红军。在这个政府执政期间，有五十多座教堂被烧毁。

右翼政府宣布军管，再次调来了已经升任将军而驻防在摩洛哥的佛朗哥，他当时正在西班牙度假。佛朗哥和他要镇压的对手，完全是同样的思路，那就是，对方是"敌人"，对"敌人"不能手软。

这一次，不仅有西班牙军团，他还调来了北非殖民地的摩尔军团。这真是万分惊心的场面，自从1492年西班牙"光复"以来，这是摩尔兵第一次踏上西班牙的土地，在一个西班牙将军的指挥下，攻打西班牙人。

在整个进攻战中，有二百名政府一方的士兵和警卫队员阵亡。攻下来之后，是无节制的报复，有一千人被屠杀，三千人被捕，甚至包括前左翼政府的总理阿萨尼亚。西部阿斯图利阿斯的镇压殃及东部的加泰罗尼亚地区，那儿的自治也因此被撤销。

相对来说，马德里右翼的文官政府，当然比佛朗哥将军要温和得多。可是，这和他们所处的位置不同也有关。在加泰罗尼亚的暴动被镇压之后，马德里政府赦免了领头军人们的死刑。作为文官政府，当然要竭力避免给对立一方过强的刺激，期待和解的可能。可是佛朗哥对此极为愤怒，对他来说，他是第一线的军人，每次平息叛乱都造成他手下的弟兄伤亡。佛朗哥认为，叛乱者不杀掉，放出去马上又要出乱子，那不是拿他手下军人的生命开玩笑吗？佛朗哥自己是个战场上浴血厮杀出来的人，多次与死神擦肩而过，照他的说法，只是"死神没认出他来"。只要进入某种氛围，佛朗哥铁石心肠。他是主张用铁腕

1934年巴塞罗那左派起义被镇压以后,领袖们被逮捕

维持秩序的人。

所谓的共和,是代议民主制,应该是街头的问题通过议会协商,立法解决。那必须是一个法治社会,没有严格法治,西班牙的"共和"就徒有虚名。

西班牙的右翼极端此后被称为"法西斯",倒也不去说它,西班牙的左翼后来被称为"共和派",却令人起疑,因为只有在左翼自己执政的时候,他们才大力主张"共和",一旦在野,他们主张的和实践的往往都是革命,而不是走议会道路的"代议制"。每一次革命是不是有充分理由是一回事,可是革命党是不是"共和派",就是另一回事了。

双方理念对立,相互完全不认同。两年执政,右翼政府废除了前两年左翼政府的大部分改革立法,左翼为此将其称之为"黑色两年"。

西班牙分裂的左翼，在右翼执政的威胁下，被迫联合组成"人民阵线"，参与了1936年竞选。

1936年2月的选举，左翼人民阵线和右翼民族阵线几乎旗鼓相当，很多地区只相差百分之一或二。最终左翼人民阵线险胜，组成政府。从选举版图上看选举，惊心动魄。沿海的外围一圈，都是左翼的势力范围，中间整一块是右翼版图。而左翼马德里，像个钉子一样，死死钉在右翼的版图正中。

欧洲正是激进思潮风云激荡的年代，西班牙处在世界大震荡的旋涡之中，两个距离西班牙遥远的国家，苏联和纳粹德国都在关注西班牙。

民众在向两极撕裂。二十世纪初种种思潮，流行的首要条件是能够"得民心"，也就是迎合民众的饥渴，让困苦生活的底层民众非常直观地感到，它提供的理想是解决困境的一条出路。这些思潮都面向底层。因此各种思潮都很容易流行，而且都在不断地变化和转换。有时候一不小心，就出来一个新的变种，活像无害的病毒突然变异而变得有害。

意大利著名的法西斯领袖墨索里尼，就是来自一个激进的马克思主义者和工团主义的变异。在二十世纪二十年代末之前，连共产国际都没有觉得它是一个威胁。西班牙和意大利是两个气质相近的国家，面对四分五裂的西班牙，西班牙极右翼对墨索里尼整顿意大利的魄力、魅力和能力，一向有好感。

1933年西班牙成立了一个很小的群众组织，叫做长枪党（Falange）。不知为什么，也不知从什么时候开始，Falange被翻译成了长枪党，可是它原意和长枪没有关系，最初字面上的意思，是指古希腊人打仗时的方阵队列。西班牙人在战争中使用火枪以后，还是排成这样的队列，也叫 Falange。简单起见，我们还是用约定俗成的叫法，把它叫做"长枪党"。西班牙的长枪党更像是右翼保守民众草根层的群众组织。他们没有什么理论，一些人凑在一起，只要志趣相投、赞同保守，说自己是长枪党，就是了。它并不是一个严密的政党。

激进的主义们，都是以"底层利益"、"权力归民众"为号召，而且不管前面是什么，总是先承诺能马上兑现，因此很有煽动力。而温和保守主义、温和自由主义，无法承诺立即从树上给民众摘下果子来，民众当然不爱听。

谁知道历史在玩的什么把戏？总之，最无政府的工团主义，站出个魅力领袖，转个弯强调要众人团结一致，号召大家服从的时候，就变成法西斯主义了。信仰可能是宗教性的，也可以不是宗教性的，但信仰一定是遥远的。而团结、战斗、服从，这样的字眼却是响当当的。

回看西班牙，我们发现，对立着的双方常常有着许多相似性。连他们的宣传画都风格近似，如果不看文字内容，有时候都分不清，到底这是左翼在宣扬工农掌权，还是右翼在呼吁民族统一。

更多的地方在发生暴乱。中间派消失了，西班牙人不是左派就是右派。

左派阵营里，很多社会党人向左移，变成共产党人。共产国际吸引了越来越多的左翼西班牙人。还有更为极端的左翼工团主义无政府主义，也有他们的"国际组织"，工会声势浩大，极端左翼吸引了一半的西班牙人。

右翼长枪党处处仿效墨索里尼的法西斯主义，其实是工团主义的另一个变种。一开始长枪党根本不起眼，没有在选举中得到一个席位，谁知群众组织就是有突然蔓延的能力，曾几何时，它被极右派民众看作是最有吸引力的选择，突然就满地都是了。极端右翼吸引了另外一半西班牙人。

社会上左右民众的冲突，开始泛滥。

在这样的形势下，可以料想，即将上台的左翼政府，相比强调秩序的右翼政府，更难控制局面。

1936年选举结果出来后，右翼的政党领袖们要求他们的总理宣布全国戒严，不把政权交出去，以防止国家进入暴力的无政府状态。当时的佛朗哥将军是西班牙军队的总参谋长，虽然没有接到戒严令，他还是竭力主张全国戒严。遭到右翼政府的总理拒绝。

左边是1936年大选前右派的宣传画，右边是左派的宣传画

1936年2月19日，右翼政府服从选举结果，按程序交出权力，交给了左翼政府的阿萨尼亚。三天后，新政府就撤掉了佛朗哥的军队职务，把他派到遥远的加纳利群岛当军事总督。

失控的局面果然发生。

问题出在支持左翼政府当选的"自己人"这头，他们要求政府实行更左的政策，不满意就干脆自己动手。新上任的政府，很难下决心对推自己上台的民众严厉镇压。监狱发生暴乱，政府无能为力，居然未经议会批准，顺水推舟，干脆大赦暴乱的犯人，使得原来动荡的街头，平添一群罪犯。富人的私人财产被抢劫。在艾斯特雷马杜拉地区，土地被农民以哄抢的方式瓜分。之后，政府发布特殊公告，宣布认可了这次分田分地，这等于宣布这样的方式是合法的行为。

在这样的局面下，右翼民众纷纷成立长枪党的群众组织，开始以暴力对抗史称西班牙"红色恐怖"的袭击。这种右翼群众运动也同样失控。左翼政府上台仅仅四个月，据记载"有一百六十一座教堂被烧毁，死亡二百六十九人，一千二百八十七人受伤，二百一十三人被谋杀，总罢工一百一十三起，部分罢工二百二十八起，扔炸弹一百四十六起"。街头冲突暗杀不断。

与此同时，右派更生怕自己会被"合法地"收拾掉。他们看到，极左政府把右派斩尽杀绝的例子，在苏联活生生地上演过。不巧的是，苏联正是西班牙左翼政府的国际靠山，右翼岂肯坐以待毙。

1936年5月10日，新总统阿萨尼亚和新上任的总理奎罗都呼吁停止暴力，暴力却在全国持续。右翼开始呼吁军队出来重建秩序，"拯救西班牙"。这是西班牙人习惯的古老传统，就是在政府失效的时候，军队"有义务"出来"救国家于危亡"。

阿萨尼亚曾经警告双方,这是西班牙通过议会道路实现进步的最后机会,要求双方的极端组织,都不要有"超越议会"的举动。激情的群众却不理会、也不可能理解这个警告的分量。要踢掉议会的力量来自左右双方。

西班牙政府持续呼吁停止暴力,苏联和第三国际也开始以领导身份,指示西班牙共产党持温和态度。可是整个社会如此脆弱,经不起一点风吹草动。

就在这个紧张关头,一个突发事件彻底扭转了形势。一名左翼的下级军官被右翼分子暗杀,激起左翼的报复,导致作为右翼领袖的议员卡尔沃·索特罗(Jose Calvo Sotelo)被杀。

有关这名议员死去的细节,我至少看到两个版本。一种说法是,1936年7月13日凌晨4点,民卫队中的一些左翼队员决定报复。他们把卡尔沃·索特罗从床上拖起来,塞进汽车开走,他的尸体第二天在马德里附近的一个墓地里被发现。另一种说法是,他们冲到议员家中,他在搏斗中被打死。

卡尔沃·索特罗是君主派报纸ABC的一名记者,也是右派在国会的主要发言人。重要的不在于他是一个名人,而在于是一个议员。共和制必须通过代议制的议会来具体立法,以规范这个国家。议会是最重要的合法途径。对议员开杀戒,是对共和制本身的重大打击,也令右翼对通过正当的民主程序表达自己,变得完全没有信心。

事件发生后,议会本身剑拔弩张,眼看着暴力冲突可能在议会内部发生。为此,议会宣布休会一周。在卡尔沃·索特罗的葬礼上,引发了右翼民众声势浩大的送葬游行，结果警察向送葬队伍开枪，又当场打死两人。

三天以后的1936年7月17日，莫拉将军（Emilio Mola）和佛朗哥将军为首的军人，做了一个宣言（Pronuncia－miento），这是西班牙传统中的军人宣布接手政权的方式。

闻名世界的西班牙内战，打响了。

15. 迪伯德神庙下的兵营

电影《蝴蝶》的故事*迪伯德神庙*马德里兵营被攻破*长枪党的创始人何塞·安东尼奥被处决*内战开始

1936年7月，西班牙内战打响。

西班牙从第二共和国以来，就有一种全民政治化倾向。民众高度关心政治，积极参与政治活动，不论左翼右翼，他们都要拼命协助自己一方夺取权力。有人通过正常的政治活动，也有人相信暴力和革命这样的极端手段。

这折射了民众内心的紧张。随着暴力的加剧，人们认为，假如自己一方失败，权力落到另一方手中，自己就不会有好果子吃。政治竞争变为生死存亡的斗争。现代社会里，人们平时的日常生活，社区里人们的日常关系，自然是错综复杂的。他们之间不仅仅是政治观点的异同，还有很多亲缘、朋友、同事的交往，有类似亲情、友谊这样的复杂感情。一旦政治挂帅，表态动武，人群就被分割开，推向两极。哪怕以前从没有在手上套个袖标的，这个时候也要找个"组织"加入。人们往往是会被时势裹挟的。

从大面上去看，这时西班牙人是散的，山头林立，满地都是群众组织。就像后来声势浩大的右翼组织长枪党，其实只是各地群众组织都用了同一个大名号，相互之间并没有什么组织上的联系。

就在我们这次从西班牙回来之后，偶然间看了一部叫做《蝴蝶》的西班牙电影，讲的就是这段时间的故事。它描写了一个西班牙乡村，有富人和穷人，有保守的村民，有自由主义思想倾向的乡村教师，有天真无邪的孩子，整一个风景优美、相对封闭的乡村小社会。它描写了外面的骚动渐渐影响到乡村的生活，最后突变的一刻到来。人与人，也就是村民与村民间的关系，突然成为一种敌对的、血腥的关系。这部片子是同情左翼的，因此，里面左翼的形象比较温和、开明、进步，是善良的和受迫害的，而那里的右翼和富人是霸道的，右翼村民的形象大多不是愚昧、就是凶狠。

这个电影很传神。它准确描绘了这样一个过程，一个普通的社区，如何在很短的时间里，因政治冲突而变得紧张、暴力；描绘了冲动激进的地方群众组织如何起来，变成一种血腥的恐怖势力；描绘了民众在复杂的、恐惧的情绪下如何压抑和隐藏自己，以求得生存。电影主角是个十来岁的天真男孩。他和教师——一个老人，有着长久的深厚感情。可是，在风暴席卷一切的时候，男孩在大人的引导下，突然陷入了非此即彼的敌我划分，追在抓走老师的那辆车后。也许是出于恐惧而要掩饰，也许是出于真心的仇恨和愤怒，他开始辱骂并向载着老人的车子扔石头。老人的表情是麻木的，随着车子晃动，故事就这样结束了。这一瞬，让我们看到了自己，看到在两个相距遥远的地方，虽然民族性完全不同，却可以发生一样的事情。

我完全相信在西班牙的一些村庄里发生过这样的故事。在内战开始的初期，叛乱地区确有大量自称"长枪党"的群众组织一夜间起来，他们滥杀左翼和无辜者。

可是，这个故事也并不是西班牙内战故事的全部。它没有告诉人们的是，在左翼占上风的地区，也发生着完全相同的故事，只是双方的位置颠倒而已。

这种必须站队表态的情况也在军队发生。在内战开始的一瞬间，军队首当其冲受到冲击。发生的故事，惨烈不下于民间。

在马德里，有住在那里的朋友带领着我们。他久居此地，熟门熟路，但还是很费心思地带我们游览，为了能让我们在有限的时间里看尽可能多的东西。我们也就信马由缰，完全松弛地在后面跟着。可是，有一个很特别的公园，记得我们只是碰巧路过而偶然进去的。

你不可能对它视而不见，见到了不可能无动于衷。那是在一个高坡上，在一片映着蓝天的长方形水池旁的一组视觉分量很重的、方正巨石砌成的古埃及建筑。好就好在是一组，有两重大门，后面是一个叫做德波（Templo de Debod）的神庙。那是公元二世纪的埃及神庙。

前面在塞哥维亚看到的罗马输水道，虽然说是"罗马"的，"原产地"却就在当地。所谓"罗马"，那是指时代和政治性质，是因为罗马帝国扩张到了西班牙。可这个埃及神庙，最初并不"产"在这里，而是在南埃及的尼罗河边。原物从六世纪开始，就颓败、废弃了。在现在这个神庙里，有一个小小的博物馆，在那里可以看到神庙在原址时废弃后坍塌了一半的照片。那几乎是一个废墟。可是可以想象，在夜晚，月色下残存的神庙,有尼罗河水在脚下流淌,仍然是何等地动人心魄。

它移建此地,是由于尼罗河的一场大变故,那个地区要建造阿斯旺水坝。1960年联合国教科文组织开始发起一个项目,抢救阿斯旺水坝建造后水库淹没区的考古遗址和古建筑。这座神庙和它前面的两座石门,就这样在1968年移居西班牙,"复原"在这个高坡上,1972年开始开放给公众参观。在这里,作为博物馆展品,这样的环境处理和展示方式,兴许已经无可挑剔。可是,壮虽壮哉,但哪怕是千年巨木,它却已是被连根拔起了。在尼罗河边它是历史,在这里,它只是文物。

古建筑修复的一条基本原则,是所谓修旧如旧。可是究竟旧到什么地步,对每一个修复个案,考虑还是不一样的。迪伯德神庙假如今天还是在尼罗河边,修复可能更多保留略为残破的状态,也就是更多保留它的历史沧桑。而在这里,今天这样基本修补完整的做法,兴许是更正确的选择。

埃及神庙的风格很特别,一是古埃及建筑在结构上还不用圆拱,

德波神庙

形式就受到材料的局限，跨度大不起来。可是，古代埃及人对力度的表现让人佩服，方方正正的造型会显得单调，可是这个神庙的整体造型有恰如其分的收分，这个形象就坐得住了。不单是那神庙的几个精细雕琢的柱头和入口的处理，还有那边角和檐口精细的圆线勾勒，都让你服了古人。神庙是雄壮浑厚的，却不是粗糙的。

气势，更来自它不是建筑单体，而是一个群体。两个大门拉开，就有了铺垫的空间，就有了抑扬顿挫的节奏，神庙本身成了最后推出的高潮。水池在引入晚霞和滚动的浮云，它们也一样映照着埃及的天空。

在水池的一边，有一块小小说明牌，告诉人们现在这座神庙的原址曾经是一个叫做蒙塔那（Montana）的兵营。

从西班牙结束旅行回到家后，读着有关西班牙的书，蒙塔那军营的名字又跳了出来。"蒙塔那兵营"，总觉得这名字熟，突然想起，那就是我们去过的、有埃及神庙的那个公园。这才知道，那里竟发生过如此惊心动魄的故事。

1936年7月17日，莫拉将军和佛朗哥将军宣布起事之后，佛朗哥将军到电台有过一个演讲，解释他们起事的理由。他说，无政府主义和革命起义已经毁了这个国家。在这种状态下，宪法实践的目标被终止了。不论是自由还是在法律面前的平等，都变得不再可能。地方分离主义在摧毁国家的统一。破坏社会秩序的人，正在有组织地伤害军队。军队再也不能袖手旁观，眼看着这些可耻的事情发生。这次起事，是为了把公正、平等、和平带回给西班牙。

这里大概有一部分是佛朗哥们的诉求，佛朗哥一贯是个强调要用铁腕来维持秩序的人，最看不得的是社会混乱的局面。可是，军人起事本身就是叛乱行为。假如不成功，他们怕是要成仁。所以，世界上大凡军事叛乱都是要大开杀戒的。而在佛朗哥的眼中,一向认为,只要最终目的是"恢复秩序",过程中的杀戮只是必要的手段。这种对于"手段"的理解,西班牙左右翼的极端,看法大同小异。

起事一开始在隔海的摩洛哥,这是相当于殖民地的所谓西班牙"海外省",然后迅速扩大到各地。当然不是每一个部队、每一个军官和军人都支持这一行动,因此起事一开始,先就是一场军队内部的厮杀。短短两三天,已经有效忠政府的将军被叛军杀死,也有起事的将军被共和政府一方枪决。

17日之前,局面已经非常混乱。几个大城市,早就是左翼工会组织的天下。相对来说,不论左右,在西班牙第二共和国,一本正经选出来的文官政府,比起民间组织来,都要温和得多。可是遇到这种大变故,马德里政府一时愣在那里,不知道该如何应对。他们一度以为,这只是马上会被平息的暂时局部骚乱。然而面对极右翼的行动,最知道怎么应对的,倒是极左翼的群众,摩洛哥兵变的消息一传来,17日当天,马德里的工会组织马上开始给民众发枪。

在马德里,确实有军人在商量着跟随叛乱,要从蒙塔那兵营出发,占领马德里的中心地带。可是他们没有行动,其中一个重要原因,是兵营里也有大量军官和士兵并不赞成这样的行动。但是工人们已经把整个兵营看作敌人,7月20日一早,一万名工人,还有一些军人、警察,也包括妇女和姑娘们,带着他们的五千支步枪和两门大炮奔着蒙塔那兵营去了。

工人们开始攻打,军队抵抗,打成了一个战役。这样的战事本来就是攻难于守,再说攻的一方基本上是平民,防守的则是职业军人,武器装备精良。因此,一开始进攻,工人们伤亡惨重。军人本来也有

马德里蒙塔那兵营被攻破以后的共和派男女民兵

不同的政治观点。很多哪怕是右翼观点的军人，也并不同意武装叛乱。工人这一打，把敌我界限不是划在左右翼之间，而是把蒙塔那军营的全体军人都划进敌方，其中包括许多原本是效忠于政府的军人。

对这些军人来说，不管怎么说，有人拿着枪炮打上门来，只能守住，不管你愿意不愿意，你只能自卫还击。只要他们下决心死守，在弹尽粮绝之前，要攻下来是很困难的。因此，外面的工人开始采用心理战，广播劝降，包括朗读政府在巴塞罗那诱捕的一名将军的讲话。这以后，兵营有一次打出白旗，表示投降。可是在准备受降的民兵接近的时候，里面机枪又扫射了。对于这一事故，一直有两种说法：一种说法是，里面的"叛军"假投降；另一种说法是，在兵营内部，即便在战斗打响之后，他们仍然是分歧的。一部分原本效忠政府的左翼军人，希望能避免流血，主张投降，而其中的右翼军人，已经被视为叛乱者，他们即使投降也不会有生路，所以必定要打到底。正是内部的矛盾和犹豫、困惑，导致了这次出尔反尔的投降。也就是有人要降，有人要打，并不是同一拨人。

中午时分，进攻的一方终于攻破了兵营的大门。

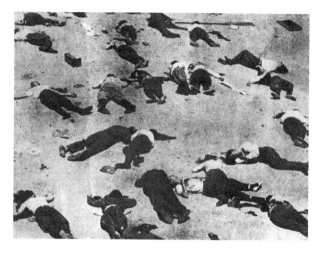

蒙塔那兵营被攻克后的现场

兵营里,有一群年轻军官,围坐在一张会议桌四周,他们一个个站起来,走出房间,对着自己头部扣动手枪扳机,集体自杀。

民众冲进来之后,很多士兵被当场打死,其中包括十几个军官,一名主张叛乱的将军被逮捕,历时三个小时的进攻结束了。这些士兵并非弹尽粮绝,民众从兵营里抢出大量武器弹药,其中包括五万支步枪。这些武器,立即武装了马德里的民众。在巴塞罗那,类似的战斗也在发生,根据当时的报道,巴塞罗那的死亡人数在两三千之间。

对这些左翼民众来说,这不单是反叛乱反法西斯,更是长久以来在酝酿和期待的革命开始了。尤其对于无政府主义者来说,这是他们实现理想的机会。今天,他们手里有了枪,马上从工厂主和地主手中夺下工厂和田庄,自己成为主人。政府已经无能为力。

我们是带着过去形成的模模糊糊的概念来到西班牙的。印象中,西班牙这场内战,一边是佛朗哥法西斯,另一边是共和派,顾名思义,也就是为共和国而战的民主战士。可是,在北方看了一次展览,看到内战前第二共和国的竞选广告和口号，方才明白，我们是被"名称"给蒙了。西班牙内战的两边并不那么简单。

作为右翼的佛朗哥之所以能够吸引一半的民众，并不仅仅是因为民众的愚昧和对教会的盲从。佛朗哥在煽动他的那部分民众时，描绘

民兵押解着军人俘虏

的西班牙混乱失控现状并非虚构。当时左翼的工会和群众组织越来越壮大。他们在武装起来，囤积武器，等待着革命到来的那一刻。

极右翼决心叛乱的原因之一，是极左翼在准备武装革命。这也是马德里的左翼政府在佛朗哥宣布叛乱之后，很长时间犹豫不决的原因。民众要求政府发枪，可政府怎么敢？一发枪，就连共和政府也无法控制，暴力会蔓延，革命的群众组织会很快逐步取代政府。马德里政府夹在左右之间，都不知道哪一边更伤脑筋。

佛朗哥一方是军方起事，因此虽然他们自称民族派，却被对方称为叛乱者，更由于他们在国际上得到纳粹德国和法西斯意大利的支持，他们理所当然被称为是法西斯；另一方自称为忠诚派或共和派，也由于他们在国际上得到苏联、共产国际的支持，于是也被对方称为赤党。

左翼一方拥有合法的共和国政府，因此他们理所当然能够打出保卫共和国的口号。虽然早在1933年，西班牙左翼工联主义的领导人就对《泰晤士报》的记者说，"我们一直在开展教育运动，正在组织工人苏维埃。到了关键时刻，工人必须首先到达现场并夺取权力。失去权力的话，我们将在几年内没有复兴的希望。……我们要把广大民众团结

"西班牙的列宁"卡巴耶罗

到民主旗帜之下——这一旗帜可以给他们带来希望,以便到时候,把政治社会运动的领导权从资产阶级那里转到人民手中,因此我们组织了革命政务会。政务会在西班牙是个重要传统,到时候,它就可以转变成苏维埃"。

左翼中力量最强的社会党,它的领袖叫卡巴耶罗(Largo Caballero),被公认为是"西班牙的列宁"。他在群众集会的演讲中,从来就直言不讳,政权问题是革命的根本目标。社会党的最终目标是掌握政权,以便实行自己的党纲,建立新的国家机器,改造西班牙。

在历史上,西班牙经常有断断续续的内战,一向不怎么引人注意。过去两百年里,西班牙从来不是、后来也不是世界史上挂头牌的地方。二十世纪的两次世界大战,西班牙都没有参加。可是,这一次是在第二次世界大战的前夜,是国际上左翼思潮的盛期,也是德意的极右翼最猖狂的时期。虽然西班牙是个很特别的国家,它有自己的特殊问题,可是国际上的左右翼极端派,都到这里来寻找自己的同盟军,都到这里小试牛刀,抒发自己的激情,虽然很可能抒发得文不对题。世界上最极端的左右两边,出枪出炮甚至出人帮忙,各国志愿军蜂拥而至,西班牙突然成了一个国际战场。

从共和政府和左翼民众之间的矛盾就可以看出,左翼本身也是分裂的。

从内战一开始,左翼自己也就打起来,明的暗的一直打到战争结

国际纵队

束。从他们自相残杀的残酷来看，也很难相信他们如果革命成功，会实行真正民主的共和制。把"共和"、"民主"的名称太当真，其实很是害人。这也让后来的专权者学得很精，不管里面包裹的内容是什么，外面一定要有"共和"招牌、"民主"称呼。

在另一方，各路右翼本来有不同的诉求，长枪党却在整合右派中起了很大作用。长枪党的口号非常明确，就是"祖国，西班牙，信仰"，要求建立社会秩序，要求保护私有财产。他们反对的目标也很明确，反对极左翼政党，如社会主义、共产主义、无政府主义。他们同样诉诸底层民众。长枪党的典型服饰是蓝衬衫，就是表示自己是底层劳动者的意思。如同意大利法西斯最初的标志是一条红带子紧扎一捆木棍，上面加一把战斧，给人一种团结齐心战斗性这样的感觉，长枪党的标志是牛轭和一束箭，以显示它是代表农民的政治观念，和尚武的民族主义色彩。

长枪党的创始人何塞·安东尼奥（Jose Antonio Primo de Rivera），

长枪党领袖被处决后右派抬着他尸体

是第二共和以前,国王阿方索十三时代的西班牙实际掌权者,米格尔·安东尼奥(Miguel Primo de Rivera)将军的儿子。内战前夕,何塞·安东尼奥以非法拥有武器的罪名,被共和政府逮捕。内战一起来,他经草草审判之后,在1936年11月20日被共和政府枪毙,成为佛朗哥阵营的第一个民族烈士。

佛朗哥是一个典型西班牙军人,却不是一个政治人物。因此在1937年,当他需要一个基层组织,需要一个有意识形态的政党时,他发现自己除了军队什么都没有。这时,长枪党是现成的。他于是接手长枪党,成为长枪党的领袖。

在长枪党的重大仪式点名时,第一个点是叫到何塞·安东尼奥的名字,长枪党们就会全体一起响应。他们没有什么严密的组织结构,右翼民众凑在一起,就可以宣布自己是一个长枪党组织。也许正因为如此,它才起了整合的作用,因为它大旗一挥,把只要是差不多的右

战争初期的右派叛乱民众

翼,都给囊括进来。

极右派对敌方残酷无情,虽然内部的政治观点也有分歧,可是在整个内战过程中,右派是在趋于基本的团结一致。兴许,这也是他们最后取得内战胜利的重要原因之一。

西班牙共和政府,以"反法西斯"和"保卫共和"的口号,引起了全世界的关注,激起了国际上众多国家和民众的声援支持,一些理想主义的青年,在共产国际的组织下,前往西班牙支援共和国。甚至,也影响到遥远的中国。在巴塞罗那,我们给家里打了个电话。年近九十的母亲,听到我们是在西班牙,在电话里唱起了年轻时唱的歌:

> 举起手榴弹,
> 投向杀人放火的佛朗哥。
> 起来!起来!

全西班牙的人民,

为了你们祖国的自由和独立,

快加入为和平而战的阵线。

起来!起来!

向卖国的走狗们,

作决死的斗争!

保卫马德里,保卫全世界的和平!

  那是……?我掰着手指数了数,啊,那是差不多七十年前的事情了,母亲唱着这支歌宣传抗日的时候,还只是个二十来岁的少女呢。

16. 深歌在枪声中沉寂

诗人洛尔加和那一代的诗*两次看弗拉门戈舞的不同体验*诗人洛尔加之死*残酷是属于双方的

战场之外,西班牙民间疯狂地自相残杀,在内战爆发的初期是一个高潮。

在内战之前,两派间的暗杀四起,这是法律和执法的政府部门失效的信号。内战爆发初期,不论是在叛军控制的地区,还是在政府依然掌控的地区,执法部门常常控制不了局面,社会秩序被群众组织所左右。群众组织一起来,所谓"法不责众"的局面就形成了。权力落实到群众组织这一层,正是无政府主义、工联主义的理想。而这样的左翼思想在西班牙的"共和地区"一时盛行。右翼占上风的地区,原来的政府没有了,权力也常常落在长枪党这样的群众组织手里。1936年的西班牙,作为社会公约的法律消失了。

在那一刻，人们得到长期未能获得的解放感觉。当约束瞬间消失，一些人会感到茫然和困惑，另一些人会狂喜失态，这种狂喜会迅速推广和蔓延。本来被隐匿、压抑在内心的一切弱点、人性中本来就有的卑劣和残忍，如潘朵拉盒子中的收藏，掀开盒盖就一拥而出，再也无从收回。人们发现，他们曾经忌妒的人、讨厌的人、不喜欢的人，甚至捏着自己借条的人，都可以在惩罚"敌人"的借口下任意加害。杀人，不再是要受到法律惩罚的犯罪行为，竟然还是"正义之举"。

在"正义"借口出来的时候，道德约束也消失了。在内外约束释放的那一刻，双方都出现了一哄而起的滥杀无辜的高峰期。

许多人，包括一些知识分子，以罗织的莫须有罪名被杀，完全没有道理可言。很多人只是混乱局面的牺牲品。有时，仅仅是某个人，出于他自己才知道的某种阴暗心理，一时性起，就能导致杀戮发生。西班牙最著名的诗人费德里戈·加西亚·洛尔加（Federico Garcia Lorca），就是死在这样的不明不白中。

洛尔加紧接在"九八"一代后面，被称为是"二七"一代。提起他们，就让人想起在政治舞台之外的另一个西班牙。

在西班牙，就和在其他国家一样，如若它正逢政治动荡、风云变幻之时，人们的视线就会集中在政治舞台上，看它的历史时就只见一帮政治动物，找不到其他人。好像那几十个或百来个人的主导和争斗就在决定这个国家的命运。最终，国家因为他们是更好了还是更糟了，实在很难说。有心栽花花不开的事情，是经常发生的。

可是实际上，在他们背后还有一个丰富的民间社会。人们在那里生活，又在生活中，不由自主地发展着语言、住屋、服饰、烹调。一个社会，不论政治争斗如何打成一团，不论有多少芸芸众生也为之舍生忘死，但只要那世俗的民间社会还在，正常的生活就有复苏的一天。

那些在高昂的政治风潮中被忽略的，似乎无关紧要的，看上去很疏离很自私很自说自话的那部分人，他们随着自己的天性，在琢磨和创造一些好像只是自娱自乐、看上去对国家民族没有什么紧迫意义的东西，但这些创作却会意外地恒久留下来，最终成为这个民族的精神主干。当风过云散，这些创造的集合体，就是这个民族本身。住在这个国家里的人，他们因为这样的创造物而凝聚在一起，相互认同，并且认同这片土地。这就叫文化。这就是高迪开始的大教堂能够让西班牙人有耐心一直造到今天的原因吧。而一些敏感的人，如倒霉的塞万提斯，如戈雅，如高迪，他们在絮絮叨叨，他们在呻吟和叹息，他们在画布上涂抹着颜料，他们在画着设计草图，可正是他们，在成就着西班牙。使得它作为一个民族，不会永久在战场上沉沦。

"九八"一代的诗人马查多一声："哦，西班牙，你悲伤而高贵的土地！"令所有的西班牙人低下头去。我喜欢他的《水车》，虽然，不知为什么，对我来说，最后一句略有一点点"过"。

> 黄昏正在降临
>
> 多尘而哀愁。
>
> 水在吟唱
>
> 它的民谣——
>
> 用慢慢旋转的水轮
>
> 和一个个戽斗。
>
> 骡子在做梦
>
> 这疲弱的老牲口……

伴着水声

阴沉的节奏。

黄昏正在降临

多尘而哀愁。

我不知哪个诗人

曾把轻柔的和声

与如梦水流

联结永恒的

转轮之苦

和蒙住双眼的

疲弱的老牲口！……

但我知道，一个

崇高的诗人，

一颗心，在暗影

和知识中成熟。

就在十九世纪末二十世纪初，在一片混乱中，仍然持续着一个哲学的学院的西班牙，和一个诗文歌舞画的民间西班牙，这两个部分原本就相通，在西班牙的氛围中，它们就更容易走到一起。这是一个文化的西班牙。在很长时间里，西班牙的大多数老百姓是不识字的，可是深厚的俗文化在民间积淀，积淀到一定的程度，也就雅俗不分了。这是民谣和民间音乐最丰饶的国家。西班牙人的吟唱永远不会休止，似乎有一种特殊的血液在他们的胸膛里奔腾。吉卜赛人和摩尔人的加入，是西班牙诗歌至关重要的元素。当西班牙人迷失在血腥之中，一

达利从窗口向外看

嗓子深歌,会让他们所有的人,灵魂慢慢回到胸膛。

马德里的寄宿学院,在"九八"一代的马查多之后,又来了"二七"一代的费德里科·加西亚·洛尔加。

就在内战前的年代里,民间文化和现代文化常常在这里汇流。这种交互的推动让人入迷。就在那些年头里,在人们磨刀擦枪的时候,吉他从来没有停止,诗歌没有停止,弗拉门戈舞、绘画的无穷变换、新的探索没有停止。在西班牙旅行时,我们常常看到巨大的达利的照片,从某个窗口探出头来,瞪着我们。画坛先锋的达利就曾活跃在这个时代的西班牙。即使枪炮声临近,深歌节还在举行。

洛尔加出生在格拉那达附近的村庄里。他很幸运,在大多数人都非常贫困的年代,他出生在一个富裕的家庭。看他小时候的照片,他穿得体体面面,像一个文静的女孩。他是个艺术全才,会弹钢琴、会画画、会写剧本,还能演戏。他更是诗人,照他后来向父亲宣称的那

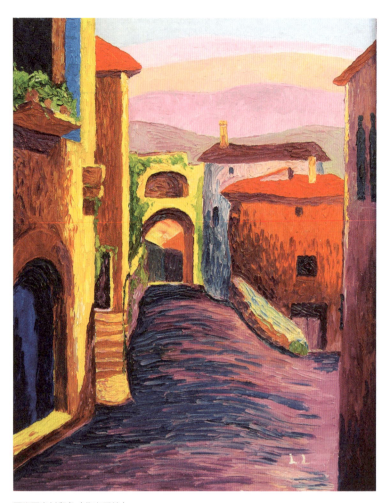

西班牙乡村印象（作者手绘）

样,他从出生出世开始就是一个诗人。他天生对文字、节奏和韵律敏感,他能直接用文字戳上人的软肋:

> 在鲜绿清晨,
> 我愿做一颗心。
> 一颗心。
>
> 在成熟夜晚,
> 我愿做一只莺。
> 一只黄莺。
>
> 灵魂啊,
> 披上橙子颜色。
> 灵魂啊,
> 披上爱情颜色。
>
> 在活泼清晨,
> 我愿意做我。
> 一颗心。
>
> 在沉寂夜晚,
> 我愿做我的声音。
> 一只黄莺。

> 灵魂啊，
>
> 披上橙子的颜色吧！
>
> 灵魂啊，
>
> 披上爱情的颜色吧！
>
> ——《初愿小曲》

洛尔加成长的格拉那达地区，就是摩尔人交出阿尔汉布拉宫，最后离开西班牙的地方。在西班牙，这是摩尔人影响的时间最长的一个地区。那是边远南方的安达卢西亚。那是深歌、弗拉门戈舞的故乡。洛尔加是在这样的民间歌舞中成长起来的。深歌和弗拉门戈舞是吉卜赛人的歌舞，可是它已经深深融入了安达卢西亚，又通过安达卢西亚人，融入西班牙人的灵魂。

大概只有一颗流浪的心，才能真正理解这样的歌舞。有时候，不是人在流浪，而是心在流浪。我不觉得洛尔加是一个流浪气质的人。他敏感、软弱，甚至胆怯。可是，安达卢西亚把洛尔加浸溺在深歌的氛围之中，他柔弱的心在战栗、挣扎，几近窒息，最后，这个安达卢西亚孱弱的儿子，直直从心里哭出来：

> 吉他
>
> 开始哭泣。
>
> 黎明的酒杯
>
> 在破碎。
>
> 吉他
>
> 开始哭泣。

谁也

挡它不住，

要它停下

不可能。

按说到一个地方，总要入乡随俗，看到它最精彩地道的乡土特色。精致也罢，野蛮也罢，都长一长见识。斗牛是西班牙最刺激的传统活动，可是，凭着自己第一反应的感觉，还是把这个长见识的机会略去了。不过，我们自然不想错过弗拉门戈舞和深歌。这次旅行，就看了两次。

第一次是在马德里。提起弗拉门戈舞，大家都很起劲地要去看，总觉得旅行中不确定的因素太多，很怕行程一紧就错过了。于是，和朋友们一起去了马德里的一家表演厅。电影里看到的不算，这是我们第一次看到现场表演。那次看完，我有点纳闷。表演中间，有一部分加上了现代舞的演化，这一部分好看归好看，可是显然与弗拉门戈舞无关。其余部分的舞蹈，应该是正宗的弗拉门戈舞，可看完又总觉得似乎有点不对，却又说不出不对在什么地方。问起是不是好，回应就很迟疑。心里在想，是不是自己事先的期望太高了。

后来，我们又回到南方，回到安达卢西亚，心里还存着对弗拉门戈舞的疑惑。这时，我想起在临行前，一位去过几次西班牙的朋友对我说，一定要去看弗拉门戈舞，一定要在安达卢西亚看，一定要去小酒馆小饭馆之类的地方看，弗拉门戈舞是属于这种地方的艺术。接着她补了一句：只是这样的地方演出都开始得很晚，假如你们睡得早，就看不成了。这次来安达卢西亚之前，我们身体都有点不适，正在慢慢恢复中，每天回旅馆都不算太晚。再说,我们已经看过弗拉门戈舞了。

科尔多瓦是我们在安达卢西亚的最后一站,此后,我们就要去北方。就在最后一个晚上,我们决定再绕着那个由清真寺改建的教堂散散步,那些门太漂亮了。这是最开心的一个夜晚。静静的巷子,千年的古寺门,灯光很有分寸。就在绕出不多远的时候,看到一个门口竖着一块弗拉门戈舞的广告。已经过了吃晚饭的时间,这里是饭铺还是酒馆情况不明。我愿意把它想成是个酒馆,果然要将近半夜才开始演出。这是我们最后的机会,在安达卢西亚、在小酒馆里,看一次弗拉门戈舞。我们二话不说就买了两张票。这一次,看懂了。

弗拉门戈舞是一种野性而强调节奏的舞蹈。从技巧上来说,它必须有一种紧拉慢唱的效果。它的男子的舞蹈,是没有公鸡尾巴孔雀羽毛百灵歌喉的,只靠内在的"气"在张扬雄性。他的节奏的"急"衬托了他"顿"的张力,他的"缓"又夸张了他的"密"的能力。这个时候的男人是傲气的。他知道自己的吸引力。在强调脚步快节奏的时候,舞者必须是留有余地的,就是说,假如你把自己的节奏能力用到十分,那么,在台下就能够察觉你的那一点勉强,看着,就不由自主地为舞者捏一把汗,担心下面难以为继,也就冲掉了舞蹈的感染力。所以,跳得好的弗拉门戈舞是适度的,不论脚下催促的点子如大珠小珠落玉盘,或如行云流水急速奔走的鼓点,整个身体和表情都必须是轻松的,舞者把自己的节奏能力留下三分,那三分用来维护自己的风度。

弗拉门戈舞必须是有风度的,尤其是女人。大凡舞蹈,假如技巧相等,那么似乎总是年轻、苗条的舞者更受欢迎。弗拉门戈舞却是一个例外,最受欢迎的、跳得最好的,往往是中年女子,哪怕略有一点发福。因为她们的"身份",恰合弗拉门戈舞的本意。有些人根据弗拉门戈舞的伴唱深歌的风格,连带断定弗拉门戈舞也是在表达痛苦,我却是看不出来。至少,此痛苦非彼痛苦。

弗拉门戈舞的女子舞蹈,真是太有特色了。那是一种饱经风霜之后的自信,是一种历经世态炎凉之后的洒脱,是一种就算痛苦我也没打算哭给你看的骄傲,是一种你不讲理也别指望我会讲理的逻辑,是根本没打算和任何挑衅一般见识苦苦纠缠的格局,是"你不在乎我我还不在乎你呢"的宣言,是游戏还没有开始就看透了对方的幽默,是怕受伤害而撑起来的神气,是知道前程漫漫告诉自己你必须快乐的决心。人们说,弗拉门戈舞在表达爱情,可是那不是纯情少女的爱情,也不是痴情女子的爱情,是看透了这个世界然后

弗拉门戈舞

说,"好,我陪你玩"的姿态。所以,弗拉门戈舞中的女子不是羞涩的,而是泼辣的;不是单纯的,而是成熟的。可是,弗拉门戈舞又是"正"的,舞者的挑逗没有任何淫荡感觉。她不堕落,她只是在男性的优势面前要炫示我不比你弱,那不是洞彻人性弱点后的进攻,那是源于自卫的出击。弗拉门戈舞的舞者亮出第一个动作,就明明确确地告诉你,她要做自己。舞者以外部强势传达内心的悲凉和人生的沧桑,外表的彻底玩世不恭却表达出留存给自己的善良、真诚、干净。弗拉门戈舞蹈的技巧是一回事,它传达的精神气质和人生悲喜剧是另一回事。而一个优秀的舞者,是二者的漂亮结合。也就是说,在技巧上要精湛,在气质上要到位、要饱满。最忌讳的是露出算计和虚伪。

它是精益求精的,却不精细和精致。弗拉门戈舞的"精",是民间舞者争胜斗强拼出来的,不是精雕细凿磨出来的。它也是粗粝的,它表达的感情波澜,不是贵族式的,不是茶花女式的,也不是油盐柴米醋式的。它是吉卜赛的树林,是小酒馆的微醺和大醉,是卡斯蒂利亚多石的山,是安达卢西亚强劲的风,是西班牙不灭的灵魂。

弗拉门戈舞一定有深歌。在马德里,我们听到歌,却没有听到深歌。在科尔多瓦的那个小酒馆,那个黑黑的夜里,突然,"吉他/开始哭泣。黎明的酒杯/在破碎"。一个粗粗短短的男人站起来。一嗓子撕心裂肺的哭,直喊出来,让你记得洛尔加的诗:"谁也/挡它不住,要它停下/不可能!"这才是深歌。

这是男人的方式。女人绝对唱不出。它没有一丝女性的婉转。它的震撼在于它的崩溃性。那是被宠坏的英雄突然孤独,那是雄居天下者之江山顿失,那是雄心万丈而虎落平阳,那是千万条道路不是路，只认一条，行至绝处，不得逢生。它是强的、壮的、勇的，却遭遇想回避而回避不了的悲剧现实。如若只能顺不能逆，刚性就和脆弱并存。一溃，便是天崩地陷。内心的惊恐慌张，突然无从遮盖。

深歌雄性之剖心剖肺的大悲大恸，加上弗拉门戈舞有意越过悲恸的大彻大悟，整个人生，整个世界，都在里面了。在安达卢西亚的小酒馆小饭馆里，弗拉门戈舞的舞台总是小的。七个演员，站在上面，已经是满满的一台。不要说舞，好像转个身都是局促的。可是，一旦深歌声震苍穹，舞者提出"气"来，神宠之下人的光彩难掩。弗拉门戈舞，应该是在一张小桌子上，就可以跳的。

洛尔加到过这里、到过科尔多瓦。他也写过科尔多瓦，这首诗，很美。

科尔多瓦
孤悬在天涯
漆黑的小马
橄榄满袋在鞍边悬挂
这条路我虽然早认识
今生已到不了科尔多瓦

穿过原野，穿过烈风
赤红的月亮，漆黑的马
死亡正在俯视我，
在戍楼上，在科尔多瓦

唉，何其漫长的路途

唉，何其英勇的小马

唉，死亡已经在等待着我

等我赶路去科尔多瓦

科尔多瓦

孤悬，在天涯

————《骑士之歌》

  洛尔加写深歌，我想首先因为他是在深歌的卫护中长大。洛尔加和深歌有一种默契。他的神经太灵敏，有太多感触。他的感触在凝聚，凝聚成很少的字句。絮絮叨叨的文字，就破碎了这种感觉，就不是他，不是那原来的东西了。而深歌也在契合他的内心。洛尔加不是一个吉卜赛人，他只能在内心幻想流浪，却一日都离不开他熟悉的氛围，他的精神需要保姆般的安全保护。他去过纽约，纽约吓坏了他。只有到了古巴、南美，那些浓浓的拉丁风味，使惊魂稍定。他是一个同性恋者，画家达利曾是他的恋人。达利的艺术幻想是目光坚定的，是有信心一手把握了世界，再捏破摔碎了重塑的那种，而洛尔加诗的幻想是哀伤凄美的，期期艾艾的那种。世界在他眼中，只是一种宿命。

  人们今天提起洛尔加，要强调他是正确的：他是共和的、他是反法西斯的、他是有良知的。好像不这样洛尔加就还缺点什么，洛尔加就还不够洛尔加。其实，那是时代推给他的位置。他和达利这样的艺术家不同。洛尔加是个边缘南方的富家子弟。可是他的艺术气质，自然会倾向标新立异的思想。他对艺术同道、对同行的承认的渴求，早晚会把他吸引到首都。他来到马德里寄宿学院，在那里，一派自由派风气。在他的天主教家乡，他的同性恋取向无疑是个问题，在这里，就不再那么触目惊心。艺术需要新鲜的空气和刺激，艺术需要一个富营养的环境。寄宿学校和它提供给洛尔加的朋友们，满足了这一切。马德里寄宿学院的习惯、风气，年轻人的放荡不羁，都是家乡格拉那达保守的环境所不能给他的。

可是，洛尔加骨子里仍是个文弱气质的诗人，远非能明白政治观点的人，更不是革命家。他写了太多的死亡，那是哲学的、惊恐的、迷惑的，而不是献身或视死如归的。假如他是一个有坚定政治主见的人，假如他不是贪生怕死的，他就不是洛尔加，他就不是西班牙的伟大诗人了。是他的弱，在感动人们。

1936年，内战开始之前，洛尔加越来越害怕和紧张。他从来就是胆小的。他必须留在花园里，还要滋润的雨水、和煦的阳光。在那里，他会生长，开出奇异的花朵。可是，当暴风雨袭来时，他没有任何抵御灾难的能力。在国会议员卡尔沃·索特罗被暗杀，马德里空气紧张的时候，洛尔加的神经已经几乎要绷断了。周围的朋友们都能感觉到他异常的恐惧。或许，是诗人特有的敏感在给他直觉。他告诉大家，要走到头了。

他预感到暴风雨要来临。他不是政治人物，但无疑他倾向左翼，可是他仍然只是个诗人。他不应该是首当其冲的攻击目标。假如他感觉个人有人身危险，他也有比别人更多的避难选择。最简单的是他可以选择出国。当时内战还没有起来，他完全可以随意离开这个国家。他也可以留在马德里，或者去北方，和他的那些左翼的朋友们待在一起。马德里是左翼掌控的地区，对他来说，还是比较安全的。更何况，

洛尔加

虽然马德里有的是"革命对象",他却还是"自己人"。可是,三十八岁的洛尔加,在骨子里还是一个没有长大的孩子。他的第一反应是回家,和父母会合。

当然,洛尔加想回家也有充足理由。他出名之后,他的家乡把一条道路以他的名字命名,家乡曾经很为他自豪。就在这一年,1936年的新年,他还收到过乡亲们集体签名寄来的热情洋溢的新年贺卡。再说,就在那几天,格拉那达选出新市长就是个左翼,还是他的妹夫。他总觉得,安达卢西亚是他的家,格拉那达是他的家,他就像一只鸽子,在外面受了惊,就赶紧飞回有父母的窝里,头埋进父母的翅膀,也就踏实了。

1936年7月13日,洛尔加和一个朋友一起吃饭,他充满恐惧预言般地说,"这块土地将布满尸体!"他告诉朋友他决心回格拉那达去。当天晚上,朋友把他送到车站,为他安排卧铺。就在这个时候,一件意外的事情发生了。有个人经过他的车厢。只见洛尔加迅速转过身,惊慌地做着手势,驱魔似的叫着"蜥蜴,蜥蜴,蜥蜴"。朋友问他,这是谁?洛尔加告诉他,这是格拉那达的一名议员阿隆索(Ramon Ruiz Alonso)。看到他,洛尔加明显地感到不安和慌张。

洛尔加到家的时候,格拉那达的报纸还报道了"洛尔加回乡"的这一"名人行踪"。初到的两天,他和事先赶到格拉那达的父母会合,和朋友重聚，心情开始放松。可是，格拉那达的形势其实不比马德里轻松。格拉那达虽然是个传统的保守地区，可是左翼声势也在日益壮大，就在那年三月，格拉那达的一次左翼示威，就砸毁了两个教堂室内的全部设施，抢劫了右翼组织的一些领头人，毁掉了天主教堂伊莎贝拉的"圣物"。天主教的日报《理想》被捣毁了。当时右翼也只能忍气吞声，新当选的格拉那达市长和省长都是左翼，也说明了左翼在这个地区的势力不凡。

可是，越是力量对比不相上下，越是从一开始一方就有显示强力、实施压迫的动作，在另一端决心反扑也有能力反扑的时候，也会特别残酷。因为你死我活的架势已经放在那里。洛尔加回家只有三天，佛朗哥就起事了。这个地区和马德里不同的是，大多数军人最终站在保守叛乱的一边。7月20日，格拉那达的士兵们就离开军营，宣布站在佛朗哥一边，并且占据了政府大楼，逮捕了左翼的主要政府官员。7月23日，整个格拉那达都在右翼手中了，可是他们并不认为自己是胜券在握的，因为当时格拉那达是在左翼势力的包围中。

就在这个时候，打着长枪党旗号的各色群众组织蜂拥而起。完全就像马德里这样的左翼地区无政府主义的群众组织一样，只是攻击的对象不同。而不论是马德里的共和政府，还是右翼叛乱的临时政府，都对这样群众组织带来的地区恐怖不加控制，或者无力控制。左翼右翼都从监狱里"救出"了他们曾经犯罪的同道，其中一些人是因为过去参与屠杀才进的监狱，现在都分别成为双方的英雄。整个西班牙都陷入恐怖之中，区别只是被叫做"红色恐怖"和"白色恐怖"，只是"颜色"不同。

在格拉那达的阿尔汉布拉宫后面的墓地墙边，每天都有人被拉到这里枪杀。1936年8月6日，长枪党抄了洛尔加的老家，只是因为传闻说是洛尔加有一个无线电发报机在直接和俄国人联系。结果，当然没有抄到任何东西。三天以后，一帮长枪党来骚扰、殴打洛尔加的邻居，洛尔加和他们发生冲突。他们马上认出了他，并且在威胁他的言辞中给他贴上了左翼的标签。尽管洛尔加再三辩解，他的朋友中各色人等都有，可是来人根本不要听，这哪是讲理的时候。他们临走撂下话来，勒令洛尔加不准离开自己的家。这个时候，洛尔加是真的落入了惊惧之中。

他马上给自己的一个年轻的诗人朋友打电话。因为这个朋友有两个兄弟是长枪党的头头。洛尔加认为，这应该是一种保护。他的朋友在电话里曾经劝洛尔加离开这里，去邻近的左翼控制的地区。而且告诉洛尔加，他可以帮忙，这并不难，他已经帮助过好几个人离开。可是洛尔加拒绝了，拒绝的原因，只是因为他害怕孤独地面对不可知的前景。哪怕朋友告诉他，到了那里就有接应，他也不敢面对两地之间独自要经历的一段路途。他还是选择去朋友的家。于是，这个朋友当天就把他接过去了。

这位朋友叫罗萨莱斯（Luis Rosales）。他们的家离右翼占据的市政大楼只有三百码的距离。现在的人们看着这点距离，觉得洛尔加这简直就是在自投罗网。罗萨莱斯的家是一栋很有地方特色的房子，品质很好，可是已经有了很大改变，现在是一家旅馆，很难认出原来的面貌了。罗萨莱斯的父亲是当地有名的机械师，非常受人尊敬。他在政治倾向上，是有自由派倾向的保守主义。他也是长枪党成员，只是很少时间参加他们的活动。他的妻子也赞同两个长枪党儿子的观点。可是，正因为长枪党只是很普遍的群众组织，很多人都随着自己对政治的粗浅看法或者是宗教倾向、价值取向，甚至无足轻重的原因，参加进去。真干了坏事的，也只是其中的一部分人。其实不论什么政治倾向，群众组织大多都是这样。住在这栋房子里的，是一个人口众多的大家庭，有不少女眷。这家人很喜欢洛尔加。男人们都忙在外头，洛尔加的大多数时间，就是向女人们聊聊他自己的故事。这家人有很好的藏书，洛尔加也看书，还在考虑他想了好多年的有关《亚当》的创作。

洛尔加的诗人朋友罗萨莱斯，和父亲一样，也是个有自由派倾向的保守主义者，在格拉那达右翼起事之后，像他们这样其实是温和的中间派，就变得很难立足。你必须消除别人的怀疑，站到一个更明确的、也就是说更极端些的立场上，否则可能就有麻烦。再三考虑之后，罗萨莱斯也套上蓝衬衫，参加了一个长枪党的组织，还因为他很能干，很快被提拔了。他和父亲把洛尔加留在家里，是一件非常需要勇气的事情。那是一种很不稳定的形势，若被指责为"保护赤党"，一个不巧，很可能是要送命的。这个家庭帮助过很多人，其中有共产党，还有洛尔加以前办杂志的赞助人，罗萨莱斯为了帮他，就干脆介绍他参加长枪党。

形势急剧恶化。8月16日凌晨，洛尔加的妹夫、前左翼市长和二十九名其他囚犯一起被枪毙了。因一名牧师报信，洛尔加一家马上知道了这个噩耗。消息传来，洛尔加最后的一点宁静随风逝去。既然他妹夫这样完全清白的人，仅仅因为一个政治职位就可以被处死。那么，他这个有着"红色"标签的作家还有什么安全？仔细数数，按照这样罗织罪名的方式，洛尔加的罪名实在很多。除却可能的政治罪名，他还是在格拉那达很多人无法接受的同性恋者。再说，他还是个名人。当然，这样的消息传来，罗萨莱斯一家也感到不安，他们觉得洛尔加在他们家并不保险。可是，现在这个时候，能让他去哪儿？

危险已经在门口。就在洛尔加妹夫被杀之前一天，又有一伙儿人拿着逮捕证去他家。在搜捕落空的时候，就宣称要抓走洛尔加的父亲。洛尔加的妹妹在恐惧之中脱口而出，说洛尔加并没有逃跑，只是住在他的长枪党朋友家中。8月16日下午，一群人冲到罗萨莱斯家。

罗萨莱斯的家人大多都不在家。留在家中的几个人，可以说都非常勇敢。他们坚持说，他们是一个长枪党的家庭，洛尔加是他们的客人，你们不能带走他。僵持了很久。来人软硬兼施，坚持说洛尔加是"俄国人的间谍"，说他"用笔比别人用枪带来的破坏更大"；又说，要他去只是问问话。最后，不仅是寡不敌众，还因为局势放在那里，这根本不是罗萨莱斯一家有能力拦得住的事情。最终，洛尔加也知道自己留不住了。洛尔加已经完全垮了，他在那里哭泣。罗萨莱斯家的三个女人，在他下楼前拉着他的手，一起为他祷告。洛尔加终于离开了他藏身的地方。

领头来抓洛尔加的，就是格拉那达的那个议员阿隆索。一个月前，洛尔加坐上回格拉那达的火车时，曾经惊慌地对他的朋友说，他看到阿隆索在同一辆火车上。事后，历史学家们查证到，阿隆索是在洛尔加离开马德里的三天前，就坐汽车去马德里了。也就是说，洛尔加可能是认错人了。即便如此，这一情节，总让人在冥冥之中觉得有什么东西在作祟。

洛尔加被抓走之后，罗萨莱斯一家疯狂地通过一切他们在右翼的关系，要把洛尔加救出来。甚至找到了当时格拉那达的最高行政长官。他出示了几页纸，那是阿隆索写的洛尔加的罪状：一个从事破坏的作家，暗藏着和俄国联系的发报机，同性恋等等，甚至还有罗萨莱斯掩护洛尔加的罪状。这位长官说，你看，假如不是这么严重，我就给你们放人了。

多年以后，洛尔加家的老保姆说，她怎么会忘记1936年8月16日那天呢，她给洛尔加的妹夫送了整整一个月牢饭，那天早上，说是人已经被枪毙了。同一天下午，传来消息，洛尔加又被抓走了。第二天，17日，她就开始给洛尔加送饭，市政厅中关押洛尔加的房间里，连床也没有，只有一张桌子、笔和几张纸，大概是给人写交代材料用的。18日，她又送饭去，前一天送去的食物，洛尔加一点没动。19日，老保姆再去，人，已经不在了。

洛尔加在18日被转移到格拉那达东北的一座叫做阿尔法加（Alfarca）的山下，关押洛尔加和另外三名囚徒的那栋房子，是死囚们度过最后一夜的地方。好心的看守是个基督徒，他把实话告诉不幸的人，这样至少还有个忏悔的机会。看到洛尔加特别伤心，他开始帮助洛尔加忏悔："我，有罪的人……"洛尔加结结巴巴，跟不上去："妈妈教过我忏悔的，可是，我全忘了。"

忏悔之后，洛尔加安静下来。

眼前是这座黑黝黝的大山，山上有一汪今天人们叫做大泉（Fuente Grande）的泉水。千年前，摩尔人把它叫做"眼泪泉"。19日凌晨，那里传出几声枪响。

就在这一天，几个自称为"黑卫队"（Black Squad）的人，来到洛尔加的家，拿着一张洛尔加写的纸条："父亲，请给来人一千比塞塔作为给军队的捐款。"洛尔加的父亲,怀着救出儿子的希望,如数把钱交到了他们手上。

或许,这是诗人洛尔加生前写下的最后文字。洛尔加的老父此后流亡美国,直到九年后他在纽约去世。洛尔加这张最后的纸条,一直小心翼翼地保存在他的皮夹里。

曾经有个后来加入英国籍的格拉那达人,多年之后回到故乡。可是他怎么看,都觉得这里不对了,这里再也不是原来那个格拉那达。他想不通自己为什么会有这样的奇怪感觉。最后他突然明白了,那是因为:"格拉那达,这个城市,杀死了它的诗人。"

此后,他花了很多力气去调查格拉那达的被害者的墓地,试图找出洛尔加的埋葬地。可是能够找到的,只是无名死者们的集体墓穴。这一点不奇怪,在洛尔加被杀死之前,墓地里已经有二百八十个同样的受难者。在内战的三年中,格拉那达登记在册被如此枪杀的受难者就有两千个。人们估计,其实死亡的人数更多。

洛尔加的故事在久久流传。"九八"一代以后,洛尔加是西班牙最著名的一个诗人,写洛尔加的书有很多。在人们讲述洛尔加故事的时候,往往强调他是被右翼法西斯匪徒杀死的,其实在西班牙内战中,被左翼杀掉的知识分子数量也不少。他们中也有洛尔加那样的诗人,假如他们的故事写下来,大概也一样惊心动魄。可是,他们的经历没有被调查、记录、纪念和讲述,一个重要原因,是对西班牙内战双方的政治画线。

一方既然是"反派"的法西斯,唱了白脸,那么另一方就必须是"正派"的反法西斯,就是红脸。从内战刚刚结束就开始的历史记录,很多都接上了内战期间的宣传,历史叙述者本身就是内战的参与者,或者一方的支持者。西班牙内战又接上了第二次世界大战,法西斯为全人类公敌。很少有人敢指出，反法西斯一方的激进派，也有过和法西斯相同的作为。人们绕不过这个弯去，绕得过去的人也犯不着说出来，因为没有必要冒这个风险，害怕弄个不巧，让别人把自己给归到法西斯一边去。这种非此即彼的判断，使得一大批受难者被人们有意忘记，被归在"保卫共和"必须支付的代价里。而左翼激进运动的历史教训，也迟迟得不到反省。这使得这些左翼以后在长久的岁月里，戴着反法西斯的桂冠，把同样的杀戮行为，长久地掩盖下去。

在右翼掌控的地区，有许多如洛尔加这样左翼知识分子和文人艺术家被杀。而在左翼控制的地区，也有很多富人、或者说看上去不穷的人被杀。有一些人被杀，是因为他们不是穷人；一些知识分子被杀是因为他们的政治理念不同；还有一些人是因为他们的宗教信仰而被杀。在激进的左翼看来，这些人在社会上所处的位置本身，已经足以说明他们是"有罪"的敌人。争斗双方那些急急在街头奔走并掌握着生杀大权的，大多都是底层的民众，其中也不乏浑水中泛起的沉渣。

当时的《泰晤士报》报道了一起左翼的杀戮。1936年7月27日在巴塞罗那的一个山脊上，一些革命委员会的人，发现一些武装分子押着六个妇女在车上。他们试图拦下来问一下，车子疾驶而过，根本不理睬他们。"过一会儿，汽车返回，车上的妇女已经不见了。那个委员会开始搜寻。他们在树丛中发现了四具被枪杀的尸体。一名妇女伤重无法移动，另一名还有知觉，立即被送往当地的红十字医院。这六名妇女是巴塞罗那多米尼加修道院的修女，有人借口要她们转移到安全的地方，就把她们带出了修道院。死者在当地躺了一晚之后，第二天被送往巴塞罗那。"据当时的报道，这样的杀戮，被普遍看作是"巩固反法西斯革命的必要过程"。

不仅左翼的群众组织杀人，左翼政府也杀人。"九八"一代著名的作家和社会政治理论家马埃兹图，就是在1936年内战开始的第一天就被共和政府枪毙的。

马埃兹图的母亲是英国人，父亲是西班牙北部的巴斯克人。因此，他能够用流利的英语和西班牙语写作。他在古巴生活过，一回到西班牙，就成为"九八"一代文化运动的领头人。这一代文化人活跃的二十世纪初是西班牙最困惑的时期，很自然地有人想到要西班牙离开传统走向欧化；也很自然地会有人认为，欧洲应该学习堂·吉诃德精神。马埃兹图是提倡西班牙欧化的，他写了《走向另一个西班牙》。在那个时候，他相信法国启蒙运动宣扬的理性精神可以替代传统的宗教，从理性出发是一条更光明的道路。当时，马埃兹图很激进，也有一大批左翼的激进朋友。

第一次世界大战爆发后，马埃兹图作为战地记者，在法国和德国这两个第一次世界大战最主要的交战国家采访。战争的经历，使得马埃兹图对自己心目中理性国家的榜样完全失去信心，也不再认为，仅仅依靠理性能够解决社会问题。不知西班牙激进派带来的社会混乱，是不是也成为他转变的一个原因。这时他开始回过头来，呼吁要有权威，不能抛弃传统，要坚持基督教的信仰。他写了一本书《从战争看权威、自由和功能》，表达自己的感受。他和自己的左翼激进朋友们分手，创建了西班牙的保守运动。1928年他成为西班牙驻阿根廷大使。

在内战开始的第一天，他被左翼枪杀，理由仅仅是他拥有不同的信仰和政治理念。

有一张长长的西班牙知识分子名单，名单上的人是被所谓的"共

巴塞罗那，左翼一方把修道院里的修女棺木暴尸大街

和派"极端左翼在内战中枪杀的。他们中间也有和洛尔加一样的诗人。比如，戏剧家 Pedro Munoz Seca，作家 Manuel Bueno，诗人 Jose Maria Hinojosa，作家 Manuel Ciges，作家和散文家 Ramiro de Maeztu，作家 Victor Pradera，欧维多大学退休教授 Malquiades Alvarez，教育学教授 Rufino Blanco y Sanchez，阿拉伯文化教授 Rafael Alcocer Martinez，西班牙学会成员 Z. Garcia Villada，西班牙学会成员 J. Zarco Cuevas，作家 J. M Albinana y Sanz，新闻记者 Delgado Bareto，新闻记者 S Vinardell Palau，新闻记者 J. San German Ocana。

在内战中，左翼一方把与天主教有关的知识分子几乎斩尽杀绝，例如 J. Requejo San Roman，Luis Urbano Lanaspa 等等。根据西班牙宗教界的统计，有名有姓的教士、修士和修女，有一万六千八百三十二名在内战中被杀害。在巴塞罗那，修女们的墓地被挖掘出来，破碎的棺木和尸骨还被当街展示。

在西班牙内战中，滥杀无辜的情况，左右两翼大致不相上下。假如只提其中一半，那么就有另一半的事实和教训被忽略了。

17. 战争以谁的名义

**摩尔兵来了 * 马德里保卫战 * 托雷多要塞的围攻 *
艾尔·格雷可的画 * 西班牙黄金的下落 **

西班牙内战从 1936 年 7 月 17 日到 1939 年 4 月 1 日，打了近三年。

也有人说，本来不用打那么久的。

西班牙内战一开始是莫拉将军在西北起兵。驻扎在摩洛哥的佛朗哥将军，马上领兵响应。佛朗哥掌握着西班牙大多数经过正规训练的陆军，就是驻扎在摩洛哥的常规军和外籍兵团。当时这些部队在北非的摩洛哥，隔着大海，怎么过来就是一个问题。海军和空军都是效忠共和政府的。叛军需要外界的援助越过地中海的直布罗陀海峡。不能越过海峡的话，佛朗哥部队再精锐，也只能在非洲干瞪眼。所以莫拉和佛朗哥，都向希特勒的德国和墨索里尼的意大利提出要求支持。

这时正是"二战"之前,德意都看好右翼的佛朗哥。尤其是德国,希特勒兴许正盘算着要在以后的战事中靠西班牙帮忙,当然希望是西班牙的右翼上台。于是希特勒决定帮助佛朗哥,墨索里尼也同意支援佛朗哥。德国派出轰炸机和运输机,在8月的头十天里,把佛朗哥手下的九千个摩尔士兵运过海峡,占领了塞维利亚。后来又持续不断运来大量摩尔士兵。

突然,塞维利亚大街上呼啦啦一片摩尔兵。当年基督教的所谓"光复运动"及圣费尔南多攻下摩尔人统治的塞维利亚,已是八百年前的事情。现在,佛朗哥起兵的一个诉求,也是说要恢复正在被左翼摧毁的西班牙基督教传统,可谓是现代版的"光复运动"吧。谁料想,八百年河东八百年河西,现代光复运动的战事,竟然由当年被赶走的摩尔兵充当主力。

或许是因为摩尔兵对杀戮和他们毫无干系的人特别下得了手,他们的凶残在西班牙内战中很有名。而他们的首领佛朗哥将军又是所谓的铁血类型。所以,只要是遇到曾经顽强抵抗、被强攻下来的城市,报复都非常残酷,几乎每一本历史书都会提到1936年8月14日在巴达霍斯(Badajoz)发生的惨案。摩尔兵把两千多个被俘的民兵、平民,有老有少,统统赶进斗牛场,用机枪屠杀。这是西班牙内战第一次大规模屠杀俘虏,此后,左右翼双方,都屡屡发生类似的事件,这是西班牙内战非常血腥的一面。

佛朗哥占领的塞维利亚、莫拉将军在北方占领的萨拉戈萨,这是战争一开始叛军得到的两大城市,其他城市都在共和政府手里。佛朗哥的两万摩尔军队从塞维利亚出发北上,在西面的葡萄牙边界

摩尔兵和他们杀害的民众

附近和共和派激战。在占领这一带以后,佛朗哥的军队和莫拉的军队沿西面一线联结起来了。

佛朗哥的摩尔兵在内战开始后,一路北上,目标是直取首都马德里。整个西班牙内战,几乎可以称作是马德里保卫战,因为马德里是佛朗哥军队上岸之后要攻打的首要目标,也是整个内战最后攻陷的主要目标。把马德里打下来,内战也就宣布结束了。

从当年的选举分布图就可以看到,马德里是在右翼政治力量的包围中,照理,拔钉子是比较容易的。可是,在1936年9月进军马德里的路上,佛朗哥突然转道南面,放弃了取胜的最佳机会而去攻打托雷多。那时他的军队距离马德里已经只有五十公里了。

这样做在战略上毫无意义,托雷多并没有挡住攻打马德里的路,通向马德里的道路已经扫清。佛朗哥的军队转道,是要赶去给托雷多的一个要塞解围。

托雷多在西班牙内战的一千四百年前，是西班牙的西哥特人的首都。在内战前将近四百年时，失去了它的首都地位，让位于马德里。没想到在它层层叠叠的历史积淀上，还要因为内战，再添上一层。

1936年7月，内战初起，托雷多的军事长官摩斯卡尔多上校（Jose Moscardo）宣布加入叛军一方。共和派的军队就打入了托雷多。摩斯卡尔多和他的一千七百六十名追随者，退入托雷多边缘的要塞，西班牙人把这个要塞叫做"阿尔卡扎"，也就是阿拉伯人以前对要塞的称呼。

这个要塞就是托雷多这个城市的缩影。考古的人在这里一定很开心。在罗马人的废墟之上，是西哥特人的废墟，然后是摩尔人的废墟，在这一切上面，就是今天的这个阿尔卡扎。它保留了一个阿拉伯的名字，今天的建筑形制，也受到阿拉伯建筑的影响。

当我们站在城外的山坡上时，觉得阿尔卡扎的建筑很抢眼，简直是鹤立鸡群的感觉。它规规整整四方的外形，四周一圈的建筑立面，是浅红石白相间的墙面，加一溜儿瓦红的屋顶，四个角落是四个石砌的高高塔楼，上面是很素净的四坡灰色屋顶，上面再抽出节节收分的尖顶，剑一般直刺天空。可是它一点没有霸气，倒是透着很典雅的时代气质。

那个时候，阿尔卡扎当然已经不是要塞，而成了一所步兵学校。这些退入要塞的人们，后来被右翼称为"摩斯卡尔多和英雄的步兵士官生"。其实，里面实际上并没有多少士官生。在这一千六百人中，有八百个民卫队员和他们的家属，有一些军官，还有原来托雷多城里的右翼人士和家属，其中还有二百一十一个孩子。

17. 战争以谁的名义

远处的城堡就是内战期间被围困的阿尔卡扎

摩斯卡尔多领着大家退进去,可是他却来不及把自己的妻子和儿子带进去。

这座要塞是托雷多的制高点,整个山城收头就收在这里。直到今天,我们看着它,还是有固若金汤、难攻易守的感觉。当时,要塞内部有用作游泳池的池塘提供水源,还蓄藏着一些面粉,还有一些步兵学校的马和骡子。要塞被共和派的军队团团围住后,大炮开始轰鸣,里面有五百个妇女和大约五十个儿童,被围期间还有两个婴儿出生。

变成废墟之后,摩斯卡尔多等人依仗着弹药充足,还在坚持抵抗。最后，共和派先是动之以情、晓之以理，不仅来人谈判，还派出牧师给废墟中的新生儿施洗礼，但是，摩斯卡尔多拒绝投降。共和派于是换了一手硬的。

1936年7月23日，托雷多民兵电话通知摩斯卡尔多，说他们抓住了他的儿子路易（Luis），如果摩斯卡尔多不投降，他们就要杀了路易。

父子在电话里通话，儿子说：爸爸，他们说要枪毙我。摩斯卡尔多对儿子说的是：把灵魂交给上帝，为了西班牙，死得像个男子汉。最后，父子在电话里相互道别。投降的限期是十分钟。几天后，摩斯卡尔多儿子被共和派枪毙。

8月29日，要塞大部分的北墙被毁。9月8日，共和派军队再次要求摩斯卡尔多投降。他拒绝了。共和派军队再次动用猛烈炮火，硝烟散去，阿尔卡扎还站在那里。接着，共和派的军队开始在阿尔卡扎下面挖地道，并且向外界宣布，他们将在9月18日从阿尔卡扎的底下引爆，这一天就是摩斯卡尔多们的末日了。因此，世界各地的记者都来到这里，等着发布共和派最终攻陷托雷多的消息。里面的人能够听到挖掘的声音，却由于花岗岩石块地基的阻挡，无法阻止地道的开掘。他们能够做的事情，就是顺着挖掘的线路，疏散地道上方的人。填满炸药的地道在9月18日早上六点半引爆，几十公里外的马德里，都能够听到那声爆炸的巨响。共和派随着爆炸之后进攻，却仍然攻不下来。这种挖隧道用炸药的做法，是1864年美国南北战争中维克斯堡围城战时的翻版。那次没有成功，这次也没有成功。

摩斯卡尔多在这个易守难攻的城堡里守了十个星期，直到佛朗哥

托雷多要塞的包围战

派兵来解围。

一个星期之后的 9 月 25 日，佛朗哥的军队接近托雷多。两天之后，共和派的军队尝试了又一次的地道爆炸和进攻，进攻再次失败。这是他们最后的机会。当天傍晚，赶来解围的佛朗哥的军队，把阿尔卡扎解救出来。在这段时间里，里面有九十二个士兵死亡，所有的妇女儿童，包括那两个在围攻期间生下来的孩子，全部活了下来。

作为要塞的阿尔卡扎，差不多沦为一片废墟。我们看过内战之前的阿尔卡扎的照片，以及这七十天围城之后，被炸剩下的废墟的照片，再对照了我们旅行带回来的照片。我们看到的这个阿尔卡扎，是日后按照原样，重新修复出来的了。围城之后，剩下的不到一半了。

在内战之后，佛朗哥政权修复了阿尔卡扎，把这里变成一个宣扬右翼英雄主义的纪念地。里面的指挥中心变成了博物馆。这几乎是所有凡两军对阵的胜利方，都会做的事情。那是一个非常容易玩的政治把戏。人是一种很奇怪的动物，在一定的精神刺激下，他会做到自己的极限，他会在某种信仰信念之下，发挥到极致，或者在群体效应之下，放大自己，使得自己借助群体的势头，使得精神的亢奋提到平日难以想象的地步。这种状态可能是正面的，也可能是负面的，比如会在战场上杀俘虏。可见，英雄行为也常常是某种气氛烘托下的结果。

假如是两军对阵，不论在哪一方，都有绝地反击的英雄，出于求生的欲望、信仰的力量，或者是同僚的激励，等等。反观这样的英雄，人们看到的是某种精神和信念在超越一切地起作用，使得人不再是常态中的人。而信念本身，可以在某些人看来是"正确的"、"错误的"、"荒诞的"，甚至在很多年以后，看上去是可笑的。可是在当时，"它"却会改变了人们在瞬间的行为。因此，有时候一个大的事件出来，例如侵略战争之后，人们会发现，一座城市、一个国家，似乎遍地英雄。而社会回归常态之后，英雄们也回归本来面目。

长期以来，总有人将这样的事件作过度的政治转化。借对个人英雄行为的纪念，来证明自己一方的政治正确。殊不知对方也不乏英雄。人在瞬间如彗星般的焚毁，常常是生命的火柴撞上了黑暗的时代底板，它的悲剧性大于一切。

今天在托雷多的阿尔卡扎面前，有着一座内战纪念碑，它在纪念双方的死难者。在佛朗哥时代纪念英雄的摩斯卡尔多抵抗群体的时候，他们不会提到，在右翼军队前来解围之后，也有报复性的屠杀，他们甚至杀死了托雷多医院中来不及撤退的对方的伤员。内战本身是一场悲剧，对双方而言，不论胜负都是悲剧。我记得有人这样描述这场内战：它的每一颗炸弹，都是落在西班牙的土地上。今天的纪念碑，在白色浮雕的前面，是一座黑色的女子塑像，她高高地举起双手，交出手中的剑。

在托雷多，我们漫游在大街小巷。这个小小的、三面环水的山顶孤城，实在是太美了。把这里当作家乡的艾尔·格雷可（El Greco）画过《托雷多的风景和规划》。令人感叹的是，那四百多年前艾尔·格雷可看到的托雷多，居然和我们看到的那个，没有明显的差别。这个城市的法律规定，凡是新建筑，都必须按照十一世纪至十四世纪的式样建造。那窄窄的迷人的石板路，婉婉转转，手工艺小商店一家接一家。他们不是在应付旅人，他们是在认认真真地创作和生活。一把把中世纪式样的剑，是按照中世纪流传下来的工艺在做，一锤锤在火中敲打，咻咻地在水里淬火，耐心地慢慢渗碳，最后取出来，锃亮锃亮的，闪着中世纪的光。

我们在一家金银镶嵌的小店里待了很久，看着工匠如何把细如发丝的金线，镶嵌到盘子上预先刻好的凹槽里。非常精细的手工，小锤子当当当当地敲着，重不得也轻不得。我突然想起年轻时候让我感动的那篇高尔斯华绥的小说《品质》。我们旅行很少买纪念品，总是随手带回一大堆明信片。这次，看到我们的朋友买了一个极精美的金银镶嵌的花卉，就跟着也花了二十五欧元，买了小小一方西班牙的金纹章。椭圆的边框略有一点不"正"，透着手工味道。里面是一只顶着有十字架金色冠冕的双头老鹰。在老鹰的正中，只有八分之一小指甲盖大的金丝盾形章，还规规整整划分四块，分别有四个卡斯蒂利亚和阿拉贡的古老纹饰。

我被这样的小街牵引，一个人不知不觉走得很远。回过头来，找不到同伴。我来到主教堂面前,那里收着很贵的门票。我不知道同伴们在哪里,进去也不是,不进去也不是,就比比画画地对看教堂的人说,我找我的"阿米哥"。阿米哥是朋友的意思,那是我仅有的几个西班牙词,他笑笑,竟把我放进去了。我匆匆找了一圈出来,和看门人打了个招呼,他还是友好地笑笑。很快,找到同伴们,我们买了票进去,再次遇到看门人,赶紧再和他打个招呼,他像老朋友一样,朝我眨了眨眼睛。回头一看,那扇大门,真是漂亮极了。

托雷多的主教堂里有大量的名画收藏,其中很重要的一部分,是埃尔·格雷科的画。

埃尔·格雷科不仅不是在这里土生土长的,追根溯源还算不上是西班牙人,他出生在希腊的一个小岛上。他在意大利学习绘画的时候改了现在的名字,在意大利语中,就是"希腊人"的意思。在来托雷多之前,他在威尼斯著名的提香画室,学习工作过整整六年,在1577年才来到托雷多。可是此后的三十七年里,他几乎一直在这里画着他的宗教画,直到1614年在这里去世。在托雷多还有埃尔·格雷科的故居博物馆。

埃尔·格雷科的画,是你看一眼就不会忘记的那种。因为,那里有太多他自己的特殊感受在其中。住在马德里的朋友对我们说,他经常去精神病院画速写。我相信,所有的人在某个程度上,精神都是处于一种特殊状态的。只是一些人在瞬间失控之后,他还能够找回自己,而有些人却是久久迷失,迷途难归。有很多人,他们的精神状态,使他们执著在某一个感应点上,他们的内心需要他们停留在那里。旁人感觉他们承担着难以理解的痛苦和损失,而对于他们来说,获得的是一种他人无可想象的精神收获、安慰,甚至是特殊的愉悦。那些持某种分寸之外执著的人，不论追求的是什么，眼睛里都会有埃尔·格雷科笔下的光芒。

埃尔·格雷科的色调是偏冷的，人物被他微微地"拔"了一下，有点长，有点变形。这点变形对他们的脸部表情特别重要。埃尔·格雷科在探索人的精神。他用他的画在颠覆所谓病态和非病态之间的差别。埃尔·格雷科在病态中看到人的执著，在执著中看到人的病态。有时候，在某一个氛围中，人们相互切断沟通的线索，相互在对方眼中看到异常。人的个体是如此，群体也是如此。在一个疯狂年代，判断一个人的归属，全看眼神。

回看埃尔·格雷科的《托雷多风景和规划》，他笔下的托雷多上空，不祥的乌云密布，不知道是不是正在预示着未来的战乱。

托雷多的孤堡抵抗和解围的故事，也通过右翼阵营迅速传遍全国。佛朗哥本人正是这个托雷多士官学校毕业的，因此，他下令军队弃马德里而为他的母校托雷多要塞解围，这样的故事在右翼一方的民众看来，有着很浓的人情味，这为他在军队里广泛赢得人心和声誉。

佛朗哥的军队转向托雷多为摩斯卡尔多解围，使马德里争取到更多时间。佛朗哥失去了攻入马德里的最佳时机。有些专家认为，假如不是托雷多，说不定佛朗哥能够一举攻下马德里，内战也就打不了三年了。1936年的成功"保卫马德里"，成为共和派在内战初期最鼓舞人心的胜利。从此，绵绵三年，马德里，成为共和派坚持下去的一个最大标志。

9月为托雷多解围后，马德里在10月底就被佛朗哥的军队包围了。从11月6日开始，马德里已经不再是真正的首都，左翼的共和

欢呼胜利(卡帕摄)

政府决定离开。他们把马德里的权力交给一个国防委员会,政府就撤走了,转移到了东海岸瓦伦西亚(Valencia),后来又往北转移到巴塞罗那。

西班牙的政治和地区自治独立再次搅在一起。就在这段内战刚刚开始的日子里,在北部边境,莫拉将军于1936年9月4日达到法国边境线的西班牙城市伊龙(Irun),法国立即关闭了相对的边境口岸。西北最著名城市基督教圣地圣塞巴斯蒂安(San Sebastian)投降。西班牙北部主要是巴斯克地区,一直在要求独立。内战一起,他们乘着战乱,宣布巴斯克自治政府成立。

而右翼的一个重要诉求是"统一的西班牙"。因此,尽管巴斯克地区在宗教上也是天主教,却因为左翼更宽容他们的独立诉求,因而几乎都倾向内战的左翼一边。和右翼的军队打得不亦乐乎。

我想，佛朗哥一定没有想到，中途绕个弯给托雷多解围，可能会给战局带来本质的扭转。假如他知道这一拐会影响立即打下马德里，根据佛朗哥的个人特质，大概不会因为"情义"而贻误他心中的挽救西班牙于危亡的大业。他会向摩斯卡尔多和困在阿尔卡扎里的人们，说出摩斯卡尔多对儿子说过的同样的话。

短短一段时间，马德里形状大变。从1561年开始，到内战的时候，马德里已经当了将近四百年的西班牙的首都。它的都市面貌，和我们现在看到的马德里，已经没有本质的差别，就是说，它已经是现代化之后的首都城市。可是就在内战之后短短的时间里，马德里发生了巨大的变化。马德里民众，也在他们的信仰支持下，表现出和托雷多的摩斯卡尔多们一样的誓死抵抗的决心。

一名美国记者描述道："十天之内马德里就发生了变化。浮华的建筑不见了，取而代之的是临时建筑的防御工事！街道被拆毁，花岗岩被用于建造横跨在街道上和高大建筑物前的防御性围墙。大街的路面被掘起以阻挡坦克。"站在今天的马德里街头，很难想象当时的情景。

这样的变化不是阻挡佛朗哥立即进入马德里的关键，马德里没有什么像样的军队。民众虽然热情高涨，却远没有右翼地区民众的团结，他们是四分五裂，几乎从一开始就自相残杀。这个时候，需要一个精神上的整合，需要有一个除了打佛朗哥，没有什么别的心思的力量。这样一个力量，就在佛朗哥的军队绕到托雷多去的时候出现了。那就是"国际纵队"。

此时，"二战"还没有开始，欧洲上空却战云密布。纳粹德国和畸变后的法西斯，给全人类带来的威胁，已经可以清楚地被感受到。

马德里街垒前的共和派女战士（卡帕摄）

当时的世界局势，也不是今天在纪念着战胜法西斯六十周年的时候，人们简单地划分的法西斯阵营和反法西斯的民主阵营两大块。

而西班牙的左翼和右翼之争，有它特殊复杂的"西班牙情况"，更不是人们想象的民主制和法西斯的决战。

就算是万分简单地去划分，至少也要划出三大块来。以苏联为代表的那一块，无论如何可以说是别树一帜。要把苏联归到当时的"民主阵营"，实在是一个天大玩笑。这也是"二战"之后，纳粹法西斯一块消失之后，世界阵营马上又划分为两大块的原因。而在西班牙战场上，国际势力立即进入，主要是德意和苏联，也就是国际势力中的极左和极右。类似美国这样的国家，正是极左极右之外的第三块，他们对西班牙内战的哪一边都没有兴趣。

西班牙人今天回想起来，其实很惨。世界各地的人，在他们小小的国土上，进行国际势力和意识形态的战争对决，而每一颗炸弹，都是掉在西班牙的土地上。

战争一开始，马德里政府马上向苏联要求支援。斯大林还在考虑和纳粹德国可能的交易，比如说，瓜分波兰之类。另一方面，斯大林正在自己国家内部，进行政治大清洗。在这些方面，极左和极右呈现非常类似的面貌。如一个怪圈，从一个点向两极走，最终碰到一起。由于这样的原因，斯大林并不想出兵，在西班牙卷入太深。可是，在没有什么损失的情况下，斯大林的苏联和他所控制的第三国际，出于在意识形态上的一致，当然愿意支持西班牙的"共和派"。不仅没有损失，还可以大大地赚一笔。斯大林的援助，是通过欧洲其他国家贸易办事处的方式，以第三国贸易的形式，向西班牙政府出售苏联武器，要求是：全部用黄金支付。在西班牙内战中，共和政府方的一个最大优势，就是西班牙作为一个国家，积攒的全部黄金都在他们手里。

西班牙内战的黄金故事，最令人难以置信。在内战开始的时候，西班牙是世界上第六大的黄金储备国。战争开始时，西班牙共和政府的财政部长是社会党的内格林。内格林在社会党内是接替"西班牙的列宁"卡巴耶罗的著名领袖。内格林本人是个万贯家产的富家子弟，在内战前，他的家族给马德里的大学捐了很多钱。根据今天看到的回忆，似乎没有任何理由可以质疑内格林的人品。他自己是个从了政的医生，是当时西班牙屈指可数的最出色医生之一。他对国家可谓忠心耿耿。当时，西班牙共和政府向国外购买武器装备是用黄金支付。战争初期，内格林接任总理。由他决定，西班牙国家银行中一半以上的黄金储备，在1936年10月22日至25

日之间，由四艘苏联军舰护航，秘密运入了苏联的敖德萨港。一方面出于购买武器的方便，一方面有战乱期间委托代为保管的意思。这个时候，西班牙的共和派还没有见到一辆苏联生产的坦克或一架苏联飞机。

还有一小部分的西班牙银行黄金，存到了法国，在西班牙内战后，法国人还给了作为新政权的佛朗哥政权。而大部分的西班牙黄金，都通过内格林的手运到了苏联。这些黄金从此消失了，只剩下内格林手上的一张俄国人给的收据。

运到苏联的黄金，全部是一看就能辨别的金币。不久，苏联人就通知西班牙的共和政府，他们已经把这些金币熔成金条，居然还通知西班牙共和政府说，为此扣除了一笔熔化、制作金条的"手续费"。在这个时候，内格林可能也察觉事情有点不对，可是他和西班牙共和政府，已经没有任何挽救的办法了。

在西班牙内战开始的时候，内格林说，当时的西班牙国库有十亿美元的黄金和白银。我们看了各种资料，其中对送到苏联的黄金到底有多少，说法不同。有一点是肯定的，超过了一半的黄金储备，被送到了苏联。西班牙内战结束以后，西班牙共产党的领袖们，如著名女鼓动家"热情之花"、后来的总书记卡利约等都流亡苏联，而社会党人大多去了法国。这位内格林博士是社会党人，他去了法国。内格林博士是个明白人，他自己并不是一个腐败的人，更不是一个卖国的人。在这一事件中，应该是共和国在做出决定。内格林是财政部长接任总理的，是个决策参与者和执行者。没有任何证据证明，他有任何个人私利在里面。可是内格林很清楚，西班牙的黄金，是通过他的手送出去的。

1954年，内格林在接受美国记者采访的时候说，他认为，苏联政府应该把西班牙委托代为保管的黄金，算出账来，把剩余的黄金还给西班牙政府。可是，谁来给你算这笔账，怎么算，又怎么算得清呢？两年之后，内格林博士去世。临终之时，有几个人在场，其中包括他的女儿。他的女儿后来说，内格林临终嘱咐，苏联人交给西班牙共和政府的黄金收据，存在巴黎的一个保险柜里。在有机会的时候，这份收据要交还给西班牙政府，交给佛朗哥。没有人知道，是否有人执行了这个遗嘱。

退一步说，哪怕是收据到了佛朗哥手里，他也没有办法。直到佛朗哥死去，西班牙和苏联一直没有建立外交关系。即便是有外交关系，又能怎么样？当时的苏联高级官员亚历山大·奥罗夫是运送西班牙黄金的亲历者，他在逃亡美国之后写出回忆说，当西班牙黄金到达苏联的时候，斯大林就说了这样一句话："西班牙人再也休想看到他们的黄金，就像他们看不到自己的耳朵一样。"

18. 西班牙内战中的人们

共和国的政党派别 * 国际纵队的支援 * 海明威和罗伯特·卡帕 * 内战中的西班牙知识分子 * 第五纵队和模范监狱犯人的命运 * 格尔尼卡和毕加索的画

在托雷多解围之后,马德里最大的变化,是从世界各地来了大批志愿的"国际纵队"。到底是不是国际纵队挽救了马德里,历史学家至今争论不清。一看就知道,这是一个非常难确定的结论。

可是,从一些数字来看,国际纵队无疑是起了关键的作用。比如说,在1936年12月的马德里保卫战中,摩尔兵团逼近马德里市区,和马德里的八万民兵展开激战。在最关键的12月7日到12日的几天里,三千五百名国际纵队投入马德里保卫战。这段时间,帮助共和派的国际志愿兵达到四万左右。

一些历史学家们认为,如果当时共和派就失去马德里,很可能佛

"热情之花"

朗哥政权会很快被国际社会所承认，西班牙内战就会就此结束。

马德里保卫战是国际纵队的第一次亮相，同时也把共产党推到了西班牙政治的聚光灯下。西班牙虽然左翼势力很大，可是，派别党派也很多，而西班牙共产党本来不算是一个大党。马德里一仗是个转折，使得西班牙共产党在内战和此后的西班牙历史中起了很大作用。

西班牙共产党最出名的是一个女豪杰，她名叫伊巴露丽（Dolores Ibarruri），极善宣传鼓动，常用笔名"热情之花"发表文章，大家也就更记住了她"热情之花"的别名。在马德里保卫战期间，她提出的口号："不让他们通过"（No pasaran！）名垂青史。这口号几乎成为她的代名词。她的另一句口号是："宁可站着死，不愿跪着生！""热情之花"极具个人魅力。据说在群众大会或者电台上，她半沙哑的嗓子一开口，大众为之倾倒。她是巴斯克地区一个贫穷矿工的女儿，是个坚定的共产党人。可是，据接近她的人说，她其实又是个虔诚的天主教徒。这就是西班牙风格。

我们回来以后，找了很多西班牙内战时期的宣传画，这些画的风

左派的宣传画

格都和这样的口号很相符。假如把上面的洋文遮去，粗粗一看，我们会以为那是中国五六十年代的宣传画。

志愿兵突然之间从世界各地蜂拥而来，是因为国际纵队是由第三国际出面，在各个国家有组织地招募兵员，他们以志愿兵的方式来到西班牙，其中百分之

国际纵队中的中国人战俘

六十是共产党人或者共产党领导下的工会、青年团的成员。国际纵队来自五十几个国家，其中包括中国人。我们还看到过一张西班牙内战中的中国战俘的照片。最多的是法国人，有一万人，其中一千人战死。英国来的两千人中，有五百人阵亡。美国人有两千八百名，大多在很出名的林肯营服役，在他们中间有九百人阵亡。在美国志愿者中，有

共和派工会组织的士兵们乘火车上前线（卡帕摄）

18. 西班牙内战中的人们

共和派士兵出征前宣誓（卡帕摄）　　这张照片是卡帕的名作

共和派武装宣誓（卡帕摄）

三分之一是犹太人，多数是从苏联到美国的第一代移民。加拿大也来了一千人，其中有后来在中国殉职的共产党员白求恩。

还有八千名奥地利、德国、意大利人，采取了和他们的政府相反的立场，没有站在佛朗哥一边，而是站在共和派一边，他们的伤

国际纵队

亡率还特别高。苏联以志愿兵的名义派来了三千人,其中一千名是飞行员。在第二次世界大战之后,在这些国际纵队成员中,有许多人成为社会主义国家的将军、元帅或者领导人。在一千五百名南斯拉夫志愿者中,有二十四名后来成为共产党执政的南斯拉夫的将军。二十世纪六七十年代,在中国几乎家喻户晓的阿尔巴尼亚领导人谢胡,也是其中的一个。

1936年12月,是著名的马德里保卫战。

莫拉将军的叛军被阻挡在瓜达拉马山北面,但是,佛朗哥利用德国飞机对马德里大轰炸,据说这就是后来德国闪电战的初演。在马德里西面的大学城,共和国一方和佛朗哥的摩尔兵展开街头血战。共和国一方缺少重武器和弹药,一人倒下,后面的人捡起枪来继续抵抗,直到自己倒下,枪再传给下一个人。佛朗哥的摩尔兵非常骁勇善战,一度攻占了共和国的防线。8日那天,眼看共和国防线要崩溃,共和国一方的总司令米亚哈(Jose Miaja)将军冲到前线,亲自督战,宣称谁逃跑就当场枪决。他召集民兵们,重新夺回了阵地。

那天下午,从国际纵队的集结地阿尔巴塞特(Albacete)赶来一批国际纵队志愿者,大多是法国人和德国人。这些志愿者列队游行通过马德里街头,轻声唱着革命歌曲,直接上了保卫马德里的前线。他们中的大部分人在以后十天的战斗中阵亡。

1936年12月的马德里,佛朗哥被挡在城外。马德里依然是共和政府的。

佛朗哥在马德里失利,但是他仍然相信,他必须而且能够拿下马德里。在西边和南边强攻失败后,他改变了策略。他想切入北面,把马德里包围起来。

这一仗,国际纵队有了新到的坦克。双方伤亡惨重,佛朗哥毫无进展,不得不在1937年1月9日停止进攻。

随后,佛朗哥集中兵力,切入马德里东面,切断了从马德里到瓦伦西亚的公路。1937年2月6日,佛朗哥的军队在大炮飞机等重武器掩护下,突入哈拉马(Jarama)河谷。这一仗,共和派一方的指挥官,是国际纵队派出的匈牙利共产党人盖尔(Gal)将军。据说,他指挥得糟糕透顶,可士兵们打得英勇非凡。

1937年2月的战役中,国际纵队美国林肯营的第一批四百五十人,在经过突击训练之后,也全部投入了这场马德里保卫战。这是一次拼死的、可怕的、伤亡惨重的战斗。

2月27日,盖尔将军命令国际纵队的志愿兵出击。这一仗,被海明威称为是"最白痴最愚蠢的出击"。指挥官的愚蠢,引起少数美国、

用家具垒起的工事前,共和派战士在抵抗(卡帕摄)

英国和比利时志愿兵的反叛,违抗军令。尽管如此,林肯营在这一仗后还是出了名。林肯营的志愿兵以前从没打过仗,第一仗面对的是佛朗哥最精锐的兵力,结果还打退了佛朗哥。

佛朗哥的军队损失惨重,他那些从这一仗撤下来的队伍,以后再也没有形成能够冲锋陷阵的力量。而国际纵队的志愿兵尽管伤亡惨重却士气高涨,伤兵一出医院就立即回到队伍要求出战。

1936年12月到1937年2月在马德里附近的战斗,不仅推出了国际纵队,也把苏联和共产国际派出的军事指挥官推到了前台。西班牙内战的共和派一方,实际上是他们在指挥。

参加国际纵队的一位英国共产党员写道:"1937年的哈拉马战役是整个内战中最激烈的战斗之一。摩尔人和国际纵队在山上交锋,这

18. 西班牙内战中的人们 315

是一场屠杀。第一天结束的时候,我所在的萨克拉特瓦营由四百人减员至不到一百人。"萨克拉特瓦营,是由英国议会中第一个共产党人的名字命名的。这次战役,林肯营派出四百五十名美国志愿兵,死一百二十七名,伤一百七十五名。

两年后,活下来的海明威写了一篇悼文《哀悼在西班牙战死的美国人》:

> 今晚这些死者冷冷地睡在西班牙。雪花飘过橄榄树丛,纷飞在树根间。雪花堆积在竖着小墓碑的土堆上(如果还有时间立碑的话)在冷风里橄榄树是疏疏落落的,因为树身下半截的枝条被砍下去掩护坦克了。而这些死者冷冷地睡在哈拉马河上的小山间。那个二月是寒冷的,他们就在那儿死去,自此以后,那些死者便没有注意过季节的变换。……美国的第一位死者早已成为西班牙土地的一部分了。

国际纵队的残废伤员

2月战役刚刚结束,3月的马德里外围,在东北约五十英里的地方,一个叫瓜达拉哈拉(Guandalajara)的地方,战斗又打响了。

这次,是意大利墨索里尼的军队。他们想占领这个城市,从而在东北方向威胁马德里。墨索里尼集结了四个师,不少于三万人,装备了成百的坦克、大炮等重武器,还

瓜达拉哈拉战役

有几十架战斗机。在两万摩尔兵和西班牙军队的增援下，开始进攻。指挥西班牙军队的，正是托雷多围困战中的那个城堡司令，摩斯卡尔多上校。

摩斯卡尔多上校的进攻，从3月8日开始。第二天，意大利人参与进攻。共和派的西班牙士兵和国际纵队，急忙从马德里赶来。赶来的西班牙指挥官里，有两个内战中非常有名的"共和国英雄"，一是李斯特（Enrique Lister），他原来是一个石匠，1934年矿工暴动后到苏联，是列宁格勒的伏龙芝军事学院的毕业生；另一个叫冈萨雷斯（Valentin Gonzalez），人称"农夫"（El Campesino）。

这甚至被称为是一场意大利人对意大利人的战斗。

参战的国际纵队，是由意大利志愿者组成的加里波的营。这支队伍，在马德里和哈拉马的战斗中都战绩辉煌。加里波的营的志愿兵们，就在西班牙内战的这次最古怪的战斗中，和来自家乡的同胞面对面拼上了。加里波的营的意大利人，大多是受墨索里尼迫害的流亡者，他们痛恨墨索里尼，也特别勇敢，而另一方是意大利的正规军人。西班牙内战，其实是一次小型的国际战争，而这一仗，简直是西班牙内战中的一场意大利内战。

瓜达拉哈拉一战，共和派一方的军事指挥官仍是俄国人，因为共和派还找不到一个西班牙指挥官能够指挥这样规模的战役。3月12日，一队俄国坦克在巴甫洛夫将军带领下来到前线，共和派一方发起反攻。这是西班牙内战中为数不多的一次，俄国指挥官显示出压倒对手的力量。战斗在3月23日结束，支持佛朗哥的两千名意大利军人被歼，四千人受伤，三百人被俘。墨索里尼大失面子。据说，他暴跳如雷地发誓，不帮着佛朗哥取胜，意大利军队誓不离开西班牙。

共和派的防线还是没有动摇。至此，马德里战场进入相持阶段。共和派成功保卫了马德里。尽管政府机关早已经转移到东海岸的瓦伦西亚，但是马德里仍然具有象征意义。

关于保卫马德里，海明威还写过一个剧本《第五纵队》。

"第五纵队"已经成了一个常用词，意思是社会中的某种暗藏的有组织的破坏力量。这个词一直沿用到今天，而它的起源就是西班牙内战中的马德里保卫战。

1936年10月，莫拉将军包围马德里的时候，新闻记者采访莫拉将军，问他说，在你的四个纵队中，你打算用哪个纵队去进攻呢？也许，莫拉将军是不想公布他的进攻方案，也许是他想故布疑阵、故弄玄虚，他一时兴起，回答说，我一个纵队都不用。我在马德里已经隐藏了第五纵队，他们会在最后一刻起义，拿下这个城市。

这番话，被后人称为是"不假思索随口发表"的评论，因为此后从没有出现任何证据来证实有这么个子虚乌有的第五纵队。在马德里

马德里保卫战的宣传画

战线后面不到一公里的地方,是马德里模范监狱。当时监狱里关押着五千多人,这些囚徒被认为是"人民的敌人",有些是所谓政治犯,还有很多却不过是因为戴了领带和礼帽,那是"有钱人"的象征。莫拉将军此言一出,共和派一方马上传出谣言,说莫拉将军将突袭模范监狱,模范监狱的犯人就是他的第五纵队。马德里政府也想到,必须转移模范监狱的犯人。

1936年11月6日至8日,几千名囚徒从模范监狱被拉出去,据说政府原来是打算将他们转移到瓦伦西亚去的。结果他们大多在市区街头或郊区被枪决了。杀人最多的地方是马德里郊区一个叫做

Paracuellos del Jarama 的小村庄。一个叫做马修斯的美国《纽约时报》记者，他本人倾向于共和派的观点，当时在马德里和政府上层有很多联系。根据他的回忆，他说他相信这是共产国际下的命令。当时的共产国际顾问、以凶残著称的意大利人维达里（Vittorio Vidali）亲自主持对一批批囚徒的甄别，由他判定哪个是必须马上拉出去枪毙的"第五纵队"。他自己也亲自动手。马修斯回忆说，海明威曾经亲口告诉他，维达里一下子杀人太多，以至于右手手指都被手枪扳机烫伤了。

当时马德里共产党负责保安工作的人，叫卡利约（Santiago Carrillo）。卡利约出生于社会党人的家庭，在共产党人圈子里被视为"政治奇才"。他早年追随父亲参加社会党，十九岁就成为社会党青年组织的书记，二十岁不到就因为组织罢工和暴动而坐牢。后来参加共产党，二十一岁就成为共产党青年组织的总书记。内战打响，他在马德里保卫战期间负责保安工作，年仅二十三岁。内战结束的时候，他是共产党领导层中最后一个撤离马德里的人。

这一屠杀事件，到底有多少人被杀，我们读到两种说法。同情左翼的人，比如《纽约时报》记者马修斯说是两千人。另外的一种说法，比如 2005 年的西班牙英语报纸《西班牙先驱报》（The Spain Herald）的报道文章，说是五千人。也许是因为共产国际有人参与主持这场屠杀，在西班牙很多人认为，卡利约参与主持了这一屠杀事件。后来，卡利约在 1960 年接替"热情之花"成为流亡中的共产党总书记。他在佛朗哥死后的西班牙民主化过程中起了重要作用。直到 2005 年 10 月，马德里大学以卡利约在西班牙民主改革中做出的努力和贡献，向他授予名誉博士学位，还有人因为他的"马德里模范监狱屠杀事件"旧案，表示反对而到场抗议。

可是，卡利约本人也有他的说法。西班牙今天的国王胡安·卡洛斯的传记作家，曾经需要采访卡利约，相约着一起吃顿饭。可是，那大屠杀的传说使他感觉很不舒服。因此，在他们一见面的时候，他先向卡利约提出这个问题：那事你是干了吗？卡利约否认自己是"马德里模范监狱大屠杀"事件的责任人。他后来给了这位作家一份书面的解释。根据他的解释，是马德里的无政府主义者对这一事件负有更大责任。

在今天的概念下，没有任何人会认为这是一件光彩的事情，没有人认为这是一件应该做的，或者说可以原谅、能够理解的事情。甚至没有人愿意出来承担责任。"究竟是谁干的"，或许人们永远也不会知道。能够知道的，只是内战初起，在马德里共和政府治下，监狱囚犯遭到了屠杀，几千人，再也没有回家。

在海明威的剧本《第五纵队》里，设计了一个"第五纵队"阶级敌人的谋杀阴谋，然后也提到了保安局随心所欲的拘捕和审讯。不过，在海明威的笔下，"同志们"这样做，是正面的、理所当然的。战争和政治风暴中，立场决定了一切，立场也掩盖了一切。跟着国际纵队来到西班牙内战战场的还有一些著名的作家、诗人、记者，其中有被誉为"第一个战地摄影记者"的罗伯特·卡帕（Robert Capa）。他是第一个把照相机的镜头带到战壕里，拍摄枪林弹雨里的士兵的人。从此以后，世界上所有战地记者，没有一个不知道卡帕，没有一个不以卡帕为典范。他的名言是："如果你觉得自己的照片还不够好，那是因为你在战场上还不够靠前。"这话听起来简直有亡命之徒的气概，可是，真正打动我的是卡帕的另一句名言和他的宿命，他说：

卡帕和他的女友，不久他的女友死于西班牙内战

我们战地记者，手里攥着我们的赌注，这赌注就是我们的命。我们可以把赌注押在这匹马身上，或者押在那匹马身上，我们也可以把赌注放在口袋里。

卡帕报道了诺曼底登陆，是唯一一个拍摄到诺曼底海滩上盟军士兵在炮火中的镜头的人。他还报道了太平洋战争，报道了中国的抗日军民。1954年，他打算把"赌注"放回口袋里，就在这个时候，他接到美国《生活周刊》的要求，答应跑最后一次报道，就在那一次，他踩上了埋在越南稻田里的地雷。

卡帕是和他的女友一起来到西班牙内战战场的，不久女友就死于炮火。卡帕后来的西班牙战地摄影，成为摄影史上的典范。卡帕有一

一位共和派战士中弹倒下的一瞬间（这是卡帕最有名的作品）

句话，道出了当时所有来到西班牙的国际人士的处境，他说，你来到西班牙，就不可能不为自己选择一个立场，你要么是共和派的，要么就是佛朗哥派的，你再也不可能站在中间。

内战打响，以理性、良知和开明为自我要求的西班牙知识分子，就逃不了痛苦和屈辱的遭遇。在第二共和以前，"九八"一代用了几十年的时间，探索着西班牙强盛的道路。不管他们个人的观点是面向欧洲的"欧化派"，还是面向西班牙传统的"寻根派"，他们大多是在大学里，在书斋里，兢兢业业地展开所谓"西班牙启蒙运动"。内战中的左右两派激进分子，却都在诉诸于底层大众中非理性的情绪，在诉诸于仇恨，诉诸于人性中凶残的一面。这种情况下，知识分子最好的结果只是有尊严地生存。

内战打起来，西班牙的多数优秀知识分子被陷在马德里，他们几乎无一例外地在支持共和政府的声明上签了字。签字者中包括"九八"一代最著名的思想家马德里大学哲学教授奥尔特加·加塞特、著名医生马拉尼翁、小说家阿亚拉、文学批评家皮德尔，等等。此后共和派一方的暴行，逼得这些人几乎是只要能走的，全都逃出了西班牙。一旦逃离西班牙，他们几乎无一例外地声明谴责共和派。他们的逃亡，使得西班牙损失了最宝贵也最匮乏的自由民主思想资源，西班牙一时成为思想的贫瘠土地。

"九八"一代大多数已是老人，战乱起来，无可逃避地大难临头。

他们中有些人，在生命的最后时刻，还是坚持自己的信念。著名老诗人马查多一辈子不问政治，在佛朗哥派压力下仍然一如既往地表示支持共和，最后被迫流亡国外，死在法国一条铁路上的货车车厢里。

"九八"一代最伟大的思想家乌纳穆诺是萨拉曼加大学的希腊文教授。萨拉曼加（Salamanca）是离马德里不远的一个小城，那里的大学是西班牙最古老的学府。乌纳穆诺是个巴斯克人，但是一辈子用西班牙语写作和教书。他一辈子在寻找西班牙的灵魂，而在政治上一直是个反对派。在国王阿方索十三世时期，他反对专权，被迫流亡海外。第二共和成立后，他回到萨拉曼加，受到热烈的欢迎。他支持共和，但是一直提醒人们，不要忘记有一个"永恒的西班牙"，那是西班牙传统的根，是民族生命力的源泉。他批评共和政府的无能，痛恨西班牙的社会主义意识形态，认为这会毁掉个人的精神自主。他对所有政党都持批评态度。当佛朗哥起兵叛乱的时候，他看到佛朗哥派保护宗教，为此表示支持，因为他认为宗教是他的"永恒的西班牙"的一部分。可是当他看到德意士兵出现在萨拉曼加的时候,他立即愤怒地大叫起来。

在"九八"一代中,乌纳穆诺认为,西班牙的前途归根结底在西班牙自身,在于发扬西班牙灵魂的优越性。他说过,我们的缺点,或者别人所说的我们的缺点,实际上源于我们的真正的出色之处。他是主张发扬西班牙传统的"寻根派",在内战初期的左右冲突中,他理应倾向右翼。可是,当他看到佛朗哥一派的群众穿着长枪党的蓝衬衣,伸出手臂模仿着法西斯敬礼的时候,他站出来抗议了。

佛朗哥起兵,萨拉曼加很快被佛朗哥一派占领。1936年10月12日,萨拉曼加大学举行大规模集会,佛朗哥夫人、右派的将军、长枪党员、学生和市民,很多人参加了集会。长枪党领着群众,行着法西斯的举手礼,呼叫着口号:死亡万岁!西班牙统一和自由!

右派的军人、民众

轮到乌纳穆诺讲话的时候，他开门见山地批评这种口号纯属胡说八道，明确表态支持巴斯克和加泰罗尼亚自治，最后甚至直接抨击在场的右翼将军。下面的长枪党们给激怒了，用更加狂热的口号来压倒他，叫着：打倒知识分子！死亡万岁！

乌纳穆诺面无惧色，面对狂热而暴怒的年轻人，说了这样一番话：

> 这里是智慧的神庙，我是这个神庙里的牧师。是你们，亵渎了这个神圣的地方。你们会赢的，因为你们有足够的暴力。但是你们无法让我信服。要让我信服，你们必须说服我。要说服我，你们需要讲道理、知好歹，可是你们不能。我想，规劝你们去多为西班牙着想，是没有用的。我的话完了。

此后，他被软禁在家。由于他在西班牙历史上的声望举世无双，右翼竟不敢把他抓到监狱里去。两个多月后，1936年的最后一天，这位七十二岁的老人，带着一颗破碎的心，在他挚爱的萨拉曼加，死于软禁中。他的死，标志着"九八"一代的西班牙启蒙时期，最终结束了。批判的武器，将要被武器的批判所掩埋。

就在僵持的1937年的春天，远在法国近邻的北方巴斯克地区，发生了一件震惊世界的事情。

西班牙内战流行的还是第一次世界大战的战术，基本上还是阵地战，就是你挖一条战壕，我挖一条战壕。在相当长的时间里，双方士兵对峙在战壕里。在马德里外围，就是这样僵持在那里。

正是循着这样的一次大战的思路，法国人当时挖着马其诺防线，那是一条豪华战壕。可惜,在第二次世界大战开始的时候,论战术是德国人更先进。他们的闪电战是轰炸先行,然后机械化部队快速占领。据说,希特勒有这个底气,就是因为大规模轰炸的效果,他已经在西班牙内战的战场上"试验"过了。可是,在马德里周围战役的轰炸,毕竟是战术行为。而在1937年春天,希特勒突然实施了一次看不出理由的、对和平城市的战略轰炸。

在马德里的时候,我们去了德·普拉多博物馆(Museo del Prado),却没能去索菲亚博物馆。本来心里只觉得可惜,后来听同行的一位朋友说,本来在马德里的朋友作了安排,让我们那天两个博物馆都逛一圈的。可是,我们在德·普拉多流连得太久,朋友们不忍心叫我们出来,结果就误了下一个博物馆的参观时间。这时候,顾不上可惜,只觉得对大家很抱歉了。

我想去索菲亚博物馆的一个重要原因,是想看毕加索的《格尔尼卡》。《格尔尼卡》被称作二十世纪最出名的一张画作大概一点不过分。它本来是在德·普拉多博物馆的,却在1992年,转到索菲亚博物馆去了。

格尔尼卡是巴斯克地区一个美丽的小城镇。

1937年4月26日,德国空军突然对格尔尼卡进行了大规模轰炸,几乎将这个小镇全部毁掉。虽然这段时间佛朗哥打算全力占领巴斯克地区,可是进展缓慢。问题是,这时小镇周围并没有战役,轰炸也就并没有战术上的必要性。德国军队轰炸这个小镇的意义似乎是象征性、威慑性的,因为格尔尼卡是古巴斯克地区的中心,是中世纪巴斯克的首都。

一名英国记者乔治·斯蒂尔当天晚上赶到格尔尼卡,根据他的采访,"除了许多五十磅和一百磅的炸弹,他们还投下了巨大的千磅重的

格尔尼卡轰炸之后

鱼雷弹。格尔尼卡是个密集的小镇,大多数炸弹都击中了建筑物。"轰炸持续了三小时,有一千六百四十五人被杀死。

这次轰炸震惊了整个世界。这个小镇并非军事目标,事件还发生在第二次世界大战之前。在人类历史上,这是第一次采用空军大规模轰炸城镇,来摧毁一个地区平民的反抗意志。到了第二次世界大战后期,战争的凶险增加,胜负悬于一线,残酷性也必然增加,类似这样的摧毁性轰炸,哪怕是在大城市,都不再是什么稀罕的事情。可是,在西班牙内战中,说它怎么残暴都不过分。

我们在去西班牙之前,在我们的行程安排中,就有北方巴斯克地区的毕尔巴鄂(Bilbao)。吸引我们的,是那个著名的古根汉姆现代美术馆。可是,到了西班牙之后,第一次南下时间比较短,我们决定回巴塞罗那之后,再二下南方,时间就紧张起来。这样,从最南端的安达卢西亚地区,再去北方的话,就要花一整天时间,竖着穿过整个西班牙。最后,还要花一天返回东海岸的巴塞罗那。看一个现代建筑要花那么多时间,我们就开始有些犹豫。

就在我们已经买好了再下南方的火车票,将离开巴塞罗那之前,发现格尔尼卡就在毕尔巴鄂旁边。这一下,就没什么可犹豫的了。

没看到毕加索的名画《格尔尼卡》,看真的格尔尼卡城吧。

初秋,在南方的安达卢西亚根本感受不到什么秋天的凉意,依然暑气逼人。在北方,就已经有秋景了。被秋色装扮的格尔尼卡,现在想起来,仍然很令人动心。在一段街沿上,有大片大片苹果绿和亮黄

战争中苦难的平民(卡帕摄)

18. 西班牙内战中的人们

色夹杂的树叶，地上还铺了厚厚的一层。小城在坡上，所以总是曲曲拐拐，特别有味道。每一个转弯，都是一幅小小的、很入画的景致。这个城市有很好的旅行中心，在那里我们拿了一摞简介，然后去了小小的博物馆。

这是我们看到的最精巧的小博物馆了。进去后，问清楚参观者的语种，分门别类地一组组进去，幸而参观者很少。我们马上就能进展馆。先要上楼，楼梯转弯的大片墙上，是一个很大的彩色玻璃画。上去后，那是一间小小的房间，就像格尔尼卡一个普通家庭的阁楼。它利用做得很好的高科技音像效果，让参观者如一个普通的格尔尼卡市民一样，亲身经历了1937年4月26日的大轰炸。出来之后，是安排得很紧凑的一个展览。从内战前的左右翼竞选，到今天的巴斯克地区的独立问题，历史变故一应俱全。

我们是站在格尔尼卡的大街上，和毕加索的名画相遇的。

毕加索1881年出生在西班牙的马拉加。十五岁就以优异的成绩进了巴塞罗那美术学校——今天，在巴塞罗那的老城还有一个毕加索美术博物馆。然后，又转入马德里的圣费尔南多美术学院。那个时候，巴黎无疑是欧洲最伟大的艺术中心。所以，不论是哪里出生的艺术家，只要是真把艺术当回事的，巴黎对他们都是一块巨大的磁石，自己会像是铁末子一样，身不由己地就被吸过去，毕加索也一样。再说，法国就是西班牙的近邻，他怎么可能不去巴黎。1900年10月，毕加索刚满十九岁就去了巴黎。

毕加索此后基本上是个巴黎人。即便是在纳粹占领巴黎时期，他也没有离开。在战后，他加入的共产党也是法国共产党。但是，他和洛尔加不同。洛尔加本质上是一个乡土诗人，西班牙语是洛尔加诗艺术的媒介，他离不开西班牙语，也离不开那片干旱的土地。而毕加索一辈子的作品有两万多件，风格多变，他早已经把自己融入巴黎。这样的"西班牙—巴黎"画家，数数有一大把，达利，米罗，都差不多是这样。

二十世纪初的欧洲，在传统油画完全成熟之后，突然"决堤"。艺术家们热衷于形式创新，印象派野兽派已经不是稀罕的东西，艺术家们不再仅仅满足于竞争传统油画的技艺、构图和营造的气氛。大家开始"玩"新的绘画形式和色彩。1937年这个时候，毕加索已经过了他的"蓝色时期"、"粉红色时期"、"黑人时期"等等，玩立体主义也已经玩了很久了。这样的艺术思潮在红色俄国照样盛行。

在格尔尼卡大轰炸之后，西班牙共和政府付出巨额订金，要求在巴黎的西班牙画家毕加索创作一幅画。这一细节让我觉得很是吃惊。这种时候，炮火连天，亏他们想得出来。我一直觉得，即便是同样的意识形态和社会制度，其间主事者的高下也是明显的。这种高下的一个衡量标准，是艺术破坏的程度和现代艺术被宽容的程度。二十世纪初，即便是苏俄都曾经大流行过立体主义，那么，它的国家总体艺术水准虽然在往下掉，毕竟还有立体主义的尖角在那里顶了一顶。于是人的想象力、创造力以及与此相连的竞争本能，还没有被破坏殆尽。我不得不服气西班牙共和政府的眼力，他们懂得什么是最好的、能触动欧洲和西方文明世界的宣传方式。

也许，这张共和政府出重金的绘画订单，也给右翼后来质疑轰炸埋下伏笔。也许是这次轰炸在当时国际反应太强烈，当时纳粹德国就不认账，说是格尔尼卡人自己用矿山炸药自己炸毁了小镇，而嫁祸于德国。直到今天，仍然有右翼历史学家持有这样的观点。他们的证据是，当时这个三平方公里的小镇被夷为平地，而巴斯克人视为圣地的一棵老橡树和旁边的市政厅，却安然无恙。他们认为，按照当时的空袭水平，不可能造成这样的后果，只有地面爆破才可能。

毕加索是一个实验先锋，他手里有着种种可以表达的形式。他最初是以传统油画扎实的功力服人，然后玩起新花样，以叫人目不暇接的艺术创新服人。最后出名出到了不肯往字纸篓里扔一根线条的地步，因为他的每一根线条都值钱。

在巴黎常住的毕加索，这个时候，一颗西班牙灵魂突然苏醒。他展开大大的画布，高三米五、长七米八二的画布，也许，在他的脑海里，家乡突然出现，那站在高高山坡上的斗牛，那烈日炎炎下的乡亲，突然，灼烈的爆炸的强光闪耀，他没有听到声音，只看到被肢解的西班牙突然飞上天空，又纷纷陨落、落向无底的深渊。没有色彩，只有白色的光，黑色的地狱。那就是《格尔尼卡》。

可是，这不单是《格尔尼卡》，这也是西班牙内战。1938年1月28日，九架意大利飞机轰炸巴塞罗那，仅仅在一分钟的空袭中，就有一百五十名平民丧生。

毕加索说："这画不是用来装饰殿堂的，它是一种对付战争、对敌人进行攻击和防卫的工具。"不管怎么说，《格尔尼卡》的效果是惊人的。一场对西班牙偏远小城镇的轰炸，可以在一天里是报纸的头条新闻，可以在短短几天里是人们议论关注的重大事件，不过那是1937年，欧洲和世界都有太多的大事在发生。和以后的第二次世界大战相比，更是小巫见大巫。可是，毕加索，他使得"格尔尼卡"永远不会过时。

画完这张画之后，毕加索再也没有回过他的故乡西班牙。人们说，毕加索是巴黎的、法国的、欧洲的。但有了《格尔尼卡》，他永远是属于西班牙的。

毕加索和他的《格尔尼卡》图画

18. 西班牙内战中的人们

格尔尼卡街头的《格尔尼卡》

毕加索这张画作一直保存在纽约的现代美术馆,因为佛朗哥不想让它回到西班牙。直到1981年,《格尔尼卡》才来到西班牙。《格尔尼卡》"回故乡"经历了很大争执。西班牙政府认为,《格尔尼卡》属于西班牙,应该回到首都马德里的博物馆。巴斯克地区却认为,理所当然要回到巴斯克地区。在争取独立的巴斯克人心中,格尔尼卡是他们的圣地,和西班牙没什么关系。《格尔尼卡》去马德里,就像去了巴黎一样。最后,胳膊拧不过大腿,《格尔尼卡》还是留在了马德里。

我们漫无目标地游走在格尔尼卡的街道上,没有思想准备,突然和毕加索的《格尔尼卡》相遇。它出现在一条小马路对面的墙上。当然,这是一幅临摹的副本,也不是画在油画布上。可是,这里不是马德里的美术馆,这是格尔尼卡街头的《格尔尼卡》,没有什么能比这样的相遇,更感觉奇异了。

我们在那里站着,默默地站了很久。

19. 半个西班牙被杀死了

乔治·奥威尔的故事*总理内格林*布鲁奈特战役*埃波罗河战役*国际纵队的撤离*向加泰罗尼亚致敬*巴塞罗那大撤退*马德里的陷落

在第二次世界大战之前,大多数作家论思想倾向的话,都是左翼的。接近"二战"时,有纳粹这样的极右翼放在那里,而苏俄能够从铁幕后面抛出来让大家看到的,又都是五彩缤纷的宣传彩球。那时,左翼思潮广泛流传。国际纵队中作家很多,最著名的大概还是美国作家海明威,他写了不少以西班牙内战为题材的作品,除了《丧钟为谁而鸣》、《第

海明威(中)在西班牙内战中

五纵队》、《告别了，武器》，还有纪录片解说词《西班牙大地》。

在这些拿起枪来、走上西班牙战场的作家们中间，有一个作家有点特别。他曾经是英国著名的左翼作家、新闻记者和社会评论家。很多年之后，他和海明威一样，作品走出了自己的国家。他就是乔治·奥威尔（George Orwell）。

从战争角度来看，佛朗哥一方是纯军事行动，而共和派一方，却是政治斗争在支配军事。自始至终，共和派一方没有停止内部的政治斗争。

在左翼中，无政府主义者和托洛斯基派的目标是马上革命。共产党的主张是"战争第一、革命第二"、"赢得战争之后再谈革命"。可是在日后的争斗中，并不仅是政治观点的分歧在起作用，还有对政治权力的争夺。

西班牙共产党原来是个小党，而战争需要苏联和第三国际的支持，西班牙共产党由此壮大。原来在共和国当家的社会党人，在这种局面下左右分裂。社会党的左翼，以总理卡巴耶罗（Largo Caballero）为首，反对共产党，也反对无政府主义，但出于战争压力，被迫和共产党合作，也笼络无政府主义者。社会党的右翼，就和当时共产国际的观点接近，认为在战争期间，"不是革命的时候，而是要把战争打赢"。

战争开始之后，在几个大城市，尤其在马德里和巴塞罗那，对共和派中的激进左翼来说，是盼望已久的一次复制十月革命的机会来到了。在内战刚刚开始的几个月里，马德里政府只有十分有限的权力，大部分权力都在各群众组织手中。在马德里，所有的外国企业最早被没收。城市乡村都在集体化，财产证明被烧掉。百万美元的银行财产，黄金、珠宝、现金等等，在革命中被没收，再也没有归还。被查抄的私人财产也一去不还。为了免得中产阶级被群众组织屠杀，政府一度发出大量护照，让他们逃命去。

1936年底，当奥威尔来到巴塞罗那的时候，他惊讶地发现，"局势让人震惊，势不可当"。他发现自己第一次生活在一个工人阶级掌权的城市。"每栋大大小小的楼房，都被工人占领了，挂满了红旗或无政府主义者的红黑两色旗。每面墙上都画满了斧头和镰刀，写上了革命名称的第一个大写字母；几乎每个教堂都被毁

巴塞罗那极左群众的宣传画，他们把所有公共交通都集体化了

掉了,里面的圣像被烧。各处教堂都在被一群群工人有组织地拆毁。每个商店和餐馆都挂出已经集体化的牌子,连擦皮鞋的都集体化了,擦皮鞋的箱子都漆成红黑两色。"在当时留下的照片里,我们还可以看到餐馆都转变成了集体食堂。无政府主义者认为应该男女平等,可是又觉得男女分开在不同的食堂吃饭才像样子。奥威尔走在街上"喇叭里整天高唱革命歌曲"。服装和称呼都改变了,以前白领们戴的领带和帽子都消失了。"每个人都穿着粗糙的劳动服、蓝色工装裤或不同的民兵服"。传统的问候语也消失了,"同志"成了唯一的称呼。

初到一个革命圣地,奥威尔觉得,"这一切无不令人奇怪和感动"。看上去,"资产阶级要么逃跑了,要么被杀了,要么自愿站到了工人一边。"

刚刚来到巴塞罗那的时候,奥威尔就被共和派五花八门的政党名称弄得昏头昏脑。这些政党一般都有工人、社会主义、共产主义、无政府主义这样的字眼,差别只是排列组合不同。当时他们各有自己要惩罚的"阶级敌人"名单,也各有自己的"清洗委员会"。在战争刚刚开始一个多月的1936年8月,传来佛朗哥的摩尔兵14日在巴达霍斯屠杀战俘的消息,于是共和派的各个城市开始报复行为,屠杀监狱里的囚犯。在马德里盛行"Paseos",那是恐怖的8月创造的一个特定词,它的意思是"兜风",就是各群众组织随意从监狱里拉出一些囚犯,押上卡车去"兜风",待到回来的时候,已经是空车了。这些囚犯被枪杀之后抛尸街头。

当时抓人没有司法手续,所以所谓囚犯,大多是群众组织随意抓来、未经审判的政治嫌疑犯。马德里是首都,在内战前的议会里有不同派别,首都的政治人物里自然也有不同派别的人存在。这是所谓民主共和制的本意。在这段时间里,右翼政治人物几乎一网打尽地被关被杀。8月23日,有十四个知名人士,在马德里模范监狱被神秘枪杀,其中包括长枪党创始人的一个弟弟、1933年的一个西班牙内务部长、一名将军,还有前马德里警察局长。

就连总理内格林和其他一些政府官员,也没有能力阻挡这样的杀戮,只能自己亲自去监狱,寻找和抢救那些被滥抓进来、很可能马上要被滥杀掉的知名囚犯,甚至亲自把有些要救的人送进外国使馆,通过他们找一条生路。即便如此,仍有一些人认为,待在牢里还是比在家里安全,外面更加无法无天。据记者说,百分之九十的冤死者,在死的时候根本不知道是为了什么。许多人死于非命,只因为他们是革命标准下的资产阶级。马德里被无辜枪杀的人中间,还有一对兄弟是哥伦布的后裔。

马德里监狱的法庭在设法减少"兜风"杀人

奥威尔所到的巴塞罗那，情况和马德里非常近似。

奥威尔以为，各个党派只是名字的叫法不同，大家都是"社会主义"，都是革命的。当时奥威尔非常振奋，他觉得虽然战时的生活条件艰苦，可是，"人们对革命、对未来充满信心，而且还有一种突然进入平等、自由时代的感觉"。他住进了"列宁营"。

奥威尔不知道的是，共和派阵营内部，其实正在因为派性进行着你死我活的斗争。有点不幸的是，奥威尔和他的新婚妻子当时急着要来支援西班牙，恰巧没有通过共产国际的通道，而是经过了转折的关系，被介绍到西班牙的一个左翼政党组织"统一工人党"，来了也就进了他们的军队。而这个党，在西班牙的共和派内斗中，正是被清洗的对象。直到奥威尔差点死在他以为是"自己人"进行的大清洗之后，才知道同志之间原来可以有如此可怕的差别。

奥威尔发现，西班牙的内战性质，和他以前想象的不同。首先佛朗哥虽然得到德意的支持，可是"佛朗哥并不能和希特勒或墨索里尼相提并论"，他的诉求并不是要推行法西斯主义，而是要恢复传统的西班牙，他只是"一个落伍的人"。另一方面的发现，令奥威尔感到更为惊讶，就是，"并不是我们在英国想象的那样"，共和派是以"民主"在抵御佛朗哥和西班牙的现状。那是一个"明确的革命风暴"，"土地被农民占有，很多工厂和大部分交通被工会控制，教堂被摧毁，牧师不是被赶走就是被杀死"。正因为如此，佛朗哥才会被另一方描绘为"一位从一群残忍的赤色分子手里解救了他们的国家的爱国者"。他发现，在国际社会上，法西斯的新闻在造谣，而"反法西斯的新闻界也在有意隐瞒事实"，"也在全身心投入同样一个辱骂中伤的污水池"。那些支持佛朗哥的志

左边是右派的宣传画,说共和派在毁坏教堂;右边是左派的宣传画,说法西斯在播种宗教

愿军人,被左翼的报纸形容成"杀人犯,白人奴隶贩子,毒瘾者和欧洲各国的垃圾",甚至说,佛朗哥一方的"防御工事是由活孩子的身体垒成"。当时已经从西班牙战场下来的奥威尔嘲讽说,"这真是最笨拙的做工事的材料"。

此时,格尔尼卡的大轰炸刚刚过去。

1937年的5月底,共和派的军队有了一次目标是塞哥维亚的小规模进攻。塞哥维亚,就是那个有着罗马输水道的小城。今天想想真是很庆幸,幸亏他们没有把这输水道给打塌了。这一次,是法国和比利时人组成的国际纵队第十四营参加了战斗。这次战斗就是海明威《丧钟为谁而鸣》的故事原型。

就在同时,1937年5月,由共和派控制的巴塞罗那大乱,左翼阵营中的无政府主义者和托洛斯基派遭到共产国际的残酷镇压。

奥威尔从前线回来,更为惊讶地发现,一旦革命退潮,西班牙人在迅速回到原来状态。首先是,每个人又穿起了时髦的衣服,而民兵不再时髦。奥威尔说,"政治上清醒的人们,已经意识到,这是一场共产主义者和无政府主义者之间两败俱伤的战争,而远非同佛朗哥的战争","劳工联合会和工人总联合会之间,在互相暗杀"。奥威尔发现,"自己最后的希望,可能就是混在毫无意义的巷战中,行进在写满标语的红旗后面,然后被某一窗口陌生人手中的半自动步枪击中",他不得不回想自己来西班牙的初衷,"这可不是我理想中有意义的献身"。

还来不及多想,内斗的巷战已经开始了。共产党和共和派军官之间,爆发了内部冲突。四天巷战中有一千多人被杀。奥威尔回忆说,"在我一生中,再也没有比那几天的残酷巷战更令人难过、大失所望或令人心烦的事情了。"面对残酷现实,他已经不由自主地好几次要把内斗的对方叫做"法西斯"。

苏联的援助

奥威尔偶然参加的这一派,被政府宣布为"非法组织"。"猜疑的气氛在各色人群中形成,绝大部分人不敢多管闲事。人们都染上了间谍疯狂症,悄悄嘀咕着其他每个人都是共产党或托派分子或无政府主义者或诸如此类的间谍。肥胖的俄国特务把所有的外国避难者都整了个遍,还说这都是无政府主义者的阴谋。"

卡巴耶罗总理拒绝正式镇压统

一工人党，为此，在斯大林的压力下辞职，被内格林博士所取代。内格林博士据说是一个非常有意思的人，生物学博士，家庭非常富有。从人品来说，口碑很好，也很开明。他没有自己很强的意识形态倾向，但是他认为要有一个强有力的政府，不惜一切来打赢这场战争，为此不得不利用共产党来维护和苏联的良好关系，从而从苏联购买武器。在左翼中他是个右翼，宣布"尊重私有财产"，试图抵御"集体化"的浪潮。

可是内格林一上台，就发出逮捕统一工人党的命令。于是这个党遭到共和政府的血腥镇压。

巴塞罗那所在的加泰罗尼亚地区，和巴斯克地区一样，一直有很强的自治诉求。共和派的中央政府很难掌控他们。在奥威尔看来，这次内斗为共和政府"夺取加泰罗尼亚的全部控制权提供了一个盼望已久的借口"。在内格林总理的决定下，西班牙政府又从瓦伦西亚转移到了巴塞罗那。巴塞罗那成了内战期间的"临时首都"，战场重点也就在往东北方向移。共和政府进来之后，巴塞罗那就开始大清洗。

奥威尔还发现，在共和派控制地区，新闻检查不是针对佛朗哥派，而是针对自己人的异端。奥威尔落入的这一派的报纸"头版都被审查成了空白页"。刚刚过去的内斗，马上被描绘为是"完全由统一工人党发动的法西斯'第五纵队'的叛乱"。

奥威尔和海明威不同的是他阴差阳错的经历，他不仅在前线挨冻受饿，还恰恰落在了一个特殊的群体里，他们被西班牙共产党和共和政府宣布为隐藏在内部的阶级敌人，是海明威笔下要清剿的"第五纵队"。奥威尔发现，西班牙共产党"断然宣称统一工人党正在分裂政府,不是失误而是有意谋划"。他们被当作"是一群伪装的法西斯分子,受雇于佛朗哥和希特勒,在以伪革命的政策来支持法西斯","是'托洛茨基分子'的组织和'佛朗哥的第五纵队'"。环顾四周,奥威尔发现,所谓"第五纵队",仅仅这一部分,就"包括成千上万的工人阶级,其中有八千至一万在前线战壕里挨冻的士兵,还有成百上千来到西班牙和法西斯作战的外国人。这些人牺牲了自己的国籍和生计,却被认为是受雇于敌人的叛徒"。当然,奥威尔自己也被算在里面。

西班牙共和政府宣布,仅这一次左翼内战,就有四百人死亡,一千人受伤。而这样的左翼之间的"武装冲突",奥威尔说,"全国各地处处可见"。"监狱里人满为患",因为左翼内斗巷战中的俘虏,都被关入了监狱。国际纵队的外国人因"政治经历可疑",被警察追捕。"当统一工人党被镇压时,西班牙共产党控制的秘密警察完全凭臆断行事,他们认为所有的人都有罪,并逮捕了所有他们能抓到的与该党有关的人,甚至包括伤员、医院护士、会员的妻子,有时连儿童也不放过。"西班牙共产党一直在呼吁"处死叛徒",对监狱中囚犯的枪杀还在进行。

奥威尔的一个国际纵队的朋友,在回英国的路上被抓进监狱,只是因为他带了两个卸去了弹药、导火索之后的徒有虚名的"手榴弹"和弹片之类的"战斗纪念品",想回家炫耀炫耀,结果被抓进共和派的监狱,在探监的时候,奥威尔发现,那里"根本没有人身受保护的权利"。

即便如此,奥威尔仍然回到了"反法西斯前线"的战壕里。结果,他被一颗子弹打穿了脖子。大夫说,假如再巧一点,子弹差个几丝几毫，擦上颈动脉，也就成全了他的"献身"愿望了。作为伤兵，奥威尔又回到巴塞罗那。那时候，他只觉得，"空气中充满了一种特别邪恶的气氛——怀疑、恐惧、无常和隐恨"。"大街上密探警察随处可见"，监狱里挤得满满的。奥威尔说，"这种噩梦般的气氛很难用语言形容。"

很有意思的是，奥威尔也在想，自己为什么觉得"它很难形容"，为什么他没有语言能力来描绘这样一种气氛。他认为这和自己来自英国有关。"一个根本原因是，这种气氛在英国从来不曾有过。在英国，政治上的褊狭不很盛行；政治迫害也不严重；如果我是一个煤矿工人，我不会向老板掩饰自己共产党人的身份。"英伦三岛在欧洲是个异数，欧洲"大陆式政治活动中的'好党员'"概念，在英国并不多见。英国"对持有不同意见者进行'肃清'和'开除'的观念也不流行"。而这一切，在巴塞罗那是"再自然不过了"。来自英国的奥威尔说，"我有这样一个根深蒂固的英式信念：除非你犯了法，否则'他们'无权逮捕你。在政治性的集体迫害中，有这种想法却是极其危险的"。奥威尔最后只能这样描述他的感受："本地气氛太可怕，活像一座精神病院。"

事实证明，奥威尔不是一个贪生怕死的人。可是，这种"精神病院"的气氛，让奥威尔吃不消了。他想念英国的"正常"，归心似箭。他可以忍受一切艰难和死亡的威胁，是因为一种理想的激励，当精神支撑消失，一切都变得无意义。他坦白说，自己要离开，"主要出自一种自私的动机。我急切盼望离开这里：远离这个可怕的、充满政治怀疑和憎恨气氛的地方，远离这个街道上满是全副武装士兵的地方，远离空袭警报、战壕、机枪……远离所有和西班牙有关的一切。"

很自然，在这样的情况下，许多左翼士兵和奥威尔一样，变得无心恋战。至于一些国际纵队的外国人，就更觉得自己来这里是冒失了。谁知，共和政府在这个时候有了新政策：志愿前来的民兵，包括国际纵队队员，都算是"国家正规军的士兵"，没有退伍证要离开这里回家就算"逃兵"。结果越来越多的国际纵队队员和西班牙民兵，又作为"逃兵"被抓进监狱。

就在1937年6月15日，紧张的气氛变为了实际的大逮捕和大镇压。旅馆都变成了监狱。第二天，统一工人党被宣布为非法组织，警察甚至把医院里的伤兵都抓走了，他们可都是像奥威尔一样，刚刚从"反法西斯的前线"被抬着回来的。前线士兵的妻子、亲友也都照抓不误，"政治犯人数很快攀升上千"。奥威尔的朋友，夫妇都被抓走，男的马上消失了，女的在监狱里五个月后，经过绝食才被告之她丈夫已经死了。她被释放后马上又被抓走。警察"随时可以抓重要职位的军官，无须任何人的同意。六月底，二十九军的师长约斯·罗拉威在前线附近被来自巴塞罗那的警察抓走"。奥威尔认为，这是完全不顾"对战争产生的后果"。

1937年夏天，在马德里西面的布鲁奈特（Brunete），打了西班牙内战中最血腥的战役之一。在此之前，莫拉将军因意外坠机死亡，佛朗哥从此成为叛军无可置疑的最高首领。

布鲁奈特是马德里西面的一个小镇。1937年夏天，又有很多新的国际纵队志愿者来到西班牙，其中有很多美国人。这次战役，共和派一方由五万西班牙士兵，加上几乎整个国际纵队组成。

共和国军投入了几乎所有飞机、大炮和坦克，差不多全部损失。

一开始，由著名的西班牙战斗英雄指挥第十一师。虽然在第一天——7月6日，攻占了布鲁奈特，但是随后共和国军一方的指挥失误、混乱、拖延和鲁莽，贻误了战机。佛朗哥在7月18日发起反攻，25日重新占领布鲁奈特。参战的美国八百名志愿者中阵亡了五百人，此后两个美国营只能合并成一个，其他国家的纵队成员也遭受重大损失。苏联派来的盖尔将军大失脸面，被召回莫斯科，他此后在苏联国内的大清洗中失踪。这次战役中，共和国军的西班牙人有两万五千人阵亡，佛朗哥一方大约一万名士兵阵亡。

这次战役共和派的失败，很难说和他们同时拉开内斗的战线没有关系。苏联本身也在进行大清洗，而曾经参与西班牙内战的苏联人，回国后被清洗的很多。例如，驻马德里的苏联大使，仅仅因为在西班牙内战期间，安排了一次人道的俘虏交换，被召回国内后，成为苏联内部肃反的牺牲品。苏联在1937年的内部大清洗中，在集中营就枪杀了七万二千九百五十个自己人。西班牙的清洗只是苏联大清洗的延伸，就连罪名都常常是一样的。

在查抄奥威尔住的旅馆时，他刚好不在，他的每一片纸片都被抄走。他的妻子被当作诱饵没有被抓。奥威尔只能一边流落在巴塞罗那街头四处躲藏，一边开始通过英国领馆寻求帮助离开西班牙。他也和我们一样，曾经在夜晚，站在高迪的圣家族教堂面前。这个教堂至今还在建造中，奥威尔看着它的时候，是在我们看到它的七十年前，当然就更是半成品了。

奥威尔是逃亡者而不是旅行者，在一个寒冷的夜晚，他游荡到教堂前。或许，奥威尔难以接受高迪把现代建筑风格搬到教堂建筑上，也可能是寒风中流浪街头的奥威尔，实在心情不佳，他说，"这是我第

圣家族教堂

一次看这个教堂——一座现代教堂,世界上最可怕的建筑之一。它的四个尖顶作成锯齿状,很像霍克酒瓶。与巴塞罗那的大多数教堂不同,革命期间它没被破坏——人们说是因它的'艺术价值'使它幸免于难。尽管无政府主义者在塔顶之间挂了一面红黑相间的旗帜,我认为他们没有利用机会将教堂炸掉,实属失策。"

经过种种曲折,奥威尔最终带着他的妻子"逃出西班牙"。可是,他的许多朋友,包括一些国际纵队的志愿者,"有些战死了,有些残废了,有些进了监狱"。奥威尔说,他希望那些进监狱的人,"大部分能安然无恙"。他不知道他们后来怎么样。他只知道,在他离开之前,一些朋友已经死在里面了。

奥威尔离开西班牙之后，共和一方的内斗带来的恐怖愈为加深了。左翼中的共产党人、无政府主义者、社会党人、托洛茨基派、统一工人党和种种不同派别，展开殊死斗争。秘密警察在当时的生活中扮演着重要角色。早在战争初期，俄国人就搬来了自己的秘密警察系统。这个时候，西班牙共和派地区有不同的警察组织，一个历史学家数了数，说是至少有九个。当时的西班牙共产党成立军事调查局，这一机构很快成为最有实权的一个，刑讯和"兜风"盛行。受害者有所谓阶级敌人，也有被视为"异己"的自己人。

对统一工人党镇压的高潮是在1937年6月16日，统一工人党的书记、原加泰罗尼亚自治政府的司法部长安德雷斯·宁被逮捕。以后，他在遭到残酷刑讯之后死去。历史学家们一直在探讨，本人是中产阶级自由主义者和民主主义者的总理内格林，究竟在那个时候，是不是知道他的手下在发生什么事情？有些人说，他只能选择"不去看到"。因为，他没有别的选择，他要依靠共产党打这场战争。不管怎么解释，事实是内格林执政时期是一个恐怖时期。而且，是对内、对自己人的恐怖。

1937年冬到1938年春，尽管共和政府已经从瓦伦西亚转移到了巴塞罗那，佛朗哥还是要把马德里拿下来，他想把中部全部掌握在自己手里。这样，就可以专门对付东北部的共和国军。马德里仍然具有象征意义。

巴塞罗那的五月之变，托洛茨基派遭到镇压，这是死于共和派内斗的安德雷斯·宁

19. 半个西班牙被杀死了

佛朗哥准备在1937年12月18日再次攻打瓜达拉哈拉。谁知，12月15日，共和国军先发制人，在东面的特鲁尔（Teruel）对佛朗哥军队发起进攻，把他们堵在那儿。这次，共和国军投入四万兵力，全部是西班牙人，没有国际纵队参战，但是苏联派出了军事顾问。

特鲁尔是山区，零下十八度，刮着大风，共和国军冻伤的人比作战伤亡的还要多。佛朗哥动用了十一个师，经过一番苦战，在1938年2月21日重新夺回特鲁尔。这时，共和国军只得动用国际纵队来防守。可是，从1937年年中开始，虽然手里攥着西班牙的黄金储备，苏联还是减少甚至中断了对共和国军的援助，相反，德意对佛朗哥的支援却增加了。在这个战场上，国际纵队虽表现英勇，却敌不过对方的优势装备。林肯营几乎再次全军覆没。

1938年3月，在巴塞罗那附近的阿拉贡，又开始了一场战役。

阿拉贡前线已僵持了很久，从内战开始两军就在战壕中对峙，谁也消灭不了谁。共和政府是依靠无政府主义和共产党的志愿民兵在维持战线。乔治·奥威尔就曾是这条战壕中的一个士兵。这条战线逐渐变得重要起来，因为它就在巴塞罗那的西面。

1938年3月9日，佛朗哥在阿拉贡前线发起猛烈攻击。在德国飞机大炮的掩护下，佛朗哥动用了二十六个师，其中包括五万意大利士兵和三万摩尔兵。防线在第一天就被多次撕开，共和派一方不得不撤退。国际纵队的第五旅留到最后，几乎全军覆没。新组建的林肯营，组建时已经没有足够的美国志愿者，吸收了四分之三的西班牙人，这次全营被打散，一百二十五个美国志愿者和西班牙士兵泅过埃波罗河逃生。被打散的美国人、英国人和加拿大人，重新编入新的第十五营，这时这个国际纵队建制的营，

阿拉贡前线的共和派士兵

已经主要是西班牙人了，组建后新的营很快再次投入战斗。而这一回佛朗哥一方的成功，和德国空军的制空优势分不开。

1938年4月15日，佛朗哥军队占领地中海海边的渔村维那罗斯（Vinaroz），把共和派占领区一分为二。一部分是以马德里为核心的中心地区，另一部分是以巴塞罗那为首的东部地区。

共和派一边人心涣散，失败主义情绪开始蔓延。国防部长早就是一个失败主义者，总理内格林不得不命令他辞职。总统阿萨尼亚也倾向于放弃抵抗。只有内格林还认为应该坚持抵抗到底。斯大林似乎也想从西班牙内战中抽身，他要西班牙共和政府中的共产党人辞职。但是，在内格林组织的新内阁里，物色了更多的共产党人担任重要职务。

内格林本人并不亲共,但是他没有别的选择,他只能依靠共产党人来继续这场战争。

我们是在离开西班牙的前一天,从毕尔巴鄂一路坐火车下来,在前往巴塞罗那的路途中,遇见埃波罗河的。在将近七十年前的 1938 年 7 月,这里有过一场大战。

1937 年 7 月 24 日半夜,共和派的军队突然出乎意料地渡过埃波罗河,发动进攻。这次军事行动,不是如往常那样由俄国和第三国际军事顾问制订的计划,而是少数仍然忠于共和派的西班牙将军自己做的主。所谓"埃波罗军",有七万之众,由西班牙的指挥官摩迪斯托(Juan Modesto)指挥。他是共产党员,原本是个伐木工人,也在苏联伏龙芝军事学院受过训,还在摩洛哥的外籍兵团里当过兵。他有很高的军事天赋。这次战役,他有一个苏联军事顾问,其余指挥官都是西班牙的共产党人。

可是,埃波罗河战役完全重复了前几个战役的命运。共和派一方先进攻,形成相持,再由佛朗哥军队反攻,迫使共和派退回原地。渡过埃波罗河的大胆军事行动一开始的成功,鼓舞了共和派的士气,可是,佛朗哥一方总是可以迅速地替换新的部队和装备,发起新的进攻;而共和派军队缺乏增援和装备补充,使得胜利难以为继。

埃波罗河战役也是内战中最血腥的战役之一。这也是国际纵队参加的最后一次战役。他们打得英勇顽强,也付出了最高的代价,参战七千人,伤亡四分之三。

其实,从 1938 年春天开始,除了这次埃波罗河战役以外,佛朗哥一方开始大规模战略进攻,而共和派只有防守能力了。此时,佛朗

共和派军队越过埃波罗河

哥手里大约还有三十万军队,从人数上说,比共和派一方的军队还少一点儿,但在军事装备和武器上的优势明显增强。交到苏联人手上的西班牙国库的黄金,虽然远没有用完,可是,共和派一方没有拿到他们需要的装备。

苏联开始打自己的算盘。

内战打到这个时候,一方面,国际形势处于一种很危险的状态,一般国家的政府,都不愿意因为插手西班牙内战而引发世界大战。同时,内战双方的极端面目,也使得各国都不太愿意介入并且很坚决地帮助某一方。这个时候,很多人都能看到,第二次世界大战一触即发。当时共和政府的总理内格林,就希望西班牙内战能拖到大战爆发。这样,世界就被迫划分为两方。西班牙共和政府就可以成为世界大战的一方,也就能获得国际社会的大力支援了。

可是,国际形势突然变得对共和派十分不利。"慕尼黑协定"以后,英法以为绥靖政策有效,可以维持和平,更希望把西班牙冲突局限在国内战争,而避免变成欧洲范围的冲突。斯大林更是把同德意的和约放在自己利益的天平上,甚至在和纳粹德国协商,今后如何一起瓜分波兰。也就是说,西班牙内战双方的国际支持者,在背后悄悄地拉手。苏联开始减少和中止了对西班牙共和派的军援,法国则关闭了边境,使军火更难运进西班牙。

尽管在埃波罗河战役后期,佛朗哥依靠空中优势发动反攻,还是用了四个月的时间才重新夺回几天里失去的土地。此时两军都已筋疲力尽。但是"慕尼黑协定"使得形势急转直下。共和国军失去了武器装备的补充来源。西班牙国库在共和政府手里,佛朗哥手里没有钱,此时他为了得到德意的继续军援,答应将来德国从西班牙取得重要的军用物资矿产,用这个承诺换得德意继续军援,从而发起最后的进攻。

此刻,国际纵队宣布撤离西班牙。有人说是斯大林下的令,有人说是总理内格林的决定。不管怎么说,只有这两个人能够下这个命令。1938年初秋,国际纵队剩余的人员陆续离开西班牙。西班牙共产党著名的女革命家"热情之花"发表了催人泪下的讲话。她说:"你们可以骄傲地离开了,你们就是历

慕尼黑协定,国际干预发生变化

史,你们就是传奇,你们是民主团结的英雄榜样。我们不会忘记你们。当和平的橄榄树重发萌芽,当西班牙共和国的胜利花朵开放的时候,请你们回来!请你们再回到我们这边,在这里,你们没有国家的人可以找到国家,失去朋友的人可以找到朋友,你们,所有的人,西班牙人民从今天起,会怀着对你们的爱和感激之情高呼:'国际纵队的英雄们万岁!'"

不知道曾经被西班牙共产党追杀的奥威尔,如果在英国看到这样的讲话该是什么感想。

在西班牙内战的共和派一方,有如此之多的矛盾冲突和自相残杀,其中有以苏联主导的第三国际和西班牙共和政府之间的问题,有西班牙共和派各派系自己的问题,也有革命和战争并举的问题。前者影响了内战中此方军事装备这样的"硬件",后者影响了兵员、士气这样的"软件"。而佛朗哥一方,不论它的诉求是什么,从"技术"上来说,不论内外,都相对简单,可以说是一心一意在打仗。战争的走向,已经很清楚了。

就在1938年,奥威尔写出《向加泰罗尼亚致敬》。作为英国人,奥威尔至少对"民主"有自己的认识。因此,在离开西班牙之后,他写道,"报纸上说这场战争是'为民主而战',这明摆着是骗局",在如此"分崩离析"的一个国家面前,他对西班牙的前景不看好。在西班牙内战还没有结束的时候,他就相信战后这个国家可能"不得不"变成一个独裁政府统治的国家。

他被公认为最重要的作品,是1945年出版的《动物庄园》和1949年出版的《一九八四》。

当真正的1984来临时,很多人对奥威尔的"先知先觉"感到不可思议，人们惊叹他在二十世纪四十年代已经看穿了由政权参与、把人性向善的努力变做一种社会改造，隐藏着非常危险的转折点；对私领域的抑制，对大公无私的理想颂扬，很可能造成"公领域"对"私领域"的大规模侵犯，而对竞争本能的遏制，也可能随之扼杀人的创造力。人是有可能被改造的，可是其后果，很可能是被改造成了"行尸走肉"。在理想主义的口号下，表面上的至善很可能走向歧途。

促使奥威尔转变的，正是他满腔热情投入的西班牙内战经历。在1938年的《向加泰罗尼亚致敬》这本书里，他就提到了"极权主义"这个词。

佛朗哥在1938年12月底开始进攻。共和国军投入后备兵力，却没有还手之力。最后一个坚持要打下去的总理内格林，也终于绝望了。他试图和佛朗哥谈判，佛朗哥不依不饶，坚持只能接受无条件投降，而且表示一定会报复惩罚共和派。佛朗哥一方经常枪杀俘虏。尽管在西班牙参战的英国人，是像奥威尔这样的志愿者，和英国政府没有关系，可是出于人道原因，英国陆军元帅还是出面和佛朗哥谈判，曾经成功地以一百名意大利战俘换回了一百名英国战俘。可是，他能够救出的只是一小部分。这位英国陆军元帅在1938年11月写道：佛朗哥"比红军更糟糕，我无法阻止他屠杀那些不幸的战俘"。

1938年12月31日，佛朗哥胜利在握。他在一次书面采访中宣称，共和派是"罪犯"，对他们不存在"赦免和解的可能"，那些"轻罪犯"将坐牢或进劳动营，其他人将被流放或处死。

临时首都巴塞罗那的保卫战，只是共和派军队自行溃败的记录。巴塞罗那保卫战，与战争初期的马德里保卫战，已经不可同日而语，整个城市充斥着随军人一起撤退的难民,面对敌人,已经没有反抗的斗志。

1939年1月26日,巴塞罗那不战而降。几十万共和国军和难民开始了向法国的大逃亡。这是西班牙内战史上共和派一方充满痛苦和屈辱的一幕。佛朗哥军队进入巴塞罗那,在拉布拉斯大街起点的加泰罗尼亚广场举行感恩弥撒,因为巴塞罗那的教堂都已经毁坏了。

我们也曾站在那个广场上。加泰罗尼亚广场大小适中,是巴塞罗那很迷人的城市广场之一。今天,那里每天都有卖鸽食的小贩,也就永远有大群的和平鸽在那里飞翔,我们也买了一包,开心地向天空抛撒,看着蓝天白鸽的回旋,那真是令人心醉的和平景象。

可是,在当时的巴塞罗那,战事的停止,并不意味着和平即刻降临,随即就有上千名共和派人士被枪杀。

巴塞罗那大逃亡前夕的难民们(卡帕摄)

撤退

2月6日，共和政府总统流亡法国，并且呼吁共和国军队投降。2月9日，佛朗哥军队控制全部加泰罗尼亚地区。同一天，总理内格林也流亡法国。

直到此时，以马德里为核心的西班牙中心地区仍然在共和派手里，他们还有将近三十万的兵力。总理内格林和外交部长在法国稳稳神，又一起飞回了西班牙的瓦伦西亚，在那里和共和派的将军们，还有一些共产党人的军官会合，"热情之花"也在那里。

但是，共和派内部的低落士气、困惑，都转化成对内格林的指责和背叛。平民已经没有斗志，军人一片失败情绪。军事上，武器弹药殆尽，已经没有希望。似乎整个世界都背弃了这些最后的斗士。共产党人不打算投降。内格林却仍然指望佛朗哥能够接受他提出的投降条件：不对共和派军民施行报复。他背着共产党人的求降没有成功，自己却被共产党人指责为动摇的投降派。

假如佛朗哥不是那么偏执地一定要把西班牙的一切左派都清洗掉，假如佛朗哥能够答应不报复，也许，战争在一年前就可以结束了。

撤到法国的共和派军民被限制在集中营

共和派在一年前就败局已定。但是,面对佛朗哥的报复威胁,共和派也无路可走。打是死,降也是死,都是死路一条的话,也只能抵抗到最后一刻。

2月27日,法国议会以323票比261票,承认佛朗哥政府;同月,英国也承认佛朗哥政权。欧洲的大多数国家,都已经承认佛朗哥,和原西班牙共和政府断绝了外交关系。

在这最后一刻,共和派有了最后一次内斗。1939年2月底,求降失败后,总理内格林要求大家抵抗到底,遭到军官们的反对。这时候,只有共产党人还愿意打下去。内格林想把所有指挥权都交给共产党人,但是晚了。中心地区军队总指挥卡萨多上校(Segismundo Casado)站出来,公开反对内格林和共产党人。米亚哈将军、一些社会党人以及遭到共产党镇压的无政府主义者,都站在卡萨多一边。3月4日,他们组成一个临时政府,宣布推翻内格林。内格林再次飞离西班牙,加入了流亡者的行列。

马德里又陷入一片内斗混乱,3月6日,根据卡萨多的命令,开

空袭后的一个妇女站在家的废墟上（卡帕摄）

《空袭来了，快跑》（卡帕的名作）

始逮捕共产党人。共和国崩溃在即，最后一次内斗尤为残酷。3月7日，卡萨多军团中的共产党人巴塞罗少校包围了马德里。共和派自己人激战四天之后，卡萨多获胜，巴塞罗和他手下的军官都被枪毙。

卡萨多企图和佛朗哥谈判，要求给出二十五天宽限期，让愿意流亡的人离开。由于一个技术上的原因，谈判失败。3月25日，卡萨多宣布"共和派军队解散"。内战中共和派一边的头面人物，包括"热情之花"，包括后来接替她的西班牙共产党总书记卡利约，都顺利离开西班牙。卡萨多和他身边的人乘坐英国军舰，逃亡英国。"热情之花"流亡苏联和东欧国家，她一直是那里受欢迎的名人。她后来回到西班牙，活到1989年去世。卡利约一直活到2005年。那些追随他们的人，那些士兵们，大多数来不及离开。等待着他们的，是佛朗哥的行刑队。

在这个时候，或许人们想起了后来接任内格林担任共和国财政部长的佩里艾多。1936年8月10日，他在广播中谴责所谓"兜风"杀人是在犯罪。可是，他的讲话没有起到任何遏制共和派暴行的作用。在得知那次十四个知名人士被枪杀之后，佩里艾多曾经再次在广播中发表讲话，开口第一句就直刺要害，刺中了每一个人：

　　今天，我们已经输掉了这场战争！

说这句话的时候，西班牙内战刚刚开始。后来，人们一次次想起这句话。一开始，人们或许会直观地理解他是预言了战争结局。可是今天，这句话的意义，在从更深的地方走出来。1936年8月14日，佛朗哥的摩尔兵在巴达霍斯屠杀战俘，人神共愤，全世界为此谴责他们

失败

是法西斯主义。共和派是在打着"民主、自由"的旗号,打着"反法西斯"的旗号进行这场战争。假如共和派一样滥杀无辜,持有一样的行为逻辑,它脚下正义的立足点就消失了。一开始,它就已经从根基上垮了。

直到今天,我们还是常常听到这样的逻辑,就是假如我们受到残酷对待,那么我们的残酷报复就是合理的。其实,你不是在证明自己行为的合理性,而是在证明对方行为的合理性。你把自己变得和邪恶一样!你在高喊着:换一换吧,其实只是邪恶互换,而不是以善替恶。任何对抗,真正的提升,是有勇气和能力让自己变得和对手不一样。否则,就依然是落在对手给你预设的陷阱里。

1939年3月27日上午11点,佛朗哥占领马德里。4月1日,佛朗哥宣布,西班牙内战结束了。

1939年,西班牙。

这里曾经是世界瞩目的中心,来了各大国的许多志愿者们、来了他们的军人,有他们援助的飞机大炮在这里轰鸣。突然,一切都消失了。大家扔下西班牙,还留下了满目疮痍、无数尸骨。没有人确切知道,在1936年7月到1939年4月的内战中,死了多少西班牙人。最流行的说法是,三年内战死了一百万人。比较严谨的历史学家检点证据,认为内战至少死亡六十四万人,不包括战后遭佛朗哥政权报复而镇压的几万到十几万人。

我不由想起西班牙"九八"一代著名学者、马德里大学哲学教授奥尔特加·加塞特，他在1922年出版的《无脊梁的西班牙》中，有这样一句话：

> 今日之西班牙，与其说是一个国家，不如说是一个伟大的人民在历史道路上飞奔过后，留下的滚滚灰尘。

亲身经历过西班牙内战的《纽约时报》记者马修斯后来有一本回顾内战的著作，叫《半个西班牙死了》。书名来自"九八"一代著名评论家拉腊（Mariano Jose de Larra）在第二共和前就为自己的国家写下的墓志铭，而这墓志铭的撰写者本人，自杀于1937年：

> 这里埋葬着半个西班牙，她死在另外那半个西班牙手里。

20. 战后西班牙,置之死地而后生

战后的报复和流亡*佛朗哥之谜*佛朗哥和希特勒的会面*西班牙的中立*密斯·凡·德罗展馆*站在十字路口的西班牙

还是上次去法国之前,我们的朋友卡琳送了一本DK旅行系列的《法国》给我们,从此和它有了缘分。唯一的缺点是纸张太好,像砖头一样压背包。可我们还是很喜欢这套指南,这次去之前,买了同一系列的《西班牙》。在马德里的那几天,有空除了翻翻历史书,就是翻它了。书的质量很高,可是书里的信息量太大,就担心可能有错,以前看那本《法国》,就发现过两处错误。所以,这次看到书上说马德里大大小小有上千座凯旋门的时候,我赶紧向那位住在马德里的朋友求证。他说,是有那么多。

凯旋门都是在纪念战争或是战役的胜利。一千座凯旋门,怕不是

什么好兆头，因为胜利都是要靠打才能得到的。可以想见，西班牙是怎么走过来的。不过我们在马德里逛街的时间很少，看到的凯旋门也就不多，而且几次都是匆匆在车中急急驶过，没有机会细细打量。

胜利之后建一座凯旋门，那是欧洲的传统。可是在1939年的西班牙，佛朗哥胜利之后，要做的远不是一个建凯旋门的工程。

在漫长的人类历史中，战时枪杀俘虏的情况，其实很普遍，攻下城池之后对平民的报复性屠杀抢劫，也很普遍。战争释放了人性恶，战场上杀红了眼、因军中同袍的死亡滋生报复心理，都是原因。杀俘虏甚至还有技术上的原因：军队急着转移，大批俘虏带不走，放了就可能是放虎归山，建立俘虏营又需要财力精力。所以，杀俘虏曾经是理所当然的事情。固然战争本身就是残酷的，可是从近代开始，终于开始有了国际间关于战争的人道规范，如关于战俘待遇的《日内瓦公约》，有类似红十字会的机构开始监督。这是一个非常惊人的进步。

虽然有这样的条款，在战争中，这些人道条款很难得到严格遵守和执行。而在战争之后，执行状况应该说要好得多。在国家与国家的战争之后，战俘释放缓慢、战俘营衣食和医疗不足，继续造成战俘死亡的情况，还是在发生。可是，在战争完全彻底结束之后，还在大量枪杀敌国战俘的事情，已经很少发生。战胜国在战败国的土地上，在没有反抗的情况下，无缘无故大肆枪杀平民，已变得罕见。

那么，内战是在同一个国家、同一民族中发生的战争，在战争结束之后，胜利者似乎当念同胞之情，给失败者以体恤。同种同族，似乎也应该更容易取得和解。可是在历史上，一些国家内战之后对已经放下武器、解甲归田的前敌方士兵的处理，甚至对敌方之政党成员乃至平民的处理，往往会比对外战争的敌方战俘更残酷。

内战之后对自己同胞的血腥清算，是在许多国家发生过的事情。这常常是国际监督的死角。好像这是人家在自己家里实行家法，你凭什么上去多嘴，有什么权力去管。更何况，还可以国门一关，里面枪声也罢、哀号也罢，根本传不出去。

1939年2月6日，西班牙共和政府总统流亡法国之后，内战还未最后结束，佛朗哥就已经俨然是国家首脑了。2月13日，他签署了《政治责任法》，宣称所有马德里共和政府的支持者，都是拥护"非法的"共和国，因而都是"有罪"的。他将法令追溯到五年前的1934年，并且规定"严重默从"都属"重罪"，这么一来，左翼政党的前党员就都岌岌可危了。虽然在战争结束的最后关头，他在广播中许诺"对所有未犯罪者将宽大处理"，佛朗哥本人还解释说，只要没有刑事罪行，仅在共和军中服役或参加了左翼政党，不算犯罪。可是，这个许诺显然没有兑现。

很难想象，在我们去过的所有美丽的西班牙城市，战后都笼罩在无节制的报复中。一个历史学家写道，在1939年7月，马德里每天被枪毙的人在二百人至二百五十人之间，巴塞罗那是一百五十人，就连塞维利亚，这个从内战开始就从没有被共和派占领过的城市，每天都有八十人被枪毙。直到1940年，佛朗哥的监狱里还有二十七万政治犯。左翼中有一位非常温和的社会党领导人，七十岁的朱利安·贝斯特罗教授，被判了三十年徒刑。

到底有多少人在战后的报复性镇压中丧生，至今没有定论。有些历史书里估计战后被佛朗哥政权枪决或关押而死的人高达二十万。这一数字可能高估，但是数量达到近十万或十余万是有证据的。更多的左翼民众在社会生活中遭受种种迫害。这几乎是一种民族命运。其实根据共和派在内战期间的行为和思路,很难说,假如是共和派取得胜利,流的血就会更少。差别只是另换一批人流血罢了。这就是西班牙的悲剧。

除了一些西班牙共产党人流亡苏联,大多数逃亡者都来到了法国。随着最初的报复减弱,几个星期后,就有一半的法国流亡者回到西班牙。

一直在帮助西班牙政治流亡者的路易斯·费希尔写道:这些流亡者处于痛楚之中,他们相互间"人咬人,朋友攻击朋友,政党分裂为派系,派系又分裂为一些集团,集团中又产生更小的集团"。"人人都在推卸责任,人人都在进行疯狂的攻击,人人都认为西班牙未来的希望寄托在自己身上"。自然他们还要为如何生存而烦恼忧虑。事实上,他们中的绝大多数人,将对西班牙无所作为。这是流亡者的悲哀,他们是非常不幸被历史无情抛弃的一代人。因为,接下来,佛朗哥要统治西班牙将近四十年。

最令人想不通的是,照一些历史学家的说法,西班牙是让所有去过那里的苏联人倒霉的地方。不知究竟出于什么原因,那些代表苏联去援助西班牙内战的人,大多在回国之后以各种理由被斯大林逮捕、监禁和枪毙。他们中的很多人,在西班牙内战期间是共和派一方的英雄。

佛朗哥宣布内战结束,开始统治西班牙之后不过五个月时间,德国进攻波兰,第二次世界大战就开始了。

虽然佛朗哥宣称,他要使得他统治的西班牙,其制度"来源于西班牙历史、我们的传统、我们的心灵"。可是,他毫不讳言,他要效仿德意的模式,尤其是意大利的工联主义。意大利人在风格上和散漫的西班牙人有非常相似的地方。意大利曾经呈现一副落后国家的样子,

内战结束后

火车都永远不准点。墨索里尼上台，强调纪律与整顿，曾经以"让火车准点的人"风靡欧洲，迷住多少人，也让佛朗哥仰慕不已。

那是欧洲大战的前夕，1939年5月19日，就在我们眼前的马德里大街上，佛朗哥二十万军队举行游行，其中有穿褐衫的意大利师，还有希特勒的神鹰军团。他们都是西班牙内战中佛朗哥一方的外籍军团。看着这样的游行，谁也不会怀疑，在未来的世界局势中，西班牙将和意大利一样，成为希特勒最坚定的盟友。

可是，现在回看当年，显然谁也没有摸透佛朗哥的心思。佛朗哥是一个谜一样的人。首先一条，不论是站在哪一方的西班牙人，都承认佛朗哥是一个最不"西班牙"的人。他冷静、理性、坚定，一点不浪漫。所有的人又都承认，佛朗哥是一个天生的军人。

佛朗哥长得就很不像西班牙人。他五短身材，有点发福。以个性来说，佛朗哥生活规律、健康、烟酒不沾。他会拉提琴和画画，闲暇时间散步打猎捕鱼。平时言谈温和,说话细声细气,只要不是在打仗,他每天一定是和妻子女儿同桌吃晚饭。佛朗哥出名的重家庭生活,宗教性很强。研究佛朗哥的历史学家,都说佛朗哥身心平衡而且健康。

佛朗哥出生在一个海军世家,四代人服役于西班牙海军。佛朗哥的父亲是个海军军官,佛朗哥自己

佛朗哥和他的女儿

也从小立志当海军。可是,在他成长的年代,西班牙在美西战争后海上霸主的地位已经彻底失去。1907年,他去报名海军学院,那时西班牙已经没剩下几艘老旧军舰,也要不了那么多海军军官了。那年的海军学院考试被取消,佛朗哥只好报考托雷多的陆军士官学校。他在日后的自画像中,还是让自己在画像中"穿上"一身海军军装,可见遗憾一直留在他心里。

作为一个军人,佛朗哥深具魅力。他勇敢、身先士卒,打仗经常骑着一匹白马,冲在最前头。在我看来,他似乎是一个对军人素质追求过了头的人,一旦离开家的环境,进入他的"职业军人状态",就是一个冷静到了能够不动声色地冷酷到家的人。照他心爱的独生女儿的说法,他是一个能够看着你的眼睛,照样下令枪毙你的人。佛朗哥没有政治理论,他只有自己的逻辑,强调秩序,要求社会有传统的等级制度。据说他坚信这符合西班牙的利益。

内战之后,很少有人知道佛朗哥究竟在想些什么。可是,熟悉他

的人都知道,他很少失算。

西班牙内战结束,第二次世界大战在即,不论是哪一个阵营的人都不会料到,佛朗哥心里在坚持的一条,是无论如何要把西班牙保留在第二次世界大战之外。对西班牙来说,这确实格外困难——内战期间德意对佛朗哥鼎力相助,理所当然要求回报。可是,当德意对西班牙提出联盟的要求,却意外地遭到佛朗哥的婉拒。内战结束刚刚三个月,意大利外交部长墨索里尼的女婿就访问西班牙,佛朗哥却拒绝西班牙和意大利结盟。之后,佛朗哥也派出亲信去德国,提出西班牙将保持"善意中立"的立场,令希特勒火得要命。

不仅要求联盟,希特勒还急着要进西班牙。一个重要的原因是直布罗陀。它就是柏柏人入侵西班牙的第一块踏脚石,也是三百多年前的1704年,西班牙在和英国人冲突中失去的那座小岛。也许是历史的命定,远离英伦三岛、孤独的直布罗陀,竟成了英国插在地处欧非咽喉地位的一颗钉子。两百年来,西班牙人对"钉在自己心上"的这颗钉子,一直耿耿于怀,也不是没有试过去夺回来。可是,尝试总是失败。此后,西班牙丢失了海军,丢失了国力,沦落到自相残杀的地步,当然也就顾不上什么直布罗陀岛了。现在,希特勒就向佛朗哥提出建议:我帮你去夺回直布罗陀。

德国打下法国之后,任何人都认为,佛朗哥会欢迎希特勒的军队进入西班牙。葡萄牙吓得要死,从地理上来说,他们就躲在西班牙身后,他们想,如若德军能够进入西班牙,那么只要几个钟头,就会冲进葡萄牙了。这样,欧洲版图就差不多都在德意手里了。更何况,同盟军若失去直布罗陀,北非和中东无疑就是德国的。如此趋势,几乎无可避免。

可是，英法对德宣战之后，佛朗哥宣布，西班牙"严守中立"。

很多历史学家认为佛朗哥喜欢墨索里尼，没有人认为他喜欢希特勒。佛朗哥凭直觉就知道希特勒这是黄鼠狼在给鸡拜年。德国人要想"帮"西班牙拿下直布罗陀，就得从最北端的法国进来。只有穿越整个西班牙，才可能到达最南端直布罗陀。这样一来，德军就占领西班牙整个国家了。佛朗哥打的主意是，他说什么也要把德国人挡在国境线外。

历史恰好把佛朗哥放在一个奇特的位置。他什么都不用做，只要默认德国通过西班牙，整个"二战"的局面就可能有很大不同。而且，人们很难责怪他，佛朗哥完全可以说，西班牙刚刚打完内战，这弱不禁风的国家和军队，如何可能抵挡得了德军。事实也是这样，佛朗哥想把希特勒挡在外面，并不容易。希特勒要是烦了，可以不要佛朗哥的准许，干脆挥师南下，入侵西班牙。

1940年6月27日，德军已经聚集在法国和西班牙边境，蓄势待发。10月23日，在法西边境叫做昂代（Hendaye）的地方，在希特勒的火车专列上，佛朗哥和希特勒有过一次历史性的会面。会谈的内容当然是西班牙在世界大战中的作用，具体谈到直布罗陀是必然的事情。佛朗哥竭尽他的狡猾，和希特勒周旋。他说了大量好听的空话，却没有应下一件具体的承诺。他表示感激德意，说为德意出力是理

希特勒会见佛朗哥

所当然义不容辞,只要希特勒一声令下,他佛朗哥愿意赴汤蹈火。只是,唯一的小问题是,现在条件还不具备。西班牙刚刚从内战中熬过来,还不具备再打一场战争的能力。

据说,在希特勒向佛朗哥提出,德军将"为西班牙"从英国人手里拿下直布罗陀,佛朗哥表示,直布罗陀是西班牙人的百年之痛,但是,西班牙人是骄傲的,他们不会愿意让外国军队替他们去夺回领土。而他自己的国家和军队,还没有从内战的创伤中恢复,西班牙穷得叮当响,所有的道路都在内战中破坏了,火车头都坏了,工厂里的机器都不能用了,人民在挨饿。现在还顾不上这个历史宿怨。他们没有这个能力参加战争,得让他们养养精神。

希特勒说,德意可以援助西班牙。佛朗哥表示万分的感动和感激,却开出了一个天价,说必须有这么这么些粮食,这么这么些物资和钱,西班牙才可能恢复元气。这个天价数字气得希特勒无话可说,他自己正在大战中,根本没有这么多粮食和物资给西班牙。据说希特勒曾经直接威胁说,那么德军自己进来,只要西班牙政府默许,让一条路就可以。佛朗哥则回答说,你实在太不了解西班牙人,他们最见不得外国入侵,假如你就这么进来,西班牙人肯定会坚决打你出去,到时候就连我也拦他们不住。据说他倒过来威胁希特勒说,"游击战"这个词就是我们西班牙人发明的,西班牙人打游击还从来就没有输过。

这次会见只有那么四五个人,具体讲了什么,只是在场寥寥数人的转述,或许并不可靠。可是,有一点是可以确定的,会谈不欢而散,希特勒的目标并没有达到。西班牙仍然维持中立,拒绝对英宣战,也拒绝以国家名义参战。佛朗哥事后说,希特勒同他见面问候的时候,还是语气"亲切",告别的时候,却声调"冰冷"。而希特勒事后说,他发现佛朗哥根本不打算商谈任何事情，他"宁可拔掉几只牙齿，也不愿意再和佛朗哥见面"。

事实上，这也是他们唯一的一次会晤。

1941年，佛朗哥对德意实在是应付不过去了，他给了德国四万七千名所谓"志愿兵"，他们用德国装备、由德国人指挥，参加进攻苏联，有几千人阵亡。1944年，佛朗哥撤回了这些"志愿兵"，应付希特勒的说法是，只要愿意留下的，我让他们留下。这是佛朗哥在整个"二战"期间，对德国最算得上实在的一次回报。既然是"志愿兵"，那么，就像"国际纵队"一样，"志愿兵"参战，并不等于他们的祖国作为国家参战。西班牙还是中立国。就在1944年，丘吉尔在英国国会上说，"毫无疑问，假如西班牙在这危急关头向德国献媚或屈从于压力，我们的负担要重得多。最要紧的是让西班牙维持中立"。

1942年11月，盟军发起北非战役。盟军能否顺利登陆北非，英属直布罗陀成为一个关键。直布罗陀几乎就靠着西班牙。它曾是北非的阿拉伯人侵略西班牙的跳板，现在盟军要利用它来进攻北非的德军。罗斯福首先通过信使亲自向佛朗哥保证，盟军绝对不会侵犯西班牙。可是，盟军能不能成功，很大程度上仍然在于佛朗哥能不能坚守中立。

直布罗陀岛是一块岩石，却至关紧要。这个时候，上面每一寸土地都密集地压满了盟军的战备物资，整座山被挖空，里面装满了军备。在这块岩石的机场上，停了上千架战机，周围有三百一十艘美国海军的军舰和二百四十艘英国军舰，外加五万士兵。这些"军情"全在西班牙的眼皮底下。盟军根本无法对自己进攻北非的军事准备向西班牙保密，因为那里需要劳工，有六千名西班牙人每天白天在直布罗陀干活，挣盟军的钱，晚上回到西班牙的家中。所以，不仅是佛朗哥的军事中立,就是他的缄默,对同盟军的北非战场,都万分重要。

照美国国务卿赫尔后来的说法:"没有西班牙的中立,我们不可能攻入非洲。"

佛朗哥用自己的中立和沉默,帮了盟军北非战役一个大忙。盟军司令艾森豪威尔将军记住了这一点。十年后的1953年,当了美国总统的艾森豪威尔力主国际社会接纳西班牙,美国在西班牙设立了军事基地,西班牙以此为契机走上了向欧美开放的道路。

除此之外,西班牙在"二战"期间成为难民的通道,对难民的种族国籍不加区别。佛朗哥下令,凡祖先是在光复运动后被驱逐出西班牙的犹太人,所谓塞法迪人(Sephardim),都可以进入西班牙,西班牙国境向他们开放。我们无从得知,是什么让佛朗哥顾念西班牙人四百年前的旧情。随后,他又对手下人说,所有犹太人都是塞法丁人。法国犹太人只要逃过比利牛斯山,就能进入西班牙、就安全了。根据战后犹太人组织的确认,有文件证明的就有将近六万犹太人因此获救。1944年初,还有大量法国人通过西班牙进入北非,成为抵抗运动的"自由战士",佛朗哥为此受到德国的严厉警告。美国有一个民间组织,在罗斯福总统夫人支持下,战争初期派人进入欧洲,抢救遭受迫害而可能丧生的科学家、艺术家等精英,他们的出逃,也是通过法西边境的西班牙官方关卡,进入西班牙。

1943年之后,佛朗哥越来越明显地偏向盟国。他甚至给英国首相丘吉尔写信,建议由他出面斡旋,以结束战争。今天有的历史学家指责佛朗哥是"滑头",看风使舵,想参加"胜利者俱乐部"。据佛朗哥身边的人说,佛朗哥认为,假如盟军赢了,由于他在西班牙实行的制度,他料想战后盟国不会善待西班牙;可是,假如希特勒赢了的话,那西班牙就更完了。德军要是进入西班牙，就永远也不肯出去了。他可不想看到西班牙变成德国人的奴隶。

从1939年到1945年，整整六年，佛朗哥软硬兼施和希特勒周旋。德军始终没有进入西班牙一步。

不管怎么说，当第二次世界大战开始的时候，西班牙原本就是在夹缝中求生存的一个弱国。也不论佛朗哥本人动机如何，佛朗哥确实在利用他以前和德意的良好关系，软磨硬泡，艰难地拖过整整六年，使得西班牙免于成为世界大战的战场。今天没有人能否认，对于西班牙，这是当时能够期待的最佳结果。

佛朗哥在"二战"期间的中立，不仅使得西班牙免于战火，也使盟国得益，等于间接协助了盟军。于是，战后盟国在对待佛朗哥的问题上，就显得踌躇和意见分歧。实际上，这也使得历史学家对佛朗哥的评价开始复杂起来。

很自然，对佛朗哥持最严厉态度的是法国。虽然1939年流亡法国的五十万西班牙人，在几个星期之后，就回去了一半，留下的也有一部分去了其他国家。可是在法国，仍然有着西班牙最庞大的流亡队伍。不仅如此，法国还有着西班牙的三个流亡政府：西班牙流亡政府、要求独立的巴斯克地区自治政府以及加泰罗尼亚地区的自治政府。所以差不多可以说，有一个和佛朗哥有深仇大恨的小西班牙，滞留在法国。他们在法国政府内形成很强的游说力量。再说，很多西班牙流亡者曾经参加戴高乐将军领导的抵抗运动，成为法国英雄。虽然这个法国境内的小西班牙社会仍然在进行激烈的内部派别斗争，但是他们对佛朗哥政权的仇恨是一致的。法国坚决要求战后盟国一致行动，切断对西班牙的一切政治经济联系，置佛朗哥的西班牙于死地。

"二战"之后的世界局势马上转入"冷战"时期，世界在重新组合。佛朗哥原本希望，通过"二战"中西班牙的中立和后期对盟军的倾向，或许他能够借此机会被战后国际社会接受，这样对西班牙的经济发展会有好处。对佛朗哥来说，好像这也不算是什么奢望。相比内战刚刚结束的1939年，他至少并没有变得"更坏"，应该说，还变得好一些了。在1939年，大部分国家不是都和佛朗哥的西班牙维持外交关系了吗？

佛朗哥的指望显然是落空了。1946年，在主要是法国的坚持下，联合国的所有机构把西班牙排斥在外。于是照历史学家们的说法，佛朗哥很有耐心地开始战后新一轮的跋涉。

对于内战后的西班牙流亡政府，这也是最好的一次机会，就是借"二战"之后反法西斯的热潮，先把佛朗哥扫在德意法西斯一堆，再寻求国际社会的帮助，把佛朗哥一起扫掉，然后流亡政府可以回去"坐正"。然而，在英美两国看来，是不是扫掉佛朗哥，当时判断的依据只能是"对世界和平威胁"的程度，而不是社会制度。如若论社会制度的话，当时的苏联更首当其冲。从"二战"的经历来看，英美认为佛朗哥的西班牙，和纳粹德国以及法西斯意大利，显然是有区别的。以这个"和平威胁"的标准来考察，英美判断未来的所谓"和平威胁"与其说来自西班牙，还不如说是来自苏联。而西班牙恰是苏联的死对头。

佛朗哥从1936年起兵后，在北部城市布尔哥斯（Burgos）宣布成立西班牙政府，整整统治了这个国家四十年。看西班牙历史书，总是看到历史学家们对佛朗哥的评论中要提到"复杂"二字，又常常是不愿意再多说什么。所谓复杂，其实就是如佛朗哥的西班牙在"二战"

中的状况等等，不宜简单地全盘否定。而人们不想深究的道理也很简单，就是不论是德意帮佛朗哥打内战、不论是内战后对共和派军民的报复屠杀，还是佛朗哥在西班牙维持的长期专制统治，都使得没有一个爱惜自己声誉的人，愿意为佛朗哥说什么好话，实在不值得为了佛朗哥坏了自己的名声。

可是回头看去，这四十年实在是一段漫长的岁月。几乎在佛朗哥1975年年底去世的瞬间，人们就知道了，西班牙将要迅速变革。于是，我们仍然想知道，在佛朗哥统治时期，究竟为这样的变革，做了一些什么准备。将近半个世纪西班牙人是怎么走过来的。他们后来的政治改革相对顺利，恐怕不能说和前面的路程毫无关系。

在巴塞罗那，我一直很喜欢世界博览会的那一片叫做蒙特惠奇山

蒙特惠奇山上的1929年巴塞罗那世界博览会主建筑

从蒙特惠奇山上看巴塞罗那港口

（Montjuic）的地方。那是巴塞罗那市里的一座山，在此曾经举办了1929年世界博览会，可以居高临下俯视巴塞罗那海港和蓝得叫人晕眩的地中海。那里唯一煞风景的是：为制造卖点，巴塞罗那人建造了一个虚假的西班牙"村庄"（Pole Espanyol），卖着很贵的门票，里面是很拙劣的假货。只要不进这个"假村庄"，蒙特惠奇绝对是一个很值得去的地方。

那古典风格的博览会主要展馆建在山上，现在是加泰罗尼亚美术馆。它相当于巴黎的大宫小宫，可是因为有山，有山下的广场，就很不一样，气势上就占了先。站在山上博物馆前的平台上往下看，眼角捎上平台上那两个作为近景的雕塑和平台栏杆，视野框入山下巴塞罗那的城区，那真是非常舒畅的感觉。

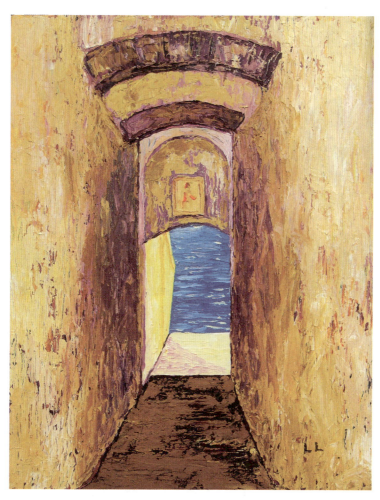

地中海印象（作者手绘）

密斯·凡·德罗设计的展馆

半山腰,隐着现代建筑四大师之一——密斯·凡·德罗设计的著名展馆,山上则有美丽的米罗美术馆。

密斯·凡·德罗设计的展馆小小的,假如不是小心翼翼去找,没准走过都会漏掉。我们去的时候,看到收门票的人都没有地方待,捧着个权充票箱和银箱的小盒子,就露天坐在一把折叠椅上。这个展馆连起码的附属管理建筑都不能有,是有道理的。这个展馆必须"干净",不能有一点点节外生枝的东西。外面那灰绿色的大理石墙板,充满了杂质造成的空洞,虽是磨光的石料,仍然不是通常追求出来的"完美",而是略带粗糙,毛毛拉拉的,那是建筑师和艺术家们所喜欢的"质感"。

那是1928年,巴塞罗那世界博览会之前的一年,密斯·凡·德罗提出了他著名的有关现代建筑的"少就是多"的理论。整个建筑物的风格带着经过提炼的简洁,石材本身虽然是传统的,可是和传统石墙的厚重不同,所有的墙都给你"片儿"的感觉。原先,要让石头的古典用法和"现代材料"玻璃来一个"感情衔接",衔接得好是难度相当高的事情。现在,密斯·凡·德罗对石料的处理,就使得石头"现代化"了,和大面积玻璃就在感觉上能够呵成一气。这种处理在今天当然已经一点不稀奇,可是今天的建筑师们,都是在抄袭现代建筑大师,而密斯·凡·德罗却是开拓者。

密斯·凡·德罗在整个重装饰的古典世界里,突然板出一张冷峻而且英俊的面孔,"酷"得不得了,一下子倾倒多少人。结果,顺着现代建筑材料的开发,人们发现,做现代建筑原来不仅省时省力,还可以"酷"一把,何乐而不为。接下来无数平庸的建筑师一个个东施效颦,现代建筑也就成了今天我们看到的样子。

人们阅读密斯·凡·德罗设计的巴塞罗那世博会展馆,总是在读他"现代突破"的那一面,觉得那才是他的意义所在。可是,大家很少注意到,整个展馆的灵魂,是古典的。最精彩的是那个后院,那里有一尊标准古典的深色大理石的女人体雕塑,虽然她略有一点点现代的意味。她背着那堵挺拔的墙,站在角角方方的水池边。水池里只有几寸的水,却足以使得那个丰满体态的女人,把她舒展的身影,投在明镜一般的水中。而投入这个动人画面的,还不只是她,还有从她身后的墙外伸进来、摇曳着的大树枝条。

密斯·凡·德罗设计的展馆及雕塑

假如没有水,假如没有枝叶的自然和色彩,假如没有那尊有着古典美的雕塑,假如把她换一个现代抽象雕塑,哪怕是现代雕塑大师的杰作,就是说,假如把密斯·凡·德罗这个设计的古典灵魂抽走,味道马上大变。那个灵魂和他的现代变革天衣无缝的结合,才是密斯·凡·德罗这个作品如此不朽的原因。

人们总以为,他们能够完全挣脱自己的历史,他们试图彻底甩掉人类千年的传统精神、道德、审美、口味,其实他们能够做到的却是有限的,总有一个延续着遥遥远古的灵魂在那里幽幽闪光。你可以拒绝那个灵魂,结果很可能是你的失落将永远得不到填充。这个展馆在巴塞罗那世博会结束之后,保留了半年,之后就拆除了。直到1983年,才在原址按照原样修复。

密斯·凡·德罗是高迪的同时代人。我常常会想到这个,那是因为他们之间的差别太大了。他们都是现代建筑大师,可是高迪是传统的柔性转换,他的古典灵魂融化开来,重塑成扭转舞动的张力,渗透在他的建筑表达的每一个细胞中。高迪的所谓"现代"和传统审美是一体的。他的建筑给你的感觉是凝重的雕塑感。相比之下,密斯·凡·德罗的巴塞罗那展馆,是现代与传统的"拼合",是冷静、精密的美。就算是现代的"抽象",他们"抽"得也绝不一样。他们的差别,活脱就是他们各自的祖国——西班牙和德国的性格差别。

我常常会想,巴塞罗那世界博览会是在1929年开的,那是西班牙内战的七年之前,佛朗哥政权开始的十年之前。世博会开起来时的西班牙大都市,已经非常领先了。有时候我会觉得,那种感觉不陌生,有点熟悉,像……对了,像二十世纪二三十年代的上海。也同样的 ——在这样的城市周围，有着贫困的农村，有着混乱中的政治。

"九八"一代的著名哲学教授奥尔特加·加塞特曾经说过，西班牙以前送了一大批年轻人去德国完成高等教育，实在是失策。因为这些人"海归"，恰在二十世纪初，成为"九八"一代中的一支。结果，西班牙要么是通过法国，接受苏联一路的影响，要么是德国式的思维方式，讲究理性和秩序。西班牙独独缺乏英美式保守主义和自由主义兼有的、稳健发展的议会民主。

1929年，还是在西班牙内战前的最后一个国王阿方索十三世的治下。要是对比以后发生的共和、内战和佛朗哥独裁统治，阿方索十三世治下的西班牙，绝不是最糟糕的状况。用现在的词语来说就是，那个时候西班牙的各项综合指标，其实已经相当不错。1929年的世博会，是西班牙一个很好的新起点。可惜的是，这一点不是一条道路的开端，而是一个十字路口的正中，这也很像抗战前的中国。

我常常在琢磨西班牙的这一段，它到底是怎么回事。

我想，如果把人的历史比作一条从野蛮蒙昧中缓缓前行的道路，那么西班牙大概是这样的，它从封建君主制慢慢往前走的半路中，出现了一个十字路口。路口的左右有了两个选择。左边是苏联的榜样，右边是纳粹德国和法西斯意大利的榜样，当西班牙走到这个路口，左右两边开始劝说争取它，争取西班牙走向它们的一边。正当西班牙还在犹豫的当口，两边已经撕扯起来，并且两边都冲进路口，打了起来。其实它还有一个选择，那就是，在这条道路的前端，有着民主法治制度的榜样。可是让西班牙当时做出这个选择吗？门也没有，它还没有发展到这个火候，历史进步的道路是一步步走来，拖是拖不过来的。一个没长大的小孩儿，怎么可能拖进成人的行列中。假如西班牙已经走到有自己内心定力的这一步，也不会被左右两翼一扯，就一撕两半、回头跟自己人打得你死我活了。

佛朗哥借助右边的德意，打跑了左边的一方，他却又没有跟着右翼走，而是站定在那个十字路口。或许，他觉得西班牙没有往前走的基础，他或许是更留恋西班牙走到十字路口之前的状态。所以，佛朗哥的决定，是后退。今天看来，法国当时把西班牙扫入希特勒一堆的判断，显然是错的，而英美的判断更接近事实，佛朗哥西班牙是在退到封建的过去，稳定下来，再重新以非常缓慢而谨慎的步子，重新往前走。不论是先前的"快速进步"，或者在十字路口的厮杀，还是佛朗哥后退的这个动作，都牺牲了无数个人，西班牙人。

在历史大动荡面前，个人非常弱小和可怜。

回看那个时候的西班牙，我在想到我们自己。在历史学家眼中，一个国家的几十年是一个很短的瞬间，我们是"二战"和中国内战之后出生的一代人。论年头，我们距离那些战争非常近，可是我们出生在战后，当然丝毫没有战争的记忆。我们的前辈在讲述和传承这样的记忆，然而终无法改变我们是战后新一代，我们和他们的历史恩怨终有隔阂的事实。

这里显然有负数的一面，就是我们对历史的经验教训，都没有切肤的感受，我们甚至可能接受虚假的历史图像。可是，我终于也意识到，这里也有正数的一面，那就是，历史给出一个机会，使得新一代的人有机会走出历史宿怨带来的仇恨，用更有建设性的、面对未来的眼光，来看待今天的世界。

新的一代代人在诞生，这是历史给出的机会，而古老的西班牙，如何对待这样的机会呢？

我们看到，不论是极端左翼还是极端右翼的国家，他们对待自己内部和外部世界的态度，除了外部对它的排斥和封锁之外，它们自己往往是自我封闭的。有些地区甚至封闭到了发生巨大自然灾情，拒绝国际社会援助的地步。

但倒退之后的西班牙却不是自我封闭的。它似乎在寻求一个重新起步的契机。

在"二战"之后，西班牙被联合国的决议围困，可是它几乎一天也没有自我封闭过。西班牙天生是一个旅游胜地。1931年，它一年的外国游客是二十万，到了战后的1951年，外国游客不仅没有减少，还翻了一番，一年五十万，并且在飞速增加。在1964年，一年的外国游客是一千五百万，相当于大半个西班牙的人口，1978年的外国游客是三千九百万，相当于整个西班牙的总人口。可以用近年旅游热中的中国，来对比出当年西班牙的这种开放的程度。到2000年，来中国的外国游客，才首次达到一千万，而中国的人口是十三亿。如此之多的国际游客和西班牙人密切接触，对西班牙人必然产生着潜移默化的、全方位的影响。

游客们怎么会不来，当德国和北欧开始夜长昼短、北风呼啸、风雪弥漫的时候，安达卢西亚的阳光还炽烈得不遮阳不行。再说，它有着欧洲人喜欢的地中海风光和迷人的阿拉伯北非风情。佛朗哥时期的西班牙，没有过开放地区和不开放地区的说法。我们的朋友山德是个艺术家，是个左翼犹太人，却爱死了西班牙。他就是这些早期外国旅游者中的一个。他在佛朗哥时代多次到过西班牙，而且一住就是半年，交了很多朋友。他讲述的西班牙，给了我们当年西班牙的很生动图景。

西班牙开放旅游的条件是一回事，西班牙选择是否开放是另一回事。关键是佛朗哥必须有一个决策,让不让他们外国人随意进来。国门开放可以给贫穷的西班牙带来生机,也可能对佛朗哥的制度带来冲击。佛朗哥还是选择了开放。

战后的西班牙被排斥在世界之外,一度非常贫困,佛朗哥也听凭百姓外出移民。从1959年到1963年,四年之间有将近四十五万西班牙人移居国外,其中一半去了南美。四五百年前,是由西班牙的殖民者,在那里建立起了拉丁文化和语言。现在,南美却成了贫困的西班牙人的一条出路。之后,移民的人数仍然在剧增。在整个佛朗哥时代,有几百万西班牙人生活在国外,成为侨民。仅在1974年一年,他们带回西班牙七亿美元。大量的人口进出和交流,必然推动佛朗哥时期的西班牙进步,让它呼吸外部世界的新鲜空气。

我又想起奥威尔的判断,佛朗哥只是一个"落伍的人"。他没有自己激进的社会改造的理想,他要回到一个秩序井然的旧西班牙。因此,他几乎像是一个独裁的国王,只要不触及他的统治,他并不想以全新的理论,改造民间社会本身。那是一个自然发展中的、民间结构没有被破坏的社会。那是西班牙走向未来的基础。

西班牙几乎是以最快的速度,在回到国际社会。1953年,西班牙开始获得美国和法国的援助,1955年返回联合国和国际货币组织、世界银行。古老的西班牙,开始了返回欧洲的艰难跋涉。

二十世纪六十年代,在外国资金的帮助下,西班牙开始经济起飞。对报刊的检查开始放松,批评言论多起来,社会活泛起来。可是佛朗哥的独裁政治制度,虽然也在放松和转变,却仍然是它回到欧洲的最后一个障碍。欧洲人说,内战后的西班牙开始成熟了。它不需要左右两边来对他们指手画脚,也不需要别人来教训它;它不完美,却有往前走的清晰目标：回到欧洲，回归这个世界。

1936年，西班牙在内战中失去了它全部的黄金。三十年后，它成为世界黄金的第二大买主。

它哪里是在买黄金，西班牙，是在买回它的自信。

21. 蒙特塞拉特的变化

我们在巴塞罗那的逗留 * 见到了巴塞罗那的中国同胞 * 西班牙战后政治状况及其变化 * 蒙特塞拉特修道院 * 体制内的改革派 * 共产党在流亡中提出民族和解

这次西班牙旅行,我们在巴塞罗那停留的时间最长。先后去了三次。

我们从美国过去,目的地就是巴塞罗那。这次去巴塞罗那,旅游旺季刚刚结束,有点担心临时找旅馆不容易。未见过面的朋友说,可以为我们订旅馆。问要求,我们说,最好便宜些。没想到,一句话给认真的人出了大难题。怎么便宜才算够便宜?结果,朋友冒着烈日,为我们在巴塞罗那四处寻找"最便宜的旅馆"。一开始,为我们订了全球连线的青年旅舍,位置也很好。

很久以前,我们的朋友卢儿就向我们介绍了青年旅舍。那是大学生旅行者的天堂。听她的说法，那是一个大间，按照床位收费，所以就特别便宜。可卢儿又说，假如两个人的话，就未必合算，因为两个单人床的价钱加起来，可以找到小旅馆的单间了。所以，一直以为青年旅舍只有单人床的大统间，我们就一直没有去尝试。

这次，朋友告诉我们订了青年旅舍，我们很高兴。可是，朋友只怕我们还在嫌贵，就退了预订的房间，又花了大力气，为我们在老城区找了一家华人的地下旅社。这次，大概真的是便宜到家了，比青年旅舍还便宜了一多半。花一天青年旅舍的钱，在这里可以住三天。但我们在巴塞罗那错失的青年旅舍的经验，终于后来在塞维利亚补上了。青年旅舍现在有统间，也有双人单间，可以在网上预订，也可以电话预订。它遍布世界，实在是很方便穷旅人。有关青年旅舍，还有一个朋友的经验是，她遇到过陌生男女同住的大统间。一开始真是吓了一跳。

转到那个不留心去记住、下次就要找不到的小街，顿时感觉很歉疚，相信找到这个地方，真是花费了朋友很多精力。那是巴塞罗那主教堂附近的哥特区，拉布拉斯大道边上，是老城的小巷。对旅游者来说，位置极好。你因此可以在老城区逗留得很晚，回住处很方便。

那是真正的老巴塞罗那。可是，有了这次的经验，才知道那一片已经变成穷人聚集的地方。其实，这和所有的大都市是一样的。纽约、巴黎也有大片如此的老城区。那都是旧房，至少有上几百年的历史了。这些房子要修的话，耗费巨大，而且旧的结构在那里，改造也相当困难。中国大城市的一些老城区也是这样，老城改造常常是在墙上写个大大的"拆"字，成片老城区就消失无踪了。非常庆幸的是，巴塞罗那和巴黎的老城区，都留了下来。可是这样的老城区，也容易沦为贫民窟和犯罪的滋生地，纽约就是这样。

巴塞罗那老城

这次去巴塞罗那老城区,一个几乎是震惊的发现,就是那里满是油漆喷上去的涂鸦,爬满整个人能够得着高度的墙面。不仅是我们住的后街,就连巴塞罗那主教堂的石墙都未能幸免。那几百年的古建筑,就这么被不肖子孙在糟蹋。

就在我们离开美国前往西班牙的那天,西班牙发生了大规模烧毁华人鞋商仓库的事件。在西班牙给中国的家里打电话,母亲在中国看了新闻,竟然在担心我们在西班牙的安全。其实,要不是母亲对我们说,我们一点都不知道。在这里旅行很少看到新闻,更少看到非西班牙语的新闻。而在西班牙行走,一点儿也感受不到这种暗暗在涌动的冲突。

巴塞罗那老城

可是,这次意外的便宜住宿,却使我们对这样冲突的基础有了一点感性的了解。

这个落脚点,进去的时候,感觉是个家。夫妇二人,带着个男孩儿。只是小小的进厅里就有两层的架子床。刚去的时候,丈二和尚摸不着头脑,他们在包饺子,大号的锅,满满一锅馅。虽说知道这家是山东人,爱吃饺子,可对着大锅还是很纳闷。他们招呼说,你们这几天就在我们家吃饺子吧。我们怕麻烦他们,还是天天在外面喝冰茶啃汉堡包。到了要洗澡要睡觉的时候,才发现小小的空间里,间隔或者不间隔的,挤了不知多少人,直到离开,我们都没有弄明白里面的住客究竟有多少。只见大锅永远在滚着开水,开水里始终在滚着饺子,一屉一屉地下去,一盘一盘地上来。窄小的厨房的桌子边,不论是不是开饭的时间,永远有人在吃饺子,也有从门外进来,端着走的。周末的夜晚,楼下的牌局通宵达旦。

待到要离开了,才渐渐明白,这就是中国新移民们的聚集处。除了我们这样罕见的临时旅客,都是相对常住的新移民,一般对身份问题都闭口不谈。那个餐桌就是小小的移民饭店,到走的时候才知道,我们其实不必去吃又贵又难吃的快餐,可以在大嫂这里买正宗的山东饺子吃。这对夫妇的热情和吃苦勤劳,给我们留下深刻印象。可是我更注意的,是那个十几岁的孩子,很面善,他是父母来到这里辛劳的理由。以后,他和他的后代,就要加入新一代的西班牙人了。

相比那些住户,这一家人还是幸运的。早来了几年,他们已经买下了自己在老城区的住宅,有了谋生的资本。家成为新来者的旅馆,小小的厨房是饭店。楼梯脚下的小过道的边上,一台小小的彩电,放着中国中央电视台的新闻。而那些流水般的老住户们,昼出夜伏打工才是最艰难吃苦的一群。这样的移民生态,在纽约再多不过,美国是个移民国家,大家不以为然。而对于空间相对狭小的欧洲,移民问题的背后,就是工作机会的争夺,是移民经营母国廉价商品带来的冲击。后来,见到了为我们订旅馆的朋友,他们是这里的老前辈,早已经从艰辛中走出来,鸟枪换炮了。从他的描述,以及后来偶遇规模大得惊人的华人仓库区,才隐隐捉摸到了今天西班牙人感受生机受威胁,急得要烧中国货仓泄愤的缘由。

非常值得寻思的是,这样的冲突,同样发生在三百多年前的西班牙殖民地菲律宾。十七世纪,菲律宾的古城马尼拉就多次发生西班牙人和当地人一起排华，甚至屠杀华人的事件。全球化早就开始了，一开始就有华人的参与。在塞维利亚的档案馆里，至今留有十七世纪末中国商船进入塞维利亚港口的记录。例如在1686年，就有二十七艘中国大商船入港。今天在写着这些的时候，电视中中国香港的世界贸易高峰会会场之外，韩国农民正在暴烈冲击会场。他们的口号是反对现代发达国家，而背后其实是各国的劳工阶级在争夺饭碗，是工人对工人，农民对农民的战争。政府在这个时候出来谈判，其实只是相当于工会农会头头的身份。

这短短两三天的住宿经历很特殊，让我们看到了现代西班牙背后的一个侧面。

要体验罗马时代老城墙下，小巷晨昏时候朦胧的气氛，确实住在老城区是最合适的。老城区的背后小巷中，还有许多西班牙人合法经营的小旅馆，比较规范。我们以前曾经住过一个，价格合理，简朴，安静，旅行者的基本要求，都可以满足了。

不久，我们随如约前来会合的朋友，住到了她在巴塞罗那的朋友家。主人热情邀我们一起住到他家在山上的别墅去，我们就离开了老城。这一走，就出了巴塞罗那市区。一开始我们以为，只有大富豪才会有山间别墅，也不知道那是什么光景。车子出城，又沿山里的林中公路走上八公里才到。小屋造在山坡上，十分简朴，却占了好地势。

这地方叫杰里达（Gelida）。杰里达是一个小镇，离巴塞罗那有半个多小时的车程。居民四千，位于半山腰。周围是起伏平缓的山间坡地，覆盖着一望无际的葡萄园，整整齐齐。这种齐整列成的无边际的起伏绵延，很动人。杰里达的名气是它的水。小镇近旁有泉水从地下涌出，据说水质好到来人都要带几瓶水走的地步。

现在很多西班牙人有这样的别墅，欧洲人也蜂拥前来西班牙买房。这样的山坡上，原来攀缘困难，并不合适盖房，可是最近几十年世道太平，技术进步，交通也发达了，就成了盖房住人的好地方。沿路有水管，居民们合作在山下打井，把水泵上山。房顶安装太阳能电池板，烧罐装液化气。这远离尘世的山中小屋，真是人间仙境。

回来后读到报道说，西班牙城市居民拥有郊外第二居所的十分普遍。怪不得那时看到山间公路两旁，星散着这样的度假屋。根据收入状况的不同，规模和豪华程度也不同，可是景致是一样的，站在阳台上极目远眺，可以俯瞰皑皑群山。刚到那天，晚霞下的山影，一直伸展到遥远的天边，给我们留下深刻印象。

回来在报上还读到，西班牙早已经成为欧洲人买度假屋的热点。比利牛斯山，这一次是真正地消失了。它的消失不仅是现代交通便捷的结果，还因为现代西班牙，保留着自己的文化特色，可是论其余的一切，旅行条件、制度、观念，和欧洲已经没有差别。我们旅行途中遇到的德国退休夫妇二人，看上去还是中年人，他们对我们说，西班牙是他们感觉仍然是"舒服的欧洲"的最南端。他们也考虑在这里买度假屋。在西班牙，已经有成片成片的欧洲富裕移民住宅区，反倒把西班牙人拦在外面了。

杰里达也在网上向欧洲推销它的房地产，除了靠近巴塞罗那、有优质山泉之外，还可炫耀的，就是站在杰里达的山上，目光越过山下成片的葡萄园，在远远地靠近地平线的地方，可以看到一个著名山峰突然耸起。这山太有名，这是蒙特塞拉特（Montserrat）。

蒙特塞拉特是天主教的一个圣地，有着闻名世界的修道院和教堂。

蒙特塞拉特修道院

蒙特塞拉特修道院的教堂

21. 蒙特塞拉特的变化

从内战后期开始,西班牙就在佛朗哥掌控之下。佛朗哥宣称的起事目标,是要恢复"旧西班牙"。他要恢复原君主体制,但是在平定局势以后,他并没有把权力交给被第二共和废黜的阿方索十三世。两年后的1941年,阿方索十三世去世。这时,佛朗哥也没有把权力交给阿方索十三世的儿子唐·胡安,而是留在了自己手里。

然而,佛朗哥并没有自己登基称王的企图。他的称号是"Caudillo",是"领袖"或者"统帅"的意思。如何接回西班牙王室,完整他的传统政治格局,始终是佛朗哥的一件心事。

佛朗哥治下的西班牙,一开始和世界是有一定隔阂的。我们喜欢读各个时期不同的人在西班牙的生活纪实。记得我读过一个"二战"期间在西班牙居住者的回忆,他说,他很惊讶地发现,每天报纸来了,周围的西班牙人关心的不是战报,而是彩票的消息。在"二战"之后,佛朗哥没有根本改造社会的念头,他的一切做法:对经济、对民族强大的关注,对权力稳定的关心,都可以在传统社会里找到。佛朗哥是一个军事统帅出身的人,佛朗哥的最忠实追随者是军队将领们。西班牙军队庞大,却装备陈旧。佛朗哥也从来没有希特勒般的野心。至于保卫国家,他知道,在"二战"后的世界格局下,并不需要他领兵保卫西班牙,他只要镇住西班牙内部就可以了。

佛朗哥在内战以后,把西班牙右翼的政治思潮全部归并起来,起了一个名字,叫"民族运动"(Movimiento Nacional)。包括了天主教神职人员、保王派、军人、长枪党人、技术官僚等等。原来的右翼党派也是多头多种,假如维持内战刚刚结束的局面,难保以后不相互开打。于是,佛朗哥利用自己的威望,强迫他们都归入"运动",成为一个大家族。这个大杂烩不能说是一个政党,因为它太杂了一点,并没有统一的意识形态纲领，这一点佛朗哥并不在乎，他自己就不是一个讲究政治纲领的人，谁也说不清佛朗哥到底是什么样的政治思想。可是"运动"又是西班牙唯一合法的"政党"。在佛朗哥时期，"运动"之外，任何政党都是非法的。

佛朗哥像所有现代独裁者一样，他维护稳定统治的方式，主要是不让任何异己有组织起来的机会，绝对禁止反对党的存在。可是，佛朗哥不认为自己是高高在上、和西班牙大众对立的。相反，他认为他才真正代表了西班牙大众。为此，"运动"这种大众化的组织旗号，它的民粹特征，对于佛朗哥来说很重要。其实，原来的长枪党和佛朗哥并不是一路，长枪党用"农民主权"来吸引民众。佛朗哥却用"运动"来吸纳长枪党，把它变成自己的东西。"运动"系统以外，一切有政治诉求的组织形式都萎缩甚至消灭了。工会只是"运动"之下单一的垂直工会。妇女组织、青年组织，都是如此。

不论佛朗哥是如何落后，他是从传统思维出发，他基本上是顺应传统的经济体系，因此在经济上，始终是开放的。如果说，一开始西班牙经济不能对外开放，那也是因为国际社会的排斥，而不是西班牙的自我封闭。非常有意思的是，佛朗哥并不因为"二战"之后，国际社会把他划入法西斯、对他关上大门，他就心生嫉恨，和世界作对。他只是耐心等待，抓住一切机会回到国际主流社会之中。仔细想想，论佛朗哥的观念，他只是西方民主社会之前的封建等级和秩序观念。他和西方主流在文化基础上，有着太多的共同的理解，只是他不认为西班牙已经能够"如此先进"。当时的西班牙和西方民主国家之间，是"落后"和"先进"的关系，却从来不是"对立"的关系。佛朗哥统治下的西班牙就是西方民主国家的过去，而它们则是西班牙的未来。所以，它们之间很快走近，是一点不奇怪的事情。

1953年，佛朗哥终于等到和美国恢复外交关系，从而使自己长久期待的经济向外开放，得以实现。在经济上和欧洲、和世界开始融为一体。经过五六十年代的发展，西班牙工业和旅游业都发达起来，社会自然随之发生变化。大量无地农村人口来到城市，城市扩大。工业和城市的发展，必然产生了一个技术官僚阶层。这个阶层希望加速改革，希望西班牙在政治上也向欧洲靠拢，而佛朗哥不得不容纳这些技术官僚。

据学者研究，在公民文化、识字率和经济发展水平上，内战前的二十世纪三十年代，西班牙相当于1840年的英国、1860年的法国，它明显落后于西欧国家的发展水平。但是，到了七十年代的佛朗哥统治后期，这种落后已经大大缩小。西班牙已经工业化，人均产值达到可以和西欧国家相比的水平，而这种飞跃在相当短的时间里发生。1964年到1973年十年间，西班牙经济年增长百分之七点三，人均产值从1960年的不到三百美元变成1977年的三千二百六十美元。当时，意大利是三千五百三十美元，葡萄牙只有一千八百四十美元，爱尔兰是三千零六十美元。

西班牙从事农林渔业的劳动力，从1930年的百分之四十六，到1970年降低一半。人口的城市化同时发生，居住在十万人以上的城镇人口，从1930年的百分之十四点八增长到1970年的百分之三十六点八。西班牙工业集中在加泰罗尼亚、巴斯克和马德里地区，工业化和城市化也意味着大规模的地区间移民。从1930年到1970年，有一百五十万人离开安达卢西亚，一百一十万人离开卡斯蒂利亚地区，马德里和加泰罗尼亚地区都接受了一百五十万移民。

1930年，西班牙文盲率在百分之二十六到百分之三十一之间，到1970年,百分之九十以上的人都能够阅读。1975年,西班牙每七人有一辆汽车,百分之八十五的家庭有电视机。但与此同时,社会也存在贫富差距和不公,基尼系数1964年为0.378,1967年为0.446,1976年为0.487。少数人暴富,百分之一点二三的人占有全国百分之二十二点三九的收入,百分之十最富的人比英国同样地位的百分之十的人富一倍。

一开始,西班牙就是矛盾的。它基本上是经济私有制,可是佛朗哥出于权力控制需要,规定工人无权罢工,工资由政府劳动部来规定,同时雇主也无权解雇工人。然而,西班牙开放的制度,使它的劳资关系面对国际竞争。从1960年到1973年,有一百五十万西班牙工人前往西欧国家找工作。于是,西班牙工人从六十年代开始就和资本家展开集体谈判,这也为工会组织的出现铺平了道路。

去蒙特塞拉特修道院有火车,火车连接缆车,可以一直到修道院的大门口。我们是坐着朋友开的车去的。沿途路况很好,却是一路盘绕上山。我们在离蒙特塞拉特很远很远的地方,就开始随着蜿蜒的山路,从不同的角度观赏这座奇特的山,一路向它走近。每一个不同的角度、不同的距离,感觉都不相同。这山峰是一大块一大块的巨石直立着,就像一群巨人站在那里。那是西班牙人心中的圣徒们。远远看去,圣徒们是站在高高的山的顶端,只是一个山尖,而那种由远而近的推进,使视角越来越大,我们开始仰望圣徒们。最后,当我们站在圣徒峰脚下的修道院前,再仰望巨大耸立着的圣徒山,才知道修士们为什么如此谦卑。圣徒峰前,云雾缭绕,似乎伸手可以触摸蓝天。转身看山下,大平原上,星星点点,是变得微型的房子。山谷里有一条河,九曲十八弯,不知从何而来,往何而去,水流不大,却气势磅礴。

蒙特塞拉特修道院

据说,公元九世纪,在这山顶的岩洞里,发现了一个黑色圣母雕像,这里就开始成为虔诚信徒们的朝拜地。那个时代,没有公路、铁路和缆车,朝圣者得吃很多苦,才到得了此地。几百年后,这里盖起了一个修道院,修道院闻名于世的圣物就是"黑圣母像"。再以后,这里有了主教堂。每天中午时分,钟楼的钟声敲响,这是在召唤朝圣者和游客们,主教堂每天为公众举行的弥撒要开始了。蒙特塞拉特的男童童声唱诗班的水平闻名世界,慕名而来的旅游者大多不肯放弃聆听童声圣乐的机会。

我们来到教堂门口广场上的时候,教堂里已经坐满,广场上还有很多人,人流还在往里走,渐渐地站满了走道。我们避开人流上了山,站到了峡谷对面,缆车沿峡谷上升。这时候,钟声响了。钟声冲撞着巨石峭壁，来回震荡，久久地在山谷里回响。一阵寂静之后，在心里，分明听到圣歌在山谷里清纯地升起来。

蒙特塞拉特在西班牙天主教中的地位非常重要，是西班牙教会的中流砥柱，而巴塞罗那所在的加泰罗尼亚，在第二共和和内战时期，是共和派的基地，反天主教的暴力特别猛烈。在我们经过的路旁石壁上，发现了一块简单的铭牌，悼念1936年至1939年内战中的遇难者们。随手拾起一朵花，缀在铭牌旁。

今日蒙特塞拉特，早已不是右翼意识形态的象征。在佛朗哥死的前几年，蒙特塞拉特甚至成为要求改革的左翼政治团体的据点。听上去，这种变化有些不可思议，实际上，那是很自然的事情。

世界上没有一成不变的东西。一个宗教组织、一种思想、一个政党、一种制度、一种社会形态等等，它都会在漫长的历史中发生、发展和变化。可能，它的糟粕被时光的流水冲走，金沙留下来；可能，它没有站得住脚的内涵，以致完全被时间销蚀，踪影不见；也可能，它在顺应着变化，也在锤炼和改变自己，浴火重生。

蒙特塞拉特修道院纪念内战死难者的纪念牌

历经两千年漫漫生存的天主教，刚刚在教皇保罗二世去世的时候，让全世界人看到了它在现代社会奇迹般的魅力。两千年，这个世界发生了如何翻天覆地的变化，而宗教信仰仍然能够在如此众多的现代人心中安然存在。认定这是信徒们愚蠢的人，很难说自己就是聪明的。

还在西班牙内战时期，右翼滥杀俘虏的行为，就受到过一些教会的谴责。从政治层面来看，右翼胜利对教会的生存是有利的，但是对他们来说，残酷行为违背了神的旨意。善的宗教精神沉淀下来，推动教会改革，是他们生存下来的理由。因此，当西班牙社会逐步向着开明、更符合人性的方向发展的时候，一个同样在感悟上帝、在反省中进步的教会，站在支持社会进步的一面，本不是什么奇怪的事情。他们理应是上帝的子民，而不是专制者的附庸。

以二十世纪六十年代的梵蒂冈第二次大公会议为起点，教廷开始改革，走向开明，表达了教会方面对贫穷人口的关切，开始能够接受年轻一代神职人员参与社会活动。这和天主教悲悯、关怀贫困的精神是吻合的。梵蒂冈教廷从外部影响着西班牙教会，促使西班牙教会重精神追求而不是重世俗权力的支持。

一个过于长久的独裁政府，假如不积极寻求转变，那么对立的极端派、地下活动、革命，等等，迟迟早早会重新冒出来。1971年，教会方面对一万五千名神父（占西班牙神父的百分之八十五）进行问卷调查，得到最大支持的政治倾向是"社会主义"，而"工人运动"占第三位。可见，佛朗哥已经不能像四十年代那样，能够得到天主教会的无条件支持。

教会的政治反对派开始参与"非法活动"。根据法律，警察不能随便进教堂搜查捕人，一些教会人士就利用教堂来进行政治活动。

1978年，一位共产党领导人在采访中说，地下活动时，大部分会议是在教堂开的，得到教士的同意。有些神父的布道，有着左翼的政治倾向。在加泰罗尼亚，主要民族主义政党PDC，就是在这里——在我们访问过的圣地蒙特塞拉特的修道院里，举行秘密成立大会，这在以前是根本无法想象的。这表明了西班牙教会的一次转变，也说明了西班牙教会仍然在深深地卷入政治，它还是没有走到和政治分离的根本转折点。

社会不可能停滞不前。佛朗哥政权的建立使西班牙又站到一个新起点，仍然面临如何前行的问题。维持了一段内战后的"团结"景象以后，随着时代演进，对西班牙社会应该如何相应进步，佛朗哥手下的大阵营也出现了明显的分歧，形成不同派别。他们有些是守旧的，最守旧的是军中将领；另外一些是倾向于改良的，比如技术官僚和天主教教会。佛朗哥的统治却必须依靠所有这些派别，他的办法就是在几派之间平衡，不让任何一派坐大。表面上，他在各派之上。随着年岁增长，具体事务更多地让下面的人管理。西班牙开始走向后佛朗哥时代。

到了二十世纪六十年代末，佛朗哥已经如此统治西班牙三十年。佛朗哥治下的西班牙在经济上有了本质的变化，政治上仍然是和世界相对脱节，它的制度显然落后于它的经济发展。1968年是西方世界的多事之秋，左翼思潮再次风起云涌，法国巴黎甚至出现了街垒，但却没西班牙什么事，西班牙看上去很太平。可是在这个时候，西班牙显然仍然是危险的。因为它的制度落后，就必然面临变革，也就再次面临难题：如何既推动演进，又不重蹈覆辙再走极端。1969年，佛朗哥做了两个重大决定。

第一个决定是：1969年7月22日，佛朗哥正式宣布胡安·卡洛斯为未来的西班牙国王。完善一个传统的政治格局，是佛朗哥最早的政治诺言，假如说佛朗哥有什么政治理想的话，这也可以算是。

按说，应该是死去的国王阿方索十三世的儿子唐·胡安继位。可是，现在回想起来，佛朗哥不让唐·胡安登基还是很有道理的。一般来说，人们认为佛朗哥不让唐·胡安继位的原因，是他在国外接受了太多的现代思潮，太新潮，不符合佛朗哥口味。可是，我想更重要的原因是唐·胡安是一个成熟的政治家，他有着太强烈的自己的政治抱负或者说政治野心。很可能，对于佛朗哥来说，他只是不想招一个主意特大的麻烦制造者进来。可是，歪打正着的结果是，欧洲现代的君主制，都是虚位君主，而唐·胡安长久憋在那里研究政治，身边一大群西班牙流亡政治家，正摩拳擦掌伺机以待，等着跟国王进来实现思想抱负。在这样的情况下，唐·胡安很难安于现代君主制所要求的"虚位"。

佛朗哥选中了唐·胡安的儿子，三十岁的胡安·卡洛斯。胡安·卡洛斯在1938年出生于意大利，1948年他父亲请求佛朗哥，让他在西班牙接受教育，获得准许。胡安·卡洛斯是在佛朗哥的严密看管下，完成了一个欧洲国王应该接受的全部西方教育，甚至包括在陆海空三军中的服役。这种由一个行伍出身的独裁者来一手操纵王冠落在谁头上的做法，听起来似乎名不正言不顺，在欧洲历史上却是家常便饭。西班牙活像在演出一个老欧洲的故事。

佛朗哥宣布了未来的国王，并没有解决未来权力的归属。所谓虚位君主，国王是主权象征，而管理国家事务的政治，是由国会和官僚系统来运作的，日常大权不在国王手里。

所以，佛朗哥的第二个决定是：把大权交给了他自己选定的一个接班人布兰科（Carrero Blanco），自己退居二线，只偶尔在危机时刻出来掌舵。这样，从 1969 年开始，新人在台上，毕竟和佛朗哥自己在台上不一样了。

西班牙在缓慢地变革，三十年过去，从西班牙的改变可以看出，佛朗哥本人一定也在改变。可是，有一点我想是很肯定的，就是经过如此血腥内战取得权力的佛朗哥，他对"大变化"是非常谨慎，甚至可以说是害怕的。在他的晚年，他会更倾向于把现行的基本状态撑到自己生命的终点。可是，世界大势还是在推动着小小的西班牙。

布兰科主事期间，体制内的改革呼声一点点地产生了。改革派官员首先希望改善西班牙的对外形象，让它变得能够进入欧洲经济共同体。1970 年，西班牙的一百三十一个温和反对派，大多是社会主义者、基督教民主主义者和自由主义者，趁着西德外交部长的来访，发表了一份要求改革的公开信，指出西班牙和欧洲经济共同体的差距，呼吁人权和基本政治权利。

体制内出现的改革派人物，有一个很出名的官员，叫佛拉加（Manuel Fraga）。佛拉加担任西班牙的新闻和旅游部长。新闻和旅游放在一起是有道理的，旅游业是西班牙的重头戏，它依赖于西班牙的对外形象，而新闻出版业是对外的主要窗口。

佛拉加在 1966 年主持通过了新闻法，这个立法结束了出版物的预先检查制度。尽管新闻出版仍然受到约束和惩罚，但是这个立法使得很多报纸在七十年代可以发表对佛朗哥政权的批评文章。新闻法也促进了区域文字的出版物，尤其是在加泰罗尼亚地区。佛拉加作为旧体制内高官，对佛朗哥始终忠心耿耿，但是他很早就知道改革是一个必然，并且一有机会就准备付诸实践。他是改革派中的右翼。后来，佛拉加担任西班牙内务部长，这是一个管镇压的职位。他有过一些让左翼改革派非常愤怒的措施,被左派称为法西斯分子。他是一个体制内的改革派,这样的人必定是复杂的。

八十岁的佛朗哥默许了这些改革。

1969年宣布王储的同时,西班牙试图通过一个"结社法"。佛朗哥也希望能够显示西班牙有政治结社自由。可是法案一提出,就给改得面目全非。政治结社仍然限制重重:必须至少有二万五千个成员,而且不管大小,都要得到"运动"的全国委员会批准,还都不能参与竞选。根据这个结社法案,西班牙大众的结社,仍然是在"运动"的框架之内。西班牙搞这个法案,说明它想在世界面前显得漂亮点,它知道自由是"方向"。同时,它对政党的恐惧一如既往。

反对党不允许存在,并不等于不存在。从内战结束到五十年代,西班牙共产党中央在国外,却不断派人回来,发展组织,实行游击战。这种方式被事实证明不可能成功。一批批潜入的共产党员都被逮捕监禁,中央到后来已经不再派人回去自投罗网。事实上,十月革命的方式已经不现实了。

有意思的是,佛朗哥和共产党都在变化。

早在1948年,西班牙共产党就号召建立各派别统一战线,采取非暴力战略,如渗透到官方工会的体制内部,来达到自己的目标。斯大林死后,特别是赫鲁晓夫上台以后,西班牙共产党迅速"非斯大林化",从1954年开始,允许那些因为"路线错误"而被开除的党员重新入党。

1956年,在流亡中的西班牙共产党中央全会上,通过了"民族和解政策",决定"用和平的手段",而不是地下武装斗争,来取代佛朗哥政权。声明民族和解是强调内战在精神上的终结,胜败双方分裂的终结。共产党领导人认识到,所有的人,战争双方,在内战中其实都失败了。他们宣布放弃要报复的愿望，努力在西班牙抹去战争威胁。

"热情之花"指出，"现在的佛朗哥主义，已经和十年前不同"。他们看到，新一代西班牙人已经成长起来，他们不再关心老一代人内战时期的政治理念分裂，而更关心"皇家马德里足球队"在欧洲杯比赛中夺冠。

流亡中的共产党领导人卡利约说，要和所有人一起，包括中产阶级、教会，甚至武装部队，来实现民族和解，结成同盟，反对佛朗哥的独裁统治。西班牙共产党在声明中，赞扬"中间阶层"，特别是"非垄断的资产阶级"，他们愿意和内战时期的宿敌西班牙天主教会和解。此后，共产党和天主教会的异见者结合，弥补了以往的鸿沟。共产党是改革派中的左翼，可是，他们只能处于流亡或地下状态。

另一个改革派政党是西班牙社会主义工人党，简称社会党。它是西班牙名副其实最老的政党，1879年成立。它曾是西班牙最大的政党，是内战时期总理内格林的党。它的工会1933年有一千四百万会员。内战之后，佛朗哥统治的前十年，社会党很快消失了。社会党比较"君子"，试图保持公开，不走地下斗争的道路。可是，公平游戏必须有双方共同认同的规则。内战刚刚结束的佛朗哥，根本不容许政治上的公平竞争，单方面的光明正大反而是自投罗网，很容易被镇压。最后逼得社会党中央委员会移往国外流亡，也脱离了西班牙现实。从五十年代开始，西班牙最大的地下政党就是共产党。社会党就被取代了。

七十年代，佛朗哥政权开始走向宽松，社会党重新出现。社会党虽是左翼，是内战主角，可是正因为老一代都被镇压，新一代反而以新政党形象出现。和共产党相比，较少和旧体制势不两立的历史包袱。

就这样，在佛朗哥后期的西班牙，有改革愿望的人们形成了右翼在体制内、左翼在体制外。这种现象不是偶然的。改革派两翼之间的对话和协调,需要时间。唯有时间,能够让双方都认识到,体制内和体制外改革意愿的合作,是必经之路。达成这种共识,还需要客观条件。

看着西班牙从内战之后到七十年代的三十年之变化,很是感慨。一个古老民族步履艰难,走到这一步真是不容易。世界是在变化的,认识是在变化的,人也都是在变化的。我们多么容易看到自己的变化,而不能相信他人的变化。

人生和世界,都如一个棋局,死棋还是活棋,有时候就在自己手里。

22. 小镇杰里达和它的古堡

＊＊小镇杰里达＊两个城堡＊小山村和葡萄酒厂＊佛朗哥政权下的地区自治问题＊佛朗哥的接班人布兰哥＊那瓦罗接替布兰哥＊没有不死的人＊＊

住在杰里达的时候，主人带我们去看过两个城堡。

我们去的第一个就是杰里达城堡。我们的车子，一直开到城堡门口。现存的最早文献将此城堡上溯到公元963年。据记载，在此以前，此地已有古堡废墟，这废墟是罗马时代的遗存。当然，我们看到的城堡，和罗马人已经没有关系了。中世纪的杰里达，是一个典型的贵族领地，或者说是一个小王国。中世纪西班牙的贵族领地，大多拥有从国王那里取得的自治法令，称为"古法"（Fueros）。这种做法在欧洲各国都很普遍，只是叫法各不相同。直到我们居住的北美，当初建立英属殖民地，也要在英王那里领一个类似的自治法令。

杰里达古城堡

那时的西班牙,和欧洲其他国家一样,贵族之间互相攻打是家常便饭。所以,这些贵族领地是必须军事化的。没有以武力保卫自己的能力,就没有生存的能力。城堡既是军事要塞,也是贵族的住宅。建造城堡的地方不仅要高、要险,易守难攻,还有一个条件,那就是得有水。有了水,平时才生活得消停,战时才守得长久。否则敌方兵临城下,不用攻,围而不打,也能逼得你投降。杰里达城堡在山顶制高点上,居高临下,乃屯兵防守良地。但使此山成为城堡的真正难得的好条件,却应该是杰里达引以自豪的水。

现在的杰里达城堡是属于镇政府的财产,平时无人看管。我们一下车,进得大门,就是一路攀登。原来的城堡分三层,都有石头筑成的城墙,一层比一层高。一旦强敌攻打,破了一层还有一层。在最里

杰里达古城堡

面,是城堡的小教堂。如今这城堡是杰里达一个叫"城堡之友协会"的组织负责管理,一年只有几天打开教堂供外界参观。城墙、拱门、梯道和塔楼全部石筑,现在都已经半坍塌。据说主要的构筑物都是九至十一世纪的遗物,不过在此后一千年里,陆陆续续一直在修,否则保存不到现在这样的状态。有文献记载,杰里达城堡的第一个贵族领主是塞尔维乔(Cervello),最兴旺的时候,是十四世纪的领主贝伦格尔·贝特朗(Berenguer Bertran)。十六世纪开始,中世纪结束,社会政治制度之大局改变,城堡失去功效,开始凋落和衰败。地震和风水侵蚀,是石头构筑物的最大天敌。

站在城堡废墟,透过坍塌的城墙缺口,能看到下面山坡上现代人在红墙绿瓦中忙碌。山上芳草萋萋,石缝里金黄色的小野花已经开了

维亚古国苏比拉城堡

一千多年。

第二个城堡是我们住处邻近的众多山头中的一个,山峰特别高。城堡如一柄宝剑插在山峰上,如同一个地标。我们住在那里两次,多次进出,每次都要经过它,就很想去看看。主人似乎看出了我们的心思,那天开车带我们出去玩儿了一天,已经很累,回家路上却对我们说,去看看这个城堡。我们都觉得很不好意思了。主人驱车前往,却不知道怎么去。这就是西班牙,全是山。看看近在眼前,可是山峰之间是深深的峡谷,或许根本就绕不过去。主人凭着在这里生活多年的经验,还是七拐八弯上去了。

在城堡后面有一张地图,告诉我们,这里曾经是加泰罗尼亚地区的维亚古国(Vinya)的首都苏比拉(Subirats)。假如说杰里达城堡是浑厚的，苏比拉就是精致的。虽然，我们在远处看到的直冲云天的孤堡尖端，近看时因为在修复中用了大量水泥，略有一点扫兴。可是，退一步想想，这一个尖端太高太险，残留的部分太少，它又是由当地民众自己修缮维护，能够如此，已经很不容易了。整个城堡，所有细节都维护得非常仔细，从陡峭的石阶攀缘而上，直达教堂门前。

那几百年前的工匠们精锤细敲制作的黑铁门饰，一道又一道，紧紧箍住了古老厚重的教堂大门。那上面，岁月的撞击已经敲开无数裂纹。站在这个门前，才明白西方建筑中铁件门饰的意义，它先是功能上的需要，如同木桶的铁箍，紧紧拉住大门，然后，每一个工匠，把自己对生活的希望和乐趣，化为铁花饰纹，点缀在木纹清晰的大门上，

苏比拉城堡小教堂的门

苏比拉城堡通向小教堂的小路

如生命的常春藤爬上了古木。缀着铁花、檀香色的古木门，又镶嵌在雕饰古拙、微微泛黄的三重花岗岩拱形门框之中。大片的墙是用粗粝的、大小不同的石块砌就，颜色驳杂却又浑然一体。门前的一小片暗红地砖，显然是近年的修缮，可是，那幽幽的一小片红，不仅不让人感觉突兀，还觉得是个神来之笔，质感色彩都协调。

教堂大门旁，接着短短的石围墙，两扇铁花门上了锁，那是一个墓室的入口，门上端是铸铁的文字"永恒安息"（Repos Etern），上面两个鸽子，中间是沉稳的十字架。里面的墓葬非常简朴，却还细心地设计了种植物的地方。教堂后面，还有一个非常耐看的十字架纪念石柱。我喜欢这里，是因为每一个细节，都是用过心的。

孤堡成为遗迹，它的灵魂不死。谁能相信，这个教堂还在使用中。大门上嵌着装饰精美的小瞭望孔，就在它旁边，一张小小的浅黄纸片，写着每周弥撒的时间。

这就是古老的西班牙，延续着中世纪的加泰罗尼亚。

在西班牙旅行，常常有这样的孤独身影在远处掠过，那就是山顶上巍峨的城堡。城堡独特的造型，端端正正地落在山巅，衬着蓝天背景，像《堂·吉诃德》里的一幅版画插图。我们一开始看到这样的山巅孤堡从火车的窗外一掠而过，总是赶紧查看地名，试图从旅行指南中找到一点蛛丝马迹，期盼着将来能上去看看。后来发现，大多此类遗迹都并不载入书中。因为实在太多了。

西班牙在历史漫长的岁月里，始终是分散的。这是一个多山的国家，交通不便，贵族占山为王，割据的历史很长。十六世纪光复的西班牙，是以中部为核心，而周边对中部的认同并不强。比如说这里——加泰罗尼亚。

杰里达山区小村庄

从苏比拉城堡下得山来,主人又带着我们去了杰里达附近的一个小山村:土红色的瓦,石垒的墙,红色的山间步道,青青密密的藤蔓,藤架下是朴实的加泰罗尼亚村民。就在这个村子里,我们偶遇当地酒厂同业行会的一个油画收藏展。他们每年举办当地的油画比赛,挑选佳作收藏,也算是对艺术的支持吧。葡萄酒同业行会的房子很朴素,但那个小小的展厅里收藏的画作却很惊人,风格各异、水平极高。如此品位和传统,和葡萄酒一样,没有一定的年头酿不出来。这让我想起巴塞罗那的蒙特惠奇山上世博会留下的主要展宫,它古典的建筑形式,常常让人误以为是王宫。今天,那里是加泰罗尼亚的美术宫,也是专收藏加泰罗尼亚艺术家的作品。对他们来说,这很不一样。他们要强调的不是西班牙,而是加泰罗尼亚。他们有自己的语言,他们要自己的一个国家。

加泰罗尼亚，还有北方的巴斯克，是今天西班牙独立自主意识最强的地区。今天，这两个地区，又是西班牙最富庶的地方。

我们曾经爬到蒙特惠奇后山，在那里鸟瞰巴塞罗那的海港，规模巨大，当然美极了。加泰罗尼亚不仅有巴塞罗那的海港、有工业，还有满山满坡满地的葡萄园。这里出产价廉物美的葡萄酒。

在山居的几天里，主人曾带我们去看杰里达小镇。和西班牙所有的村镇一样，杰里达镇的中心是一个教堂，洁白的墙壁，高耸的钟塔，教堂前有小小的广场，花坛。这是很普通的山区小镇景象。西班牙的这种小镇，不管穷富，都整洁到一尘不染的地步，在耀眼的阳光下，这整洁给人印象特别深刻。我们读早期西欧人和美国人写的西班牙游记，都

杰里达山区小村庄

杰里达缆车站

会提到这种整洁,都说西班牙人穷归穷,绝不肯显得猥琐窝囊。西班牙女人跪在地板上,把木头地板刷得条条木纹清晰可见的景象,曾经让美国游客大惑不解,又佩服不已。如今我们走在杰里达,那种安宁、那份干净,真是让人舒服。

沿街正赶上集市,有卖蔬菜食品水果的,也有卖便宜服装的。水果蔬菜很是新鲜,可集市已经"现代化"了,看得出批发和零售的转销轨迹。倒是那个卖北非工艺品的阿拉伯人,卖的东西还带着非洲手工的土气。经过一番讨价还价,朋友买了三个皮灯罩,漂亮极了,价钱简直是半卖半送。我们后来在科尔多瓦也买了一个类似的红色皮灯罩,至今还放在我们家的长条桌上。就那么一个简单的曲线,能让你感受到阿拉伯的风情万种。

小镇街道两旁,头尾相衔,整整齐齐停满了汽车。上下山的公共交通,靠的是缆车。缆车是用钢缆牵引的轨道车厢,一上一下。我们去的时候,车站里冷冷清清,只有一两个旅客在等车,站上也看不到工作人员。缆车到山下,刚好就是火车站,可以接上去巴塞罗那的火车。缆车是火车系统运营的一部分,杰里达就是铁路网络之中的一个小小终点,因此它能连通欧洲,能四通八达。在杰里达走累了,就坐在车站的长条椅上,周围的墙都刷成了樱桃红,看着黄色的漂亮小缆车,从山下悠悠地上来,真是百看不厌。

我们山居别墅主人的女儿——那个住在杰里达小镇善良美丽的

杰里达山区葡萄酒厂

女子,安排我们去了附近的一家葡萄酒酿制厂。这里已经变成了旅游胜地,来参观的游客一群一群的。在这里,我们看到了西班牙传统工业的连续性。这个酒厂,我们不说它设计得非常别致的入口和建筑,也不提它规模极大的古老葡萄酒生产工具展览,仅仅是地下酒窖就有整整三十公里长。这种传统工业如此巨大的生产规模,是需要时间和积累的。我在美国以前也见过葡萄园中的酿酒厂和地下酒窖,可是和这里的根本无法相比。我们坐着长龙般的电瓶拖车,行驶在无尽头的装满橡木桶的地下酒窖中,真是很奇异的经历。到了品酒的地方,已经不饮自醉了。

这里的人是有资格骄傲的。巴斯克也一样。巴斯克给我们的感觉,就是更前卫。它们和中西部西班牙的差距,使得西班牙很难接受

杰里达山区葡萄酒厂酒窖内的装饰

它们独立的要求。假如它们独立，旅游最旺盛的安达卢西亚也跟上独立的话，留下的就是一大片相对贫困，被冲刷得千沟万壑、山石嶙峋的大山了。不说什么民族国家，就凭这个，西班牙也不可能接受区域独立。

这是西班牙独特的艰难。在佛朗哥后期的西班牙，如若只有政治改革的问题，问题要简单得多。最火烧眉毛的，是独立运动很快走向极端，首当其冲的就是巴斯克独立运动的激进分子。

北方的巴斯克，是一个很特别的地区。巴斯克民族主义的独立诉求，不仅和共产党等左翼力量汇流，也得到当地天主教会的支持。佛朗哥的内战诉求之一，就是一个完整的西班牙。他对左翼的不满之一，就是给予加泰罗尼亚和巴斯克太大的自治权。因此，巴斯克在佛朗哥统治下被严厉压制,佛朗哥不仅禁了他们的旗帜,还禁了他们的语言,这几乎是在和巴斯克全民作对。结果是恶性循环,巴斯克民族主义运动越没有表达和活动的余地,就越是只能诉诸暴力行动,镇压也就更残酷。

专制统治在变化的时刻,最难以逾越的一个关键,就是司法的公正独立。司法的原意是维护社会正义,可是在专制体制下,统治者很难抵御这样的诱惑,就是把属于社会的司法,变为政治压迫的工具。政治犯的存废,就成为一个检验标准。

1970年的前九个月,西班牙政府审判的政治犯高达一千一百零一人,很多是巴斯克民族主义者。9月18日,佛朗哥出席圣塞巴斯蒂安的公开活动,一个巴斯克人当场自焚抗议。当他重度烧伤被送走的时候,佛朗哥神色不动。但是,这一行动引起了国际上的注意。国际社会开始重视巴斯克民族的处境。

西班牙开始变革的一刻,它的富裕地区的区域独立运动就风起云涌。反佛朗哥的专制独裁和独立运动纠缠在一起。这样的势头越冲,政府越不敢在司法领域改革。统治者仔细数数手里的"法宝",只有利用所谓的"司法执法"作为镇压工具。西班牙长期对政治犯严刑峻法,监狱黑暗,这样更刺激了异议人士的反抗烈度,而其中又包括大量独立运动的参与者。

这是许多国家曾经遇到、正在遇到或者将来可能遇到的情况,就是区域独立和国家政权之间如何互动。任何一个国家遇到这一类状况,其实都是伤透脑筋的。例如,过去的英国和北爱尔兰地区,今天的俄国和车臣地区。在一个司法不公的社会,这种互动,更是非常容易步入恐怖活动和镇压无度的恶性循环之中。1968年,寻求巴斯克独立的

"埃塔"(ETA)组织，开始诉诸暴力。恐怖活动有了第一个牺牲者。在这种情况下，国际社会对西班牙的态度都是困惑的。假如单纯地反对恐怖活动，好像就是支持了专制者的镇压；反过来，又变成是支持了恐怖活动。

1970年年底，在审判一批巴斯克民族主义者之前，巴斯克的天主教神职人员发表声明，公开表示反对。这一表态，却极大地鼓舞了巴斯克独立运动，为使国际社会对审判施加压力，"埃塔"组织绑架了西德一位高层人士，把他关押在靠近法国边境的偏僻地点。果然，为了寻求人质释放，西德和国际社会都要求西班牙在审判时予以宽大。

在等待判决的日子里，西班牙到处发生群众和警察的冲突。在自治问题上，加泰罗尼亚人自然很容易和巴斯克人站在同一立场上。1970年12月12日，三百个加泰罗尼亚的艺术家、作家和知识分子，把自己关在蒙特塞拉特的修道院里，发表宣言表示要和巴斯克人站在一起，要求政治大赦，要求民主改革和区域自治。蒙特塞拉特的修道院院长声明支持他们。

国民警卫队包围了圣徒山下的蒙特塞拉特修道院。最后，示威者为了避免殃及修道院，在两天后结束示威，离开蒙特塞拉特。但是修道院院长在对法国《世界报》的讲话中说，教会不应该和一个镇压民众的政权站在一起，这些民众包括天主教徒，受到政府的镇压，只不过是因为他们反对佛朗哥。但是，其实还有一个区域独立的尾巴拖在后头。

如此一番热闹之后，对十六名巴斯克民族主义者的法庭审理，自然吸引了全球瞩目。法庭上，一个"埃塔"被告跳起来高唱《巴斯克勇士之歌》,其他十五位被告被铁链锁在一起,表现得十分英勇无畏。当时的西班牙法庭坚持判处其中三人双重死刑。虽然这三个死刑犯最终在国际压力下,由佛朗哥出面赦免,并没有处死,被绑架的德国人质也平安归来,可是在当时的形势下,西班牙政府我行我素的风格,引起了国际社会非常激愤的反响。

这就是刚刚出现改革趋势的西班牙,要求政治改革和要求区域独立混为一谈,极端分子甚至恐怖分子冲在最前头。知识分子也厕身在混杂的诉求之中。正因为是混杂的,因此谁也判断不清,他们的哪一部分诉求、哪一个动作是合理的,而哪些是失了分寸的。

这种反对派力量的增长,佐以分裂诉求甚至恐怖活动,自然又刺激体制内守旧派和极端派的反弹,反而使得体制内的改革派很难有所作为。军队里的保守派军官写信,表示抗议外国干涉内政。政府还组织了规模巨大的民众示威支持佛朗哥。政府用汽车把民众送到集会地点,而且发放报酬,还有免费午餐。当政治两极的对立延伸到民众层面的时候,不由让人想起第二共和时期和随之而来的内战。这是所有人都不愿意走的那一步。

以后的几年,西班牙就不断处于这一类的政治风波中。渐渐地,体制内外的温和改革派,都开始寻找一种不流血的转型道路。在学者和政治家中间,逐渐出现了一种想法,就是必须利用佛朗哥政权的宪法,来实现渐进的变革。也就是说,不再寻求破除现有政治结构,而是在体制框架下实现改革。在世界潮流的推动下,一批原先的保守派,都主张依据现行宪法,建立"高度进步"的民主制。

布兰科当政的后佛朗哥时期,是一个强权开始明显变化的时刻。几乎是规律,这也是最危险的时刻。由于长久对异议的压制,现在只要出现松动的出口,就怕会引出井喷一样的反应。体制外没有合法的政党,也就没有体制内外对话的沟通渠道。最怕的是内外激进派的相互刺激,形成恶性循环。最佳的途径当然是内外温和派的合作。可是,这样的合作如果没有制度性渠道,就全靠双方的悟性,靠双方在几近不交流的状态下配合,这是何等困难而危险的事情。

反对派展示自己力量的方式就是罢工。在罢工长期被禁止的西班牙,1974年罢工总工时达两千万小时,社会冲突高达两万起。布兰科认为这是对政权的公然对抗,下意识地把罢工看作一种颠覆政府的企图,反应自然就是镇压和收紧控制。可是,据历史学家的分析,当时的罢工,政治性的并不在多数,基本上还是合理的社会要求,因为过度的经济增长在影响工资和生活水平。

这样,就出现了一松就对抗、一对抗就镇压收紧,形成一松一紧的循环。体制外改革的表达,反而刺激了体制内的激进派,体制内改革派松动的愿望反而受阻,容易形成一个死结。

在佛朗哥正式委任布兰科之前,西班牙的文化和思想已经有了惊人的开放。乌纳穆诺得到纪念,内战中被长枪党杀死的诗人洛尔加,也在他的周年中受到隆重纪念。画过《格尔尼卡》的毕加索,已经把自己的主要作品捐赠给了后佛朗哥时代的西班牙,他在西班牙也受到英雄式的纪念。

1972年,马德里的报纸经常在提到"西班牙政治的春天"。那年夏天,根据1966年组织法,西班牙社会各界倡议建立"政治联合会",倡议者包含了社会各个层面,其中包括佛朗哥的外孙。可是,寻求独立的激进组织,有他们自己的诉求和行为模式。

1973年6月,佛朗哥正式宣布由布兰科担任总统。

布兰科是个虔诚的天主教徒,他每个周日都准时经由同一条路线去教堂。"埃塔"组织就在街道旁租了一个公寓,告诉房东他们是雕塑艺术家。雕塑家每天在里面叮当作响地敲打,谁也没有起疑。就这样,他们凿出一条通往街中心的地下隧道,在里面填满了炸药。布兰科任总统半年之后,一个周日早晨,布兰科的车队经过此地前往教堂,"埃塔"在隧道里安放的炸药,把布兰科的汽车炸得飞到了邻近大楼的屋顶上。凶手安然逃脱,逃往葡萄牙。当天,政府原定审判十个工人委员会的成员非法结社罪,爆炸发生在法庭审判开始之前十分钟。

布兰科是佛朗哥亲手选定的接班人。很多人认为,和其他人相比,布兰科会更坚定地延续佛朗哥的统治方式。他们因此认为,布兰科被暗杀,客观上可能缩短了佛朗哥死后西班牙的转型时间。而巴斯克独立运动的激进组织"埃塔",从此暗杀不断,成为西班牙最著名的恐怖组织,直至今天。

布兰科被暗杀之后,佛朗哥在布兰科的内阁里选了纳瓦罗(Carlos Arias Navarro)接替。

纳瓦罗在人们的印象中是个铁腕人物。内战期间,他驻在西班牙南部海港城市马拉加,有"马拉加屠夫"之称。在布兰科当政时期,他是管镇压的内务部长。可是,非常意外的是,纳瓦罗其实也在寻求改革的路径。

然而,此刻的西班牙危机重重。

佛朗哥统治下的西班牙,政治上相对隔阂于外部世界,经济上却已经融入世界经济。1973年中东石油危机引发世界经济萧条,也一样影响西班牙。经济危机的影响使西班牙物价上涨,失业增加,工人生活水平下降。经历经济起飞"大起"之后的"大落",特别难以忍受。萧条为罢工火上浇油,也为巴斯克民族主义运动添薪加火。面对这种局面,任何改良措施都可能招致保守派首领们的反弹。纳瓦罗只能艰难地在体制内外的改革呼声和保守派之间走钢丝。再说,佛朗哥虽然退居二线,最终决定权还在他手里。

纳瓦罗上台不久,1974年2月12日,他发表公开讲话,推出一个谨慎的体制改革计划,叫做"开放"(apertura)。这就是著名的"2·12精神"。在这个讲话中,纳瓦罗提议,在现行秩序下,扩大政治参与的范围,让原来排斥在体制外的反对派,有可能被吸纳参与政治。他说,全民对政府的支持,要用参与的形式来表达,要让所有的民众在体制内都有所代表,有所参与,"反映我们社会真正多数"的意愿。显然,这是针对日益激烈的政治冲突所提出来的。

纳瓦罗的改革设想看上去相当大胆,包括市长和地方官员由选举产生,而不是政府任命。在议会中,选举产生的议员比例,从百分之十七提高到百分之三十五。"运动"框架内的垂直工会可以有更大的谈判权力。允许自由结社,但是不允许组织政党。纳瓦罗在盛赞佛朗哥以表示忠诚之后,出人意料地说,政治改革的重担,不能都放在领袖一人的肩膀上了。

可是,纳瓦罗改革仍然受到佛朗哥的约束,他并不可以全部做主。从一件小事就可以看出来。西班牙的旅游靠的是地中海的海滩魅力,旅游广告必然是海滩的情景。保守派老人们拿着旅游广告去向佛朗哥告状,把旅游广告和美国的《花花公子》杂志对比,说有过之而无不及。《花花公子》之类杂志是佛朗哥坚决要在西班牙禁止的,于是就下令各方面收紧。这种松松紧紧、左右摇摆,总是让外界吃不准,下一步会走哪个方向。时间一长,左右两翼都感到失望。纳瓦罗夹在中间,可谓两边都不讨好。这些还不是大问题,关键是要求独立的激进组织的暴力、体制内极端保守派的镇压,他们之间的相互刺激,一点没有改变,仍然棘手。

纳瓦罗2月12日讲话过后才几天,巴斯克首府毕尔巴鄂的天主教主教发表讲话,支持巴斯克地区的民族文化自治。西班牙当局对文化自治依然紧张,因为后面很可能跟着的就是独立。总统纳瓦罗把主教软禁起来,要把他驱逐出去,而主教表示拒绝出境,并且宣称说他只听梵蒂冈教皇的命令。梵蒂冈教皇保罗六世,本来就讨厌佛朗哥独裁统治的冷酷和固执,表示支持毕尔巴鄂主教。这事在西班牙内外都引起了很大反响,弄得西班牙政府非常难堪。

来自海外的批评,刺激了佛朗哥体制内的保守派更不愿意退让。他们的思路是,任何退让都会被看成软弱,对方就一定会得寸进尺。他们习惯于对抗,这辈子就是打出来的。遇到危机,他们的第一反应就是不能示弱,不能表现出自己可能不得不妥协。

西班牙政府的表现是激烈摇摆的,显示了政府内部改革派和保守派的意见相左。就在纳瓦罗2月12日讲话的同时,1974年的头两个月,西班牙就逮捕了一百五十个政治犯,罪名是非法结社。3月2日,西班牙不顾国际社会抗议,不顾教皇的通融、欧洲经济共同体的反对和几个国家首脑的说情,处决了一个巴斯克地区的无政府主义者。欧洲经济共同体的反应是发表决议谴责佛朗哥政权,批评西班牙政府违反基本人权,不尊重少数民族争取民主自由的权利,表示反对西班牙加入欧洲经济共同体。

这种国际反应,再加上邻国葡萄牙发生的民主转变,使得保守派首领们更加紧张，对纳瓦罗施加压力，要求强硬。1974年，西班牙全年逮捕的政治犯高达五百人。纳瓦罗向国会提出的政治结社改革方案，没有带来任何实质性的变化。一切民间结社仍然必须在"运动"的框架内，受"运动"控制。1974年12月的结社法，要求所有结社必须支持"运动"的基本原则，"运动"有权否决任何结社的要求。结果，只有八个团体试图登记结社，其中只有一个符合"运动"标准。对改革进程非常重要的结社，被卡住了。

可是，必须看到，纳瓦罗的"2·12精神"尽管没有在制度上引发实质性的变革，却提高了民众对政治变革的期望，激发了精英阶层对改革进程的思考和讨论。为西班牙此后的改革准备了重要的观念上的条件。

国际上的反应却鼓舞了各色政治反对派。西班牙王位的合法继承人唐·胡安和他的追随者们，批评的主要是佛朗哥在西班牙王位继承上的干预。对唐·胡安来说，他的继承权无端被佛朗哥剥夺，虽然现在的继承人是他的儿子，可是他显然很不满意。他们得到自由派保王人士的支持，还得到基督教民主主义者的支持。

最坚决的政治反对党仍是西班牙共产党。西班牙共产党本身经历了观念上的改变，他们期望的改变是"民主突破"（Ruptura Democratica）。西班牙共产党虽然仍然处于地下，主要领导都在海外流亡，但是从未停止活动。

佛朗哥年事已高，他在晚年的最后时刻，更依赖几十年来追随于他的保守派，特别是军内将领。这是再正常不过的情况。他来日无多，何苦在最后的日子里冒风险？能拖则拖了。佛朗哥日见衰老，但是每当改革和保守出现僵局的时候，保守派总是得到佛朗哥的支持,改革就总是举步不前。民主改革必然要触及他的统治,必然要改变他从内战以后的一贯权力方式。在佛朗哥直接或间接执掌权力的将近四十年中,西班牙发生了巨大的变化,从经济上回到了世界经济体系,社会文化的自由度也发生了翻天覆地的变化,可以说,民主进程在佛朗哥时期已经开始,已经为未来必然的变化做了准备。可是,所有的人都知道,佛朗哥活着一天,他就不会容许迈出最后的一步去。

或许,佛朗哥根本没有这样的概念,把自己通过内战得到的权力,再亲自送出去;或许,佛朗哥手上沾染太多的血,他害怕失去权力之后的报复;或许,佛朗哥真的认为,只有他在掌舵,西班牙才不会翻船。可是,这并不仅是佛朗哥一个人的想法,几乎所有的专制政府的建国元老都是这样。所有的人都知道,西班牙民主改革启动的最后一步,必定是不会跨出去的,除非佛朗哥咽下最后一口气。

西班牙街头开始流行这样一句话:"没有不死的人。"

这是老人政治最可悲的地方。佛朗哥的死讯传出的那一刻,全西班牙都松了一口气。

23. 殉难谷的十字架

**** 殉难谷的教堂 * 佛朗哥死了 * 国王有了一个新首相
* 社会党和共产党的合法化 * 议会通过政治改革法 ****

以马德里为中心，周边有几个小城市是值得一看的，包括西班牙老都城托雷多，有着古罗马输水道的塞哥维亚，还有埋葬了西班牙历代国王和王室成员的艾斯科里亚——那个综合了王宫、教堂和修道院的城堡群。西班牙内战刚刚开始的时候，共和政府枪毙的长枪党创始人何塞·安东尼奥，也曾经有很长时间被寄葬在这里。去过艾斯科里亚以后，旅人们一般都会顺道去造访殉难谷（Valle de los Caidos）。

殉难谷在瓜达拉马山脉的群山之中，在艾斯科里亚以北，大致相距十三公里。这儿的地貌十分特别。我们从艾斯科里亚驱车去殉难谷，一路上，古镇、村落、田野、牧场，我们已经见惯了西班牙干旱贫瘠的山区，在这里却迎得一片清凉。这里是山区，却风光秀丽。接近殉难谷，山坡上满是莽莽苍苍的松树林，山沟里溪水淙淙。我清楚记得，在接近殉难谷的时候，车里就有人不由自主惊讶地指点说："看啊！"真的，非常奇特的景观，周围是覆盖着密密松林的群山，深色，轮廓柔和，从两边向中间涌来；而中间，如同是在群山簇拥之下，异峰突起。它不仅比周围的山林高，而且，唯有它，在接近山巅的时候，嶙峋的巨石开始渐渐地从绿色的植被中升起。植被褪去，只有在石缝里，还零星长着一些生命力特别强的低矮松树；最后，是巨石，在阳光下泛着白光；就在群山自然推出的绝顶之上，是一个围绕着雕饰的、高达一百五十米的花岗岩十字架。

  这个十字架是一个特殊教堂的尖顶，整座山峰就是教堂。在教堂前，大山向阳的一侧，一个有着层层叠叠台阶的巨大广场，铺设着大块的花岗岩，一直延伸到悬崖之边，在那里，有一条细细的栏杆围绕。走到广场前缘，可以俯瞰山谷，遥望起伏的群山。从眼前郁郁葱葱的松树林，向前展望，可以直到绵绵无尽头的青黛群山。回过身来，是环形的教堂立面，它极其简朴，两侧是嵌入长方门框连续拱门的柱廊。正中的拱门并不很大，可是有一个厚厚实实的石块筑就的门楼。它仍然是简朴的，门楣上方，是正立面唯一的巨型雕塑——那是一个悲哀的母亲，抱着她死去的儿子。

  这个教堂正立面的设计极为克制。白色石质的环形入口之上，越过一段自然山石的山体，就是白色的十字架在呼应。建筑师是把山体作为教堂立面的主体，给设计进去了。整体可以说是一个建筑，也更像是一个纪念碑。

23. 殉难谷的十字架

殉难谷教堂外部

这就是殉难谷，它纪念的是内战双方的死难者。

从大门进去，因为是山中隧道，照明就全靠灯光。灯光设计得幽暗，使它更有教堂的气氛。两侧的雕塑风格古典，造型细节却也足够现代，这种分寸掌握得极好。隧道两壁，有些地方装饰着大幅挂毯，却由于光线不足，有些朦胧。有些地方有意裸露着原始的花岗岩山石，和精工细作的部分产生强烈的对比，显出力度。那些精美挂毯后面，安放着四万殉难者遗骸。教堂深入山崖整整二百六十一米，因此被称为是世界上最大的教堂。

尽头大厅，最高的地方有四十一米，这是教堂的高潮，顶上是色彩素雅的圆形天穹画。最后的圣坛，视觉焦点处理的感觉非常好。走

殉难谷教堂内部

到这里，我看到我的朋友几乎是不由自主地，就在这个耶稣受难像前坐下，进入默默哀悼的氛围中。这个漫漫隧道，如同西班牙内战的漫漫黑夜。多少死亡、多少伤痛、多少悲哀、多少绝望，最后人们在悲悯中，燃起灵魂被救赎的希望。

那是佛朗哥时期建筑师的作品。我想，在内战硝烟尚未散尽、在世界大战的炮火仍在欧洲轰响的时候，这些建筑师是把自己对内战的理解、对战争的厌恶、对和平的企盼、对民族和解的向往、对上帝眷顾西班牙民族的期待，都放入了他们的设计之中。

这个建筑作品本身，表达着许许多多难以剥离的复杂成分。

它本身是一个"佛朗哥工程"。它的设想、选址、设计等一系列准备工作，可以说，从内战刚刚结束时就开始了。直到1958年完工，它整整进行了二十年。人们不由会首先想到，内战结束时期的西班牙窘迫状况。那是西班牙政治落后、经济凋敝、民生维艰的时代，人们会奇怪要建造一个纪念教堂的设想。可是，其实这样的念头并不那么奇怪，这正是欧洲的凯旋门传统。就算许多没有这样传统的国家，在一场内战胜利之后，也会在胜利的一刻，立即起念要建一个纪念碑。

可是，当时不顾民生负担，执意做成如此巨大的规模，恐怕又是佛朗哥的封建君主派头在作祟。只要他想做，没有人能够阻止他。

然而，同样是竖立一个内战纪念碑，尤其是如此规模的一个永久性纪念建筑。它以怎样的立意竖起来，对站在一个新起点的整个西班牙民族，对在1939年之后出生的下一代，又会产生截然不同的影响。这个纪念建筑，它可以纪念和讴歌自己一方的英雄，它可以颂扬自己一方的胜利，如此一来，敌我之分就定位清楚了。而内战也就不是一场悲剧,它是终于战胜了敌人的一件值得庆贺的事情。世界上有多少内战纪念碑,是在这样的立意之下,设计建立起来的。

可是,西班牙内战纪念碑是一个教堂,门楣上唯一的雕塑,是西班牙母亲悲恸万分地俯身怀抱一个西班牙的儿子。在这个教堂建成的时候,虽然它最重要的位置,是安放了右翼英雄、长枪党创始人何塞·安东尼奥。可是,同时隆重安葬的那四万个棺木,安息的不仅仅是佛朗哥一方的"人民英雄",而是西班牙内战双方的殉难者。设计的立意,是强调内战的悲剧本质,是在表达,双方都是牺牲者。

可以说,这些建筑设计师和艺术家们,非常出色地用他们的艺术手法,表现了这个纪念建筑的立意。可以想象,如此重大的一个

教堂门楣上方的雕塑

给内战"定调子"的作品，哪怕最初是建筑师们提出的设想，也必须经过佛朗哥的同意。而这样的内战纪念理念，能够在1939年的西班牙被确立下来，使我们不能不看到这个民族根深蒂固的宗教文化在起作用。原罪的概念、人需要被救赎的概念深植在西班牙人的心中。一种天生的悲剧感，从来没有离开他们。这是他们在枪声刚刚停息的战场望出去，那遥远地平线上升起来的民族和解、重新出发的一线希望。

可是，政治中的佛朗哥又认为他必须用强权来稳固他的胜利。回到现实中，他的统治仍然有冷酷无情的一面，他要让自己相信，这样的统治，也是为了"上帝和西班牙"。内战后的西班牙错综复杂。愿念和现实在强烈冲突。这种冲突也悲剧性地发生在这个殉难谷的建造之中。这个工程使用囚犯为劳力，其中不乏大量的政治囚犯。他们是内战之后的殉难者。这就是真实的、矛盾重重的历史，绳结扣着绳结，缠绕在这个殉难谷。直到佛朗哥自己也入葬此地，西班牙的这个绳结，仍然没有解开。

佛朗哥死于1975年11月20日。那一年，巴斯克地区的冲突已经到了双方都难以忍受的地步。巴斯克的极端组织"埃塔"是在1968年成立的，当年就开了杀戒，此后越演越烈。而在政府一方，症结就在从内战后佛朗哥独裁政府一开始就建立专制思维，没有本质的转变。对佛朗哥来说，对独立运动的极端分子，不仅没有司法公正的必要，而且可以在这个"危险地区"肆意镇压和扩大报复的范围。结果，冲突愈演愈烈。

1975年，政府中的右翼强硬派在巴斯克大肆镇压，人心惶惶。而极端分子的恐怖谋杀案也急剧上升。秋天，西班牙政府通过了一个反恐怖法，根据这个法律，陆续判决了十一个巴斯克人死刑，等待处决。他们的罪名是涉案谋杀，也就是涉案参与恐怖活动。我们查了这个时期的各种资料，发现无论是当时或事后，论及这个案子时，几乎没有人关心这十一个人的谋杀罪案情，而是一致谴责这样的判决。

其根本原因，就是西班牙的司法制度在它的政治制度的影响下，和现代司法严重脱节，实在无法取信于民，也无法取信于国际社会，西班牙的司法还是封建社会的衙门。

这次的十一个死刑，基本上是所谓军事法庭判出来的。这十一个人里，有两个是怀孕妇女。既然没有独立司法，当然是政府操纵一切，被告没有应有的权利，法庭严重存在根据政府需要杀鸡儆猴的倾向。这样的审判和判决，在现代国际社会看来，简直是草菅人命。而在西班牙政府一方，又认为只要是"符合国家利益"，当然是政府说了算；对这样的犯罪分子还要谈什么被告权利，所谓审判本来就是一个形式。

于是，这一死刑案件引起国际社会极大关切。在外界压力下，1975年9月26日，佛朗哥亲自主持了一个内阁会议，讨论是不是要推迟执行死刑。同时，欧洲议会发表决议，呼吁西班牙政府宽恕这十一个人。第二天，两名怀孕妇女和四个男子免除了死刑，但是另外五个人的死刑，仍然在国际社会的一片抗议声中被执行。教皇的严厉谴责使得西班牙和梵蒂冈的关系又一次落入谷底。十几个国家撤回了他们派驻西班牙的大使，墨西哥提议把西班牙逐出联合国，欧洲委员会提出要中止和西班牙的贸易来往。

对佛朗哥政权来说，他们也肯定觉得很气愤。在佛朗哥们眼中，国际社会的干预本来就是干涉内政。现在你们施加压力，我已经让步了,国际社会还不依不饶,难道要我把恐怖分子全部放掉,巴斯克分离成功你们才甘心,这不是存心要亡我西班牙吗?他们只是不能理解,这等政府操纵司法,说杀就杀说放就放的状态,在其他国家眼中,简直是中世纪司法。这才是分歧所在。这是现代社会和中世纪体制的分歧。

因此,在佛朗哥的最后岁月,所有的人都看到,西班牙的政治制度严重滞后,已经到了彻底转变的关键转折点。可是,只要佛朗哥还在,就是转不过去。

同时,巴斯克激进分子的行为,也在刺激佛朗哥们抱定唯有自己正确、一步也不能往后退的宗旨。新一轮的恶性循环开始了。四天后,10月1日,佛朗哥亲自在东方广场向民众发表讲话,坚称绝不改变。同一天,四个警察被一个新的恐怖活动组织枪杀。暴力活动,引发了右翼群众的反弹,出现了右翼群众的恐怖暴力活动。这种往群众层面蔓延的对抗,让人联想起四十年前第二共和初期的状况,非常令人担心。

据说,正是这次公开演讲,使佛朗哥受了凉。三个星期后,10月21日,西班牙政府宣布,领袖佛朗哥心脏病突发,健康状况迅速恶化。这一消息实际上却让所有人都暗暗松了一口气。在以后一个月的时间里,西班牙政府持续向外界公布佛朗哥的健康状况。人们在等待。在此期间,马德里股市指数明显上升。1975年11月20日,西班牙政府宣布领袖佛朗哥逝世。巴斯克和加泰罗尼亚地区,香槟酒立即销售一空。

三十九年前的同一天,1936年11月20日,长枪党创始人何塞·安东尼奥被共和国处决。他们在相隔整整三十九年的同一天死去。佛

殉难谷教堂的门饰

朗哥也被安葬在殉难谷的教堂。如今,他们在教堂的大厅两端相对长眠。他们所代表的一个西班牙时代,终于走过去了。

除了智利独裁者皮诺切克,几乎没有什么国际要人出席佛朗哥的葬礼。几天后,西班牙举行国王胡安·卡洛斯一世加冕典礼,英国女王的丈夫爱丁堡大公、美国副总统、联邦德国的总统,都前往出席。所有的人都清楚,现代欧洲君主制是虚位君主,他只是国家的一个象征。具体操作应在国会和首相手里。西班牙也一样。可是在这个时刻,佛朗哥死去,他的原班人马丝毫不动,只有国王是一个新人。国际社会显然是寄希望于新国王能够推进西班牙转折。在加冕典礼上，红衣主教在弥撒上呼吁，要求胡安·卡洛斯一世成为"所有西班牙人的国王"。

西班牙又站在一个新的起点上。可是，巨大的张力和冲突仍在，一点不轻松。

新国王胡安·卡洛斯一世当然知道，在这个特殊时刻，自己有怎样的分量。戴上王冠这一刻，他还不到四十岁。在原来的统治集团里，他没有深厚脉络，极端君主派甚至认为他没有加冕资格，他的父亲唐·胡安还活着，王位本应属于他的父亲。同时，处于地下状态的左派政治力量，则喊出了口号："不要专制国王！不要佛朗哥的国王！"呼吁全面大赦，释放政治犯。左派社会党人在大城市发动了要求大赦的民众集会。左右对立，新国王头上的王冠，能不能戴住，还是个问题。

幸运的是，新国王的父亲，流亡在葡萄牙的唐·胡安公开宣布，不反对儿子胡安·卡洛斯一世加冕西班牙国王。这等于宣布，他本人放弃古老的王位继承传统下应得的王位。这样，来自君主派一方的压力，随之消失。

西班牙虽说只有一个"运动"，但其中也有派系。实力最强的是原来长枪党的一拨。除了军队、警察和民卫队，还有十万长枪党人是可以携带枪支的。他们对佛朗哥主义忠心耿耿。国家权力的所有制度性工具，都在右翼手里，首相是佛朗哥一手挑选的纳瓦罗。而新国王的一举一动，都会引起注意和反弹。

一个虚位君主，必须表现出恪守本分。可是，他又站在一个重要的历史关口。他似乎负有特殊的历史使命。国王也在实践中学习。为了巩固自己和军方的关系，新国王曾在没有知会首相的情况下，会见了几位军界人士，立即引起首相纳瓦罗的愤怒，宣称辞职。新国王只能屈尊请求首相收回辞呈。

佛朗哥死后的最初日子里，西班牙表现出对佛朗哥主义的继承和持续。首相纳瓦罗在 1976 年 2 月 11 日，也就是所谓"2·12 精神"两周年时讲话："我将把佛朗哥事业继续下去。只要我还在，只要我的政治生命不停止，我就是佛朗哥事业的执行者。"在他的办公室里，挂着一幅巨大的佛朗哥像，而只有一幅很小的国王像。

在野反对派的反应，就是试图促进"民主突变"。反对党仍在地下，却组织了越来越广泛的示威和罢工。1973 年，西班牙发生罢工九百三十一起，1974 年二千二百九十起，佛朗哥去世的 1975 年，是三千一百五十六起，而 1976 年，竟高达一万七千七百三十一起罢工。因罢工而导致的人工损失，一年扩大了十倍。从 1975 年的一千四百万个工时，到 1976 年的一亿五千万个工时。佛朗哥死后半年，反对党不可能在这样的时机静观待变，他们当然打算和旧政权摊牌。尽管几乎所有西班牙人都希望和平的渐进改革，但是又有高达百分之八十的人相信，旧执政者的傲慢和固执，使得任何改革都变得不可能。再次回到佛朗哥西班牙的老路上，这是大家都不愿意看到的。

1976 年 6 月，八个月过去了，国王渐渐有了自己的定力。首相纳瓦罗行走在按佛朗哥方针办的路上，也感觉难以为继，他提出了辞职。国王开始寻求纳瓦罗的继任者。

新首相的人选，并不是国王一个人能做主的。旧体制尚在，能够进入这一高位的人，只能是原体制内的人。人选之一是佛拉加。佛拉加是佛朗哥旧部中被保守派视为最可靠的人,却又是很早就有改革意愿的人。他见多识广,有国际头脑,1966年一手促成新闻法,改善了西班牙形象。1973年,他从内务部长职位上被任命为驻美大使。佛朗哥死后他立即回国,就是等着被任命为新首相。

国王在谨慎等待,耐心地让国会酝酿新首相名单。名单从一份长长的单子,渐渐缩为只有短短的几个人,请国王从中选择。名单末尾,是一个大家都认为是陪衬的年轻人苏亚雷兹(Adolfo Suarez)。

苏亚雷兹是在佛朗哥体制内,从"运动"之青年组织开始一步步上来的。他小心翼翼地结识各路权势,一点点地开辟自己在"运动"内的晋升道路。1968年,三十多岁的苏亚雷兹,担任了塞哥维亚省长;1969年,由布兰哥推荐,任官方的西班牙电视台台长。他非常知道利用电视为政治人物化妆。

当时,未来新国王还是个无权无势的年轻人,人们把他当作佛朗哥的傀儡,公开嘲笑他。苏亚雷兹却很尽心地利用电视帮助未来国王建立形象。我想,年轻是他们悄悄成为朋友的一个原因。1969年,苏亚雷兹三十六岁,未来新国王才三十一岁。旧体制讲究论资排辈,老一辈不把他们放在眼里。特殊境遇下,他们很容易产生共鸣,建立属于年轻人的友谊。

苏亚雷兹很灵活,一向重视和军内首领搞好关系。那是典型的西班牙方式:一是利用职权,满足他们想上电视的虚荣心;二是逢年过节,年轻的电视台台长总不忘给将军的妻子们送上鲜花。

1975年,苏亚雷兹被任命为"运动"副秘书长,受命起草一个报告,分析未来军队的态度。他的结论是,军队能够接受温和的渐进改革。这给未来新国王留下了深刻印象。他是体制内的人,但具备新的意识、新的思维,而不是旧官僚。他年轻时在大学里学的是法律,是一个出色的法学家。

1976年夏天,新国王要决定谁来当首相。他明白,旧体制还没有改变,这个首相要带领西班牙走向民主改革,必须既能被旧体制接受,也懂得如何在各方游刃有余。同时,他还必须有能力和体制外反对派沟通。第一个条件,佛拉加可以;第二个条件,就只有苏亚雷兹了。因为苏亚雷兹年轻,在反对派眼睛里,他的手上没有血迹。

也许,最重要的一点是新国王了解苏亚雷兹的个性。作为一个年轻人,国王更相信只有年轻一代才可能轻装上阵,开出一番新气象。

1976年7月,苏亚雷兹被国王任命为新首相。

四十出头的苏亚雷兹出任首相,体制内的保守派们没有感觉威胁。苏亚雷兹毕竟年轻,没有一呼百应的人气,也没有一言九鼎的势力;再则,把苏亚雷兹从小考察到大,他怎么也算是"自己的孩子",是佛朗哥体系中的正统接班人。他这辈子就是在体制内生活过来的,是佛朗哥意识形态的看门人。在他们看来,这样的人不可靠,就找不到可靠的人了。

年轻或许是一个关键。苏亚雷兹是体制内最理解不改革没有出路的人。他也没有历史负担,能够以平常心看待政治反对派,看到他们抗议声音中的合理之处,能够以平等态度待之。他心里明白,西班牙的未来取决于制度改革,取决于民主转型。否则,西班牙就不会重归欧洲,不可能全面达到欧洲先进国家的水平。社会的公平、开明和自由得不到改善,历史上遗留下来的负担也

1976年7月9日,国王胡安·卡洛斯(左)会见首相苏亚雷兹(右)

难以摆脱。

可是,正因为苏亚雷兹生长在旧体制内,他也明白,只要一改革,就会惊动保守派。这些老人根子深、势力大,绝非等闲之辈。一旦他们感到不能接受,仍然有力量把他赶下去,一切就前功尽弃了。国王的支持并不能保证首相高枕无忧。了解苏亚雷兹改革意愿的人,很多都估计他的执政不会久长。大家认为,他的面前似乎只有两条路:在那瓦罗的老路上走,改一点,却不改变佛朗哥主义的根本;或者,就要和保守派摊牌。

苏亚雷兹的过人之处却在于,他不那么悲观。他相信一个新时代已经来临。

他相信,保守派也能接受温和改革。这一点,苏亚雷兹和国王有着共识和默契。能够坚信这一点,是构想计划和启动改革的关键。可是,旧体制保守派对温和改革能接受到什么程度,并非取决于抽象理论，而在很大程度上取决于改革运作的过程。也就是说，取决于首相苏亚雷兹具体怎么做。

苏亚雷兹的内阁成员，更多来自经济开明派，他们希望西班牙的政治经济制度，能够同欧洲先进的制度接轨。苏亚雷兹告诉他们，他将在旧体制内展开改革，策略的核心是"速度"。就是在反对声音出现之前，及时地推出改革方案，每一步都要走得比守旧派快，造成既成事实，再用事实证明，天没有塌下来。让顽固派永远在应付新的变化，接受已经被大众认可的事实。

苏亚雷兹对电视媒体的熟悉，帮了他的大忙。他在电视讲话里宣布，承认主权在民，承诺将举行政治改革的全民公投，一年以后，也就是1977年夏天举行大选。同时，他宣布了有限大赦，这一措施和姿态得到社会的广泛欢迎。唯一不满的是巴斯克地区。

苏亚雷兹和旧制度根本的分界点是，他当上首相推动改革的这一刻，就清楚知道，民主转型会葬送掉他赖以成长起来的旧体制，他个人会失去今天的权力。但是，他还是要做。

苏亚雷兹主导的西班牙民主转型，从一开始就是温和、居中的。第一步，是把政治反对派们带入旧体制的框架内，一起来展开民主改革的运作。而旧体制能不能容忍他这样做，能不能容得了这些"旧日敌人"。这就看苏亚雷兹具体怎么开展了。

佛朗哥是一个右翼政权，所以，苏亚雷兹面对的体制外反对派统统是左翼，主要是社会党（PSOE）和共产党（PCE）。他们被佛朗哥政权排斥在政治生活之外长达四十年。

社会党是西班牙左派历史最悠久的党，却在佛朗哥政权的镇压下销声匿迹几十年。七十年代重新浮出水面时几乎是全新一代，是个

国王胡安·卡洛斯接见年轻的社会党总书记冈萨雷斯

新政党了。1974年，担任总书记的冈萨雷斯（Felipe Gonzalez），年仅三十二岁。当时，他们声称自己的意识形态不变，可是它重新出现的形象，给大众的感觉是温和的。他们一派现代风格，冈萨雷斯在公开场合出现时以随意出名，经常敞着衬衣领子。民众感觉他开放和宽容，经验不足。可是，经验不足在转型期是政治家的一个优势：表明此人和历史恩怨没有瓜葛，有新一代的新起点。

苏亚雷兹开始广泛接触体制外的政治力量。他和社会党的冈萨雷斯多次会谈，双方都留下很好印象。在意识形态之外，政治人物互相之间的好恶，经常来自为人处世的态度风格。当他们开始接触时，冈萨雷斯已经大幅度地修正了传统社会党纲领。放弃了完全摧毁旧体制的革命意识。会谈中，冈萨雷斯认为，在现有政权框架下，只要能达成自由选举的国会，就是一种民主突破了。他为首相的谦卑、虚怀若谷的风度所折服。两位年轻政治家的开明和共识，决定了社会党在民主改革过程中的合作姿态。尽管他们在政治上始终一个偏右一个偏左，却长久保持了友谊。这种不同政治派别领袖间的个人友谊，是西班牙民主转型的一个特点。

与此形成鲜明对比的是佛拉加。佛拉加是体制内愿意改革的老人，比冈萨雷斯整整大了二十岁。佛拉加和冈萨雷斯也有过接触，他一点儿不把这个社会党领袖看在眼里。他对冈萨雷斯直言不讳："你要记住，我代表着权力，而你什么也不是。"他还说，社会党的合法化，要花八年时间，而共产党则永远也休想。

而苏亚雷兹利用新的政治结社法律，比较顺利地使得社会党合法化，走上地面，参与政治活动。保守派也认可了社会党。佛拉加大概做梦也没想到，不过几年时间，社会党就会在大选中获胜，冈萨雷斯将出任首相。

内战记忆使得保守派，特别是军队将领，警告苏亚雷兹，绝不能允许共产党同样合法化。可是在佛朗哥去世之前，国王胡安·卡洛斯一世就有了让共产党也参与民主改革的想法。怎么能做到这一点，又不引起军内右翼反弹，是对苏亚雷兹最大的考验。

在保守派眼里，共产党是敌人，是一直没有停止颠覆政府的犯罪组织。西班牙共产党总书记，1960年以前是著名的女鼓动家"热情之花"，1960年以后是卡利约，他们都是内战期间的著名人物，是佛朗哥政权的死敌，也是右派眼睛里十恶不赦的罪犯。西班牙民众同样对共产党抱有疑虑，特别是对现任总书记卡利约。卡利约在内战期间负责马德里的共产党秘密保安工作，右派至今认为，他必须对在一个小村庄（Paracuellos del Jarama）屠杀模范监狱几千名囚犯的事件负责。

在论资排辈这一点上，西班牙共产党和原来的佛朗哥政权又是非常相像。在讲究斗争资历、组织严密的共产党内，只要内战一代还没有老去，党的领导就必然还是内战一代人。而共产党领导人如"热情之花"和卡利约，让人一看就想起内战和冲突。其实，西班牙共产党早在佛朗哥死前很多年就开始反思了。

西班牙共产党是自从内战结束就一直没有中断组织活动的唯一政党。尽管它处于地下状态，受到镇压，但它有严密的组织、明确的纲领，有一批具有献身精神的党员，它的活动小组甚至覆盖了角角落落的整个西班牙。佛朗哥死后，西班牙共产党迅速扩大，1975年将近两万，1976年则增加到十万。

共产党又是一个有国际联系的政党，内战时期接受来自苏联和第三共产国际的指示，在内战后领导人流亡国外期间，率先提出"民族和解"是自身更新的开始。1968年，苏联入侵捷克，西班牙共产党发表声明表示谴责，等于和苏联决裂。他们开始依靠自身，面对西班牙的大众，清理自己背负的历史负担，面向未来。它终于从天上落下来，重新脚踏实地。

当苏亚雷兹启动改革方案时，共产党还是非法的地下政党，总书记卡利约在法国流亡。照说，他是最不愿意和佛朗哥政权妥协的。可是，他开始认识到，不是别人，正是共产党人自己，在内战中犯下错误，一意孤行地推行极左思潮，造成了西班牙的苦难。卡利约通过罗马尼亚的外交途径，在佛朗哥死前就向未来的国王胡安·卡洛斯表明，如果西班牙走向民主改革，西班牙共产党愿意参与这个过程，他们不再实行"发动革命夺取政权"的党纲。

因此,苏亚雷兹和共产党领袖卡利约,对未来西班牙的开明改革,看法变得一致。可是,旧体制内的保守派仍然不愿意接受共产党。苏亚雷兹必须谨慎从事,当他得知西班牙驻法大使擅自在巴黎会见卡利约时就解除了大使的职务。这令共产党失望,却让保守派放心。

言行分寸往往决定效果。而把握分寸恰是苏亚雷兹长期在体制内训练出来的本能。他知道什么事情现在可以做,什么还不能。他取下了首相办公室里前任挂的巨幅佛朗哥像,引起一位老将军的狂怒,苏亚雷兹却丝毫不为所动。在大赦问题上,他当着国王的面和军中将领发生争执,坚决表示他作为首相,绝不容忍无理要求。但是一转身,他在背后对将军们妥协,将一些"埃塔"成员在大赦后秘密驱逐出境。

1976年9月8日,苏亚雷兹拜见了军内最有势力的保守派将领,通报计划政党合法化的改革计划。他指出,方案是国王支持的,请将军们给予"爱国的支持"。对于这些老将军来说,年轻首相的拜会,是"自己的孩子"来请求他们这些老人同意。他们对这个方案不怎么乐意,却也知道改革不可避免。西班牙军人传统在这个时候起了关键作用:国王支持,对于老派军人来说分量极重。他们提出的唯一疑虑是:你打算也使共产党合法化吗?

苏亚雷兹的回答是:根据共产党现在的纲领,给以合法地位是不可能的。

老将军们对这个回答表示满意,认为苏亚雷兹敌我分明、立场坚定。于是,他们支持了他的政治改革方案。

苏亚雷兹启动改革最难解的一个死结终于解开：他有了将军们的承诺。事实上，改革进程一开始，共产党就取得合法地位，开始参与竞选。所以，一些保守派至今认为，是苏亚雷兹欺骗了这些年迈的将军，耍了计谋。苏亚雷兹始终不承认欺骗。多年后，已经下野的苏亚雷兹接受访谈，坚称自己从来没有、也不可能欺骗"西班牙的军人"。他坚持说自己是诚实的。是共产党改变了纲领才合法化的。他确实要求共产党先改变自己，承诺遵守游戏规则，不再企图推翻政府，这是参与到民主游戏里来的"准入条件"。

拜会将军们两天之后，内阁讨论政治改革法。内阁里的四个军人阁员没有反对。几天后，内阁起草工会组织改革法案时，一位将军却表示强烈反对，他说，内战就是当年的工会组织胡作非为才打起来的，工会这一步不能放。苏亚雷兹认为，工会这一步非走不可。没有自由的工会组织，大众就没有参与政治的途径。僵持不下，苏亚雷兹以首相身份要求这位将军辞职。他周围的人担心，这一举动会引起军队反弹，导致政治改革法翻车。苏亚雷兹却根据自己对军队的了解，相信条件允许他在这一刻显示强硬。

这一冲突相当紧张，但是苏亚雷兹赢了。

佛朗哥去世不到一年，在他留下的政权体制内，西班牙的政治改革正式启动了。

24. 公投和第一次大选

政治改革法获得全民公投＊苏亚雷兹和共产党的对话＊加泰罗尼亚的回归＊遗留下来的巴斯克问题＊第一次大选成功＊"热情之花"回来了

我有时候会奇怪，是不是民族性格对一个国家的命运走向，会起到很大的作用。有时候，你会觉得西班牙人有点狡黠，可是却绝不猥琐，他们永远不是那种被视之为智慧的世故。他们骄傲，却不是唯我独尊的傲慢。这种精神骄傲不是要别人对他绝对臣服，他的骄傲恰恰就体现在自己的服从。那是在国王面前军人的骄傲，那是在女人面前堂·吉诃德式骑士的骄傲，还有，在真理面前绅士的骄傲。

国会以大比数通过政治改革法，而国会议员们还都是佛朗哥政权下的人。通过这一法案，是国会的"自我改革"。他们是旧体制的既得利益者，却自愿地为改革铺下道路。事实证明，从威权体制向民主体制和平转变的启动者，只可能是体制内的人们。他们有意愿，改革才能良性启动。这些国会议员投下赞成票的时候，一定也有人会像苏亚雷兹一样想到，开始民主选举，自己就可能要退出政治舞台了。在这个时候，仍然投出赞成票，那是一种精神上的骄傲。

随后，苏亚雷兹把政治改革法案提交全民公投。这有非同寻常的意义。政治改革，虽是上层引导，却是制度性变革，它将遇到的困难和危机无法预料。如果没有全民的认可和参与，在困难关头，就可能缺乏民众支持，改革的合法性和正当性，也会出现疑问。未来可能遇到经济困难，遇到民众生活水平下降，遇到决策层失误，遇到社会危机，哪怕是遇到天灾，人们都会怀疑，这是不是改革的结果？为什么要改革？

全民公投赋予政治改革法以合法性，也向政治精英们显示民心和时代潮流。如若不想被时代抛弃，就要加入共同的"游戏"，不要自外于民主进程。这是体制内保守派，体制外的极端反对派，都应该了解的。

此刻，最大的反对党西班牙共产党尚无合法地位，不能公开活动。苏亚雷兹认为，一个组织良好的大党处于非法状态，对国家制度很是危险。担任首相后，苏亚雷兹通过中间人和流亡巴黎的卡利约秘密接触，也就是谈判。在这方面，苏亚雷兹非常出色，他善于倾听、理解对方，善于作出承诺，也善于在无法履行承诺的时候修改承诺，让谈判继续下去。他的信息很明确，为了西班牙，你修正党的政策，我设法让你合法。

1976年12月15日，公投政治改革法。可当时，让共产党合法化的条件还没有成熟。共产党提出发动总罢工抗议。有意思的是，社会党年轻的总书记冈萨雷斯也表示，没有共产党参与，这样的公投是不公平的。社会党内部也有人提出，应该和共产党一起号召抵制这次公投。

社会党和共产党有着很深的历史渊源，共产党当初是从社会党中分离出来的。两党在意识形态上有很大的一致性，内战时期他们是最一致的战友。他们的分歧，凡涉及国内，大多是政策和策略上的差别。在国际上，社会党隶属于社会党国际，从那里得到包括财务的各种支持；西班牙共产党原隶属于第三共产国际，受苏联影响，到七十年代才完全独立。这次冈萨雷斯的"打抱不平"却和过去的党派渊源没有关系。他的看法实际上和苏亚雷兹一致：民主改革进程把共产党排斥在外，不仅不公平，对改革本身也非常不利。

随着公投日的接近，社会党内部温和派占了上风，那就是，不管有多少人提出抵制，公投将会照常进行，并且将得到大众认可。公投即使有缺点，还是具有合法性。如果社会党公开抵制，等于把自己排除在外，让自己边缘化。这是不明智的。

1976年12月16日，佛朗哥死后整整一年，西班牙人民对政治改革法实行全民公投。百分之七十八的选民参加了公投，其中高达百分之九十四点二的人赞同政治改革法。苏亚雷兹的评论简洁而到位，他说，"这是常识获胜"。

这一结果，对所有人都意味深长。它让大家看到民众要求改革的一致性。公投结果证明，西班牙人民在经历了内战、经历了佛朗哥长达四十年的统治之后，痛定思痛，终于醒悟。他们再也不要内战，再不愿意在威权统治下，落后于欧洲，落后于世界潮流。

更重要的，不论在朝在野，西班牙的老政治家们看到，现在生活在同一块土地上的，已经是新一代西班牙人。他们眼睛里的世界，已经和上一代不同。新一代的梦想和当年"九八"一代不再相同。

新西班牙人不再念念不忘一流殖民大国、海上霸王的古代"强国梦"，他们不再关心历史赋予古西班牙的骄傲和荣耀。"九八"一代的摸索和争论，"寻根派"和"欧化派"的抗衡，到新一代人这里，逐渐融合，渐渐清晰起来。他们是现代西班牙人。他们能够把政治制度的现代化和文化的独立，区分开来。君主立宪制的恢复，国王的存在，宗教的保存，文学艺术的蓬勃发展，使得大众对传统失落的担忧得到消解。不再担心会丢失"西班牙灵魂"，他们永远是独特的西班牙人。同时，西班牙要健康地富国强民，要在政治制度上成为一个现代先进的民主国家。这就是西班牙的方向和目标。在这个意义上，"回到欧洲"的必然性，获得了大众认同。

公投也悄悄地给政治家们上了一课：此后，民众要用选票说话了。政治权力的来源，将要从根本上改变：从威权体制内权力从上到下的分配传递，变成民主体制内权力从民众层面产生。

公投之后，共产党总书记卡利约展开他的大胆计划，争取合法化，进入民主游戏。他想逼一下政府，让共产党的公开成为既成事实。卡利约早已从法国回到马德里，却一直留在"地下"。此刻，他举行公开集会向政府挑战。苏亚雷兹非常尴尬和恼火，他没有别的办法，只能命令警察抓卡利约。可是抓了又怎么办？如果起诉，就将伤害已经展开的改革策略，即"政治求同"。苏亚雷兹只能公开地抓，随后悄悄放人。这么一逼，苏亚雷兹看到，他的时间有限，合法化必须尽快做，否则早晚要出乱子。

乱子已经出了。西班牙共产党内部从来不缺极端分子，党内很快分裂出一个小团体，他们相信暴力斗争。就在公投前夕，在巴斯克地区，他们绑架了一个政府高层官员。在公投以后，他们又绑架了另一个军事司法官员。他们的做法激怒了极端右翼分子。就在同一天，极端右翼分子在马德里杀了五个人，其中四个是共产党的劳工律师。内战前左右两派相互厮杀的景象，竟然再现了。

右翼极端分子等着共产党针锋相对的行动，他们知道共产党也有不愿示弱的传统。这一次，卡利约领导下的共产党却没有被挑起来，相反他发表呼吁，要求所有人保持理智和冷静。在受害者的葬礼上，共产党组织了一个声势极其浩大的沉默致哀，它所表现出的力量和纪律性，让苏亚雷兹深感震动。共产党在此刻表现的克制，反而一下打消了民众原来对西班牙共产党的成见，消除了对共产党合法化的顾虑。当时的内务部长米亚（Rodolfo Martin Milla）后来回忆自己在收音机里听葬礼实况转播的情况时说："我知道，共产党在那天赢得了自己的合法地位。"

同时，西班牙政治舞台上，各路人马也开始把眼光放在选举上，他们开始组党。

体制内的老班底里，最有影响的是佛拉加。他曾是佛朗哥的人，位居要职。他相信，西班牙民众是倾向右翼的。他开始把原佛朗哥政权的旧人拉起来，组织一个右翼政党人民联盟（AP）。他们原来就有权，掌握着政治活动的资源，这是改革刚启动后第一个冒出来的新党，其速度可谓迅雷不及掩耳。他们开始组党，对民主改革进程是个好消息，说明佛朗哥的旧部开始认同改革。这个右翼政党的成立，大为削弱了来自右翼的反改革力量。

这一来，首相苏亚雷兹变得有些尴尬，本来可以和首相一起组党的人，让佛拉加给组进了人民联盟。可是，苏亚雷兹或许比佛拉加更了解西班牙民众。他认为，自己未来的政治定位不要有左右偏向，最好是居中。现在，右翼有人民联盟，左翼有在野的社会党、共产党，他应该在中间找个位置。作为首相，他又不便马上自己组党。直到大选前，一大帮小党联合起来，组成民主联合会（UCD），成为最大的中间偏右政党，推选还没有着落的苏亚雷兹做他们的领头人。

大选之前，苏亚雷兹必须越过的最后障碍，让共产党合法化。1976年年底到1977年年初，极端左右两派都出现了零星流血事件，军内保守派非常愤怒，认为苏亚雷兹表现软弱，处理不当。他们公开提出要首相和内阁辞职。这时，苏亚雷兹感到，必须赶在自己和体制内保守派关系恶化前，抓紧共产党的合法化，使他们参与大选。

1977年2月27日，首相苏亚雷兹和共产党总书记卡利约会面。这种面对面的个人交谈，是苏亚雷兹的长项，在西班牙当代政治史上很有名气。在他政治生命巅峰期的几年里，谈话的成功率极高。他谦卑、诚恳、坦率、自尊，再加上骄傲、克制、勇气，这些西班牙人最推崇的表现能够化敌为友、逢凶化吉。

西班牙民主改革进程，因为有了苏亚雷兹，变得特别有意思。

经过八个小时马拉松式的谈话，苏亚雷兹和卡利约达成协议。苏亚雷兹提出的条件是，共产党将宣布承认西班牙君主，采纳王室的红黄红旗帜，遵从民主契约。他们两人年龄相差很大，政治观点完全不同。一个是体制内官僚、西班牙首相，另一个是流亡几十年的反对党领袖、老资格革命家。他们之间是如此不同，他们过去没有个人交往，以后也由于舞台不同而没有很多接触，却形成了一种互相之间的敬重。

这种个人关系，在民主进程遭遇困难的时候，发挥了重要作用。

就在西班牙共产党庆祝合法化的时候，在马德里"运动"总部大楼前，工人们把一个巨大的红色"牛轭和箭"的标志拆了下来。这是长枪党的标志。1933年成立的长枪党，演变成"运动"的主体意识形态，在西班牙人民肩上压了四十年，现在悄悄消失。佛朗哥死后，只用了一年多一点点的时间，"运动"分散变化，消解了。

代之而起的，是右翼人民联盟、左翼共产党、中间偏右民主联合会和中间偏左的社会党，四大政党在迎接即将到来的1977年第一次大选。

旅人们到西班牙，首都马德里当是首选，这是西班牙在地理上和政治上的中心，历史积淀深厚，周边一圈都是历史古城。可是，很多旅人到西班牙的第一站，选的不是马德里而是巴塞罗那。巴塞罗那也是古城，它的优势是更接近欧洲。从法国过来，翻过比利牛斯山就是它了。而且它靠海，从这里南下，一路是地中海的蓝色海水和洁白的沙滩。

巴塞罗那的朋友曾带我们去了附近的一个滨海小城西格斯（Sitges）。记得那天早上，我们在巴塞罗那市区游览，主人说要带我们去当地的饭店吃午饭。在我的习惯中，十二点半吃午饭已算是晚的，可是这次将近两点还没有动静。我饿得开始抓着什么都吃。在我们认为午饭肯定已经取消的时候，主人把我们带到巴塞罗那郊区的一个小镇，在那里我们美美地吃了一顿。这是我们第一次照西班牙吃法，在烤得微焦喷香的面包上用切开的蒜头擦一下，再浇上橄榄油，夹着西红柿片一起吃。这也是我们第一次领教西班牙人奇怪的作息时间。西班牙人的晚饭时间常常在晚上十点、十一点。记得住在塞维利亚的小

海滨小城
西格斯

旅馆里,我们准备睡觉的时候,下面厨房里的锅碗瓢勺就叮叮当当地准时响起来。

就在那顿难忘的午饭之后,我们去了西格斯,见识了巴塞罗那附近的海滩。西格斯有九个美丽的滨海沙滩。高高的山岸上一个十七世纪的大教堂(Sant Bartomeui Santa Tecla)更是一下就给西格斯提了神。令人流连忘返的,是教堂后面的老城,窄窄的石头小街,连片的民居,孩子们在那里嬉戏。整个街区都是用老石头垒出来,每一个门,每一个窗,每一个转角,都是美的。我们巧遇一群西班牙少年鼓手,多半还是女孩儿。他们穿着明朗的色彩,一色斜挎着两端镶红边的湛蓝色洋鼓,行走在青石黄石浅咖啡色木门的古旧街道,把古老的西班牙点缀得生机勃勃。他们打着鼓点,奏响流行音乐,他们是今天西班牙的主人。看到这一幕,也会想到老一代人的局限在哪里:他

海滨小城西格斯

们常常以自己为中心,以自己的经历、经验为中心,他们不容易看到时过境迁,哪怕是内战之后出生的婴儿,在新一代西班牙孩子眼中,都已经是太老了。

幸运的是,西班牙国王在开始改革的时候,心里非常清楚,他说,"我属于内战结束或稍后出生的一代人。这一代已经占西班牙人口的百分之八十。他们并不生活在他们不了解的过去,而是生活在他们希望的未来。我对青年寄予厚望"。

西格斯小城,沿着洁白的沙滩一路展开。面海一线,是三五层高的绵延不断的民居,隔着街道,就是洁白的沙滩、蓝色的地中海了。来西班牙之前,我还查阅过各种艺术节和具有地区特色的活动,活动一般都在旅游旺季举行,我们是淡季来的,所有的活动,大多过去了。

西格斯街头音乐会

也许是上帝要给我们一个惊喜,就在海边,紧挨着沙滩,在举行一场露天音乐会。这样的感受,也许一生只有一次。

对旅人们来说,马德里和巴塞罗那两个城市难分高下。可是,只要稍一留心就会发现,它们的气氛很不一样。马德里有帝王气势,它是站在一个高地上,俯瞰四周,那四周缓缓展开的就是这统一王国的根基:五百年前伊莎贝拉女王和费尔南多国王联姻结成的大王国——卡斯蒂利亚、拉曼却和阿拉贡。这大王国,一直翻越峻峭山脉,覆盖了安达卢西亚,延伸到最南边的直布罗陀。卡斯蒂利亚的统治权力,经过光复运动而伸展,成就了西班牙的统一王国。卡斯蒂利亚的语言,就是今日西班牙语。

可是在巴塞罗那,你会感觉到不一样。古时候,这里是加泰罗尼亚王国,有实力和西边的阿拉贡王国、卡斯蒂利亚王国分庭抗礼。这儿是另一个民族加泰罗尼亚族,用的是另一种语言卡塔兰语。在这里的人看来,加泰罗尼亚和卡斯蒂利亚对等,巴塞罗那当然就应该和马德里平起平坐了。在这里,你会感觉到当地人的民族骄傲。尽管对外来旅人非常不方便,但公共场所的标志说明还是要用两种语言,放在首位的一定是卡塔兰语。1992年巴塞罗那奥运会上,规定的官方语言是英语、法语和卡塔兰语,而不是西班牙语。

在西班牙国内政治中,地区问题拔了头筹。

和地区问题相比,苏亚雷兹处理的在野党问题,可能都算是很平和的了。加泰罗尼亚和巴斯克,终于成为西班牙国内政治最大的困难。它们靠海,加泰罗尼亚靠地中海,巴斯克靠大西洋。又由于它们自然资源丰富,在最近一百多年,它们经济最发达,是西班牙税收的主要来源。外来思潮,也总是先在巴塞罗那登陆,巴塞罗那成为近代政治活动最活跃的地方,曾经是工会政党最多,新花样也最多的地方。马德里的中央政府自然对它抱疑虑和警惕,历来如此。

内战前的左翼共和政府给了这两个地区自治权,可问题没有根本解决,它们对自治程度并不满意。内战中,它们都站在共和派一边。佛朗哥统治时期,强调"一个西班牙"。他倾向于不给一丝一毫的自治空间。用现在的时髦话来说,就是"零容忍"。军事强人的政策比较简单,就是彻底镇压区域自治的呼声。民族文化遭到镇压,学校不允许教授民族语言,媒体不允许使用民族文字。佛朗哥的思路就是:连摩尔人都能在光复后归顺,成为西班牙王国的顺民,加泰罗尼亚和巴斯克人为什么就不能变成彻头彻尾的西班牙人?

想起加泰罗尼亚,又仿佛看到我们站在暮色中的巴塞罗那主教堂广场上,教堂台阶上乐手们举起喇叭,乐声响起来,广场上男女老少们,几十个人、上百人,围成一圈一圈,手拉手跳起加泰罗尼亚的传统舞蹈萨尔达那(Sardana)。大家一起踩着简单的舞步。音乐的旋律悠扬平和,舞姿简单整齐,乐者舞者陶醉其中。突然,乐声激越,舞者把拉着的双手高高举起,有节奏地起跳,似乎在用舞蹈呼喊着什么。然后,重新归于平和,周而复始,似乎无穷无尽。你能感受平等、欢乐、和平。就是这不知何时传下来的民间传统舞蹈,在佛朗哥时期被明令禁止。哪怕没有进去一起跳萨尔达那,但你只要在旁边站过、感受过,你都会深感佛朗哥扼杀民族文化之荒唐和不仁。

苏亚雷兹的民主改革进程命悬一线,成败就看他能不能处理好加泰罗尼亚和巴斯克问题。

在佛朗哥统治时期,加泰罗尼亚民族自治的声音从来没有消失。自内战后期共和政府撤出巴塞罗那,大批加泰罗尼亚难民进入法国,佛朗哥枪决了原自治政府的主席贡巴尼斯(Luis Companys)。流亡者随后在法国成立了加泰罗尼亚流亡政府。这个政府尽管什么也没有,却始终存在。当苏亚雷兹启动民主改革时,在旧体制内,大概只有国王和他两个人,看到了这个流亡政府的地位。对苏亚雷兹,什么人在加泰罗尼亚有威望,他就应该和他打交道。苏亚雷兹只有一个目的,就是把加泰罗尼亚带进民主游戏里来。

流亡的加泰罗尼亚自治政府有个主席,高龄七十七岁,叫约瑟夫·塔拉德拉斯(Josep Tarradellas)。他在法国一直过着极其清贫的生活,长年住在最廉价的小旅馆里,下雨天屋里要用水桶接漏雨。可是多年来，他照样以加泰罗尼亚的名义，和西方政要打交道，不卑不亢。

苏亚雷兹看到，尽管塔拉德拉斯是在流亡中接替了被枪杀的贡巴尼斯，并非民选政府，但他始终被加泰罗尼亚人看作是领袖。而且，他刻意让自己的定位超越党派，成为精神领袖。这对于西班牙政府很重要。中央政府处理地区分离问题时，最难办的就是地区在政治和精神上是分裂的，因此找不到单一代表打交道。塔拉德拉斯的存在，给了苏亚雷兹一个机会。

苏亚雷兹很早就委托自己最信得过的人秘密前往法国，求见塔拉德拉斯"阁下"，传递信息，请阁下在民主改革中予以合作，把加泰罗尼亚人民团结起来，参与西班牙民主。使者回来报告，塔拉德拉斯态度相当不错。报告里有一个细节：七十七岁的塔拉德拉斯阁下提出，如若回巴塞罗那，欢迎仪式一定要由他检阅传统加泰罗尼亚地区武装卫队。

这一要求的含义，苏亚雷兹不幸没看出来。年轻政治家觉得，这是老糊涂了，都什么时候了，还穷讲究。更何况，苏亚雷兹处理这类事的风格是，悄悄做，不张扬。他认为，老头儿太过分，这会激怒军内保守派，一个非法流亡政府的人，要这样神气活现的排场，等于打旧体制耳光，八字还没一撇就这样招摇，岂不是成事不足败事有余？他没有马上回应。

误解使苏亚雷兹错失宝贵时间。他没有看出，塔拉德拉斯阁下一点不糊涂。他知道现在西班牙需要他做什么，也知道自己能做什么。老人不是为了自己，而是在最后帮苏亚雷兹一个忙，帮西班牙一个忙。塔拉德拉斯看到，在民族和地区问题中，"象征性"非常重要。流亡政

1978年4月,国王胡安·卡洛斯(左)会见加泰罗尼亚自治政府主席塔拉德拉斯

府和塔拉德拉斯,没有什么实权,对于加泰罗尼亚人民来说,却是一个重要象征。"象征性"就是地区的团结和统一,这对西班牙政府是最宝贵的。

后来,苏亚雷兹发现,加泰罗尼亚民众明显偏向左翼,偏向社会党和共产党。而民族主义加左翼,会突破右翼军人的容忍极限,会立即导致危险,会使得右翼军人武力干预加泰罗尼亚事务。他意识到自己对塔拉德拉斯的判断失误。

1977年7月,塔拉德拉斯来到马德里,和首相展开谈判。首相答应,加泰罗尼亚重新获得1932年第二共和时期立法通过的自治地位,而塔拉德拉斯承诺,加泰罗尼亚将忠实于西班牙王国,承认统一的西班牙,尊重西班牙军队。在谈判中,这位老人仍然没有忘记,军事仪仗队荣誉迎接的条件。这次苏亚雷兹懂了,这不只是一个加泰罗尼亚

1977年6月24日，国王胡安·卡洛斯（右）会见共产党总书记卡利约

老人的骄傲，这是一种"象征"，要向各方发出一个信息：加泰罗尼亚人，自治了。

国王随后接见塔拉德拉斯，果然引起军人抗议。对他们来说，塔拉德拉斯和他的流亡政府，根本就是叛乱分子，容许他悄悄回来，已经是对他客气。现在国王竟待之如上宾，还要检阅加泰罗尼亚军事仪仗队，岂不是反了？结果，由国王出面说服军方，以保证塔拉德拉斯返回巴塞罗那时，有军事仪仗队的迎接。

无独有偶，当国王和共产党领袖卡利约会见的时候，也出现一个小插曲，就是称呼问题。国王手下的人，预先和卡利约沟通细节，说西班牙国王的传统是，对属下的贵族，用对比较亲近的人的称呼：tu，就是"你"，而不是比较正式的称呼。谁知卡利约回答说，我年龄比国王大得多，如果国王称呼我 tu，那我也称呼国王 tu。王室接见,对国王如此失礼,是国王的手下人想都不敢想的,也不知如何禀报国王为好。

到了会面那天,国王后来说,他一见面就对作为长者的共产党领袖充满敬意。他很自然地称卡利约为"唐·圣地亚哥"(Don Santiago)。这是很正规的尊称,相当于"先生"。大概从没人这样称呼卡利约同志,他也就自然地称国王"陛下"了。后来,国王对他的传记作家说,在西班牙民主进程中,共产党做出了很了不起的贡献,今日西班牙的强大,西班牙人民的福祉,离不开卡利约的努力。西班牙人民还欠着对他功绩的承认。

西班牙民主改革开始的1977年,加泰罗尼亚问题安然过关。加泰罗尼亚整体进入西班牙民主改革,在统一的西班牙王国获得稳固地位。民主政治处理民族区域的思路,是大棒和胡萝卜以外的另外一种东西,那就是和民主相联系的国家统一和民族自治。

可是,在处理巴斯克问题上,苏亚雷兹没有获得同样成功。

从表面上看,马德里在民主进程中处理巴斯克问题时,始终无法走出大赦的关口。巴斯克地区民族独立运动,在佛朗哥统治时期是恐怖活动和严酷镇压的循环。独立运动制造了很多暴力事件,也就有很多人作为"刑事罪犯"关在监狱里。一旦苏亚雷兹提出谈判,巴斯克马上提出先大赦,先放了我们的人。西班牙政府也曾多次大赦,但是这些人不但人命血债在身,轻易释放无异于降低司法威信;而且他们还是最激进的一伙,信奉暴力,他们一出狱很可能重新拿起武器。大赦过后,仍然暴力事件不断。对新的暴力事件,政府别无选择,只能严查严惩,于是就有新的人被抓进来。

而巴斯克问题真正棘手之处,在于他们的分离活动在政治上是不统一的。巴斯克的内部诉求其实很不相同，有不同程度的自治，也有分离和独立，分寸相差极大。有温和派，还有层出不穷的极端激进派。这些极端分子，人少能量大。在佛朗哥统治时期，巴斯克地区也有一个流亡政府，但是这个流亡政府却不是超越党派的，也就没有塔拉德拉斯那样的巴斯克人一致认同的象征性领袖。

事实证明，当区域民族主义活动的诉求是分裂的时候，就是中央政府处理最为困难的地方。今天，巴斯克也获得了自治地位，也有了他们的自治政府。可是，应该说问题还没有完全解决。巴斯克地区"埃塔"组织的恐怖暴力活动，一直延续到今天。

1977 年，终于要大选了。大选定于年中 6 月 15 日举行。

结社组党自由一放开，如雨后春笋，西班牙一下子冒出很多政党，约有三百多个。很多政党只有几个人，被称为出租汽车党，意思是一辆出租车就可以全拉走。随大选逼近，很小的党竞选无望，自然消亡。真正为选民们所注意的，是可能胜选的大党，也就是四雄并立的左翼卡利约的共产党，右翼佛拉加的人民联盟，中间偏左的冈萨雷斯的社会党，中间偏右的首相苏亚雷兹加盟的民主联合会。

从政党组织看，最好的是共产党。共产党历来重视党的建设，组织纪律性强，令行禁止，指哪打哪，有战斗力。其次是社会党。社会党历史悠久，其党纲很容易为人了解和接受，有来自社会党国际的支援。右翼的人民联盟也有一定优势，佛拉加是个老资格政治家，在旧体制内有很深的组织脉络。最含糊的是民主联合会（UCD），这是个小党竞选联合体，它的纲领、形象都非常模糊。苏亚雷兹是在自己一时没党的情况下加盟的。这个党，活像苏亚雷兹的一个竞选机构。

可是，一旦民主政治进入竞选和选举过程，政治家们马上看到，西班牙政治舞台的游戏规则变了。以往讲究手中的制度性权力，讲究政党有多大，对抗时有多少战斗力。一旦选举，一下子变得简单：你能吸引多少选票，你能不能让民众认同。你自己强大不算数，民众看得上你才算数。

西班牙共产党以往的强硬立场，加上它在内战时期剪除左翼同道的历史记录，甚至还加上佛朗哥时期的宣传，使它在民众印象中是一个极端形象。老一代人印象中的共产党，还是历史记忆中的暴力革命党。新一代民众，首先关心的是生活安宁，而不是抽象的政治概念，所以它总是让民众感到靠不住。西班牙共产党早就意识到要进行目标和形象的转变。可是，历史给他们的时间太短了。

卡利约知道，转入合法化参与竞选，需要从革命党转变为法律和秩序的党，从革命战士组成的党，转变成动员大众的党。他们要尽量洗去涂抹在它身上的捣乱者形象。此后集会，西班牙共产党不再打出红旗，而是打西班牙国旗，而这国旗是佛朗哥采纳的，曾是敌方的象征。共产党还努力争取天主教支持，同时在竞选期间不再发动罢工。

可是，西班牙共产党在1977年4月才合法化。它只有两个月的时间准备，转变来得太晚，不足以在大选前改变民众看法。在1977年的第一次选举中，共产党只得到百分之九点二的民众选票，在议会三百五十席中取得二十席。1977年选举后，共产党马上看清，选举失败是本身的形象和选民的倾向不合。机关报（*Mundo Obrero*）的社论题目就是《为什么他们不选我们》。

自身的转型是非常痛苦的，在西班牙共产党内引起了两代人的观念冲突。老一代有内战记忆，受过佛朗哥镇压迫害，很难把自己从"和旧政权势不两立"的情结中脱出来。无论是感情上还是意识形态上,他们难以跨越过去。对他们来说,共产党是一个斗争的党。放弃斗争,无异于背叛,他们多少年受迫害,流血牺牲奋斗的目标,就付之东流了。而观念不同的新一代,没有历史负担,他们迫切要求转型。年轻一代同时还要求党内民主。

这种内在矛盾,预言着此后西班牙共产党的内部分裂是不可避免的。

西班牙共产党转型,不仅对它本身,而且对于西班牙的改革进程是否平稳,也至关重要,这是西班牙在佛朗哥之后改革成功的重要一关。

佛拉加领导的人民联盟,集合了原体制内的老班子。他十分自信,把人民联盟定位为一个中间的民主政党,是相当于美国共和党的保守政党。他认为,佛朗哥统治四十年,说明西班牙人民还是拥护佛朗哥的,西班牙人民需要保守的意识形态和政策。佛拉加不笨,他是一个非常坚韧的政治人物,有广泛的见识和国际视野。他定位"保守"并不错,以后的西班牙历史证明,"保守派"政党在西班牙有相当广阔的舞台,广泛的群众基础。人民联盟的问题是,他们把"保守"表现得和左翼针锋相对。他们在集会上,一些人会情不自禁地齐声呼喊着"佛朗哥"。这一来,民众就把他们归为佛朗哥政权剩余,把他们看作是极右翼了。

选举结果,人民联盟得到百分之八的选票,比左翼共产党还要少。事实证明,西班牙民众并不留恋佛朗哥统治时期。西班牙保守派必须为自己开创出新形象,民众才会认同。他们在随后几年迅速转变,而继续留在政治舞台上却要在二十年以后,那时西班牙民众才让保守派重新执政。

在1977年第一次选举中获得成功的,是中间偏左的社会党和中间偏右的民主联合会。

社会党的例子证明,民众看一个党,往往不只看党纲党章,而是看它的领导人和党员,以人推及党。民众不重视意识形态理论,但是,看"人"的习惯,人人都有。这是民众在多党竞争环境下的正常反应。

1977年选举前,民意调查中,社会党的冈萨雷斯,民主联合会的苏亚雷兹,都是年轻人,都温和中立,成为民众最信任的人。他们年轻,无历史上的恩怨纠葛,在民众眼中是一个优点。他们的风格刻意谦和低调,被民众认为是温和理性,而不是煽动蛊惑、权势逼人。这是新时代的象征。

社会党强调了"现代化"和西班牙"欧洲化",它的竞选口号是:"欧洲的钥匙就在你手里,选社会党吧!"

社会党提出欧化还有一个有利条件,它是"社会党国际"正式承认支持的政党,很多西班牙工人在欧洲工作过,他们因而加入社会党。1977年,社会党获得百分之二十八点九的选票,在议会三百五十席中占一百一十八席,为几年后冈萨雷斯取代苏亚雷兹,社会党成为第一大党执政西班牙,打下了基础。

首相苏亚雷兹带领的民主联合会,获得百分之三十四的最多选票,将负责组织一个获得民众授权的民主政府。

1977年6月15日,这是历史上西班牙人备感骄傲的日子,他们成功地举行了民主选举。选举在佛朗哥政权的制度框架内举行,选举的成功,宣布了佛朗哥独裁政权的终结。选举结束后,西班牙政治舞台上出现的是一种乐观的合作气氛,左翼卡利约、右翼佛拉加这两位老人,中间的冈萨雷斯和苏亚雷兹这两位年轻人,都称赞西班牙民众在选举中的表现。这和第二共和时期的对立状态，已经完全不同。佛拉加、苏亚雷兹、冈萨雷斯和卡利约的温和表现，是这种良性循环的关键因素。反对派，特别是共产党，作出了极大的让步和牺牲。对卡利约来说，做到这一点，非常非常不容易。

西班牙共产党的前辈"热情之花"，流亡三十八年没有踏上西班牙的土地。流亡者当然思念西班牙，三十八年中，每年聚会，总要为"明年，在马德里见"而干杯。可是，回想内战期间"热情之花"们的激进状态，西班牙政府竭力把这些人和西班牙隔开，一直拒绝她的护照申请。随年岁增长，她也渐渐绝望。西班牙共产党合法后，5月12日，使馆通知她，新护照已经备妥。第二天，"热情之花"搭机回国。卡利约说服共产党，让年迈的她代表共产党参与第一次大选，最后当选为西班牙国会议员。7月13日，新国会第一次会议，首相苏亚雷兹满面笑容，亲自在门口迎接八十一岁的"热情之花"。按照习惯，由最年长的议员担任议长主持会议。从1939年撤离马德里，过去了三十八

1956年，"热情之花"访问中国

24．公投和第一次大选

1977年5月,在流亡三十八年后,共产党总书记卡利约和"热情之花"返回西班牙

年,"热情之花"回到西班牙议会,重新主持议会会议。八十一岁的她,依然口齿清楚,中气十足。可是,她很快发现,新议会的议政立法工作,一个八十一岁老人的体力精力根本不能胜任。老人当选,只剩下历史象征意义。相比之下,民众更认同社会党在冈萨雷斯带领下的全新年轻面孔。

西班牙的新制度为所有的人,特别是选举中的失败者,保留着希望。这次失败了,还有下次。只要你调整,面向选民,那么以后还有机会。关键是要参与,是要有公平心。

我们还记得,在第二次南下安达卢西亚之前,我们在巴塞罗那黄昏西斜的阳光下,坐在蒙特惠奇山下热闹广场的台阶上,坐了很久很久,怎么也没有看够。我们在看这里的人,看他们的表情,看他们生活中的一瞬。

那种轻松随意,那种大大咧咧,那种自信,是我们在二十世纪三四十年代、六十年代的西班牙游记中所找不到的。西班牙人仍然是骄傲和独特的,可是今天已经没有人再会把欧洲的界线划在法西边境的比利牛斯山了。

25. 到巴斯克去

改革必遇经济困难*爱喝酒的西班牙人*何塞·路易斯之夜*蒙克罗阿盟约*制宪和立宪公投*我们到巴斯克去

佛朗哥去世一年半之后的 1977 年，西班牙顺利进行民主选举。新的制度只是对自由、对自由选择有更大的保障。并不是说，它能确保一个地区不再遭遇困难。它并不能一竿子立即解决所有问题。可是，越是长期在独裁统治下的地区，他们的期望值越高。制度转型之后，社会对危机的心理承受能力会非常脆弱。

第二共和时期最后走向内战，就和经济危机有关。当时的西班牙经济危机，是三十年代世界经济大萧条的一部分，内战中断了西班牙的共和制度。这次，几乎和苏亚雷兹开启政治改革同时，西班牙遭遇又一次经济危机。经济困难出现在这个时候，怎样处理，成为对西班牙政治改革的考验。

这次经济困难,来自1962年到1975年经济高速增长后的发展不平衡。通货膨胀,原材料价格上涨,失业率上升,而政府还没有应对的经验。它的端倪在早几年就开始了。从1973年到1977年,西班牙通货膨胀率一直在百分之十五居高不下,失业率增加了两倍半。失业人口中,只有一半能得到福利救济。于是,民生困难、罢工增加,西班牙成为欧洲国家中罢工率最高的国家。

1977年第一次大选成功,恰逢西班牙经济困难。虽然经济危机和政治上转型并没有直接联系,但是非常自然地,给了反对政治改革的人口实。这是西班牙民主改革很危险的时候。如果因此形成政治上的分歧尖锐化,就很容易把民众往两极拉,出现内战前的政治两极分化的状况。一般来说,在野的反对派出于自身利益,会有这样做的天然动机。可是,七十年代已经不是三十年代,西班牙的政治家,已经成熟了。

苏亚雷兹认为,应付经济困难必须和政治改革结合,要让所有的政党派别,都积极参与应付经济困难,而不要使一部分人成为经济困难的单纯受害者,从而游离于政治改革。他的策略是"政治求同"。

1977年9月,首相苏亚雷兹邀请各大政党的九位领袖,包括社会党的冈萨雷斯,共产党的卡利约,右翼人民联盟的佛拉加,以及加泰罗尼亚政党(PDC)和巴斯克地区政党(PNV)的领导人,住进首相官邸蒙克罗阿宫,讨论国家经济问题。这些人覆盖了西班牙从左到右以及自治区域的整个政治层面。

苏亚雷兹这一手,独具西班牙文化特色。

我们在西班牙旅行，渐渐适应了他们的作息时间。什么都晚两个钟头，正午不是中午十二点，而是下午两点，午后他们要小睡休息三两个钟头，然后再工作。城市里最明显，冬天的巴塞罗那，商店会在下午一起关门，告诉你下午四点再开。当别的地区夜市结束，城市要进入安睡时，西班牙夜间生活刚刚开始，酒吧咖啡馆里灯火通明、人潮汹涌。

巴塞罗那的一个酒吧

西班牙人爱喝酒，这个盛产葡萄的国家，也盛产价廉物美的葡萄酒。西班牙人还健谈，他们一旦感觉你是一个可以谈的朋友，话匣子打开，那就推心置腹，滔滔不绝，甚至忘记面前的旅人其实听不懂他们的语言。酒吧咖啡馆或者小饭馆的桌子，往往从屋里绵延到屋外，人们坐着站着，一杯在手，满面红润，两眼放光，面对面地大声说着话。这镜头几乎是一幅完美的图画，却可以出现在西班牙的午餐时间，更不要说晚餐了。这和美国文化很不一样，美国人的午餐时间属"工作之中"，极少看得见公开喝酒。西班牙人不一样，他们喝酒聊天，比比画画的样子，你在旁边看着都挺高兴。和巴黎露天咖啡座的优雅相比较，就更是另外一回事。

西班牙人爱喝酒，却又非常自尊，喝醉酒耍酒疯或者出洋相的事情，非常罕见。我们从早期的西班牙旅行记里读到，外来旅人对此印象深刻，说高傲的西班牙人，喝酒是一种骄傲，控制自己喝得适可而止，也是一种骄傲。把好酒的西班牙人当酒鬼，实在是对他们莫大的误解。

苏亚雷兹"政治求同"的一个具体做法，就是"谈"。不谈怎么能求同，求同必须谈。苏亚雷兹擅长的谈，不是政治家们的正式会谈，而是一个西班牙人和另一个西班牙人的面谈。这种谈，不能在会议室里，通常是在饭店里、酒吧里。在场的不是秘书工作人员，而是饭店侍者。桌子上不一定有文件笔记，却一定要有香槟葡萄酒。还有，这样的谈没有时间的限制，喝着酒，可以无穷无尽地谈下去。西班牙人，本来个个都是夜猫子。最后，把政敌谈成朋友，把分歧谈成合作。

这样的私下面谈，有段时间经常借马德里一家叫做"何塞·路易斯"的饭店进行。所以，这种政治沟通方式有个浪漫的名字，叫做"何塞·路易斯之夜"。他们甚至总结出经验，"何塞·路易斯之夜"，必须在饭店酒馆这种公开场所，必须随心所欲，没有议程，没有规定议题，没有非要达成的结果。还有，人不能太多，否则气氛出不来。

"何塞·路易斯之夜"是西班牙文化中产生的独特的政治沟通方式，苏亚雷兹首创，在西班牙政治改革中发挥了非常重要的作用。我相信，这和西班牙文化中的那点天真和骄傲有关。在酒杯前坐下之前，他们就有那点天真和那份骄傲的。酒只是催生了天真的袒露和骄傲的燃烧。葡萄酒只是撕下了政治给人套上的假面具，心中原本有一份拉丁真情。假如工于算计，以计谋为高明的政治动物，喝之前就会撂下那句话：喝酒之后的承诺是不算数的。

这次，苏亚雷兹要防止经济困难造成政治分裂，他干脆把所有党派都请到家里来谈。

10月，他们宣布，已经就经济、政治政策达成一致意见。10月21日，他们发表了长达四十页的文件，各党派的三十一个代表在文件上签字，被称为蒙克罗阿盟约。

蒙克罗阿盟约的经济部分，是紧缩和节制的计划。国家更多干预经济，控制工资水平；提高退休金30％，将失业福利提高到最低工资水平，用递增的所得税代替间接税，开征新的公司税和财产税。社会保险和政府开支将受议会严格监督。他们还同意，为七十万学生增加新教室，最终目标是免费教育。他们还一致同意把地区性的语言和文化引入学校课程。盟约还包括改造贫民窟，控制城市土地投机，补贴住房。其农业改革计划，是把租地者转变成土地所有者，最终结束佃农。

为此，工人必须接受到1978年工资上涨百分之二十二的上限，这意味着工资水平停滞，不再加工资，但是也不下降，因为政府的目标是把通货膨胀率控制在百分之二十二。

盟约的政治部分是一些有关立法的意见，目标是要把政治改革导入法治的轨道，最终实现新宪法。其中最重要的是修正了对公共秩序法的定义，定义为"在自由、和平、和谐地享受民权和尊重人权"基础上的公共秩序。政治改革还包括警察的改造，将民卫队置于内务部之下，而不是军队控制。

它开创了新的政治运作形式，就是坐下来，谈到能达成共识为止，这就是"求同政治"。这种方式在西班牙历史上从未有过，此后却屡屡发挥作用，特别是在一年后的制宪过程中。西班牙的政治不再是斗争的，而是竞争的合作的共同参与的政治。游戏规则建立起来了，参与者明白犯规才是犯规者的自杀。

这是苏亚雷兹在改革进程中期的关键时刻，依靠在野党和反对派来对付经济困难。执政方作出一些承诺，其条件是民众必须在一定程度上忍受经济困难，在野党不恶意利用经济困难和民众的失望来给执政一方制造麻烦，而是帮助政府说服群众忍让。事实上，这次盟约的执行，在短期内有利于政府调整而不利于民众。民众是生活艰辛的实际承受者。特别是共产党这样的左翼政党，没有从盟约中得到什么，却放弃了他们本来可以利用这种形势扩大影响力的机会，实际上是反对党作出了很大牺牲。卡利约坚持这样做，不仅是他的思路转变，还表现了一个诚实政治家的底线：归根结底，你是要什么？如果是为了民众的长远利益，那么，当你确信协助政府渡过难关，符合民众的长远利益，那么妥协与合作，就是一个诚实的政治家的自然选择。

蒙克罗阿盟约让我们对西班牙人刮目相看。当时，距离佛朗哥去世还不到两年，距离大选之后不过四个月，落选的各党，还在吞咽失败的苦果，其中有佛朗哥时期的权势人物佛拉加，有最大的两个在野党，他们完全可以利用这个机会，给苏亚雷兹一个"好看"，而且名正言顺，在野党代表民众抗议，为民请命，天经地义。我们看到过多少新生的民主实验中，在野党能煽动就煽动，能开打就开打，哪里肯做这样的配合。西班牙民主改革最困难的时候，失业率几乎接近美国三十年代大萧条的水平，西班牙却忍了过来。由于蒙克罗阿盟约，西班牙政治改革在经济极为困难的七十年代顺利展开。西班牙人能如此走下来，实在令人惊讶。

大选之后，西班牙历史上遗留的很多矛盾还没有触动，这些矛盾恰恰隐含着各政党之间的深刻分歧。按政治改革法，大选后民选议会要制定新宪法。这部新宪法要回答一些基本问题，如天主教会和国家的关系、王室的地位、教育和教会的关系，以及地区自治的程度问题、土地问题、经济和社会福利问题，等等。历史上，第二共和国就是在这些问题上无法妥协，造成了内战流血。

制宪又是非常关键的一步。

制宪过程，先是指定了各大党的七个代表起草宪法。起草委员会被称为"求同联盟"，其中包括最大党民主联合会三人、社会党一人、共产党一人、右翼人民联盟一人、加泰罗尼亚政党一人。非常遗憾的是，他们没能把巴斯克的政党代表拉进来。

1978年1月，起草委员会就完成初稿，它故意回避了一些尖锐对立的问题，以待下一阶段的党派协商。然后，起草委员会开始逐条讨论议员们提出的一千三百三十三项修正意见。

这时，求同联盟的七君子开始产生分歧，主要是地区自治、教育和教会问题。这些分歧一时无法求同，越讨论分歧越大。1978年3月7日，社会党愤怒撤回代表。加泰罗尼亚代表向自己的党报告说，委员会意见纷纷，唯一还有一致认识的是，我们最终必须完成这项工作。剩下的六人苦苦纠缠，最后出来一个修改稿。4月10日签字，社会党代表也回来签了字，总算没有分裂。

但是，这还不是议会能接受的宪法。

西班牙的立宪非常困难。因为这曾是一个以天主教为国教的国家，别的地方可能是冷静的政治议题，这里是牵涉信仰、是很伤感情

巴塞罗那主教堂

的事情。

假如看看比邻的法国，论宗教历史一样悠久。可是，法国是启蒙运动的发源地，对教会的消解是启蒙的一个重要内容。法国大革命来得早，虽然有过回潮，可是回潮是暂时的，法国五次共和，一路接上了现代化，宗教是在一路后退。西班牙完全不同，革命的冲击非常短暂，佛朗哥追求的就是"传统的西班牙"。千年来，西班牙的宗教传统几乎没有中断过。而西班牙人，几乎天生就充满宗教热情。这种对天主教的热情，从西班牙通过移民燃烧到南美，再从南美进入本是新教天下的美国，连我们都能感受到。

我们在法国和西班牙，都去过许多教堂，感受完全不同。法国的教堂是肃穆的，你会向上仰视，全身心地离开尘世。法国是哥特式教堂的发源地，一些早期的教堂，形制还不成熟，并不如此完美。西班牙的哥特式教堂，发展相对比较晚，反而直接接过了法国哥特式教堂的成熟形制。不论是巴塞罗那主教堂，还是一些很小的小教堂，反而在造型上十分完美。可是，如果看惯了法国教堂，有时候，西班牙教堂会让你感觉装饰过度，肃穆因此被冲淡。高迪的圣家族教堂，在任何地区或许都是奇怪的、过分的，只有在西班牙，它恰到好处。我总是隐约觉得，站在西班牙教堂里，向上的飞翔不是绝对的，尘世在拖住他们。

西班牙人的热情可以是洋溢而泛滥的，宗教和世俗缠绕在一起。西班牙人热爱圣母，她是他们心目中神圣纯洁的女人，她的位置是西班牙最理想的尘世和神界的过渡，象征着西班牙的宗教精神。他们对圣母的赞美和崇拜，也是半神半人的。一年中不论什么时候，总有一些地方、一些街道，在抬着他们的圣母游行，他们竭尽所能给她装饰，

宗教游行

绣着金边、缀着银线、戴着各种各样美丽的花朵。她是他们的神，也是他们的母亲、妻子、女儿。西班牙人为圣母骄傲而谦卑，谦卑地感受骄傲。

  长久以来，佛朗哥的国家不是政教分离的。所有的学校，包括公立学校，都多多少少带有教会学校的性质。宗教戒律和法律没有完全分开。违背宗教戒律，在西班牙可能就同时是违法。宗教文化渗入这块土地，佛朗哥上台的时候采取的对宗教的态度和强制政策，甚至是他顺应民心的地方。只是到了二十世纪七十年代，使西班牙的宗教离开政治，无论如何也是时候了。可是到了操作层面，有民众的宗教文化感情问题，也有细节操作的困难。天主教会和国家的关系如何重新划定；政教分离，要分离到什么程度；天主教会和教育的关系；天主教会原有的戒律，如离婚、堕胎等，法律是否仍然支持，对西班牙人，都是大问题。

宗教之外，当然还有属于世俗世界的纠纷：政府干预经济的程度，农业和土地改革问题，还有最为棘手的地区自治问题。

西班牙制宪进入第二阶段，从5月开始，议会宪政事务委员会的三十六个成员开始公开讨论。这是需要极大耐心的一场讨论。总的来说，中间派占上风，虽然好几次到了分裂边缘。激进观点渐渐被边缘化，特别是右派人民联盟和巴斯克民族主义政党，他们逐步成为少数，他们不肯退让的主要原因是教会与教育的关系，以及区域自治问题。

5月22日，委员会在教育制度上陷入严重僵局。这天晚上，民主联合会的四个代表、社会党四个代表相约在马德里何塞·路易斯饭店会面，在饭桌上讨论分歧。两大党都算中间派，但前者偏右，后者偏左。这顿饭吃得通宵达旦，到第二天清晨达成了一系列妥协：所有涉及宗教问题的分歧，包括教会的独立、教育、离婚、堕胎问题，都达成了妥协；对劳资关系，对拒绝参军的良心反战者，对政府在经济中的作用等，也达成了妥协。尽管另外两党没有参加这次"何塞·路易斯之夜"，却预先和他们通过气，并且得到这两个政党的支持。他们承诺，不管结果如何，他们都认可两大党达成的妥协。

经过一百四十八个小时的议会辩论，总计一千三百四十二次演讲，议会宪政事务委员会终于在6月20日完成了修改稿。

7月份，"求同联盟"七君子已经工作了整整一年。议会对最后修改稿进行了审查、表决。只有两票反对，十四票弃权的主要是右翼人民联盟的代表。宪法文本给送到参议院，参议院通过时做出修改。议会再将这些修改结合到原先文本中。

首相苏亚雷兹对议会说："宪法，作为民族和谐的表达，必须通过一致认同而达成。"

1978年10月31日，宪法文本终于以压倒多数通过。在最后投票中，五个右翼人民联盟的代表和三个巴斯克代表投了反对票，十二个巴斯克代表缺席弃权。

西班牙制宪的成功是非常不容易的，因为它们跨越了许多认识的、利益的沟坎。当年，就是这些迈不过去的沟坎，酿出内战。今天，西班牙在证明，历史记忆也可以起到正面作用，他们在吸取教训。制宪期间，西班牙左右各党派都在以历史记忆为鉴，促使和解。西班牙共产党的领袖们，在制宪过程中一再发表文章和演讲，回顾并一再坦率承认第二共和时代自身和其他政党所犯的错误，回顾内战对西班牙带来的破坏和灾难，回顾因内战而推出的独裁对社会发展造成的停滞、障碍。正是历史，促使西班牙政治家，无论有多大的分歧，终于没有放弃努力，得到了一部宪法。

我有时候想，激烈争执后妥协的宪法，比没有争执的宪法要靠得住。一个社会不可能没有矛盾和冲突。要是不浮上表面，不是被一强势压死，就是大家不把宪法当真。西班牙人在制宪过程中争个面红耳赤，这表明以后他们是打算认真实施的。

1978年12月6日，西班牙全民公投通过宪法。百分之六十八的选民参加了投票，其中只有百分之七点二的人投反对票。1978年12月27日，西班牙国王胡安·卡洛斯签署宪法。西班牙王国的君主立宪制度正式确立。

此时此刻，人们会想起，西班牙共产党总书记卡利约在一次呼吁支持宪法的群众集会上的话："今日西班牙之民主，尽管还丑陋，却要比那埋葬了的过去，好一千倍！"

西班牙宪法于1978年12月28日生效。同一天，首相苏亚雷兹发表电视讲话。他在电视上宣布，他已经请求国王胡安·卡洛斯一世下令解散议会，启动新的选举。这具有象征意义，这是在制宪以后，按照新宪法规定实行的第一次选举，具有更确定的合法性。通过这次选举，苏亚雷兹本人从1976年国王个人任命的首相，到1977年第一次大选当选的首相，再变成制宪以后按照宪法规定当选的首相。这一变化将象征着西班牙从君主制转变成君主立宪制。

1977年第一次大选后，就在西班牙国家范围内形成左右对称的两大党两小党竞争的局面，大党一左一右处于中间地位，形象更温和，小党一左一右处于两端，形象更激烈和极端。这种温和和极端，既是政党本身党纲诉求的结果、是自身的选择，也是历史的遗产，是民众的历史记忆。

1979年大选，没有意料之外的情况。原来的四大党派，三个选票微升。明显失落的，是右翼的人民联盟，选票从1977年的百分之八下降到百分之六点一，议会席位从十六席下降到九席。民众仍然倾向于温和的中间党派，既要开明改革，又要保障民生和稳定。最醒目的对比，是共产党选票的微升和右翼的人民联盟选票的下降。

这当然和两党的形象调整有关。1977年选举后，共产党在卡利约领导之下，明确地表示支持民主进程，和以往的形象渐行渐远。这是1979年共产党在大选中成绩显著的原因。但是，内部责难和分裂几乎是不可避免的。八十年代，西班牙共产党分裂为几个党，在全国范围内分量下降。

　　右翼的人民联盟，经历刚好相反。他们聚集着一批佛朗哥时代的官员。"运动"解散后，原来"运动"旧部也加入进来。他们在佛朗哥死后失势，国王和首相显然都不喜欢他们。此刻，反而是右派们感觉自己受压制，感觉西班牙社会把佛朗哥看成一种"原罪"。他们认为，民主化的结果在完全否定佛朗哥时代，民众义无反顾地抛弃佛朗哥是不公平的。1977年大选后，他们以为，这都是左派"宣传"的结果。他们想扳回来。

　　于是，1977年后，人民联盟中的一些激进分子，走了一条相反道路，表现得更为激进。在公众集会上，带领追随他们的民众，呼喊"佛朗哥，佛朗哥！"其结果是，1979年大选他们几乎被选民们抛弃。

　　新制度的特点，是唯有自己才能判自己的政治死刑。只要你有能力反映民意，做民众的向导，早晚有一天民众还会追随你的。从这次惨败开始，右翼开始学着适应游戏规则。他们仍然有上台唱戏的机会。

　　西班牙完成了政治制度的全面转变，确立了新的君主立宪制。这是苏亚雷兹个人政治生涯中值得骄傲的成就，也是西班牙大众和政治精英的共同意愿。回想起来，能在短时期内完成转变，也离不开佛朗哥时期就已经开始了的，西班牙对为赶上时代而做的长期准备。佛朗哥是一个独裁者，可是西班牙在佛朗哥时代的前期和后期是不一样的。在佛朗哥生前，西班牙已经是一个经济发展、开放的国家。在变革进程开始的时候，体制内的佛朗哥旧部，不是顽抗变革，而是率先组党。这一刻，你不能不想到，他们的领袖佛拉加在1966年就推出了取消预先检查制度的新闻法。

自由的空间大了。可是自由和秩序往往是互为代价的。政治改革是一个解禁过程，会带来极大的社会变化。尤其在刚刚开始的时候，社会的调节，根本跟不上变化的速度，人们无法适应。在这个宗教根深蒂固的国家，"突然间"，历史学家评论说，西班牙人"把重获自由当作一种发泄"，不仅色情刊物泛滥，而且社会治安直落谷底，刑事案直线上升，警察束手无策。出租车不敢搭载单身客，怕给"干掉"。在瓦伦西亚和巴斯克地区，则恐怖活动日益猖獗。

真正的考验，是在制度转型以后。就像必须生一次大病一样，活过来，改革才像获得免疫力之后的婴儿，算是能够长大了。在1979年大选以后的一年多时间里，这一切都如期发生了。

这次考验，围绕苏亚雷兹而发生。起因就是在整个民主化过程中，始终显得"别扭"的巴斯克地区。

虽然时间紧迫，可是在心里，我们一直在为去巴斯克的行程准备理由。它在北方，很远。可是，正因为远，没有去就很不甘心，觉得这是西班牙非常重要的一块土地，应该踏踏实实在上面走过，才比较放心。再者，后现代建筑思潮之后，我们最想看一眼的闻名世界的未来主义建筑古根海姆博物馆，就在巴斯克的毕尔巴鄂（Bilbao）。还有，就是"埃塔"和巴斯克独立运动，声名在外，我们实在好奇。

在塞维利亚，我们把以后各程的火车票一次全部买妥。买票的时候语言不通，就在纸上写明：日程、地点。地图上，毕尔巴鄂有并列两个地名，先是Bilbo，再是Bilbao。我们写了Bilbo。售票员是个面善、耐心的中年人，看着地名开始摇头：没这个地方。我们只好干脆掏出那张巨大的西班牙全国地图指给他看，于是他写下来：Bilbao。我

西班牙北方的向日葵印象（作者手绘）

们笑起来，这又是巴斯克语和西班牙语之争了。

告别科尔多瓦，坐上北上的火车。一路上又是安达卢西亚和拉曼却的壮阔景色。还经过了无数的橄榄树林，那是我们已经熟悉了的干旱，干得连草都不生，银灰色的橄榄树下，就是裸露的土地。也有稀稀拉拉的松树，可是，就算绿，也是干乎乎的绿。中午时分到马德里，我们必须在马德里换车站，转上去巴斯克的火车。好在两个车站之间有地铁相通，不用出站，时间也不紧。

就在半途，我们经过古城布尔戈斯（Burgos）。远远地，可以看到安葬着中世纪西班牙战神熙德的教堂。可惜，我们没有时间下去。

继续北上。山，渐渐地更高了，到下午，却好像是有一支水彩笔，沾着绿色，轻轻抹了一下大地，出现了一丝淡绿。不在于绿，而在于那份滋润。这水绿润色，越来越多，越来越深，渐渐地，铺满了车窗外的山坡田野。在西班牙那么多天，我们第一次感受到空气蕴涵了水分。傍晚时分，眼看暮色降临，火车开始吭哧吭哧地在山里爬了，车窗外已是一片浓重绿色。我们进入北方巴斯克地区了。这里气候湿润，水草丰茂，树密林深，和我们几十天来看到的西班牙，完全不同。天黑下来，车窗外是稠密的灯光，那应该是城镇。可是，不是一个城市，也不是几个小镇，那是一片连着一片，没有尽头的光亮接着光亮。巴斯克是富庶的，我们还没到，就信了。

火车开进了毕尔巴鄂。下车后，站台尽头迎面就是一幅巨大的彩色玻璃画，占了整个火车站大楼的一面，色彩绚朗而饱满。彩色玻璃画的感觉，是在别的画里找不到的，它本身就在发光，每一块色彩都是发亮的。画上风景，却很富民粹精神：天空、云彩、山川、树木、河流、桥梁，推着斗车的健壮矿工，牵着耕牛的憨厚农

毕尔巴鄂火车站的玻璃壁画

人；那湍急的河中，奋力划桨的水手，洋溢着劳动者的豪情；人，强壮而挺拔的巴斯克人，他们的家园，矮矮的民居，一座又一座高高的教堂，中间镶嵌的那个大时钟，像太阳一样夺目。我们马上注意到，就在这"太阳"下是一个精美纹徽，很意外地发现，那个王冠，那个盾形的纹饰、狮子、城堡，对称的柱子绕着红色的带子，我们很熟悉。它，象征着西班牙，那是西班牙王徽。

已经是夜晚了，在车站大厅里，先花几个欧元买了一幅大地图。车站里有旅行信息中心，问了那里的女士，她给我们在地图上画出古根海姆博物馆，指出老城的方向。

出车站不远，就是毕尔巴鄂河。这儿的街道、大楼、路口和这条河这座桥，在夜间像极了上海苏州河上的四川路桥，一瞬间似乎感觉是站在四川路桥下的邮电大楼前，只是这里的高楼更多一些，灯光更亮一些。

过了桥，再过一条有轨电车街道，就进了围绕主教堂的老城区。进了老城区的小巷，才领悟现在虽是入夜，对西班牙人来说正当热闹时。小巷里店家灯火通明，人潮汹涌，特别是小酒吧，溢出店堂，挤得小巷一节一节水泄不通，似乎人人都在喝，个个都在放声说话，热闹非凡。对我们来说，夜深了，先要找旅馆住下，当然，要便宜的小旅馆。

我们已经有经验了，老城是小旅馆云集的地方。而且，在西班牙找旅馆，要找"H"这个字母的标牌，那是旅馆（Hotel）的意思。在美国，公路上的"H"是表示附近有医院（Hospital），完全不一样。可是，我们转了几条街，一个"H"也没看到，凭经验觉得这绝不可能。老城区不可能没有小旅馆。只好想办法问了。好在，总能碰上懂英语的人。伸手一指，这就是。这是一个招牌，上面一个"P"。在美国，这街道上的"P"表示停车场（Parking），偏偏在毕尔巴鄂，这"P"是寄宿舍（Pension）。寄宿舍，那就是我们要找的小旅馆啊。这才发现，"P"，到处都是。

不过毕尔巴鄂的寄宿舍和小旅馆还是大不相同。寄宿舍是以前的公寓大楼改建的。上海的苏州河边，以前也有很多这样的公寓大楼，楼层高敞，长长的走廊，打蜡的硬木地板，阳台上是铁花栏杆。毕尔巴鄂老城的公寓大楼，现在仍然是住家的公寓，只不过部分房间，有时候是一层两层，改成了给旅行者住的寄宿舍。我们按电铃，"敲"开

巴斯克的旗帜

一个有寄宿舍的大楼,一进门就是个"很奢侈"的大进厅空间,很气派的老式雕塑,和我们习惯了的小旅馆很不匹配。楼梯宽大到豪华的地步,上得三楼,进一大门,里面别有洞天。见了寄宿舍的管理人员。一开口,完了,她的英语恰和我们的西班牙语一样,完全不足以沟通。我只是隐隐约约明白,住宿有问题,因为老太太在摇头。这可是巴斯克的半夜,我们还能去哪儿?

这时,来了一个刚二十岁出头的漂亮女孩,感谢上帝,是美国人。马上为我们翻译开了,一口流利的美国英语,加一口流利的西班牙语。这才明白,老太太的意思是,今天能住,明天以后的房间都订满了。原来，明天是西班牙国庆节。我们问女孩她说的是不是巴斯克语，"不是，是西班牙语。"她告诉我们，这里的人一般都说巴斯克语，可是像小旅馆这样的"对外机构"，都能说西班牙语。而英语一般都不行。记得在巴塞罗那，小旅馆都懂法语，可是英语也不通行。

里面是长长的走廊，集中几间公共小浴室和公用厕所。住房宽宽大大，有小阳台。今朝有酒今朝醉，我们忘了明天的住处还没有着落，倒头先睡了。

一早起来，老太太比比画画，说是可以住下去了。我们高高兴兴交钱，背起出门的背包。

这才发现毕尔巴鄂和上海的差别——河水环绕的老城之外，是晴朗的、有雾气的、深绿湿润的群山。

河边小广场之上，高扬着一面红底、白色十字架、绿色斜交叉条纹组成的米字旗。这是巴斯克民族主义的创始人阿拉那（Sabino Arana）亲手设计的巴斯克的旗帜，那还是1894年的事情了。

26. 格尔尼卡的老橡树

巴斯克的古都格尔尼卡*议会和老橡树*改革过程中的"埃塔"恐怖暴力*我们到了小山村伊利扎德*军人表现自己的不满

苏亚雷兹领头的民主联合会,由一些小党派联合,本来就没有明确统一的政纲。在民众害怕激进派的时候,他们的胜利和中间派形象有关,更和苏亚雷兹的声望有关。1979年后,他们开始政党建设,内部就出现分裂。苏亚雷兹坚持中间立场,党内不同意见难以妥协,拉出去另立门户。分裂削弱了自身力量,也在支持他们的民众中造成困惑。这时,聪明如苏亚雷兹不会不明白,他政治上的好时光来日无多。

西班牙内部有一个老大难问题,那就是巴斯克独立运动的激进组织"埃塔"的暴力恐怖活动。改革一开始,苏亚雷兹没能成功解决巴斯克问题。苏亚雷兹在巴斯克问题上,究竟犯了什么错?史学家对此讨论很多。可最主要的原因,恐怕不是在苏亚雷兹,而是在巴斯克本身。

巴斯克内部在民族诉求上,从来不统一。苏亚雷兹找不到一个所有巴斯克人都服膺的精神领袖,没有能够一锤定音的谈判对象,也就无法一劳永逸地杜绝巴斯克的暴力。他能和巴斯克温和派达成协议,却不能让激进派满意。面对"埃塔"的暴力活动,中央政府若保持强硬,监狱里就会关更多的"埃塔"恐怖分子。独裁者的特点,是重权力轻人权,西班牙在佛朗哥时期,监狱的人权状况很差。改变这一状况也需要时间。每当传出监狱里对"埃塔"囚徒有虐待行为,不仅马德里政府灰头土脸,"埃塔"在巴斯克地区得到的同情也越多,要求大赦的呼声会更高。如果政府软弱,"埃塔"暴力的受害者就会愤怒。特别是军队和民卫队里的军官,眼看着同袍被杀被伤,政府却一味退让,当然对政府不满。

朝野对话,必须是一种互动。在野一方的单方面理性忍让没有用,在朝一方的单方面政治开明也没有用。需要的是一种配合。在双方缺乏信任,又有无法解开之死结的时候,真是困难重重。

认识巴斯克,在西班牙是一种特殊经验。

我们到达毕尔巴鄂的第二天,就先去了巴斯克的古都格尔尼卡。去那儿很容易。我们原本打算坐火车,可火车站的信息中心说,还是汽车班次多,更方便。汽车站就在火车站大墙外面的马路旁,等在那里的时候,就仔细打量街道两边毕尔巴鄂的房子。这是第一次见到这样的建筑细部做法,那些多层公寓,大量使用木质外装修,后来我们留心了其他街道,发现这种建筑处理手法,在毕尔巴鄂很普遍。这样的外墙处理效果非常典雅,可是保养应该很费心。

小广场上古巴斯克特约大公的塑像,他在 1366 年成为"巴斯克国王"

行进在毕尔巴鄂去格尔尼卡的路上是一种享受。山区景色迤逦,偶尔出现的人家,总是点缀在最合适的位置,岂一个"秀"字了得。格尔尼卡作为城市,才一点点大,却是巴斯克的精神核心。在整个西班牙,大概巴斯克是最注重宣扬自己的地区,他们称自己"小国家",这是我们在格尔尼卡的旅游手册上读到的。

在格尔尼卡游览非常省心。不仅因为它小,还因为它管理良好。车站不远就是旅游信息中心,提供印刷精美的免费旅行资料。巴斯克的西部,有着全世界闻名的基督教圣地"圣地亚哥"。每年有不计其数来自世界各地的朝圣者,而且大多长途步行朝拜。因此,那里还提供精美的朝圣手册,介绍步行朝圣线路的资料。信息中心的工作人员都能说英语,我们特地问了有关巴斯克独立运动的问题。这位女士显然并不赞同独立,她认为这不是巴斯克地区大多数人的主张。可是在格尔尼卡博物馆,另一名年轻女孩的看法却截然相反。

格尔尼卡博物馆前的小广场非常漂亮。广场中心是持剑站立的特约大公(Count Don Tello)雕像。这位大公在1366年成为以格尔尼卡为首都的自治国家的"国王"。

在格尔尼卡博物馆看了展览之后,我特地回去再提问:展览中内战前的历史,不是极左就是极右,假如极左获胜,你对国家民众的前途是不是看好呢?年轻女孩说,那不管,反正反法西斯总归不错。那头是法西斯啊,你说怎么办?我笑笑,和她告别。

在格尔尼卡的信息中心门外,地上镶嵌着一块瓷砖,是非常漂亮的橡树叶标记。然后,每隔一小段路就有一个。你再对照拿到的游览

格尔尼卡街道路面上的导游标志——橡树叶

26. 格尔尼卡的老橡树

路线介绍，可以很轻松地在格尔尼卡绕上一圈，路线的沿途就是值得一看的地方。这种地面标记很多地方都有，我们在波士顿也见过。可是，重视细节，追求细节的形式美，把一块小小的地面标记，都当作艺术品来考究，这却不是在哪里都可以看到的。

橡树叶，是巴斯克人的最神圣标记。我们注意到，甚至他们警察的肩章都是一片绿色橡树叶。格尔尼卡是巴斯克引以自豪的社会制度传统的源头，是他们的精神起源。再追下去，就要追到格尔尼卡的一棵老橡树。今天，它就在格尔尼卡议会大厦旁。巴斯克人语言独特，和任何一种欧洲语言都挨不上，据说是世界上最难学的一种语言。他们认为自己的祖先，是在十万年前来自一个不为人知的遥远地方。而这些古巴斯克人可能在七千年前，已经在说着他们的巴斯克语。在十三世纪，他们虽然服从卡斯蒂利亚王国，却从国王那里拿到了自治章程（fueros），合法自治，所谓"古法时代"。

巴斯克人说，从十三世纪自治之后，他们就建立起了民主政府，民众代表定期在一棵大橡树下议政议事，决定国家重大事务，这是他们非常独特的民主制度。这棵老橡树的位置，就在今天格尔尼卡议会大厦外面。

乍一听，真的很惊讶，觉得这个民族格外了不起，比西班牙的其他地区先进多了。站在这棵老橡树前，细细一琢磨，就明白这说法也是也不是。想明白这个道理，是由于我突然想起多年前，曾经见过的中国贵州侗族鼓楼，以及侗族在二十世纪八十年代突然恢复的一些古制。中国的西南少数民族，常常有类似鼓楼这样的公共场所。假如按照现代语言去解释，你可以说，鼓楼相当于他们的议会庭。在古代，他们的人民代表寨老们，定期在鼓楼"议政议事"，决定大计。

你可以说"是",因为这是最早的民主雏形;可是,它又"不是"如此独特。巴斯克人是用现代政治学的语言来描述和诠释它,给它抹上了一层神秘的色彩。巴斯克的文化状况和中国侗族这样的边远少数民族有一点非常相像,就是它的文字出现得晚。据说它的第一篇文字出现在1545年,那么真正的文字普及也一定非常晚,因为巴斯克地区直到二十世纪初才有了第一个学校。学校开学刚几十年,1939年佛朗哥就禁了巴斯克语,一禁就是三十六年。巴斯克曾经是相当蛮荒和古朴的地方,它的民间传统运动就是伐木比赛,弄几大段木头,比赛谁先砍断,再有就是比赛搬大石头。

巴斯克人想要把自己的古代传统和现代自治,连续得天衣无缝,那棵老橡树就变得万分重要。十三世纪的老橡树已经寿终正寝,巴斯克人说,他们种下接替的年轻橡树,就是那棵十三世纪老橡树的种子培育的,是一脉相承。橡树本是高龄巨木,可惜这棵年轻橡树,在正当年的时候染病,不久后枯萎死亡。巴斯克人在它残留的枯干周围,盖起了一座圆亭,把枯树作为圣物保存,时时刻刻有穿着制服的武装警卫看护。同时,他们又用这棵树的种子,培育了新的橡树。在议会大厅侧面的展览厅里,整个天顶玻璃画,就是让巴斯克人骄傲的老橡树所象征的十三世纪"民主

议会院子里用亭子保护的巴斯克圣物——死去老橡树的树干

格尔尼卡议会大厦内部的天顶玻璃画

议会"。

这一切,都是为了一个目标,就是说明他们不仅是独特的,而且他们的独特之处是连续的民主政治、自治,自成体系。

然而,巴斯克确实有它非常独特的地方,那就是它富产金属矿藏。在过去一百多年里,巴斯克以冶金业和造船业为龙头,突飞猛进。从一个渔夫山民的贫困地区,突然变成西班牙最先锋的地区。毕尔巴鄂就是一个典型。

就像一只孤远的、独特的、突然冲上天空的雄鹰,它冒出念头要独立,好像也很自然。

西班牙民主改革中,巴斯克成为最大难题。1978年制宪,巴斯克的最大政党(PNV)参与了起草宪法过程,却在国会表决时退出。宪法公投的时候,西班牙民众的投票率是百分之六十七点七,巴斯克地区却只有百分之四十八点九。可是就像我们看到的,巴斯克并非人人要独立,有不少民众,他们的诉求只是高度自治。在冒着大雨参加宪法公投的巴斯克人中,高达百分之七十六点四六的人赞同新宪法,也就是赞同巴斯克是西班牙王国的一个自治地区,而反对独立。

在这种民众分裂的情况下,"埃塔"这样一个人数不多却能量很大的暴力恐怖组织,就变得很关键。因为他们毕竟是巴斯克人,而他们的对立面是西班牙政府。如果冲突发生,他们很容易获得巴斯克这样一个"离心地区"的民众同情。民众虽然大多不赞同恐怖行为,可是一旦政府镇压,民众又会本能偏向"自己人"。中央政府投鼠忌器,左右为难。而留给苏亚雷兹的时间,却不多了。

苏亚雷兹是个政治开明的人。对待巴斯克民族主义,苏亚雷兹认为,问题的最终解决,离不开中央政府和巴斯克地区政府的对话,也离不开和巴斯克民族主义政党的对话,甚至离不开和"埃塔"的对话。为对话开路,又很难避免要有条件地大赦被捕的"埃塔"成员。苏亚雷兹这种思路,使得原来体制内的保守派非常愤怒,特别是军队。他们的反应也很自然,他们认为,苏亚雷兹姑息"埃塔"的犯罪活动会导致西班牙王国被肢解。军内保守派特别耿耿于怀的是,苏亚雷兹曾经承诺不让共产党合法化,结果共产党合法化后参选,在国会有了合法席位。他们把苏亚雷兹看成旧体制的叛徒,是西班牙一切问题的头号罪人。

"埃塔"的暴力恐怖活动,在政治改革的几年里从未停息。在此之前,它的民族主义诉求,和反佛朗哥独裁、反暴政相连。现在,随着西班牙民主转型完成,"埃塔"的形象日渐清晰,它是和民主西班牙政府对抗的分离组织。这样,"埃塔"获得巴斯克民众的支持在减少,开始走向边缘化。它原来在巴斯克地区向商界强收"革命税",以维持经费。现在,越来越多的商家开始拒缴革命税。为了吸引目光,"埃塔"的暴力恐怖反而升级。

七十年代,"埃塔"平均每年杀死近一百人。1980年的前十个月,"埃塔"的恐怖活动造成了一百一十四人死亡,平均三天就有一人被杀死,其中包括五十七个平民、二十七个民卫队、十一个军官和九个警察。10月31日,"埃塔"暗杀了一个法律教授,因为他是苏亚雷兹的民主联合会候选人。11月3日,"埃塔"用机枪杀害四个民卫队成员、一个巴斯克地区合法政党PNV的成员。

整个1980年,军队谣言不断,说有些军官已经忍无可忍,要采取行动来强迫苏亚雷兹下台,甚至干脆就把苏亚雷兹杀了。在十月底的暴力事件后,苏亚雷兹没有出席受害者的葬礼,触发了自己党内的强烈不满。在将近一年的时间里,苏亚雷兹越来越少地出现在公众场合,似乎和西班牙社会面对的问题渐行渐远。在大众眼睛里,西班牙在1979年以后的问题,苏亚雷兹是有责任的。

1980年10月23日,四十八名儿童和三个成人,在巴斯克地区一个村子里因燃料爆炸事故而丧生,同时,"埃塔"又杀害了三个巴斯克地区的民主联合会成员。王后索菲亚闻讯立即飞往巴斯克,和受害者家人待在一起,安慰悲伤的村民。可是苏亚雷兹却仍待在自己的官邸,在大众眼睛里表现出难以理解的冷漠。大众并不知道,这时候苏亚雷兹的健康状况出现了问题。

在格尔尼卡议会庭,我们在即将关门的前一刻恰好赶到。这个议会庭从外观上看十分朴素。里面却庄重而古意盎然。议会庭里面空空

格尔尼卡议会

荡荡，却恰好有一个巴斯克教授，带了两个英语国家的客人来参观。我们也就顺便听了一些他的介绍。记得他说，直到今天，巴斯克还是个很特殊的地区，它是今日西班牙最政治化的一个地方。当时，我们还没有很深体会，直到后来在毕尔巴鄂，在这样喜气洋洋的现代化都市里，几次看到墙上黑色油漆的"埃塔"标语，才理解教授的意思。

苏亚雷兹在1979年后突然边缘于政治舞台，后人写的书里原因说法不一。从军队的敌视、保守派的反对，到他善政治而不善经济，善过渡时期策划而不善稳定时期管理，人们作出了种种猜测。其中有一个纯属私人原因，苏亚雷兹受持续性牙病的困扰，消耗了他的精力。现在，他面对内外的反对和抱怨，站在台上勉为其难。他是一个理解民主体制的人，此时终于急流勇退，起意辞职。他对身边的人说，我的高帽子里,再也捉不出兔子来了。

西班牙的局势因为"埃塔"恐怖活动变得紧张。不管怎么说,面对连连的恐怖袭击,政府表现无力。1981年1月5日,国王胡安·卡洛斯一世新年致辞,劝告军队不要干预政治。此前圣诞节,苏亚雷兹按惯例访问国王。他们讨论了西班牙面临军队骚动的可能性。苏亚雷兹通报了自己的想法,告诉国王,他没有政治上的斗志了。23日,据传有十七个老资格的将军聚在一起,讨论是不是要根据西班牙军人的传统责任,以军事行动来干政。国王正在外地打猎,闻讯赶回马德里,安抚这些愤怒的军官。29日,苏亚雷兹宣布辞去首相。他在讲话中说:"我不愿意让民主政权再一次成为西班牙历史上的昙花一现。"他后来否认他是在军队压力下辞职,但是,这句话无疑在比照1936年第二共和的覆灭。

苏亚雷兹完成了他的历史使命。在西班牙追求强大的百年历史里,一代人有一代人的使命,一代人有一代人的局限和盲区。后人能够看清的事情,身处其中可能参不透。佛朗哥不可能去做苏亚雷兹做的事情。这就是老一代人的大限。可是,并不是所有新一代人都有勇气和能力改革,改革需要将个人置之度外的人格力量,也需要有能力看准和抓住时机。苏亚雷兹具备这样的条件和能力,完成了西班牙人等待了一百年的变革。现在,是他离开这个舞台的时候了。

当我们在西班牙旅行的时候,还能够不时看到和苏亚雷兹一起展开改革的人的名字,特别是国王胡安·卡洛斯一世声望正隆,可以说是人人赞扬。回来后,我们注意到,右翼领袖佛拉加还在政治舞台上活动,原共产党总书记卡利约还活着,还能听到他的消息。我们却打听不到苏亚雷兹的消息。直到2005年3月,苏亚雷兹的儿子向外界披露，苏亚雷兹多年来患有老年疾病。现在和将来的西班牙人，都会记得苏亚雷兹任首相的那五年，唯有苏亚雷兹自己，已经记不得自己曾经是西班牙首相了。

苏亚雷兹宣布辞职后，国王任命了一个临时首相。就在这个时候，发生了一件事，激怒了军内早就不满的军官们。

1981年2月3日至5日，国王胡安·卡洛斯和王后索菲亚对巴斯克地区做了一次正式访问，这是自从1929年以来，西班牙国王第一次踏足巴斯克地区。

直到今天，巴斯克人常常不愿意提西班牙这个国号，而喜欢说西

格尔尼卡议会厅内

班牙的古代核心卡斯蒂利亚。这么称呼的言下之意是，巴斯克和卡斯蒂利亚对等。一说西班牙，巴斯克就有了从属的意味，矮一截。所以，如今的巴斯克人说，他们的双重官方语言是巴斯克语和卡斯蒂利亚语，而后者其实就是西班牙语。

西班牙国王访问巴斯克，照理这是国王对自己王国一个地区的巡游视察，但对一部分巴斯克人来说，这是卡斯蒂利亚的国王及王后对巴斯克这个小国的友好访问。巴斯克人把这次国王访问，看成是王室和巴斯克地区的直接对话，这让他们回想起久远的巴斯克"古法"时代，那时候卡斯蒂利亚的国王，给予巴斯克以自治的"古法"，那是巴斯克人引以骄傲的光荣时代。国王和王后受到了人们的热烈欢迎。虽然在飞机场上遭遇到一次反西班牙的抗议示威，这并不妨碍国王的心情。可是，在格尔尼卡古老议会大厅里举行的欢迎仪式上，发生了一个意外，意义就不一样了。

那就是我们参观过的、门外有着那棵历史性橡树残干的圆形议会大厅，议会厅内下半部是红色的台阶，层层台阶上安置着议员们褐色的皮座椅，最上面是精致的铁花栏杆。后面的石墙上，整整一圈全是巴斯克的古代政界名人。

根据预先安排的议程，国王将对巴斯克议会发表讲话。国王刚刚站到讲台前，一个议员突然站起来，大喊大叫打断国王，开始高唱巴斯克"国歌"。这一突发事件使得会场非常尴尬。这位议员和前来干预的工作人员扭打起来，仪式被打断，场面一片狼藉。

面对这一突发事件，国王表现得非常沉着和尊严。待现场平静，他照样发表讲话。他在讲话中说："对那些采取不宽容做法的人，对那些藐视我们的共存，不尊重我们制度的人，我要重申我对民主的信念，重申我对巴斯克人民的信任。"议员们长时间地起立鼓掌。

此事件经媒体报道,对讲究荣誉的西班牙人来说,这是对国王的羞辱。而对那些保守派军人来说,国王的尊严和地位以及保卫国王的军人职责和荣誉,高于一切。侮辱国王是绝对不能容忍的。一些军官认为,国王的遭遇,意味着出来挽救国王、挽救西班牙的时刻到了。现在还不挺身而出,更待何时?

糟糕的是,就在这前后,"埃塔"又开始行动,制造了两起轰动的绑架案。

一是绑架了瓦伦西亚的一位实业家路易斯·苏涅尔(Luis Suner)。他是西班牙纳税最多的人。"埃塔"提出的条件是巨额赎金,这是彻头彻尾的敲诈勒索。他在4月18日获释,是他的家人交出赎金,将他赎了出来。

另一起绑架案,是核电站的总工程师何塞·马利亚·利杨(Jose Maria Ryan)。这个核电站在巴斯克地区,"埃塔"曾经赞赏这个核电站,认为它有利于巴斯克地区的能源自给。可是,等到建设核电站的公司已经投入了一千三百亿比塞塔,"埃塔"却开始把核电站建设解释为马德里对巴斯克的剥削。"埃塔"提出条件,七天之内不把核电站设施销毁,他们就将处决利杨。整个西班牙,包括巴斯克地区,都为"埃塔"的要求所震惊。各地工会,不同派别和政治倾向的工人组织,联合起来组成利杨解救委员会。呼吁释放利杨的国际组织,甚至包括反对建设核电站的欧洲反核组织,包括一贯为关押在监狱里的"埃塔"成员奔走的大赦国际,还有在巴斯克有影响的国际天主教组织。利杨的家人也站出来请求怜悯。2月5日,毕尔巴鄂举行了庞大的巴斯克民众集会,请求"埃塔"放人。

一切都无济于事。

参与绑架的"埃塔"发表了一个荒唐而粗暴的声明,说国际社会和大众的呼吁,是"藐视人民大众的意愿"。然后宣布,他们审判了利杨,判决利杨犯下了实施建设核电站的罪行。利杨于2月6日被杀的消息,引起极大愤慨。巴斯克地区工人总罢工,表示对滥杀无辜的抗议,三十万巴斯克工人集会抗议"埃塔"。

"埃塔"是些什么人,得到什么样人的支持?

去格尔尼卡之前,我们就想步行去一个附近的村庄,仅仅是想走出去,走进村子,看看村庄的生活。在格尔尼卡吃完午饭,我们站在格尔尼卡的当街,周围都是山,我们看中一个有老教堂的山村,决定就去那儿。我们先是想避开公路,觉得公路一是绕远,二是没了爬山的风味,就选了一个开满野花的山坡。这山坡实在太美。

山坡是美,却过不了一个深深的沟壑。等到玩儿尽兴了,只好再退回来,回到公路重新上山。

终于到了山顶那个古老的大教堂。旁边是个小小的车站,车站写着这个村庄的名字:伊利扎德(Elizalde)。

我们最喜欢看一个个农舍,农人们用心地把自己的屋子周围装饰得很漂亮。在一栋房屋后面,我们发现拦着的一大群绵羊,是最入画的那种,在北美很少看到,白白小卷卷的一身羊毛,头和四只脚却是黑黑的,支棱起两只耳朵。这羊群撒在山坡牧场上,看着觉得上帝简直是为了点缀风景,才创造了这样漂亮的羊群。

返身回来,仔细打量巨大的古教堂。这个教堂用山区粗石块砌成,颇有罗马建筑的风格,古意盎然。这种建筑和我们在西班牙其他地方看到的教堂风格不同,在巴斯克地区外人不到的山里却有很多,

伊利扎德的山村景象

都很有点儿年头。眼前的这个，已经呈现衰败迹象，不维修可能不敢用了。绕到后面，是整整齐齐的小广场。粗粗大大的梧桐，养着花，还架着秋千，一派安居乐业的景象。坐在秋千上，轻轻地摇摆，权当一把摇椅。看够了如此天光山色，我们起身打算找条近路下山。还是从小广场原来的入口退出去，那里有堵普通的粉墙，位置就像是一个照壁，当地人一定是把它当作告示牌，上面贴满了花花绿绿的招贴。此时，赫然发现这全是"埃塔"组

一个叫伊利扎德的巴斯克山村的教堂

织的会议通知和政治宣传。

我们面面相觑：原来这里就是"埃塔"的地盘。至少，有不少"埃塔"的基本群众，在这里他们是大模大样开会活动的。细细再看，一张全大红底色的活动通知上，印着三个举着巴斯克"国旗"的"埃塔"成员，上面"独立"、"社会主义"这样的字眼我们能认识。边上是一张大大的要求大赦的宣传招贴。招贴的底色是蓝灰色的，最上方有一行大字，有"自由"和"大赦"这样的字眼，下面是近千张被关押人员的正面照，照片下都有简单的个人资料。这些人有男有女，好些是年轻漂亮的女孩，在冲着你微笑，很惊心的感觉。乍一看，你会不由自主关心这些人的命运。因为他们从"恐怖分子"的面具下走了出来，变成人，一个个活生生、会对你微笑的人。那密密麻麻的照片，让你下意识地想到，怎么政府抓了那么多人。可是，数数"埃塔"从1968年至今的累累血案，被害的罹难者就有近千人。

站在这个小山村，你会明白，这些人是村子里老人们看着长大的孩子们，是他们的儿子女儿，是年轻人的兄弟姐妹、童年玩伴，是村里孩子们的父亲母亲。他们即使走火入魔，杀人越货，也还是他们的亲人和乡亲。惩罚"埃塔"恐怖活动就惹翻了这里的人。本来巴斯克民族主义的诉求就是独立，现在"埃塔"岂不是更要后继有人。可是，不惩罚他们，社会公道又如何保证。

我们站在那堵墙边时，来了一部大拖拉机，驾驶的是一个巴斯克小伙子。我们向他问路，他笑容满面地试着给我们指出一条下山的路。相互没有一句听懂的话，却滔滔不绝，加上不断比画的手势。我们居然觉得自己明白了，开始点头。他笑了，站在旁边的村民也笑。我们告别，下山，顺着他指的道路；太阳一点点西斜，照着白的紫的、果

巴斯克的分离主义组织"埃塔"呼吁大赦本组织成员的广告

实累累的葡萄园。

一点不错，完全像那个小伙子比画的那样，有两个大大的拐弯，拐过去又拐回来。就在两个大拐弯之间，我们遇到一个在菜园里忙乎的老人，他听见脚步，和我们打招呼"奥啦"，我们也回着"奥啦"。脚步一停，握握手，是那种很有力很坚定的握手法。又开始聊起来。或许我在这里不能说是"西班牙式"，而必须说是"巴斯克式"的滔滔不绝的对话。都听不懂，却非常热情友好。最终，我们终于明白，年轻的时候，他，坐着船，去过"福摩萨"，就是中国台湾。这样的谈话，简直是匪夷所思。我们又一次高高兴兴地告别，继续下山，渐行渐远，离开了贴着"埃塔"集会通告的小村庄。

我们更困惑了，"埃塔"是些什么人？

这就是当初令苏亚雷兹和西班牙王国束手无策的局面。你拿这些在巴斯克有着深厚血脉的民族主义活动分子怎么办？他们是"理想主义者"，甚至是年轻人眼中的民族英雄呢。

可是，从他们的作为，你可以相信，他们中间一定有非常有心机的领头人。"埃塔"甚至在用苦肉计。佛朗哥政权已经倒台，"埃塔"反独裁的正义性已经不复存在，他们越来越失去当地民众的支持。于是，他们显然在用暴力挑起极右派的报复，用报复中牺牲的同伴、用被捕同伴在监狱里的受难，来重新激起巴斯克民众的同情和支持。

1981年2月，"埃塔"的激进分子，就是用这种过激手段，激起了右派反弹。大凡这种极端派别，都必须和自己对立面的极端派别共存。天下太平，他们就无法生存。他们随时打算激怒对方。这就是"埃塔"这次绑架撕票，残酷得毫无道理的原因。

这一次他们成功了。2月4日，"埃塔"成员在马德里和警察发生枪战，事后两人被捕。在核电站总工程师利杨被害后，2月13日这两人在监狱里神秘死亡。据猜测，他们遭到了监狱中右翼人士的故意报复虐待。巴斯克地区民众对利杨家属的同情，立即被这一警察暴力事件扭转过来，又转而开始同情"埃塔"。群众情绪受事件操纵而来回变动，局势变得动荡危险起来。

西班牙比较特殊的地方，就是有军人干政的传统。在所谓"政府不再有效管理"、社会陷入混乱局面的时候，军人站出来稳定局势，这是西班牙军人荣誉的一部分。这种传统也曾给西班牙、葡萄牙的前殖民地南美，带来很大的政治动荡。有野心的军人会理所当然地利用局势，找借口非法获取政治权力，智利的皮诺切克和阿根廷的庇隆将军式的军事行动，就是这样。

此时的西班牙军人，已经不是1936年的佛朗哥将军，但是有一部分军人，仍然希望能够用自己的行动来改变国家的政治走向，以"挽救国家"。他们称之为"戴高乐式行动"。

1981年2月23日，在马德里，议会正在开会，电视实况转播着议员们表决国王提名的临时首相。下午6点20分，表决刚刚开始唱票的时候，电视上突然出现了一群民卫队武装士兵，在特赫罗（Tejelo）上校的带领下，冲进议会大厅，朝着天花板开枪，命令所有人趴在地板上不许动。士兵们的冲锋枪对着议员们的胸口，惊骇之中，议员们一个个狼狈地趴倒在椅子前，谁也不知道这些士兵会做出什么事情来。只有两个人仍然坐在椅子上纹丝不动，一个是前首相苏亚雷兹，另一个是共产党总书记卡利约。议员中的梅拉多将军喝令这些人退出去，却被推倒在地。看到这种景象，已经辞职的前任首相、文质彬彬的苏亚雷兹，跳起来冲上前去护卫将军，结果也被打翻在地。苏亚雷兹在这一瞬间的行动，给在场所有人留下深刻印象。从此没有人再会说，他是因为害怕军人威胁才要求辞职的。

　　几分钟后，电视转播中断。谁也不知道，议会大厅里后来发生了什么。电视台只好一遍遍地重播手里仅有的这几分钟录像。人们能够判断的是，军人们把西班牙政府的所有高级官员一网打尽，全部劫持了。

　　西班牙，又要军事政变了。

27. 古根海姆的骄傲

国王救了议会,上帝救了西班牙*国王和西班牙军队*一九八二年大选*巴斯克大城市毕尔巴鄂*值得骄傲的古根海姆博物馆

马德里,1981年2月23日晚间。

议会大楼里,所有议员被一网打尽。

特赫罗上校的士兵把前首相苏亚雷兹、社会党领袖冈萨雷斯、共产党总书记卡利约,还有梅拉多将军等,一个一个地单独押了出去。照中国老话:兵者,凶器也。西班牙内战的血腥记忆犹在。议会大厅里,所有的人都以为,前面给押出去的那几个,肯定是一走出门就给处决了,不知道下一个轮到谁,会不会轮到自己,什么时候轮到。西班牙历史上一再重演的军人干政,似乎再次发生。民主面对枪杆子,竟然如此不堪一击。

其实，特赫罗上校根本没打算杀人，他只是把重要人物单独关押在楼上小房间。楼上有一个酒柜，士兵们一见就高兴坏了，轮流在此痛饮。顺便，也算看管重要人物。

特赫罗上校电话通知瓦伦西亚军区司令米兰斯将军（Jaime Milans del Bosch），议会已被控制，一切正在照计划进行之中。然后，特赫罗上校到议会大厅宣布，将有高阶军官来掌控下一步的发展。

瓦伦西亚是东部地中海边的重要城市，在巴塞罗那南面一点儿，当年内战初期共和国政府临危撤出马德里，就是先转移到瓦伦西亚的。

在瓦伦西亚，军区司令米兰斯将军宣布进入紧急状态。每过十五分钟，地方电台就宣读一遍米兰斯将军的声明，说根据首都事变产生的政治真空，在得到国王陛下的进一步指示以前，保证军区内的秩序是我的责任。然后宣布宵禁，禁止一切政治活动。坦克开上了街头，接管重要的公共建筑。工会组织和政党组织马上开始拼命销毁文件，以防军队接管后对工会会员和政党成员实施报复。在巴斯克地区，惊恐的民众开始放弃家园，越过边境进入法国避难。

国家行政管理已经瘫痪。在西班牙议会制之下，首相和内阁都跟议会一起被特赫罗上校拿住，文人政府的内阁成员无一漏网。此刻，这个国家真正有实力的，是西班牙十一个军区的司令，包括瓦伦西亚军区的米兰斯将军。如果他们都站在特赫罗上校一边，那么西班牙军人将又一次成功地干预国家政治，改变国家的方向。消息飞快到达西班牙大小城镇，很多城市的电台，突然开始没完没了地播放军队进行曲，什么也不明说，就是一曲接一曲雄壮的军乐。

政变的策动者之中，有一个阿尔马达将军（Alfonso Armada Comyn）。他曾经是国王的教官，和国王有二十年的交情，同王室成员关系非常好，一直任王室管家。可是，苏亚雷兹对他极不信任，在改革初期曾把他派到安达卢西亚的山区担任军区司令。他在偏僻荒山里，一肚子怀才不遇。后来终于调回马德里，担任总参谋部的第二把手。他痛恨苏亚雷兹的改革，认为苏亚雷兹下去，就应该由他来领导国家。他鼓动特赫罗上校，利用自己几十年在国王身边的资格暗示军人说，起事是国王的愿望。他自己并不出面，而是想在军人起事之后，自己担任政变军人和国王之间的调解角色，一举成为不可代替的重头人物。如此一来，新政权缺了他就不行。

所以，和政变有关的这三个人：特赫罗上校、米兰斯将军和阿尔马达将军，三人并不一条心。米兰斯将军和阿尔马达将军开始给各军区司令们打电话，鼓动他们一起参与，接管政府。

特赫罗上校占领议会，国王一无所知。国王手下的人从广播里听到此新闻，连忙报告国王。国王能看到的，也就是电视重复播放的那几分钟镜头。国王也不知道是怎么回事，不知道有多少军人，都是些什么人。他下令给马德里的军队总参谋部打电话，询问怎么回事。电话那头，接电话的人听说是国王，连忙把话筒给了阿尔马达将军，说他有事报告。

电话里是阿尔马达将军的熟悉口音。将军恭恭敬敬：陛下，我这就亲自前来王宫，向陛下报告情况。

就在国王即将挂断电话的一瞬间，突然，完全是一种直觉，他感觉不对。阿尔马达将军的语气，一丝不苟，无可挑剔，太自然，太恭敬，太镇定了，一点儿不像在突发事件下的反应。这时，国王身边受命去了解情况的人刚好赶到，轻轻对国王耳语：事情和阿尔马达将军有关。一瞬间，国王突然明白了。他对电话中的阿尔马达将军说，我现在有一些文件要签署,等我有空见你的时候,再请你来。

放下电话,国王下令王宫卫队全力戒备,不让任何军人闯入,特别不准阿尔马达将军进入。国王意识到,阿尔马达将军要的,就是让外界误以为他能够代表国王意愿。如果在事变之后他和国王在一起,或站在王宫里向外发布意见,给外界打电话,就可以得到这个效果。只要阿尔马达将军进了王宫,他"挟天子以令诸侯"的目的,就达到一半了。

对西班牙军人来说,这时和佛朗哥起事时的国家状态,有本质不同。

佛朗哥是对第二共和造反,当时国王已经被废黜,军人们只需跟从一个领头的将领。只要军人有这样的意愿,火候一到,出来一个头领,将军们就愿意跟着一起反叛。内战前,这个领头的就是佛朗哥。可是现在不一样。国王在台上,国王就是三军将领。效忠国王的宣誓,对西班牙军人来说,还是不可亵渎的职责和荣誉。

短短几个小时里,一切取决于国王。这样的境地,对于国王是非常危险的。按照现代欧洲君主立宪的游戏规则,国王是超越性的国家象征,他没有实权,也不干预政事。这是制度和国王的约定,这种约定是在宪法中确定下来的。国王的地位稳固取决于"国王不干政"这一条件。西班牙宪法规定,西班牙是名义上的君主制,名义上国家主权在王室。但是王室并不实施国家主权,其标志就是国王没有最终行政权,任何时候都不再插手国家行政管理。国家实际上是主权在民,议会掌握一切实权。

如果国王不甘寂寞插手政治,就打破了这种约定和平衡,侵入了议会的权力范围。这种做法只会危及国王自己的地位。反过来说,不管下面发生什么事情，国王一概不管，那么任何废黜国王的行为都没有合法性。国王在无所作为的约束下，地位最为稳定。

所以，对胡安·卡洛斯一世来说，首先要明确的是自己采取行动的合宪性。事实上，事件之后还是有人指责说，国王出来应对军人政变事件，超越了自己的宪法权力，是违宪的。国王对自己的传记作家解释说，当时他考虑过合宪性问题。他说，只要在议会大楼外面还有一个内阁级的部长或副部长是漏网之鱼，没有被扣押，文官政府就依然存在，那么他就不能采取动作，只能听凭这个残存的文官政府去应付政变。这个残存的文官政府采取的任何措施，国王本人都只能是"批准"。这是宪法规定的。问题是，当时所有内阁成员都扣在议会大楼里，生死未卜。文官政府已经失去功能。这种情况下，国王站出来的宪法依据是，宪法规定他是西班牙武装力量的最高统帅。在这样的情况下，他有宪法权力来对西班牙军人发布命令。

国王胡安·卡洛斯和西班牙军人的关系和感情，非同一般。这一点，他和西班牙的其他领袖都不一样。1948年，他的父亲、流亡中的唐·胡安请求佛朗哥，允许他把十岁的王子胡安·卡洛斯送回西班牙，就是要让王子接受一个西班牙国王应有的教育。根据国王和有关人士的回忆，佛朗哥负责对王子的教育，相当尽职。他接受的教育，可以比肩任何一个欧洲王室之后。王子接受完整的传统的学校教育，进入陆海空三军军官学校，接受一个士官生的训练。从军校毕业后，按规矩在军队服役。国王此后表现出来的素质、思维方式、思想倾向，都和他接受了完整的欧洲教育有关。

西班牙国王必须是一个合格的军人，这不仅是战争的要求，更重要的是制度文化的要求，他应该是军人们眼睛里的合格领袖。国王和军人们有着非常好的关系，他了解现代西班牙军人，有能力赏识军人的忠贞、坚毅和勇气。他也理解军人的苦衷，了解他们的困难。西班牙军官在那些年里新陈代谢，有了很多变化。国王在士官学校里的很多同学好友，现在已经成了高阶将军。国王虽然谨言慎行，但他始终知道以前军内同僚的想法，在军内也有一些铁杆好友。

国王胡安·卡洛斯一世，对米兰斯将军未经他的同意就在公开声明中打出国王名号，非常生气。这显然是最危险的，军人们是在跟从国王，如果有人伪造国王意向，怂恿更多军人参与政变，国王就会很被动。时间拖得越长，就会有更多人倒向那一边。国王在王宫里，立即开始向全国各军区司令、各兵种指挥官打电话，询问他们的立场。

他所得到的回答完全一致：陛下，我将完全服从您的命令，不论您认为有必要做些什么。

这是将军们的标准答案，其含义却必须放到当时当地的具体场景中才能理解。国王胡安·卡洛斯很清楚，这一答复的意思就是，如果国王站在政变军人一边，我们就跟着国王，改变这个国家，让它走上正途；如果国王反对这场政变，那么我们没有别的办法，也只好反对。

这次政变，多少是因为国王前管家阿尔马达将军对米兰斯将军的误导。国王明白，当务之急，是让全国民众和军人了解国王的态度。

不过三小时，国王开始下令。夜里九点多钟，他命令手下人通知电视台，派出一个转播小组前来王宫。电视台的人说，台里现在到处是军人，连他自己都没有行动自由，更别说派出转播小组了。于是，国王命令，让占领电视台的军官接电话。好不容易，那头找到了领头的军官。王宫这头把话筒递给国王。国王问，谁在接电话？那边不明底细，只好照实报告军衔和姓名。接着，他听到话筒里传来这样的声音：我是西班牙国王胡安·卡洛斯一世。

电话里一片寂静,军官就像麻木了一样。接下来,他好不容易挣扎着,说出了一个西班牙军人的标准回答:国王陛下,听从您的命令!

国王随后命令他,护送一队摄影小组,立即赶赴王宫。

这队转播人员在著名电视主持人毕加托斯特(Jesus Picatoste)带领下,好不容易通过森严岗哨,进入王宫。一番安排后,国王面对摄像机,发表了他著名的讲话。然后,录像一式两份,由两组人走不同的路径,送往电视台,因为他们完全不知道外面到底乱成什么样。

午夜过后,一点多钟,国王的讲话录像突然出现在全国电视屏幕上。以一贯的尊严,他要求全体国民保持冷静。国王明确表态,他不能容忍任何企图打断人民在宪法中达成的民主进程的行为。

国王胡安·卡洛斯在政变之夜出现在电视上,声明支持民主

国王打电话给米兰斯将军说,他反对政变,他也绝不会离开西班牙去流亡,政变军人想要成功,除非先开枪打死国王。然后,他把这个电话再用书面电传,传给米兰斯将军。

凌晨四点,米兰斯将军下令坦克开回兵营,解除戒严。第二天,特赫罗上校投降,米兰斯将军和阿尔马达将军随后被捕,议员们平安回家。共产党总书记卡利约后来面谢国王,说出了议会大楼里所有人想说的话:"陛下,是您救了我们的命。"

头脑极为清楚的国王胡安·卡洛斯一世,并没有欢庆胜利。

当天晚上,国王胡安·卡洛斯一世约见各大政党领袖,包括苏亚雷兹、社会党领袖冈萨雷斯、共产党总书记卡利约、右翼政党人民联盟领袖佛拉加,向他们指出,政变虽失败,却并没有解决西班

政变粉碎以后,国王胡安·卡洛斯接见各大党领袖,左一为共产党总书记卡利约、左三苏亚雷兹、左四国王卡洛斯、左五社会党总书记冈萨雷斯、左六人民联盟(AP)佛拉加

牙民主政府的困难。国王本人被迫冒着自己声誉和人身安全的风险，来亲自化解军事政变，这一事实说明，西班牙各政党，没有充分了解军人在改革过程中的情绪。虽然参与军事政变的人错误地估算了他们能够得到的支持，但是军人们对西班牙未来的希望，他们对国家现状的失望，不应该再被忽视。他对这些政党领袖说，对这些企图颠覆的军人，你们各政党如果表现出公开的强硬的反弹，将是非常不明智的，如果把这一事件扩大到对整个军界的负面看法，更是非常有害的。他要求各政党回去检讨自己在这一事件中的问题，考虑怎样争取更高水平的全国团结。国王甚至警告政党领袖们说，他本不应干预政事，如果再发生这样的情况，国王不会再这样做了。

这一军人干政事件就这样无疾而终，史称为"2·23政变"。国王胡安·卡洛斯后来为参与政变的军人辩护说，特赫罗上校等军人，从一开始就没有打算开杀戒，没有打算推翻西班牙的君主制。否则，他们不会不想到起事后第一要做的，是包围王宫、切断王宫的电话。如果他们这样做了，国王将束手无策，事件的演变就可能完全不一样。回顾这一政变，只有国王看到了这一点，指出这一点，并且坚持要把政变处理成"和解"。

几天后，三百万人在马德里和其他大城市举行"民主大游行"，表达民众对这几年西班牙政治改革进程的支持，表达保卫民主体制的决心。民众表达的信息是，不管转型过程中出现怎样的不尽人意之处，转型是在人民的意愿下展开的，具有不可置疑的合法性。各党派领袖，民主联合会的苏亚雷兹、社会党的冈萨雷斯、共产党的卡利约和人民联盟的佛拉加，手挽手地走在马德里游行队伍的最前列，表达了各党派在政治改革大方向上的一致和团结。这一信息非常强烈，卡利约的话说出了普遍的感受:"上帝拯救了西班牙"。

国王胡安·卡洛斯一世的话,直中要害。苏亚雷兹一开始就认识到,必须让所有人都参与到政治改革进程中来,不应让任何人离异于外。他考虑的主要是政治党派。而西班牙旧体制下的军队,被看成在政治改革中没有角色的力量,至多是一种需要安抚的潜在威胁。而事实上,根据西班牙的军人传统,注定了他们不是"非政治"的军人。西班牙军人关心政治,有特殊的责任感和荣誉感。这种传统不可能在一夜之间消失。所以,把军人排斥在政治改革以外,是前几年各政党都犯下的疏忽。

正规军人是佛朗哥一类威权统治的最强大保障,也会成为转型最困难的一关。1981年的西班牙,转型在政治体制上已经达成,但西班牙军队的中立化却还没有完成。在西班牙悠久的军人干政传统之下,军队的变化会是一个漫长过程。在完成这个过程之前,必须让军人们相信,面前的这个文官制度是有效的。如果他们认为,面前的这个文官体制无效,管不了国家,军人就会寻找自己站出来有所作为的理由。其实,文官政府必须有效,也是民众对政府的一个基本要求。否则,总归是危险的。这就是内战时期和"2·23政变"的军人,都认为自己是真正爱国者的原因。

当我们来这里旅行的时候,发现今天的西班牙国王胡安·卡洛斯一世,如明星一般,是民众热切关心追踪的对象。他的大新闻、小故事,被西班牙人热情地流传在大街小巷。在马德里,我们去过王宫,自然,那不是今天西班牙国王真正生活的地方。可是,我们读到国王的传记作家在书中说,他十七岁的儿子第一次和国王见面,国王看上去很轻松愉快地和他聊完之后,这年轻人凭着自己的直觉,在门外问父亲，国王看上去为什么这么忧郁？

那个和国王一家是世交的作家说，忧郁是国王一生的基调。

西班牙军队转化的过程无声无形，却和国王在军中的影响力分不开，这也和佛朗哥多年的安排分不开。国王从十岁开始，就在佛朗哥的亲自照管下长大。他从小就知道，自己和普通人不一样，他生来就有无可逃避的责任，他必须通过自己的地位，恢复西班牙的君主制。1969年7月22日，佛朗哥正式宣布胡安·卡洛斯为未来的西班牙国王。之后，胡安·卡洛斯曾经公开表示，他加冕之后，西班牙将是一个君主立宪的民主国家。佛朗哥有权把他立为国王，也就有权在他有生之年废黜他。在佛朗哥的最后几年，他身边的人极力怂恿佛朗哥改变王储。但是佛朗哥最终还是没有改变主意。

国王和佛朗哥之间，有着外人不了解也难以揣摩的关系。西班牙国王胡安·卡洛斯一世从来不说佛朗哥的坏话，反而经常提起佛朗哥的临终嘱咐："作为国王，陛下，您的任务就是保持西班牙的团结。"在西班牙政治改革进程中，国王认识到，他的任务，也只有他能够做得到的，就是帮助西班牙军队跟上民主改革的进程。西班牙军队不应该是以往那种自在的、独立于民众和社会之外的令人害怕的力量，军队应该回到人民手里。国王一直在帮助军队自我更新。

西班牙军人和民主改革派之间历史性的敌对态度，通过这一事件在国王的亲自参与下得到化解。在政变流产两天之后，国会通过了国王提名的临时首相。临时首相向国王保证，以后将定期会见军队的主要将军，向他们通报国家的状况和政策。这种做法在美国这样军队国家化的国家听起来有点奇怪，在西班牙却很自然，恰恰是政府和军队关系开始走上正常化的表现。西班牙民主制度的最后一个危险，终于过去了。

1982年10月28日,西班牙又一次大选,被史家认为是西班牙转型的最终完成。其标志是,通过大选,得票最多的第一大党从中间偏右的民主联合会,变成中间偏左的社会党,执政权力顺利地完成了向反对党的和平转移。社会党的年轻领袖冈萨雷斯出任首相。

1986年,西班牙正式加入欧洲共同体,也就是今天的欧盟。

高龄的佛拉加回到家乡加利西亚,在加利西亚选举中获胜,成为地区政府的首脑,至今仍然活跃在政治舞台上。曾经有一度,加利西亚在美洲的移民,总数超过家乡的乡亲。这使得佛拉加和美洲很多国家关系很好,包括古巴领袖卡斯特罗。出生于1915年的前共产党总书记卡利约退出了政治舞台。但是人们仍然记得他为改革做出的贡献。2005年10月,马德里大学授予九十岁的卡利约荣誉博士学位。年轻的冈萨雷斯仍然在社会党内活动。他的业余爱好是东方盆栽艺术,在他担任首相期间,他收集了一些盆栽精品,后来都捐献给了马德里的皇家植物园。

从1898年开始,西班牙人苦苦追寻国家富强之路,走过了一百年的坎坷。他们废黜了国王,却换来了国家混乱。他们从欧洲引进了各色思潮,却导致民众分裂。他们想走强国之路,却在左右极端之间振荡。他们想复制一场十月革命,却复制了一场内战灾难,换来了倒退、重新起步和三十六年佛朗哥的独裁统治。终于在佛朗哥死后,用短短几年时间,顺利完成了政治体制的改革转型。

那天我们从格尔尼卡回到毕尔巴鄂,已经很累了。晚上,我们还是出了门。住在老城最大的好处,就是方便,出门就是最好玩的地方。夜晚灯火通明,满街是人。我们打算先喝上一杯啤酒再说。于是来到一个小广场，旁边就是小酒铺。

在这毕尔巴鄂老城，到处是公共饮水器。饮水器在美国做得现代而简洁，能满足喝水功能就可以了。在这里，总是把饮水器做得像小纪念碑一般，用巨大的石块砌起来，规模不小。我们去喝水，低下头，看到饮水器的花岗岩上有一个黑色的"埃塔"标记：一条黑色的蛇，顺着一把黑色的斧头盘绕着上升，吐着黑色的舌头。上面是三个字母ETA。

巴斯克的前景究竟会怎么样？最终的决定，是巴斯克人自己在做——这需要时间。

就在毕尔巴鄂的主教堂前，我们端着橙黄色的啤酒杯，回看巴斯克四十年的历程，已经可以看到非常大的变化。

四十年前，巴斯克面对一个没有任何通融余地的独裁政权，它的文化被彻底压制。那时候，独立是追求自由的天然部分。就像一个大家庭，家长太专制，孩子一成年，就想要单过。那是每一个巴斯克人的强烈愿望。任何组织，只要是鼓吹民族独立，大家就觉得是追求自由的必然路径，即便是恐怖组织，都可能获得同情。

三十年前，西班牙的民主化，对巴斯克人来说，是最重要的一条分界线。从此，西班牙自由了，巴斯克人也自由了。他们开始有机会在自由的天空下，发展自己民族的文化，他们开始有必要考虑，他们是不是一定要独立。

在西班牙宪法被批准的时候，巴斯克发生了一次关键分裂。那是巴斯克的两大党决裂。一部分人站出来，反对恐怖主义。就在这里，毕尔巴鄂的大街上，游行队伍的前头，有人举起了两只和平鸽。从此以后，不再是纯粹的西班牙和巴斯克的对决，巴斯克人也在和自己对决。

1981年消解了军事政变之后,西班牙政府着手和"埃塔"谈判,以停止暴力为条件开始大赦一些关押着的"埃塔"成员。1984年,新上任的首相冈萨雷斯,继续和"埃塔"就停止暴力活动展开谈判,此后是断断续续的"停火协议"。

十年前,人们对"埃塔"的恐怖活动越来越不能容忍。1997年,当一名二十九岁的巴斯克地区人民党政治活动家被"埃塔"杀害时,全西班牙有六百万民众上街抗议。

今天,"埃塔"的暴力活动在明显减少,二十世纪七十年代,每年有将近百名被"埃塔"杀害的牺牲者,在2003年,只有三名被害者。一个重要原因,是巴斯克地区民众的强烈反应。在格尔尼卡,有人告诉我们巴斯克人希望独立,也有人说他们不要求独立只要求自治,可是问到"埃塔",他们都说,绝大多数的巴斯克人,都不站在"埃塔"一边。一位女士把"大多数",连着对我们重复了三次,使我相信,那是"绝大多数"。

今天的西班牙,有着不同的民族自治区,巴斯克只是其中的一个。他们都在发展自己独特的文化,然而在观念上却变得越来越接近,交流越来越容易,这是他们渐渐走向不分离、携手互惠的基础。

巴斯克曾经是一个用古老方式谋生的、山民和渔民的封闭小古国。现在,来到毕尔巴鄂,感觉是"开放",我们感觉那是西班牙最"前卫"的地方。

那天夜里在老城,我们转到夜深。在古老的广场上,我们看着孩子们溜旱冰,周围是一圈幸福的巴斯克父亲母亲们。我们在老教堂前,看着成对在长椅上聊天的老人,看着他们旁边的巴斯克年轻人,在那特殊的老城、特别的灯光下,看得我们入了迷。

夜深了,我们意犹未尽,慢慢沿着河走,朝圣一般的去看古根汉姆博物馆。

毕尔巴鄂河,不宽也不窄,恰好可以修建那些美丽的桥梁。精心布置的灯光下,桥变得通体透亮。两边的街灯一起落入水中,又荡漾起来,毕尔巴鄂顿时变得生动。古根汉姆,就在河边。

许久许久,已经不记得有多久了,建筑界再也没能给人们带来什么惊喜。在我看来,巴黎的蓬皮杜博物馆之类,都只是虚报的喜讯。没有观念的突破,没有美学上的创新,天天在同义反复地蔓延着令人厌倦的钢、玻璃和水泥的世界。多久了?我们只看到小的惊喜,却没有大的震撼。因为,如若是创新,唯有佐以大体量公共建筑的气魄,才足以在建筑历史上,书上一笔。

直到二十世纪的最后三年,人们看到了它——毕尔巴鄂的古根汉姆美术馆。在人类建筑史上,这个世纪,总算是没有白白过去。

假如白天来看过,夜里一定还要来一次。那是舞动的、漫漫舒卷的、在梦幻中才可能出现的城堡。它抽象的变形的铁壁铜墙,有金属的质感,却丝毫没有坚冷的排斥。白天,在蓝天白云之下,天穹的无垠在限制它的体量。可是在夜晚,它周围的一切都消失了,连同它的背景。它便令人惊异地开始伸展、膨胀起来,巨人般地展开自己,神秘地闪着迷茫而诱惑的光。

你会相信,那里面演出的一定是一个寓言而不是一场战争。这个寓言一定不是幼稚的而是哲理的、高深莫测的,一定是世界一流的艺术大师在执导。它厚厚的大门,被缓缓撑起,那只著名的巨大蜘蛛,便骨骨节节爬出来,又犹豫着,在水边暂停。这,只是一个序幕。

夜晚,古根海姆博物馆,城堡打开,那只蜘蛛,在骨骨节节地走出来。

城堡,曾经被上帝的手点拨。那无可比拟的、巨大的形体,分明在点化中曾经扭动。此刻,你能感觉深不可测的静,又觉得其中悄悄必有埋藏,埋藏着难以估量的、预备着的动的张力。这种感觉似曾相识,陌生而又熟悉。

假如有什么人,试图对我说,因为建筑师弗兰克·盖里(Frank Gehry)来自遥远的美洲,因此,这是美洲的幻想落在了毕尔巴鄂,我肯定不会相信。在这里,我清清楚楚看到高迪在西班牙土地上深深扎下的根,看到那久违的、一百年前的高迪播下的种子,在这里发芽和生长,看到一百年前,"九八"一代的西班牙之梦,在变幻出一个莫名的、未来的形象。它无可名状。可是，毫无疑问，它披上了西班牙全部的色彩，美得令人惊艳。

这是全世界古根海姆系列中，最精彩的一个美术馆。二十世纪最光彩夺目的建筑，落在毕尔巴鄂，一定不会是偶然的。

我们在第二天白天，又去了一次古根海姆。为看毕加索的两幅早期油画，人们排着长蛇阵。毕加索是西班牙南部城市马拉加人，2003年，在他的家乡马拉加，终于也建立了毕加索美术馆，展品是家属的捐赠。排队，百无聊赖。我抬起头，不断在看古根海姆变动的内部空间。室内不准拍照，我却一点不觉得遗憾。

我久久留在那昨夜的古根海姆印象中，并不认为现在身居其中的那个空间，就是昨夜把我们拒之门外的同一个古根海姆，我要把这印象带走。我甚至很庆幸，我们是深夜来的，城堡没有迎我们进去。它只给我们放出了那只大蜘蛛。

寓言永远留在城堡里，谜底没有泄露。

排着队，看着周围在默默移动的人们，他们来自世界各地。我们读过报道，自从古根海姆建成，毕尔巴鄂一举成名。现在是旅游淡季，各地的旅馆都松下来，我们在毕尔巴鄂意外地差点住不上，是因为撞上了西班牙国庆节的长假期。那么，我们周围的人，应该有很多是西班牙人。在国庆节，他们选择来毕尔巴鄂，看看他们向往已久的古根海姆。

巴斯克以外的西班牙人，相对于毕尔巴鄂，都算南方人。他们来到这里，排着队来看南方人毕加索的画。一生大半在法国、死在法国、加入了法国共产党的毕加索，他是法国人？西班牙人？马拉加人？

我们在世界各地都遇到毕加索，相遇时我们说，哦，毕加索！看

古根海姆博物馆

到一张好画的惊喜瞬间,我们并不关心他是出生在马拉加,还是出生在毕尔巴鄂;我们不关心他是法国人,还是西班牙人。如同在夜晚,我们走到古根海姆孤堡前,小心翼翼地钻到大蜘蛛的下面,坐在那里,这时的世界里,不会有巴斯克和西班牙的纠纷。

有时候,人只是凭一种感觉。到过今天的马德里、巴塞罗那、安达卢西亚,也到过毕尔巴鄂、格尔尼卡,还有贴着"埃塔"集会通告的小山村伊利扎德后,看得出他们把一切做好还需要时间,可是我们再不会以为,西班牙王国会变得分裂。几十年来他们在相互走近,而不是渐行渐远。因为,现在他们都是自由的、平等的,他们的心态是开放的、热烈的、日渐轻松的。他们在对话，那不只是政治对话，他们一起为加泰罗尼亚的高迪和米罗骄傲，一起为马拉加的毕加索骄傲，一起为巴斯克的古根海姆骄傲。他们最终一定会发现，原来他们一起在为西班牙骄傲。

西班牙应该为自己感到骄傲。骄傲两个字，在西班牙才获得它真正的意义。那不是一个封闭民族虚妄的傲慢，那是经过八面来风而终于获得的定力。有来自罗马的人，在西班牙建造的神庙里，奏响古乐；有来自莱茵河的哥特人，在西班牙的土地上，纵马驰骋；有来自北非的阿拉伯人，在西班牙的王宫里，让泉水淙淙低吟；有来自法国的建筑师和石匠，在西班牙设计的哥特式教堂里，让圣坛下传出轻轻的祈祷声；有全世界的人，如我们一样，背着行囊，在西班牙大街小巷、山川河流上留下足迹。

还有，在那古老的谱系下，高贵的西班牙国王面对民众，表现的却是谦卑；而获得自由的西班牙人，微微低下头，却高高挺起胸膛，胸前的纽扣，一闪一亮。

眼前，毕尔巴鄂河，在静静流淌。

在河中，是古根海姆浪漫的身影。伴随它的，是一轮西班牙的银色月亮。

附言

在这本书完成的两个月后，2006年3月22日，"埃塔"宣布永久停火。

这一天，"埃塔"在报纸上发表声明，同时公布录像带宣示他们的决定。在世界各地的报纸上，刊出了录像带中的镜头。这些镜头看着真是很触目惊心。三名"埃塔"的领导人，都着黑色服装，戴着黑色的贝雷帽。非常特别的是他们白色的头套和黑色的眼罩，这副装扮使得三个人看起来活像是外星来的三胞胎兄弟。因为他们至今还是被追捕中的欧洲著名恐怖组织成员，所以必须遮掩自己的面貌。在他们的背后，是我们如此熟悉的"埃塔"组织标志——一把黑色的斧子，上面缠绕着一条黑色的蛇，吐着黑色的舌头，上面是西班牙语的"ETA"（埃塔）。

"埃塔"从1959年成立，到今天走过将近五十年的时光。他们曾经多次宣布局部停火和暂时停火。在二十世纪九十年代，有两次打破暂时停火的承诺。宣布永久停火，这还是第一次。

2001年的"9·11恐怖袭击"，使得全球对待恐怖活动的态度产生一个突变。至此，"埃塔"恐怖活动每况愈下。为了不触犯众怒，"埃塔"此后的爆炸，多数在事先发出通知，让人们有疏散的时间，"埃塔"最后一次造成死亡的恐怖攻击，是在三年之前。

"埃塔"宣布永久停火之后，西班牙政府执政的社会党当即表示审慎欢迎的态度，并且表示愿意开始和平谈判。

在野的中间偏右的人民党（PP）以及支持他们的民众，以停火时间还不长为由，质疑"埃塔"的诚意，集会反对政府马上和"埃塔"展开谈判。

2006年6月11日，西班牙政府执政的社会党表示，坚持原来与宣布永久停火的"埃塔"和平谈判的主张。西班牙执政和在野的两党领导人都同意相互沟通以协商解决分歧。

参考资料

《西班牙史》，[法]让·德科拉著，商务印书馆二〇〇三年版

《菲利普二世时代的地中海和地中海世界》，[法]费尔南·布罗代尔著，商务印书馆一九九八年版

《第五纵队·西班牙大地》，海明威著，冯亦代等译，上海译文出版社二〇〇四年版

Spain, A History

Edited by Raymond Carr, Oxford University Press, 2000

Picturesque Spain, Kurt Hielscher, Brentano's Publishers, New York, 1922

A Chronicle of the Conquest of Granada, Washington Irving, Twayne Publishers, Boston, 1988

Spanish Papers, Washington Irving, G.P. Putnam's Sons, New York, 1949

Tales of the Alhambra, Washington Irving, Club Everest, 1977

Spain, The Root and the Flower, John A. Crow, University of California Press, 1985

The Spanish Republic and The Civil War,1931–1939, Gabriel Jackson, Princeton University Press, 1972

Spain,Dictatorship to Democracy, Raymond Carr and Juan Pablo Fusi Alzpurua, George Allen & Unwin, London, 1985

The Triumph of Democracy in Spain, Paul Preston, Methuen, London and New York, 1986

The Story of Spain, Mark R. Williams, Santana Books, 2000

The Face of Spain, Gerald Brenan, Grove Press, New York, 1951

The Death of Lorca, Ian Gibson, W.H.Allen, London And New York, 1973

Federico Garcia Lorca, A Life, Ian Gibson, Pantheon Books, New York, 1987

The Spanish Inquisition, Henry Kamen, The New American Library, Inc. New York, 1965

The Yoke and the Arrows, A Report on Spain, Herbert L. Matthews, George Brazillier, 1961

Half of Spain Died, A Reappraisal of the Spanish Civil War, Herbert L. Matthews, Charles Sacibner's Sons, New York, 1973

Hitler Stopped by Franco, Jane and Burt Boyar, Marbella House, 2001

Spain After Franco, The Making of a Competitive Party System, Richard Gunther, Giacomo Sani, and Goldie Shabad, University of California Press, 1988

Symbol and Ritual in the New Spain, The Transition to Democracy after Franco, Laura Desfor Edles, Cambridge University Press, 1998

Spain: A Tragic Journey, F. Theo Rogers, The Macaulay Company, New York, 1937

Try-out in Spain, Cedric Salter, Harper & Brothers Publishers, New York and London, 1943

Homage to Catalonia, George Orwell, Harcourt Brace & Company, 1980

The King, A Life of King Juan Carlos of Spain, Jose Luis de Vilallonga, Weidengfeld & Nicolson, London, 1994

Juan Carlos, Steering Spain from Dictatorship to Democracy, Paul Preston, W.W. Norton & Company, New York & London, 2004

La Pasionaria, The Spanish Firebrand, Robert Low, Hutchinson, London, 1992